关山飞渡

杜鹃 著

北方文艺出版社
哈尔滨

图书在版编目（CIP）数据

关山飞渡 / 杜鹃著. -- 哈尔滨 ：北方文艺出版社，2024. 9. -- ISBN 978-7-5317-6401-4

Ⅰ. I267

中国国家版本馆CIP数据核字第2024U4Y804号

关山飞渡
GUANSHAN FEIDU

作　者 / 杜　鹃
责任编辑 / 滕　蕾　　　　　　　　　封面设计 / 罗佳丽

出版发行 / 北方文艺出版社　　　　　　邮　编 / 150008
发行电话 / （0451）86825533　　　　经　销 / 新华书店
地　址 / 哈尔滨市南岗区宣庆小区1号楼　网　址 / www.bfwy.com

印　刷 / 济南精致印务有限公司　　　　开　本 / 710mm×1000mm　1/16
字　数 / 290千　　　　　　　　　　　印　张 / 16.625
版　次 / 2024年9月第1版　　　　　　印　次 / 2024年9月第1次印刷
书　号 / ISBN 978-7-5317-6401-4　　　定　价 / 86.00元

素手指点关山

杨晋林

《关山飞渡》应该是杜鹃女士的第三本书了。

回头再看她的每一本书,都是厚墩墩的砖头模样——体量大,内涵也大,属于知识性与文学性并重的那种,不由人不去刮目。

杜鹃是我们定襄的才女,早年间随夫嫁往宁武,便成了宁武媳妇儿。细说起来,定襄还真是个出名士的地方,譬如被后人尊为一代宗工的孙九鼎,那个拾叶写诗、引觞酌酒的巽山先生,那个美德良品教化一方的郭郛先生,被傅山盛赞的理学名儒郭昆山先生……当然,古人的衣钵未必会被今人一一笑纳,不过古人说得好:南橘北为枳,古来岂虚言。由是,杜鹃把原属于我们定襄的一份"才气",一股脑儿带去了"边城无日不风沙"的凤凰城。

杜鹃的职业是教师,能够说明她对职业的尊崇,最贴切的符号应该是那个"高级讲师"的职称。但对读者而言,作者的职业完全可以忽略,不可或缺的是作者对历史与现实的感悟是否拥有了超乎常人的水准,不可或缺的是作者对文字的把玩与操纵是否具备了俘获读者口味的能力。如上两点,我认为杜鹃是做到了,而且做得洒脱,做得彻底,也做得舒服,就像越地的绣娘绣制的缭绫织锦,"缭绫缭绫何所似?不似罗绡与纨绮;应似天台山上明月前,四十五尺瀑布泉"。这样的"缭绫",完全可以给"昭阳舞人"做一套价值千金的春衣;而杜鹃的文字功底,也完全可以匹配一匹"缭绫"的质地。

我与杜鹃的交往,源于三年前在吕梁合作一本口袋书的过程。从谈吐和做事风格上,即可看出她要强的性格与过人的才气,尤其佩服她对文字的提炼和揣摩(在那本口袋书里,选取了许多杜鹃描写黄河与吕梁的精美诗句,作为图片留白处的炫目点缀),已达到一种应用自如的境地,并知道她的文学创作已渐入佳境。两年出一本书,这样的速度对于杜鹃,笃定不是件难事。

写宁武、写长城、写忻州这块土地上的山川地貌、风俗人情,是这本书所能囊括的内容。究其语言风格,既有女性特有的细腻和精致,又有成熟笔法的老辣和简约；既有传统语法结构的循序演进，又有后现代语境的巧妙融合。以如此厚实多样的文本变巧，编织极其个别的地域风韵，不说耳目一新，又能说什么呢？

　　掩卷凝思，忽然生出些许狐疑，真不敢相信，仅凭杜鹃那一双素手，竟可以写就宁武，乃至忻州这一方山、水、城、垣间的万千妖娆？竟可惬意指点那一程的关山明月、那一程的风水故畴？唯一的解释是，这些年，杜鹃没有少走地方，每走一处，不单是走马观花地看，不单是"手之所触，目之所及"地看，而且还要想，苦苦地思索，用心来琢磨，用典籍中的故例考证岁月的深醇，用文学的语言逐字逐句翻译那些压了厚厚一层尘土的老物件。或者说，她领略了太多关于家山与家城的文化底蕴，犹如看穿了覆于尘世外表的那层坚硬的地壳，直抵光阴纵深，直抵事物的原始和本真。

　　有时我又想，宁武有那么多杰出的文人墨客，偏关有那么多绝伦的才子佳人，岢岚有那么多卓荦的巨儒宿学……他们何以不在相当长的时间内，借用一些飘逸或冗滞的文字，优哉游哉地赞美他们祖祖辈辈厮守的家园故事，却被一个异乡女子不经意间横抢武夺，占得了先机？要知道，那些山、那些水、那些城、那些大墙的身影、那些隐于山水城墙之间的人，还有千年时光、万载烽烟，原来就摆放在那个地方，那个地方的人看了又看、赏了又赏，有人看得眼都花了，有人在击节嗟叹，有人在睹物沉思，也有人情之所至会口占一绝，却无人用生花妙笔，饱蘸了浓浓的思古之情愫，洋洋洒洒十数万言，然后一笔一画镌刻在纸上。只有一个名叫杜鹃的女子是个例外，或者也不是例外，而是"到得前头山脚尽，堂堂溪水出前村"的必然。

　　（作者系山西省作家协会会员，擅长小说、散文创作，著有《续西峰》《宝宁寺》《麻纸的光阴》等，作品曾获赵树理文学奖等。）

目 录

关城印记

忻州这座城 …………………………………… 003
畅想雁门 ……………………………………… 009
晋北有关城 …………………………………… 016
关城散记 ……………………………………… 021
穿过明朝的烽烟遇见你 ……………………… 027
"三关首镇"老营堡 ………………………… 041
平型关印象 …………………………………… 048
名关险隘——宁武关 ………………………… 051
汾河左岸，一城宋时烟雨 …………………… 059

诗意山水

芦芽山之恋 …………………………………… 069
当芦芽山遇见黄山 …………………………… 076
问道芦芽山，幽韵与谁言 …………………… 082
守岁管涔山 …………………………………… 087
紫塞雄关金莲花 ……………………………… 096
落枝湾，林魂向上生长 ……………………… 100
跟着傅山进芦芽 ……………………………… 106
生命的道场 …………………………………… 109
诗意山水，神奇宁武 ………………………… 111

1

紫塞文化

千古烽烟"第一墙"……………………………………………… 115
初访长城岭……………………………………………………… 124
岢岚宋长城的前世今生………………………………………… 131
王化之地——宁武悬空古村…………………………………… 134
宁武悬空古刹栈道群…………………………………………… 139
空山胜境藏玄机——宁武小悬空寺…………………………… 147
北方唯一崖葬群——宁武石门悬棺…………………………… 148
探寻宁武长城文化价值,重塑紫塞边民文化自信……………… 151
发挥关隘文化优势　奔赴中国式现代化……………………… 157

人物故事

读书山中访圣贤………………………………………………… 167
此生愿为"长城人"……………………………………………… 173
从生意人到长城专家的华丽转身……………………………… 183
光影世界里的苏文……………………………………………… 193
边墙下的行走…………………………………………………… 200
栖居在南城门上的"精神贵族"………………………………… 209
天翅湾前说英雄………………………………………………… 218
徐光,好汉山上一道光………………………………………… 225
刘忠信和他的偏头关…………………………………………… 235
走进杨恬的长城散文世界……………………………………… 249

飞渡,飞渡……………………………………………………… 253

关城印记

忻州这座城

山河表里英雄地，忻悦州城千古风。忻州这座城是许多人一生的起飞地和落脚地，它的现世安稳总让人感觉到它太过平常了，平常得让人无从讲起；又或因为它的沧桑历史太过厚重了，厚重得让人不知该从哪一页开始提起。直到忻州古城以活化历史的古风古意重新回到忻州人民的视野，许多生于古街长于老巷的本土学者、作家们争相围绕他们的生身之地大做文章，古城的历史被大家翻拣出来，我才恍然大悟：原来，忻州不只是一座与世无争、安适恬淡的宜居小城，而是一座从历史的纵深处远道而来又兵来将往的门户之城，是一座古往今来商旅不绝、市井繁华的贸易之城。难怪，想要细细读它时，总有一种读不透的深邃。

"历史是一堆灰烬，灰烬深处有余温"。忻州古城就是这样一座有温度的城，余温中雪藏着晋藩屏翰、中原前哨的卫戍之功。

城南"大门"石岭关

出晋阳城，沿着108国道往北行至石岭关，关于忻州古城的故事便从这里开始了。有诗为证：

> 石岭关书所见
> 金·元好问
> 轧轧旃车转石槽，故关犹复戍弓刀。
> 连营突骑红尘暗，微服行人细路高。
> 已化虫沙休自叹，厌逢虎豹欲安逃。
> 青云玉立三千丈，元只东山意气豪。

公元1214年，金元时期"一代文宗"元好问眼瞅着家乡忻州受到蒙古军侵扰，只好南下阳曲避难，途经石岭关留下这首"丧乱诗"，抒发自己对蒙古军队虎豹之劣行的厌恶情怀。从先生这首《石岭关书所见》回溯历史上的石岭关，我们便可知晓其拱卫太原的重要军事意义，知晓历史上的忻州曾是何等不宁。

石岭关岭横东西，东倚太行山系舟山脉的小五台（又叫"读书山"），西连官帽山，两山夹一峡谷，遍山绿树野芳，风光奇峻清雅，古称"白皮关""石岭镇"，是太原通往忻、代、云、宁、朔的交通要冲，也是忻州古城拱卫太原的险隘雄关。据《阳曲县志》记载，石岭关原为土筑之城，明朝万历年间改筑为石城，关门细窄，坡陡弯急，青石路上深深的圆润辙痕被岁月打磨成泛着光的亮青色，清楚地记录了石岭关作为交通要冲的历史负重。"跌死狐狸弯死牛，行人过关胆忧忧"，读懂石岭关的"一夫当关，万夫莫开"，才能读懂古代记忆中的忻州。北宋太平兴国四年（979年），宋太宗赵光义北伐攻打太原，派出精兵强将在晋阳城北面的石岭关阻击北汉的辽军，就是依靠石岭关之险"围点打援"，才逼迫北汉投降，拿下了太原。

不难看出，以石岭关为界，忻州作为太原北境的门户，被推在了古代战争的前沿阵地。历史上的忻州，既是中原王朝的传统疆域，也是农耕文明与游牧文明的军事、文化缓冲区。草原民族在这片土地上每一次的来去匆匆，都给这里留下了挠羊赛、打平伙等游牧遗风。

历史上的"秀容古城"就在这里，关靠城立，城随关存，关和城互为依随，石岭关下的关城村便是因此而得名，是忻州最南端的村落，忻州的南大门。听村里老辈人讲，当年慈禧太后逃难西安时路过了石岭关，投宿在关城村客栈，尚武剽悍的民风、憨直朴实的乡里人，都让"老佛爷"心生欢喜。但彼时的"老佛爷"囊中羞涩无钱可赏，便摘下身上一枚宝珠送给店主，从此"宝珠店"的美誉远近闻名，延续至今。

石岭关的天空总是干净而高远，山梁地垴间或会有几只灰色的鸽子徘徊，像极了巡视军情的关城哨兵。而大诗人元好问的一首《雁丘词》，早已给这关岭刻上了诗意的印记。秋风吹过时，人们总能够看到一字排开的大雁越飞越高，心无旁骛一路向南。忻州的八大美景之一"石岭晴岚"就在这里。石岭关依山傍水，东西两侧山势雄浑，如同青龙长卧苍穹。系舟崔嵬遥遥相对，福田寺庙安然静卧，峰岭之巅云霭缭绕，忻州和阳曲如同大鹏两翼，借此关岭合成一体，在太忻连体的表里山河间比翼齐飞。

山河表里英雄地

忻州古城是低调的，安卧在系舟山下的盆地里，对远古的历史从未在意过。自古以来，忻州都是军事战略要塞。《直隶忻州志》载，"州按形胜，南有赤塘、石岭之阻，北有忻口、云内之隘。定襄、静乐分峙东西，宁武、雁门环山拱后，诚四塞之地也""忻郡为全晋后藩，三关内障，出入锁钥，诚属要地"。在这片古老的土地上，西周时穆天子西征，出雁门之关，和西王母会于昆仑；春秋战国，"救孤存赵"、赵襄子击代、赵肃侯勾注筑长城、赵武灵王胡服骑射、将军李牧抗击匈奴；秦王朝时，大将蒙恬和太子扶苏在此戍边，所留遗迹遍及忻原大地；群雄逐鹿的魏晋南北朝时期，刘渊父子开匈奴汉化之先河，尔朱氏称雄北朝，为忻州留下宝贵的历史文化遗存；宋辽时期，杨家将一门忠烈，折家将守边两百年，在三关内外写下了忠义报国的英雄史诗；更有明代李自成与周遇吉血战宁武关，在中国戏曲舞台上经久不衰；兵部尚书孙传庭战死阵前，偏关万世德平定倭寇功勋卓著……上演了一出出气势壮阔的历史大戏，成就了忻州要塞的传奇美谈。

走进忻州古城，人们更应该懂得，它首先是一座关城，一座中原农耕文明与北方游牧民族在"三关"前沿碰撞、纷争的后援之城，是一座守关护塞、拱卫中原的戍边之城。然后，我们才能读得懂忻州大地上的过往风云与文明遗迹。作为明长城上"外三关"雁门、宁武、偏头三座雄关的总控地，北面拱辰门上"晋北锁钥"、南面景贤门上"三关总要"的古老牌匾，总是让它在历史的长河中想低调也低调不起来。2500多年历史的雁门关、1000多年的偏头关、600多年的宁武关，在明长城军事防御体系中声威四海，而忻州古城正如"外三关"的父兄，巍峨地矗立在"三关"大后方，守护着通往中原的最后一道屏障。从古城南面的停车场走进土梢门，瓮城内抬眼四望，我们仿佛能够听到往日的鼓角争鸣、战马嘶杀，看到一批又一批勇士在瓮中捉鳖，铁血捍卫。

史溯商周源流远，文追唐宋韵味深。忻州域内西周时属并州，春秋隶唐国、晋国。东汉建安二十年（215年）移九原县（今内蒙古包头市九原区）治所于现在的忻州市忻府区，置新兴郡。唐武德元年（618年）改新兴郡为忻州。先后设忻县专区、忻县地区、忻州地区。在北魏永兴二年（410年）至隋开皇十八年（598年），忻州曾被称作秀容。为此，九原文脉之地的忻州古城也常常被人唤作秀容古城。古城内始建于清乾隆四十年（1775年）的秀容书院，曾是清代忻州的最高学府，与书院东面的文昌祠、白鹤观三者合一的文化圣地。在这里居高临下，俯瞰全城，城区尽收眼底，加之新建的古城西园内又囊括了春秋"三义士"、才女班婕妤、遗山先生的杏林与读书山房等文化元素，让这块风水宝地更显历史的厚重。书院内古色古香的古城博物馆建筑群中，特设了读书山房、启秀书社和国学院，这些文化遗迹传承着秀容书院的文脉气息，也在向人们深情展示着，九龙岗不仅是古城地理意义上的制高点，更是人文精神的制高点。

晋商们从这里出发

古城的存在又是一个互市往来与民族融合的温情见证，是一个朝野动荡与宁边息武的历史注脚。

站在古老城墙上，遥望晋北山河，我们仿佛看到在历史的纵深处，匈奴单于正带着他的使臣出云中，越雁门关，渡过黄河到达长安，向西汉王朝弯腰献上一份朝圣的虔诚；会看到被匈奴铁骑掳走12载的才女蔡文姬正在她的《胡笳十八拍》中行经雁门关归汉；会看到"澶渊之盟"后的宋辽商旅点亮了雁门关下的一间间客栈；那"隆庆议和"之后的偏头关下红门口互市，车来人往、胡汉言和，更是让明朝百姓过了百年难得的太平日子，中原大地的香料、茶、盐、瓷器、布匹、漆器等，与北方民族的金、银、铜、锡、牛、羊、马、驼、毛皮在袖管议价中频繁成交……清代是晋商崛起的辉煌时期，"外三关"的城民止戈从商，投入了赴蒙俄贸易的商贾大潮，忻州古城与雁门关此呼彼应，成为"玉石之路""茶叶之路"的锁钥和咽喉，好不热闹。

明清时期的晋商不只是在晋中，忻州特殊的地理位置决定了其商业的繁荣，无论是在城内还是周边集镇，商铺鳞次栉比，据说仅老字号就有470余家。可以想象得见，当时的忻州古城是何等车马喧喧，市井繁华。古城西门城墙脚下的"三家店"民国建筑群遗址，就是这座古城从前商业神话的见证。在这里，南来北往的客商拴驼系马，打尖留宿，品味着忻州的地方美食，也探询着商业信息，运筹着各自看好的商业计划。然后从这里出发，"东口到西口，喇嘛庙到包头，只要有鸡鸣狗叫的地方，就有忻州商人的足迹"。他们一次次地由雁门关出塞，经应州至大同，"走西口"，经杀虎口到达归化城；"走东口"，过阳高、天镇到达张家口，再前往多伦诺尔、库伦、达恰克图。以茶叶、烟草、布匹、杂货等内地商品，换购回蒙俄的牲畜、皮毛、木材、土碱等。

今日之古城，再次呈现出独特的区位优势，地扼三晋咽喉，承接京津地区。不仅是我国东西部地区经济文化分界与交流的重要节点城市，也是环渤海、黄河几字湾、晋陕蒙金三角、丝绸之路、中俄蒙万里茶道上重要的交通中转地，更是西气东输、西电东送、西煤东运的大通道和能源保障基地。太忻经济一体化发展格局的形成，迎来了忻州古城又一个具有历史意义的春天，将把握新的历史机遇，再次赢得属于自己的荣光。

山河远阔，气象万千。在"太忻经济一体化"的进程中，早已突破石岭关关隘的太原和忻州两地,正以十二万分的欣悦之情奔向彼此,一起迎接一个出彩的新时代。忻州古城,在"外三关"的厚重历史加持下,在十四县、区文化的浓墨重彩中,再次欢腾起来……

择一座城等你

如今的古城,院落是它的古意。古城不仅将它的店铺分派给全市十四个区县展销各自的文化,还将它的民宿院落分置给各家区县,像十四家兄弟围墙自过,经营着各自的文化、美食与宿店。黛瓦青砖的宁静、木门铜锁的内敛、闹中取静的悠闲,让人来了便不忍离去。古城大集的风味、东街夜市的美食、古城墙上的灯火、明月楼上的招亲、泰山庙巷的烟火、酒吧茶吧的惬意、秀容书院的文脉、曲径通幽的禅修,都是让人留下来的理由。

这座已有近1800多年的历史的北方历史名城,因文风昌盛而享有"文集九原、雅出秀容"之美誉。而一座小城的文化底蕴又必定来自它的经济繁荣与人文荟萃,来自烟火气里的精神力量。当我们站在秀容书院高高的六角亭前俯瞰整个古城,视野中高大崔嵬的四方城门楼与南北大街上的楼宇、牌坊,无一不是拔地而起、气宇轩昂。除此之外,目力所及便只剩密密麻麻的老屋脊了,淡淡的青灰色通瓦、翘角飞檐,诉说着老城里静止下来的流年。600多套老院子、上千家商户云集,数万人在时间的巷道里穿梭游历,与古城共同记忆着又一个商业高潮季的来临。

州城古建,依山就势,"西枕龙岗,东襟牧马",形似卧牛,很好地诠释了"山河形胜"之意。忻州古城以它的错落之美、用情之深,迎来夜晚的光彩夺目。远眺"四面城墙八座门",在金黄色带灯的映照下,忻州古城富丽堂皇一派威严,这华茂气象会很自然地让人联想到"皇权""社稷"与"江山",联想到忻州这座城原就是大国之屏藩、主权之卫城,一座饱经沧桑、岿然不动的精神之城;而沿着城内中轴线的南北大街漫步于斯,遗山祠的青瘦色、明月楼的中国红、进士楼的古铜色和泰山庙的烟火色,又在融融夜色的映衬下格外温馨起来。眼前这氛围,低吟一句"问世间,情为何物,直教生死相许",让人不自觉地羡慕起居住在这里的世袭城民,他们究竟陪着这座老城历过了世间多少繁华?择一座城终老,这里应该是最合适不过了吧?文昌寺巷、赵进士巷、周家巷、打磨巷、石狼巷、兴寺街巷……独自走过一条条非遗特色的老巷口,经过一个个老字号的门脸儿前,熙熙攘攘的人群在你眼里似乎无声无息地安静着,容你恣意地纵情念想,心中忽生一句暗生情愫的独白:"我在忻州等你——"

就是在这里了，我在忻州，在古城，在文创街、小吃街、民宿街、古玩街，在相传有闯王李自成看过戏、康熙爷写过字的明月楼（又叫凌云楼）下，掬一捧人间烟火等你，你会不会在一个又黑又窄的小巷口突然跳出来，向我迎面说一声："原来你也在这里！"

畅想雁门

《山海经》中描述雁门山:"又北水行五百里至于雁门山,无草木。""大泽方百里,群鸟所生及所解。在雁门北。雁门山,雁出其间,在高柳北。高柳在代北。"后人多以为便是今天的雁门关所在,其实,有谁会认为今日之雁门关所在处曾"无草木"呢?只能有一种解释:此雁门非彼雁门。西周时期的雁门山应该是指现在的阳高之北云门山了,或者说,从云门山到如今的雁门关,都曾是那个历史时期人们所讲的雁门山,因此才有了后来雁门郡从右玉往代州的一路南迁,迁来迁去都是它的辖地——雁门山(古称勾注山)。

于是,我们在《穆天子传》中又见到这样一段描述:"甲午,天子西征,乃绝隃之关隥。己亥,至于焉居愚知之平。"两千多年前,周穆王从洛阳出发,北行渡过漳水,穿越太行山,顶风冒雪,沿滹沱河北岸通过了西隃山关口的斜坡,经由河套,终于到达焉居、愚知那些地方,最后向西到达西王母所在的帕米尔高原。从周穆王这条驾八骏西征寻王母的路线中推断,这"西隃山关口"就是后人所讲的西陉关。这与《尔雅》中所记,"北陵西隃,雁门是也"正好吻合。我们的视线,最终又落回到今日之雁门关。

雁门关下《出塞曲》

雁门关位于山西省忻州市代县(古时称代州)县城西北18公里处的雁门山中,是长城上的重要关隘,以"险"著称,被誉为"中华第一关",有"天下九塞,雁门为首"之说,与宁武关、偏关合称为"外三关"。

西汉汉高祖刘邦在公元前204年设立雁门太守一职,统领雁门山、雁门关一带的军政事务,经行雁门关的文武要员、商旅过客渐渐多了起来,雁门关开始热闹起来。自此,雁门关不仅成为国防史上的高频词,也进入了文学诗词中的热点词汇。汉代张衡在《四愁诗》中高吟:"我所思兮在雁门,欲往之兮雪纷纷,侧身北望涕沾巾。"这"雪纷纷",让人们不由得联想到了《天龙八部》里的茫茫雪山。

不管怎样，雁门关在代县是无疑了。作为"天下第一关"，雁门关担得起这个盛名，历史很悠久，奇险绝天下，战事最频繁，更是北方中原最大、最完整、最科学的古代军事防御体系，是绝无仅有的"双关双城四口十八隘"。"双关"指古雁门关（西陉关）和明代雁门关（东陉关）；"四口"指西陉关南、北的白草口和太和岭口，东陉关南、北的明广武口和南口；"十八隘口"自宋有之，明末清初顾炎武《天下郡国利病书》记述雁门关"隘口十八，东为水峪、为胡峪、为马兰、为茹越、为小石、为大石、为北楼、为太安、为团城、为平刑；西为太和、为水芹、为吊桥、为庙岭、为石匣、为玄岗、为芦板口，各有堡"。这些堡城与内长城连为一体，点线结合，以点护线，被称为"代州边"，是雁门关整个防区的正面防线和一线阵地。又因明代长城随险为隘，因隘设堡，常有一隘数堡者，有随时增设者，堡时有增减变化，是以在明清典籍中对十八隘口的记载多有异同。雁门关真的是古、险、要三绝，名不虚传的"天下九塞，雁门为首"，傅山先生说它是"三关冲要无双地，九塞尊崇第一关"，确是当之无愧。

总是唱一首《出塞曲》经过你，经过你的时候夕阳正当壮美，残阳如血送我出关的最后一程。只因你太过遥远，离开家乡奔赴你的时候，总需昼夜兼程。

望见你时，总想寻得到一双大雁飞过，迎面带来昭君的一封家书，带来更在北国的我一些知音的消息。

走出你时，总添一丝故土难离的惆怅，身后是我无从回首的过往，和挥也挥不去的亲情。雁门关，天下第一雄关，万里长城多险塞，唯你一支《出塞曲》。

我在东陉关的夹势里频频出关，你在崭新的姿态里掩藏了鼓角的硬伤。众生登临雁门关，几人重忆古关凉？

——对雁门关的过往，曾经知之甚少，讲不出个所以然。然却因路途较远，每次离开忻定盆地，西出雁门关，绕道新广武再进宁武关时，常常是在落日余晖中穿行雁门关，雁门关的肃穆黛色与广武大地的寂静辽阔，总能够让人心生一种苍凉、悲壮之感，在心底里与雁门对话，怀古伤今。

东陉关因位处勾注山之东，即陉岭之东而名，是明代吉安侯陆享在洪武七年（1374年）亲自监督民工修筑的新关，距离旧关10里，南距代县城40里，北邻广武古城21里，地势更为险要。东西两翼重建北宋十八隘，各隘筑有坚固城堡，以长城连接，形成以雁门关为中心新的军事防御体系，从平型关隘口至轩岗隘口，绵延布防达300里。明朝中后期，由于多数堡垒坍塌，于是在各险要处又建起12座较大的城堡，滹沱河北岸形成一道新的防卫线，被称作"三十九堡十二联城"。峰峦峭壁之间，雁门关关墙雉堞密集，烽堠堡隘呼应，庞大的防御体系被称作"三晋咽喉""中原锁匙"。

太和岭口寻精神

2022年10月的一天,北方的秋天隐约感到了一丝寒意。我随忻州市长城学会一行人驱车经二广高速进入代县,与居住在古老代州的忻州市长城学会副会长兼秘书长、雁门关风景区原董事长张俊亮等几位长城人准时汇合,前往西陉关方向。

往西陉关,不可忽略的是它的南口——太和岭口。

自五代时石敬瑭把燕云十六州割让给契丹后,重峦叠嶂的勾注山便成了北方辽国和山南中原文明对峙的天然屏障,赵匡胤、赵光义兄弟两次发兵都未能收复失地。西陉关成为南北往来必经的关口,也是北宋人最后一道家国院墙。被人称之为"太和岭口"的南口,体现了宋朝统治者以和为核心的治国安邦国策与内心企盼,却终究未能拦得住那场让赵宋王朝痛彻心怀的"靖康之耻"。北宋靖康二年,金人直捣开封,将徽宗与钦宗二帝连同宫室、大臣3000余人劫掠回金营。五月十七日,至代州,经太和岭口,攀越西陉关,离开大宋江山至云中地,走上了一条屈辱偷生的不归路。南宋爱国名将岳飞在《满江红》中愤然陈词:"靖康耻,犹未雪,臣子恨,何时灭!"西陉关上朔风凛冽,怎载得动如此悲戚?

历史对于太和岭是公平的,有过多少屈辱磨难就会拿回多少大快人心。

谁让它是在雁门关脚下呢?谁让它占据了古雁门关南口的特殊军事地理位置呢?车过太和岭,经过城上、吴家窑、富拉沟、石墙沟,行至黑石关沟——雁门关伏击战遗址。此处至今留有被炸毁的大桥墩,无言地记录着雁门关伏击战的惨烈与光荣。

雁门关伏击战遗址南北长1000米,东西宽200米,是雁门关脚下少有的平阔地带。同行的宫爱文副会长飞起了无人机,记录黑石关沟已被废弃的小山村,残垣断壁与村前的流水潺潺似乎早已习惯了相得益彰的安静怀古……

晋商古道铁裹门

这是一个天高云淡的晴朗日子,我们弃车徒步,沿着岭间山溪向山顶进发。

山西地形号称"表里山河"之称,要塞关口遍布在各大山脉。北岳恒山山脉西段的勾注山也不例外,它以东北西南的走向,将晋北大地分出两个不同天地,自然气候差异很大:山之南的滹沱河流域气候温润,两岸稻谷飘香;山之北则朔气寒霜，少雨干旱，土地盐碱，每过中秋就开始百草回头，霜落如雪。自然地理条件的不同形成了大山南北两种不同的生活形态，内地与塞外、中原与漠北、农耕与游牧，以勾注山为界形成分割与对峙，冲突与融合，勾注山作为"天下之大防"承担了无尽沧桑。

山有多高，水有多高。有山定有通途之陉，有陉便需设关为塞。这条承载了数千年历史沧桑的古老关道，一直有山间溪水隐没在肥厚的绿草丛下如玉佩环响，尖峭的碎石踩在脚下，让我很难想象古时的骡马是怎样驮着重货翻越这座大山的。早在5000多年前的商周时期，这里已经是一条由西域通往中原的玉石之路，新疆和田玉出天山，经阴山南麓越过茫茫大草原，由此进入内地。这条关道，也在汉代以前就沟通了中原与西域，甚至比西域更远的欧、亚、非之间的经济往来、文化和精神的交流，促进了古老中国历史的发展进程。

我们拄杖前行，走进唐，走进汉，走进秦，昭君出塞、文姬归汉的貂裘华盖、胡汉仪仗仿佛还在这条古道的记忆中缓慢移动。我们怀想着汉武帝下诏发卒整修雁门关，名将卫青、霍去病、李广等策马扬鞭驰骋在古塞内外大败匈奴，"猿臂将军"李广与匈奴数十次交战保护了代郡、雁门、云中的安宁，昭君出塞为大汉换得"遥城晏闭，牛马布野，三世无犬吠之警，黎庶无干戈之役"的安定局面，宋时明月在铁血悲风中怎样照拂着战马长刀的杨家儿郎……从秦汉到唐宋的1000多年间，这里才是雁门关的主关。

走到半山，被采矿人推出的便道消失了，眼前出现许多黑色的铁矿石，对铁裹门的由来似乎开始有些猜想了。我能听到车辚辚兮马萧萧，过兵的辎重、经商的驼队，全在这越深越窄、越高越险的山道上喘息。西陉关，比新雁门更老的关山古道，在用它的海拔测量云彩的高度，用它的风声呼叫远古的寂静。脚下已经没有了车辙深深、颠簸险峻的古道，乱石间甚至看不到一茎草色，这才是千年以前古道的真面目吧？我们心底有一丝丝庆幸，庆幸雁门关弃西置东，在600年前废弃了这里，让这条古道寂寞中等待我们的造访。眼前像尖刀一样的乱石，远处像线装竹简的十八弯山路，都仿佛是汉唐时的雁门，"黑云压城城欲摧，甲光向日金鳞开。角声满天秋色里，塞上燕脂凝夜紫"的战争场面仿佛就藏在这古老的风声里，我们拄杖仰望近在咫尺的铁裹门，内心亦生出一种横刀立马、壮怀激烈的边塞情愫。

考察队再往上走，走到西周天子拔剑的地方，热爱长城的信仰如同周穆天子的执念：我就爱这制高绝版的大好河山！

无限风光在险峰，这是在宁武关、偏头关未曾感受过的雄奇，西陉关以它商周时期的青铜况味呈现眼前，黑色花岗岩的绝壁，是只有穆天子的神剑才能劈开了这道铁裹门吧？铁裹门——勾注塞的制高点，山风扯断了一个又一个王朝，我只有站在这里才能读到雁门神话，才能望到低矮着的辽朔牧场在广武长城的逶迤中抬起了头，九万里江山如画都在雁门关上展开——

这座寂寞了千年依然令人震撼的铁裹门，西陉关，古雁门关！

从秦汉到唐宋的1000多年间，这里才是雁门关的主关。在关口两翼山顶，我们找到了台堡遗址及千年以前废弃的戍边生活用具残片，并考察了上面的早期夯土长城。峰顶之上，有叩问历史的亲切，有一览众山小的畅意。这里是勾注塞，这里是雁门山，一道分水岭隔出了高原与草原，隔出了农耕与游牧，隔出了万里长城此千门，周穆天子西征见兵戎，赵武灵王扩疆扫林胡，宋辽征战苦，明清互市忙，古道风萧萧兮冷泉凝。

我在雁门山上寻雁影，古关顶上呼啦啦的劲风疾，仿佛十万雄兵扯旌旗。一条激流自上古洪荒涌来，隐没在草丛间，汩汩鸣唱仿佛交响了整个青山的心声。海拔1600多米的要冲，史海3000多年的纵深，我不知道自己是在登高还是在沦陷。

我在雁门风里听故事，山岳千秋悉知我内心的波澜。塞上寒霜染斑斓，北风凌厉激荡我复活的豪情。如果我还眷恋这世间，那是我读到了大好河山的岁月倥偬；如果你不懂我此刻的欢愉，那是你没有听过这场雁门风。

铁裹门像极了冷兵器时代的苍凉面目，我仔细打量着它的铁色绝壁，想象这四周的黑色石里一定刻录了曾经残戟断锷、利镞穿骨的卫国往事，刻录了"车辚辚，马萧萧，行人弓箭各在腰"的雄兵过境，刀枪剑戟斧钺勾叉都该是它的铁色记忆，所以才让千百年之后的我这般震撼，恍若穿越历史的烽烟逢唐宋，入秦汉，有机缘站在这雄关绝顶听到"还我河山"的大风呼啸。抬眼望去，广武长城逶迤在群山之巅，柔美曲线与"凤抬头"的遗迹像极了凤舞九天的传说。

雁门关外草青青

辞别英雄的铁裹门，顺着古道下山，我们望到一位老人和一条狗，远远地站在一块高地上。老人抬起一只手为我们指路，没走多远，便又听到水声作响，原来已至赵庄村外的平旷地带，水流湍急而冰瀑不融，风声与泉声都格外粗犷、宏大。考察队一下子兴奋起来："哪里能够见到这么纯净的山泉呢？哪里能够喝到小时候的'趴娃娃'水呢？"只见他们都将两脚分踩在沟渠两侧，来个单腿跪，双手撑地，一头扎进泉水里去了，不远处还有洁白的冰瀑。泉水边有石砌的矮墙，不知其由来。四周是一片肥美的牧草，还有圈羊的木栅栏，还有一块块儿摆放均匀的石板，有经验的队友告诉我，那些石板是用来放盐的，给羊吃盐，羊渴了就会去吃草、喝水、长膘。

眼前这草地有别于我在平常见到的那种干涩、尖细的草叶，感觉真是到了牧民扬鞭的大草原，甚至感觉眼前随时就可以闪出一群身着北方民族盛装的牧民。那些跃马扬鞭的草原人，那些雁门北口的风沙往事，如今都去了哪里？

坐上前来迎接我们的车子，驶至西陉关的北口——白草口。历史上的兵如潮涌，矢若飞蝗已经隐入尘烟，许多长城遗迹却是保存了下来。白草口长城就是人们通常所讲的猴儿岭长城，建于新广武至白草口之间的猴儿岭山上，总长8033米，是山西境内设计最巧妙、精致的砖包长城，原汁原味的明代长城。站在白草口敌楼，极目远眺，在对面山上高桥通过的地方就可以看到这段长城，高山绝顶之上的锯齿长城在全国也十分罕见。

这个一隘两堡的白草口，曾是宋朝名将杨继业受命驻扎的地方，据传当时并无名字，是主帅潘美觉得羊最怕吃败草，就把这里叫作败草口了。之后杨继业遇难，当地百姓因憎恶潘美之奸、纪念杨家忠心报国，把败草口改成白草口，因为羊喜欢吃的是白草。

白草口外看到油坊村，南起太和岭，北至白草口的雁门古道才算走完，总长度30公里。我们驱车前往朔州用餐，曾任雁门关风景区董事长的长城专家张俊亮为大家温几壶随车带来的代州黄酒，不禁感慨：在古代，我们这已经是出国了，是来到了"辽国"饮代州黄酒。

这情景，自然让人想起唐代诗人崔颢的那首《雁门胡人歌》：

> 高山代郡东接燕，雁门胡人家近边。
> 解放胡鹰逐塞鸟，能将代马猎秋田。
> 山头野火寒多烧，雨里孤峰湿作烟。
> 闻道辽西无斗战，时时醉向酒家眠。

至此可明白，在历朝历代的国防史中，雁门关就是一道"国门"，半部华夏史都写在这里了，数千年来，中华民族围绕雁门关上演了多少悲欢离合的故事与大气磅礴的融合史诗；雁门关又是一道兄弟"院墙"，秩序之门，是中华民族游牧与农耕的明显分界，是北方游牧民族与中原大汉民族在纷争中谋求共存的纽带。今日之雁门关，早已寂静了往日作为千古商道的历史风华，却迎来了一座名关应有的尊容。占地面积30平方公里的雁门关景区内，关城、长城、隘城、兵堡、烽火台等历史建筑遗存，形成了苍凉、凝重、雄浑、大气的边关特色旅游资源，再次成为忻州"外三关"中集自然风光与人文景观为一体的璀璨的边塞风景明珠之一，依然是雄踞于忻朔交界、傲立于"外三关"之首的雁门关，向络绎不绝的游人回溯着中华民族千古文明……

晋北有关城

这里是宁武，"三关中路"宁武关，凤凰于飞晋北城。关就是城，城就是关，承载了明清兴亡事，书写了晋北新传奇篇。

明史中诞生的宁武关城

说起明朝那些事，最了不起的一件便是明成祖迁都北京，近距离面对70公里以外的北元。然"天子守国门"实属无奈之举，大漠浩瀚，北元始终是明朝在北疆的战略威胁。这样才有了明王朝在与其交界处修筑长城设置九边重镇以防北元劫掠中原的后话。山河形胜，紫塞当前，处在九镇中间位置的山西镇，先是把总兵治所设在了偏头关，嘉靖二十一年（1542年），为加强阳方口设防，山西镇总兵移驻恢河谷地的宁武关，北屏大同，南扼太原，西应偏关，东援雁门，"居适中地，以控要害"。

作为扼守晋北的重要关口，宁武古关北控明长城上的阳方口，南接天池和汾水，汾水由北向南穿绕群山直下太原，这条"三晋母亲河"成了北元直捣中原的一条便利通道。宁武关一旦被攻破，北元铁骑便可以越过长城，沿着汾河谷地一路南下，长驱直入中原，经太原直逼陕西、河南这两个近邻，乃至于地处华北平原的京师都将无险可守。宁武关，便是大明王朝拱卫京师的重要军事卫所。

《谷梁传·隐公七年》记："城为保民为之也。"此处，城即"墙"之意，是指都邑四周用作防御的高墙。而宁武关的墙非只保一方百姓平安，而是要保得整个大明江山。它怎能满足于明景泰元年（1450年）初次筑起的周长7里多的那座小城池？明成化二年（1466年），明王朝下诏在此建关，第二年3月开始动工，山西巡抚都御史李侃主持建造宁武关城。弘治十一年（1498年），都御史候恂、魏绅等在任上时先后奏请朝廷，应仿照雁门关和偏头关先例在宁武关设立宁武守御千户所，并扩建关城。历时四载，宁武关城终于在弘治十五年（1502年）被扩建为周方7里120步，高2丈5尺的威武镇城，城墙垛口

1720个，东、西、南三面的城顶宽一丈有余。并特别加开北门，城顶宽两丈多，城下有堑门，设吊桥，城北筑"镇朔楼"。这关城，阻挡北元骑兵不能不说是固若金汤了。

正德九年（1514年），右都御史文登登临城西山岗俯瞰全城，却是心里一惊：若是敌人由此山头逼近关城，岂非如同探囊取物？急命副兵备张凤翔随山建堡，曰"宁文堡"，在距关城一华里的高处护卫宁武关。万历二年（1574年），关城之北的华盖山顶又挺起一座护城墩，墩名"永宁"，方圆28丈，基高2丈，基上建台，台上建楼，楼外24垛实行全方位防守之势，极目四望，百里开阔。有民谚云："铜偏关，铁宁武，生铁铸成老营城。"当雁门、宁武、偏头三关防御形成东西连贯，互为一体的格局后，宁武关居中调度三关的地位不断上升。因此，宁武关的设立和三关总兵移驻于此的决策，最终成就了"三关中路"的威名。

这威名，是从血与火的洗礼中淬炼来的。翻开《宁武府志》可查阅：

正德八年，小王子由阳方口入宁武关；

嘉靖十四年二月，谙达犯宁武，南掠宁化、三马营；

嘉靖十四年十月，复入二马营、三马营、宁化；

嘉靖十五年八月，谙达南掠宁武，十月入宁化；

嘉靖十九年，谙达入大同，西至宁武；

嘉靖三十年，谙达寇大同，至宁武，烧盘道梁；

……

有多少次蒙古人来犯，便有多少次血荐轩辕。明嘉靖年间，谙达经常率领蒙古军队侵犯三关，宁武关总兵李涞率部下据险守隘，枕戈露宿，多次拒敌于边墙之外。勇猛的谙达即便已攻破神池利民堡，李涞都能与之大战野猪沟，击退来犯之敌。无奈之下，蒙古人又突破大同攻至广武，李涞奋勇御敌，为掩护山西巡抚赵时春撤退，身陷重围，全军覆没，李涞壮烈牺牲。正德年间，蒙古人进犯宁武关，宁武关守备陈经率兵抵抗，大战于石湖沟，因寡不敌众，大呼左右曰："好自为之，吾今得死所矣！"一口气手刃贼数十名，力竭而死，战争惨烈可想而知。万历二十六年（1592年），宁武关总兵李如松，抗击犯宁武境之蒙古人，并率精兵数千人直捣其巢穴，不幸在返回途中遭遇蒙古人伏击，万箭齐发，李总兵中箭后自刎而死。宁武关将士用他们的血肉之躯熔铸了三关铜墙铁壁。

戏文中走出的宁武关城

妇孺皆知宁武关，却是从戏曲中来的。

一曲高亢而悲壮的《宁武关》在忻州市定襄人曲润海先生的改编下，由忻州市北路梆子名家杨仲义慷慨唱响：

"赶字出口震天响，催我雄关斗豪强，一家人共赴国难多悲壮，老娘她绝我悬想，免我牵肠，激我肝胆，壮我行藏……"

沉寂了近70年的传统剧目重新回到大众视野，曾在京剧、昆曲、晋剧、蒲剧等多个版本中被传唱的"宁武关血战"故事再次悲情上演。周遇吉忠勇死战，一曲舍生取义的英雄挽歌也让宁武关一战成名。这座小小关城成为一座忠勇无敌、举家取义的精神之城。生活在这座关城的世世代代城民，大约也都无一例外地继承了这位守城将军的拗劲儿，讲话总喜欢与人逆着话头死犟，不服输、不惧权威、不避锋芒，甚至总要将错就错地坚持下去。豪横之后，或许对这错误早已自知，便心底自涌一股悲情，再自咽下去，绝不回头。

不知是华盖山拧巴不让，还是自分水岭一路向北而来的那条恢河作态，总之是把人们搞得找不着北了，关城据险而守，把自己守成了一座"斜城"。好在它又是一座舒展的凤凰城，几个点位是一目了然的：护城墩上是凤头，新建的东城区在凤尾，东关、西关是两翼，宁武关鼓楼是凤凰的心脏，也是内城的中心。以鼓楼为中心辐射开去，东西为街，南北为巷，内城老街保留了明朝卫所兵制时期设置的"百户"名称，东段有二、四、六、八百户四条大街，中段有头百户和三、五、七、九百户五条大街。这其间，又有贯通东段四条大街的油房巷子和鼓楼南洞外连接中段五条大街的阳沟巷。

据说宁武城的老街老巷有41条之多，都是有故事的街巷。

经道巷是通往延庆寺，娘娘庙巷、财神庙巷是庙院所在处，官驿街、衙门街（前所街）是驿站、府衙或卫所之旧址，平阳营街、战胜街、达子营和小教场街明显留下了"山西镇"印记，炕沿上、火烧头巷等名字虽是形象，也未可擅自揣测其来由。

东关街原是内城中最为繁华的商业集贸中心，有南巷子可直通现在的凤凰大街，斜对过儿的"洋堂巷子"（北巷子）是瑞典传教士的洋堂所在，也是以前县委办公过的地方。

东起水口门巷、西至南门坡的头百户街，当属内城中最为显贵的一条大街了，显贵在于"九进院"与"旗杆院"，"九进院"里走出过两名保定陆军军官学校的学生。

后来被大礼堂取代的王家巷里，曾经有过网坛姐妹花王春菁和王春葳的祖上老宅。还有荣路街，注定是一条光荣的街，文有街道以东的清代建筑——文庙，是这座关城的文化标识，谷思慎与南桂馨等人筹建的文庙所在的宁武中学，在1913年8月正式成为"山西省立第五中学"；武有街道以西的三关总兵周遇吉府邸，清代时这里建有总兵庙、忠义祠以纪念他的精神。

清朝乾隆三年（1738年），宁武知府魏元枢修复东关城楼，见梁柱间"炮铳之迹鳞比，矢镞、铁弹入木者几不可抠拔，土中掘出火药瓶二，炸炮三"，始知那场宁武关血战何其惨烈，除了刀光剑影还有火炮轰城，宁武关遭遇了史无前例的血光之灾，守关将军周遇吉经历了满门忠烈的生死尽职。周遇吉这个与宁武关生死与共的外乡人，已经成为这座关城永远的精神坐标，在华盖山、在凤鸣阁、在戏文里，高唱一曲慨而慷、悲而壮的忠魂之歌："娘啊娘，国亦破来家亦丧，天将倾来人将亡，钢筋铁骨父母养，国运衰微显栋梁，捐躯报效无话讲，连累举家痛肝肠……"

这一出北路梆子剧目，"嗨嗨"的是英雄赴死的凛然正气，刻录的是关城人士的百折不回，传承的是古关新城的忠义底色。戏文里走出的宁武关，家喻户晓，拗劲十足！

商贸中崛起的凤凰新城

关有多古，城就有多古。明朝的宁武关城可并非只有"朔气传金柝，寒光照铁衣"，城内庞大的驻军意味着充足的边饷和边境贸易。尤其是在隆庆议和、谙达封贡后，蒙汉互市交易在长城沿线盛行，带来了这座山西镇城的经济繁荣。除了小商小贩们在这里经营生活日杂之外，粮油、木材甚至茶马、丝绸都纷纷入市，在边境贸易的刺激下，向来淳朴而懒散的边民都耐不住寂寞了，加入边贸大军中来。小型资本积累之后，便增了不少要做"大买卖"的底气，一部分具有开拓进取精神的关城人开始将眼光放到了关外更远的地方。

到了清代，不再需防备蒙古入侵，长城关口由御敌之用变为互市集散之地。晋北无战事，宁武作为军事雄关的守边功能也渐渐淡化。雍正三年（1725年），以宁武之地设府，下辖宁武、偏关、神池、五寨四县。这标志着宁武卫所时代的终结，它从一座军事重镇逐渐演变为晋西北的行政中心。宁武古城的商人们开始随着康乾西征漠北的大军做起了马匹和货运生意，获得高额利润之后，他们返回到宁武城内建豪宅、修街衢，带动更多的城民加入对外贸易的商业大军中。这些早期的宁武商人以"近边之利"加速了宁武这座饱经战争沧桑的古老关城的商业繁荣。乾隆六年（1741年），关城再次大修各城门及门楼，因城南为凤凰山，其城形状又似一展翅的凤凰，故而宁武又被称为凤凰城。

"凤凰于飞，翙翙其羽，凤凰涅槃，浴火重生"。中华人民共和国下的宁武古城在能源优势中再度崛起。县境内290亿吨的煤炭资源储量，2亿吨的铝矾土储量，145.2万亩森林、450万立方米林木、82万亩原始次森林的林草资源，200多种珍稀动物、954种高等植物、110多种珍贵药材、20多种营养价值极高的野生菌类的动植物资源，以及丰富的风力光照资源，让这座"养在深闺人未识"的僻远古城重新焕发了生机，想低调都不能。从20世纪中期的山西省六大煤田之一的全国产煤大县，到21世纪初的文化旅游大县，宁武古城凭借自己得天独厚的资源优势，顺理成章地吸引来全国各地的商业老板、务工人员及观光游客。许多南方来的务工人员早已习惯了小城的生活，举家搬迁到这里，从下矿到装潢，再到建材批发或超市、饭店的经营，一住就是二三十年。很显然，宁武古城并未在时代大潮的冲击下急流勇退，俨然还是一座南北人文荟萃、东西经济枢纽的晋西北"小都会"。

西城区东城区高楼林立广场气派，栖凤公园龙山公园盘踞南北夜夜华灯，然宁武关城依然是一座地地道道的古城。城头河山天成自然画卷，巷内遗迹见证历史沧桑，华盖山上的护城墩还贴着紫塞霜花的标签，老城区的头百户街与二三四五六七八九百户街还保留了许多旧时的城墙残垣，那座西刻"凤仪"、东刻"含阳"、下题"光绪辛卯关郡重建"、三重檐歇山顶的宁武关鼓楼依然不减"楼烦重镇"的威仪。这是一座五百多年金戈铁马、腥风血雨的古关城啊，这是一座襟山带水、大义春秋的古关城，岁月青铜，忠勇血性，是这座大美关城永远的历史底色。

许一城烟雨渐入深秋，许一山秀色渐变斑斓。宁武关城，还是那座从明朝的烽烟中跃出山峦的古关之城，还是那座从戏文中走出、商贸中崛起的凤凰新城。

关城散记

关就这么老

《墨子·七患》曰:"城者,可以自守也。"从史上有城之始,城即"墙"之意,是指都邑四周用作防御的高墙。从"城"字造字特点也可断定,最初城的产生与武力有关,有防寇入侵、防民暴乱的宁边息武之意。如此说来,"宁武"二字最是典型意义的"城"了。果真,宁武不只是一座城,它首先是一座关,明王朝于成化二年(1466年)下诏建关设守,到成化四年(1468年)九月山西巡抚都御史李侃主持建成宁武关城;嘉靖二十一年(1542年),朝廷又将三关总兵从偏头关移驻于此,指挥山西镇对鞑靼骑兵的防御。这正印证了《周礼·司关》注中一句:"关,界上之门也。"宁武关城是古代"最为典型的、在交通险要或边境出入的地方设置的守卫处所"。它的历史带着血腥,带着苦厄,带着忠诚,带着动荡不安与军来将往。

在忻州,无人不晓得它是忻州东六县通往西八县之必经要道。那座修建在半山腰的宁武火车站,因为负重了太多晋西北人的关注而显得格外沉默与庄严。宁武关,因其特殊的地理位置,自古成为楼烦重镇之所在,置有楼烦关。唐时人给它取北魏广宁、神武二郡之尾字,置宁武郡,它才有了属于自己的、想必是千年都不会再被改变的名字。

雄起于明成化年间的宁武关城,临恢河而建,高踞于华盖山上,墙高10米,周长2公里,东、西、南三面开门。弘治十五年(1502年)扩建后,关城加开了北门,城北筑有"镇朔楼"。城墙垛口1720个,城下有堑门,门外有吊桥。作为守御千户所,城内设有都察院户部分司、兵备道布政分司、总兵府、守备府、通判行署、监牧同知府、万亿仓、预备仓等130处,还有革房两处。可谓"走传有驿,储粮有仓,积刍有场,栖卒有庐",战守兵器,无不毕备。万历二年(1574年),关城北面的华盖山上又建起护城墩,名为"永宁",方圆28丈,台基之上建三层楼,楼外列有24堞,全方位守护关城。清雍正三年(1725年)设宁武府,辖宁武、神池、五寨、偏关四县，宁武成为晋西北地区的政治、经济和文化中心，写就了令宁武人最为自豪的一段历史。后来废府改县，《宁武府志》却是永远将这座关城合一的晋西北要地载入了史册。

在华夏文明遥远的溯源中，这座关城是年轻的，它晚于马邑城历史而诞生，晚于"小宋城"宁化而峥嵘。但在大好河山的记忆里，它又是古老的。得之，艰难；守之，不易。剑影频发寒光，边声几度苍凉。

人就这么拗

如今的宁武关城，已经远去了鼓角争鸣，更多让人能够感受到的是它作为紫塞商业明珠的历史风华与现代繁荣。如果说，"华戎交所——大都会"曾是敦煌在古老丝绸之路上的昔日与曾经，那么，宁武这座城则是褪尽了"楼烦重镇""三关守御"的战争沧桑，保留下了作为关塞要道、商贸通衢的晋西北"小都会"之繁华、热闹。

宁武关，因险设关，因关筑城，因城兴商，因商聚人，从明朝的烽烟里设"山西镇"戍边拒敌，到清代的关贸中设"宁武府"一统宁武、神池、五寨和偏关，再到当代产煤与文旅大县广纳四方商旅，这座山河拥戴的关城虽扩建不大，上坡下坡的市街却总是挤满了人流，熙来攘往，南腔北调，分不清谁家是在明朝打从江浙来戍边的，哪户是在清末打从口外过来贸易，哪家是改革开放后从福建过来开矿、从川浙过来修鞋、理发或是经营美食的，小城从诞生的那天起，就因是关隘要口而注定了它将成为晋西北风云际会的繁华"小都会"，胡汉之交所，南北之聚源，你容得下我粗放，我听得惯你呢哝，文化交融，血脉联姻，杂糅出一个性格多变但一笑泯恩仇的关塞小城。

听关城内一位姓赵的文化馆长闲聊，自云先祖系钱塘江钱氏，明末自浙江而来此地戍边，婚配于赵氏门上做女婿，后世儿孙始随母姓，有家谱为证。而这小小一座城，十之八九人家的祖上，都是这样北迁戍边、军改民屯的守关来历，血液里流淌着民族交汇、八方咸集的历史存续。这关城，以塞为凭，见证了它作为九边重镇——"山西镇"的骄傲与荣光；这里的城民，以关为傲，言谈举止间多些守关后人桀骜不驯、固执好斗的品性也是自然。只不过，大家粗线条惯了，从不曾在意过自己身上袒露的这股子拗劲儿原来也是一种文化，一种源自紫塞关城特有的行伍作风、边民气质。边民的历史功绩、边民的负重过往也便被自己忘得一干二净，果真以为自己较之平川文明，只是粗犷了些，僻远了些罢。

城是这座城，人是这群人。倘若不提历史的风烟，这城便只是一座空城，这人便只是一群山民。但关城是有文化渊源的，撇开它的文化渊源，何以懂得它，懂得它的城民？

城就这么斜

宁武城依山傍河而建，东西长，南北短，方位不正。被河道与山形拘谨而建的小城实在无法形成自己的方正城池，便得了个"斜城"之说。于是，经常有年轻人甚或是老者们，如今还会不时地就城中某一幢房子的方位争得面红耳赤，甲说那是几间"坐北朝南的正房"，乙说"那明明是几间西房"，争到最后也分不出对错，总是不了了之。谁让它是一座"斜城"呢，一条东西大街，方才一段还是东西走向，走着走着可能就已变成南下北上了，永远辨不清自己是在朝着哪个方向直行。你的耳朵里永远不会听到哪个城民说，他往南去了，他往北去了，有的只是那一句"我往上走了"，或是"我往下去了"。上与下在宁武就是专门用来表示方向的，往南门方向走叫"上"，往大河堡方向走叫"下"。这一上一下，便是这座因险设关、因关建城的宁武城与众不同之处。老城民尚且不辨南北，像我这个中道来此之人，更是"无问东西"了，经常有外地的人问起来："你的单位是在你家的南面吗？"我便总是毫不愿意费力气地立马回答："不要问我！宁武城只有上、下，没有南、北，我分不清。"

宁武城又名凤凰城，由内城和东关、西关组成。护城墩所在为凤头，如今建有栖凤公园与周遇吉广场；鼓楼所在内城为凤身，东、西关为凤凰两翼，城郊的大河堡村所在地便是凤尾。先有内城，尔后东、西设关。东西为街，南北为巷。鼓楼既是凤凰的心脏，也是关城从古至今的地标性建筑。与关城同龄的宁武关鼓楼位于七百户街也就是现在关城人口头上习惯称作旧街的人民大街，为三层三檐歇山顶式木构，通高 30 余米，省级重点文物保护单位文保碑就立在鼓楼前，东、西门匾额上各书两个大字："含阳""凤仪"。据传，在鼓楼上有一根立柱，至今都有李自成劈砍过的印迹。

这座砖砌券拱的鼓楼洞十字穿心、四方开门，为内城旧街坚守了形成于明朝时代的百户制分区，旧街东段有二、四、六、八百户四条大街，六百户中部的牌楼下有一条名为"油房巷子"的小巷贯通这四条大街；中段包括头、三、五、七、九百户五条大街，出鼓楼南洞有一条阳沟巷，将这五条大街连了起来。街名都还在，但明代三关总兵署的威震四方早已烟消云散，清代宁武府署、县署、书院、考院等政治文化的气息已无一点遗存。民国年间的南家、刘家、赵家、王家和符家等，连同"九进院""旗杆院"的故事，也都在旧街人的口口相传中渐渐变得云淡风轻。只有文庙和沿经道巷深入进去能寻到的一座延庆寺幸存了下来，成了文保单位。文庙所在的原省立五中在中华人民共和国成立后几经变迁，如今已由一所县直属初中改为实验小学的分校区。校内文庙以西一条叫作荣路街的小街不得不提，三关总兵周遇吉的府邸便在这条街以西，清代在这里又建有总兵庙、忠义祠。而经道巷西的清代宁武府署已在20世纪50年代末因取直街道而被拆除，今人只能去《宁武府志》中去寻其旧迹了："署成规局，宏整门屏，东、西两坊翼之，坊门高广，太守车骑所出入也；循坊列栅，以禁行者，栅周方宽阔，中容吏士数百人。"

在关城，你要尽量避免旧事重提，关的风云变幻、城的显赫声威与人的高风亮节，那五百多年间的过往是你三天三夜也罗列不完的。在鼓楼前的县委楼内，随便瞟一眼窗外，一段残破的古城墙就能让你对自己身处的小城萌生一种敬意。

世袭城民烟火气

倚山建关、依河建城的宁武关城，被高峻的山脉拱卫，除了两个山顶公园，人们实在再觅不到可去晨练的地方。早晨起床，户外运动得拾级而上，盘山而行，再绕山而下，这一趟来回，城民的步态飘逸不了，安详不了，永远带着一份翻山越岭的豪气。这步态也奠定了关城的气韵：这座城永远都在跌宕着故事，这座城的城民永远是在风风火火地赶路，风风火火地说话，淡定不了，温柔不了。

宁武关城，永远不可能像其他晨光熹微中的北方小城那样安详、散漫。

小城有一拨又一拨晨练的人，十多年风雨无阻、雷打不动地坚持每天早晨5点多就"上山"，七点半"下山"，呼喝两口早点后，适才踩着8点钟的步伐出现在单位，开始一天的忙碌工作。所谓"上山"，先前只是上那座"关城昂首凤鸣阁、悲风永铭周遇吉"的栖凤公园，明末三关大将周遇吉的衣冠冢便被迁置于那里，巍峨的护城墩如今修复后成了人们早晨登高健身的绝佳之地。后来政府又开发了南山，叫龙山公园，早起的人群便分别有了两座可上的山。这些健身的居民，总是在太阳出山前开始成群结队地上山，吵吵嚷嚷地讲述着小城昨日发生的新闻、轶事。对于性格粗放的关城人，不需要有凝神静气的修炼和沉思遐想的独步，出一身热汗就算是健身，把闲话聊畅快了便是最好的养生。从政的、经商的、做工的，这一大早"道听途说"一通，释放了生活日常的紧张与倦意，便像是纳足了阳光、水分和氧气，能够欢欢喜喜投入新一天的公文案牍、柴米油盐中去了。

一方水土养一方人，一座关城开一座道场。什么样的城讲述什么样的传奇。游读宁武关城，是在游读一曲边民悲歌，游读几番幻灭重生，游读一部紫塞传奇。

登上高高的护城墩，西北望，托逻台的风已柔和下来，他日辽兵攻略地而今尽收中原，公元986年的那场英雄泪让杨业忠魂永远留在了陈家谷；东南望，分水岭的阳光左右揽山河，汾河水哗然南下，流经宁化古城欢腾向太原，再不见狼烟示警传晋阳。

山西镇，已成为让人陌生的历史；宁武关，仅存于那一出北路梆子《血战宁武关》高亢的唱腔中。生活在和平年代的关城人民，早已安定下来，不再追索自己的祖先究竟是从哪里来。世世代代相守这座城，他们早已不是客，而是这座城的"世袭城民"。

有凤来仪是关城

头百户街，源自明朝景泰元年（1450年）设宁武守御千户所的那个年代，迄今已有将近600年的历史，算得上一条真正的老街了。

2006年，著名作家赵瑜老师循着这条老街找到了头百户街的赵家院落，从小城起步一路追到西安，去叩询太原古玩市场"捞到"的老作家巴金那七封书信中提到的赵黛莉女士，她在1936年那个动荡年代是怎样执着于自己的青春文学梦。

2021年，《天地间一场大戏》的山西省作家王芳老师循着这条街登上了名曰"永宁"的护城墩，在周遇吉广场重新听起了那出北路梆子大戏《宁武关》。

今天，我循着"含阳"鼓楼再去听取文庙前的书声琅琅，在老街老巷里去探寻谷思慎、南桂馨如何秘密筹划、多方斡旋，在小小关城建起省立第五中学……

紫塞雄关是金莲花的故乡，边角吹声里总能盛开一朵莲的慈悲，延庆寺、万佛寺已在小城的腹地与西南角为这座塞上悲风过的关山祈福了几百年。那条长长的古街里，仿佛依稀能够望得见明清那些年人影绰绰开商铺，粮油起运，互瓷互帛，一派繁华。一拨人牵着驼队出口外，一拨人又赶着马车回关内，在这鳞次栉比的百户街内建铺面、起大院。

鼓楼洞下，究竟有多少代的人们就这样横穿竖往，弯腰讨生活，低首讨平安。百户建制的城区，是关城的遥远记忆，也是人们的世代承袭，他们不能忘记自己是从九边重镇而来，为美好和平而生，往盛世家园而去。

眼见得恢河汤汤出朔川，耳听得宁武关下起新篇。如今的凤凰城，"上"

新建有西城区，凤舞广场人潮涌动；"下"新建有东城区，新政府大楼气宇轩昂，"五馆"如书卷、如鸟巢，翻开了关城文化大篇章。新开辟的外环路与中环路之间，滨河公园一脉贯通西城、东城。

凤抬头，九天鸣，管涔山岳气度我所舞，汾恢两河文明我所歌。晋北有关城，凤凰来仪，就在这里了。

穿过明朝的烽烟遇见你

—— 偏关古城纪行

在偏头关高速口告别繁河高速,经过一柱刻有"黄河入晋第一县"的地标石,扑面而来的便是一座巍峨的大牌楼,偏关这座边塞小城就展开宽阔、质朴的大街迎接你了。牌楼上书"三关首御",道尽偏头关在历史上所处的紧要位置,为这座边塞小城蒙上了一抹血色沧桑,也为世世代代的小城人在这里的生活史理出一条清晰脉络——长城记事载春秋。

进得牌楼,沿凌霄大街往西走很远,文笔塔下,县委前面小广场的隔壁便是偏关宾馆。安静的大厅,冷清的楼道,二楼客房内古铜色的窗帘外,几丛旱柳掩映下的明朝土城墙给人一种踏实感,几声疏疏淡淡的鸟叫,显得这窗外格外地安静。大约是久居小城,连这些鸟儿也学会了很有文化的风轻与云淡,散漫与自信,冷漠与谦卑:你来做你的过客,我在唠我的家常。

且不去计较这些鸟雀竟是如此地忽视来客的存在,以长城为媒,小城中自有一群好客的新朋友招呼你,只要是为长城而来,必会被他们视为"一家人"。

关城初见如故人

边城里行走,随处可见不同身份的人在热爱着长城,谈论着我在哪个古堡发现了碑刻,他在哪本史书上发现了记载错误……贺文是其中最为典型的一个"长城迷",行走长城间,已发现十几处长城疑问。此刻,他正与胡美仓会长等在一家饭店门口,并邀请了市长城学会偏头关分会几位对长城爱好各不相同、但各有成就的人,一起来与我们小聚。

很庆幸,初来乍到就能见到小城这么多高层次的长城文化人。这是一群身份不一、但却志趣相投的人,仿佛眉宇间都写着"长城"两字,于是乎,他们的笑容便也同样地亲切。这些人喜欢坐下来滔滔不绝地讲一些有关研究长城和走长城的事。有趣的是,除此之外,他们在你面前讲的都不是自己,而是争着讲他们身边的人都做了哪些令人感动和佩服的事。采访苏文,苏文会巧笑一下,饶有兴致地跟你讲起贺文为了走长城新买车子，并载着大家陷进泥潭而丝毫不觉得心疼；采访贺文，贺文又会如数家珍地讲起市长城学会偏头关分会会长、偏关县文化局分管文物的副局长胡美仓先生怎样用心收集文物，使县文物馆的馆藏文物达到11600多件，居忻州市第一；采访胡会长，胡会长又会讲起年事已高的分会副会长秦在珍老师怎样老骥伏枥地跟着年轻人一起考察、研究长城；采访秦老师，秦老师又会对李爱民副会长一支文笔颂长城赞不绝口；采访李爱民副会长，他又会以慧眼文心对眼前几位长城专家一一做出高度总结、评价，并告诉你，与苏文在一起被大家称作"长城双侠"的是徐光；温文儒雅的徐光会扶一扶眼镜不紧不慢地说："我们不仅走长城，还常常用最实际的话语教育老乡们要保护长城，这样老百姓才能够听得懂，讲大道理老百姓是听不懂的。"最后，秦在珍老师会很认真地对你讲："我们这些长城学会的人，都不是被自己感动，而是在互相感动着，你感动他，他感动你，这样走长城，越走越有劲儿。"

是啊，初到小城，未见小城内古老的巷弄、城墙，未见巍峨不语的护城楼，我不也是已经被他们中间每一个人的三言五语就感动得一塌糊涂了吗？只是因为有长城这条"情带"飘舞在额前，只是因为有长城这条文脉流淌在心中，我和他们，仿佛已是前世的知音，今世的重逢，初见如故人了。

不仅是被他们吸引，为他们感动。还有一些未曾见过面的长城人，经过这几个人只言片语地提起，我便已经似曾神交过的了。譬如已经故去的刘忠信前辈，偏关研究长城第一人。偏关所有后来人对长城的热爱和研究，都可以追溯到他那里去。是他当年"收留"了忻州市长城学会副会长兼秘书长、"山西省十大最美长城卫士"杨峻峰先生，一起行走偏关长城，并在自家炕头秉烛夜话，亲授其偏关长城文化，才有了后来的杨峻峰秘书长倾力支持建立忻州市长城学会偏头关分会的事情，拉起了偏关长城文化研究的队伍；也是他，让老牛湾的"吕疯子"、如今的"山西省十大最美长城卫士"吕成贵行走长城不再孤单寂寞。刘老是偏关长城界的元老，研究偏关长城文化的"鼻祖"，让后来者们无一不对他敬仰、怀念。

提起"疯子"，可以说，记忆中的长城人都曾被叫作疯子。在二十世纪七八十年代，老百姓的长城保护意识淡薄，土生土长在偏关，从小见惯了这些边墙，简直都是在烽燧墩台中"藏猫猫"长大的，谁稀罕那些土石堆砌的烂墙头啊，哪里懂得那是我们国家不可移动的大文物。于是，长城爱好者去村里考察长城时，村民们就会以为这是来了一群"盗墓贼"，如果正好赶上村里谁家丢了粮食什么的，自然也会怀疑到这群走长城的人身上。为了避免引起误会，大家不得不自费做了块牌子，标明自己徒步长城者的身份。但是，走长城的行为依然是多数百姓无法理解的，放着城里的生意不管不顾，成天去看那些土圪梁有甚用了？

这里，我们不得不提到偏关县的另外一位"山西省十大最美长城卫士"，也是市长城学会名誉会长、偏关县委书记王源了。王源书记也是一位"长城迷"，忻州市长城学会的名誉会长。他的到任，给古老关城带来了福音，不仅重修护城楼，还为偏关的转型发展把脉、定位，确定全县经济转型发展必须走黄河、长城文化旅游发展的路子。从那时起，小城的长城爱好者们才摘去了头上那顶"疯子"的帽子，走长城成为一件光荣事。老百姓相信我们的政府啊，书记说是正确的事，不会有错。

小城也终于不再因为自己古旧的容颜感到羞赧，回归到心安理得的安详与温情中了，热爱文化的人，可以兴冲冲地去走走长城、看看护城楼、写写字画，围在街头议论古玩什么的。你打你的酱油，我数我的城砖，爱干啥干啥。

走进小城，走进市长城学会偏头关分会，你会欣喜地发现，一个弹丸小县竟会有百余名会员，他们来自不同的社会岗位或小城的犄角旮旯，各有所长，自发地为守护偏关长城、传承长城文化做着自己力所能及的事情。譬如在残联任职的李爱民老师，作为市长城学会偏分会副会长，研究本土文化多年，一本《唱响老牛湾》只是他端出的长城文化其中一盏；中学退休教师秦在珍，博览长城史书，自己也成了一本"长城大书"，县里有关于长城方面的事情要研讨，总要请他过去。仅有初中文化程度的贺文，对长城的热爱让他成长为一名全国有名的长城专家，用8年时间的坚持，自费70万元收藏80件古陶瓷器，把自己经营28年的超市关门大吉，开起了正大古陶瓷艺术馆，只展不卖，为偏关县长城文化旅游补缺、助力；农民摄影家苏文，为了一个好镜头，铺子可以丢下，命可以不要；还有文文静静的徐光，一名下岗工人，走长城入迷，收藏古玩成痴。更有一群深明事理的"女汉子"，她们巾帼不让须眉，组建起了"长城女子徒步队"，成为关城内外一道独特的风景。

爱上一群人，爱上一座城。仅一顿饭的工夫，这群长城圈的朋友便让我这个城外来客喜欢上了这座小小关城，萌生了要读懂它的念头。

寻常巷陌藏春秋

清凉、明媚的晨光中，走进小城，却感觉自己并非访客，倒像是与文笔塔、老城墙和护城楼一样有着几千年资历的"老城民"呢。明明只是初到小城仅居三天的缘分，却总感觉自己是从明朝穿越几百年回到故乡的守关儿女。这份安逸、这份自得、这份重逢，感觉刚刚好。

酸粥与古街

　　站在马路边招一招手，去老城方向的1路公交车随叫随停，迎你上车，只需投递1元钱，你便可坐绕全城了。小城披着熹微晨光在你的眼前开始晃晃悠悠。店铺还没有全部开张，慵懒地打着盹儿，诉说着日复一日经营着的困倦。间或有家早点铺，门口也是冷冷清清。突然，你会眼前一亮，在离太虎坡文化广场不远处的路边，摆着一个卖酸粥的早点摊。赶忙叫停公交，下得车来，占一小板凳坐下，卖酸粥的大嫂会朝你憨憨一笑，从三轮车上的保温桶里挖出一碗"酸粥"递过来。说是酸粥，其实并不酸，一点点儿味道而已，是用煮软的小米与大块的山药蛋做成，也可以加入其他各种米，黏性、软硬与酸味都刚刚好，口感不是想象中那么难以适应。这是偏关一大名吃，尝一碗是必须的。酸粥吃完，大嫂还会为你递上一碗酸饭，不仅原汤化原食，据说还是消暑的佳酿。相传在明朝末年，偏关城的老百姓听说李自成打下了宁武关，马上就要打到偏关了，家家户户躲避战争，四处逃离，许多吃糜米粥的人家泡上米没顾得蒸煮就逃难去了。没想到几天过去了，李自成的队伍没有到，泡得糜米也酸了。老百姓不舍得倒掉，就把酸米淘洗过后，再加上水熬成酸粥。谁知意外地发现这种发酸的糜米粥吃起来很是开胃，便长期养成了吃酸粥的习惯，对酸粥情有独钟了。现代人家家不怎么做酸粥了，叫"吃稀罕"，不是顿顿都能吃到。所以，这位大嫂的早点摊尤显珍贵，一碗酸粥便仿佛带你寻回了明朝的味道。在明朝，可以想象这也是一种"战地饭"。赶上大夏天气温高，战前做好的米饭，等到一场仗打完下来再吃，才发现饭只能酸着吃了。人生本就有酸甜苦辣，能经常吃到酸粥的人，兴许才能朴素地活着，参透一些人生的道理。

　　吃完酸粥，抬眼一看，是书有"钟灵毓秀"的一座五间六柱彩绘牌坊，牌坊背面正对戏台，写有"文笔启瑞"。这里便是偏关老城的中心——太虎坡文化广场了，原是岢岚兵备道署。广场正南的中大街直通偏关城的南城门，广场往东是通向东城门的东门街，往西是通向西城门的西门街，往西北是府街。太府坡就雄踞在这四条主街道牵手相汇的轴心位置上，是明清两朝驻偏关的太原府知府出行的必经之路，因"府"与"虎"读音相近，日久成习叫成了太虎坡。广场往南的中大街是一条步行街，因为街"老"而步行。人们尊重它古代建筑太多，也敬畏它庇护过几百年偏关臣民的历史功绩，马路不能再进行拓宽。

这条街贯穿了古关城的北城门楼与南城门楼。街道两边有近一半的建筑保留了历史的遗迹，这让行走在老街的人们多了一份外面世界少有的安逸。

住在这里的人们是幸运的，像住进明朝的往事里。有在安静地摆弄自己小摊儿上的物件儿的，有围在木格子铺门前挂着的几轴古画前默默品味的，也有顾自缓缓地踩着青石板向前走着的，动作都是极缓的，声音都是极轻的，仿佛生怕惊扰了小城的酣梦。这情景，与古街之外广场上那些舞蹈的喧嚣形成鲜明对比，恍若隔着整个世纪，不，是隔着两朝两代吧，定是没有经历过丧权的清朝和动荡的民国，否则，怎得这般淡定、悠然！

走在半新半旧的小城，清清爽爽地穿过这条青石板的小街，时不时地会遇见一些古老门楼，石刻的门匾，有"大观店"，也有财神庙阁楼底下拱门通道上的"兆盈"，文昌君的"启秀"。还有老房新包的店铺，修旧如旧的古戏台……各朝各时代的建筑都有，都是别处很少能见到的街景，你可以拍照，然后满足地浅浅一笑，继续向前游走。

路边临时摆的地摊儿，有卖大大小小柳编簸箕和一卷一卷藤条的；也有几近失传的五金卷铁手艺，竟能旧艺新品，卷出现代人使用的旋转拖把桶；有卖日杂小家什儿的，炉圈儿、镲子、笼屉、锄头等，应有尽有。街边摆着当地产的红皮大葱，据说是用来蒸包子、炖肉都特别有味，也有摆着卖内蒙古大叶子旱烟的布口袋。更精致的是三轮车上玻璃柜里的吃食，黄米糕都划成整齐的方块儿，每块上面分布四粒葡萄干，中间是一颗大蜜枣，色香味足了；外圆内方盖有红印儿的"字钱饼"能瞬间让你记起自己正走在明朝的城门下。眼前的北城门下立着巨幅广告，一位民国时代的摩登女郎正朝着你"回眸一笑百媚生"，与古老城门同框出镜，颇有一些况味。

牌坊与文庙

悠悠闲闲穿过寻常巷弄，石砌的老墙格外沉稳，让这座半睡半醒的小小边城，沉浸在久远的历史中，不肯打破内心的宁静。在这些歪歪斜斜、坡上坡下的巷弄里，随处可见满脸沧桑的旧时民居。随便一处，都有二三百年的高龄。半城古墙半城新的古城内走几个转角，终于寻到南寺街附近那座张氏节孝牌坊，是清咸丰七年（1857年），政府为表彰樊蕴辉之妻张氏而立。这座三楼牌坊为砖石结构，仿木歇山顶，檐下是额枋、斗拱。中间开券拱门，券门石上雕花精细，次楼上雕孔雀，门额石匾上刻"巾帼完人"四字，牌坊外有拴马桩2对。进门后接歇山顶有一小间门庑。倚在大门石墙上，左双凤，右孔雀，不必询问此门中人张氏有过什么功德故事，你的脑海中只能浮现一个画面：在中国封建社会那漫长的岁月里，一代又一代小脚的妇人是如何在这样的高墙大院中蹑手蹑脚蹒跚过完自己的一生。不管怎样，此时此刻，我只追慕史海流年中那些曾经坚韧存活过的女性。她们以少女的蕙质兰心步入陌生的深宅大院，又以像高墙青瓦一样萧寒的妇人之仁苦了自己、维护了礼教，以惊人的勇气与担当教子成才、精忠报国。眼前这匾"巾帼完人"，应该赞给平凡世间所有那些曾经相夫教子、维护家国周全的女子。

小城是文武兼修的小城，所以文庙是必去看看的，在原来的粮站院内。虽说是破坏严重，翻修过的文庙少了历史的沧桑神韵，但建筑还是原来的形制，院落空旷，庙宇排场，主殿雕梁画栋琉璃瓦，八根斑驳的大红柱子尽显古建风骨。史载是明神宗万历皇帝准许平倭功高的蓟辽总督万世德在家乡修建，到现在有400多年历史了吧。历朝历代，不知从这座小小关城走出了多少忠臣良将，他们像万世德一样，驰骋疆场，杀敌无数，又心存善念，为苍生祈福。小城，是枕戈待旦的小城，也是崇文尚武的小城，风风雨雨数百年，终于换得诗书礼义太平年。

出文庙，挤入逼仄狭窄的小巷，不知年代的石头房子到处都是，往往是左石墙，右新楼，半城古墙半城新。小门小阶的别致，急弯大弧的转角，走不尽的巷弄，看不够的小景，移步换景，总是一股新鲜劲儿。流连之间，你定会被一座破旧的院子所吸引。挪开一扇低矮的老木门，房子是老旧的，人是老旧的，院中会有一位银丝飞乱的八旬老人，正在一棵两百年的槐树下洗衣。老人身上的裤子盖着一块几乎占满裤管儿的补丁，像她身后的那座老房子一样破败不堪。问起房子的年龄，她说不知道有几百年了；问起她的年龄，她只嗫嚅地说："看我穷得衣服破成什么样子了。"她像这座被现代人忽略了的老房子，守着自己鲜少人知的记忆，犹疑地延续着自己的生命，本应成为一件稀世珍宝，却落寞成一片废墟。在这里，你的怜悯毫无意义，你想不明白关于老人和老房子曾经经历过些什么，又在期待着些什么？哪怕是最卑微的乞求，难道也无以实现吗？抢救文物，善待老人，这是两个不同价值、相同意义的社会命题。

老宅子附近，有一处依坡势而建的古老窑洞，被人们称作是"偏关的布达拉宫"，密集的电网破坏了它的美感，却丝毫未能减掉它一分神秘。这是黄土高原上随处可见的一种建筑，由于多用石头砌起一人高的地基，可千年不倒，让人们简直生不出要去考证它建筑年代的信心。它们层层叠加，错落有致地仰坐于山坡上，显得格外藏风聚气。一眼眼窑洞都镶了明亮的玻璃，玻璃顶端是弧形的方格子窗户纸，窗上贴着窗花，门口挂着竹帘，院里坐着老人和孩子，怡然的表情在不经意间已经在维护这座"布达拉宫"的淡薄与清宁。

走马观花看小城，已是爱从心头涌，相逢如故人。这惬意，这舒适，仿佛恰到好处地受用，甚至有不敢再去深入探触它的敬畏，而又总是萌生想要永久地住下来不走的欲念；有写的冲动，又立即生出未敢亵渎它的犹豫。

南城门外坐着的人们

不言不语，边城就在这里。而那陡坡逼仄的石巷，与肩比齐的石基，弯弯绕绕夹着你行走，仿佛在向你耳语着几个世纪以来发生在这里的大事小情，教你在这里永远看不够，听不够。

出南城门，便是另外一番景象。仿佛全古城的人都挤在了这里。人们穿过长长的南城门洞走出小城，走进繁华的现代"早市"。巍峨的南城门下，熙熙攘攘，却并无喧哗。有采买的，闲站的，更多人是坐在了南城门前晒太阳。

威严的南城门，守护着被它娇宠了千年的关城子民。和平的阳光中，连生意人都是那么闲适地坐在那里，一言不发地看着人来人往，笑而不语，仿佛一大早来这里不是为了做生意的，只是出来晒晒太阳，看看南城门下的热闹。卖菜的，卖开花馒头的，卖豆面次粉的，最多的是卖豆腐的摊位，看似随意又略有秩序地在南城门下摆了一条"S"形的"豆腐长龙"，都是一样长短的豆腐槽。偏关豆腐声名在外，方圆几个县市是没法比的。偏关的这豆腐活动板槽更是让人新奇。曾经听老家人提起过从前卖豆腐的槽子就是这样的，但却从未见过，私以为已经在民间失传的，不承想在这里遇见。凌晨刚出锅的豆腐，躺在活动板槽里冒着热气，有用笼布遮着的，也有切好了一块儿露在外面给买客看的，每卖几块豆腐后，两侧的夹板就往后抽一截儿，方便继续划切。卖家和气地坐在槽后，跷着二郎腿，手中夹一支香烟，不需要叫卖，也不去招揽顾客，就那么悠闲地候着。有的豆腐已经卖剩到一小块，有的还是整槽的豆腐在那里，与主人一样安详自在，仿佛都在微微笑。这情景，便是南城门下的一道风景线了，每个人脸上都映满了清清爽爽的晨辉，鲜亮而又安静，仿佛因为久居关城而被染上了一种宿命色彩，不争不抢，生活就在这里；不喧不哗，幸福就在这里。

老城虽然已经被岁月蚕食得七零八落了，幸好有威武的南城门还在。登上南城楼，远眺对面山势，东仰西伏的样子，像是一个人在偏头而视。也有人说看上去像是一只头枕塔梁山、身卧关河川的巨犀，于是便有了"犀牛望月"城之说。所谓偏关便是根据这地形而来，宋代叫偏头寨。未曾来过小城的人，往往不明就里，望文生义，将偏关的含义误解成地处偏僻的关城。哪里晓得是雄关这么轻轻矫情了一下，"偏头关"的名字便有了。

夜半不打烊

这起起伏伏的小城，弯弯绕绕的小城，老墙新宅的小城。几千年厚的老城墙，几十米高的南城门，都是适合你走走停停的风景，适合一个人走，也适合十指相扣来走，她们都是你的见证，见证初心素志，见证同生共死，见证你起落过的前尘和尘埃落定的修行。

四季分明，在这里演绎了4000多年的人类文明；塞上人生，在这里弹唱着古韵今声的百姓故事。2米厚的古城墙，还是明朝时候的容颜，上面刻满坚不可摧的卫国信仰，和震撼不动的世代坚守。这些斑驳岁月与边城同在，卫国信仰与边城同在，哪怕再过千年万年之后。小城用它在历史风烟中的寂静，演绎着它那荡气回肠的过往，烽火岁月的旋歌和太平年间的烟火，演绎着它悲欢离合过的殇曲与渐行渐淡的荣光。

华灯初上，邀三两位城中雅士，一起去小饭馆觅一桌"知交小聚"。凉拌豆腐是必须要点一盘的。豆腐是用热水焯过的，然后浇上小料：生葱花、辣椒油、盐、醋、黄瓜丝、咸菜丝等。端上桌来还冒着缕缕热气，色、香、味俱全，很是吸引人眼球，吊人的胃口。再要个小酒，一起谈一谈小城里的草根书画家、草根收藏家，一起品一品"花飘蝶影惊鱼穴，风送涛声破鸟庵"的妙句，这便是"酒逢知己千杯少"的人生极乐了。

虽说是地处偏远，经济不太发达，夜生活谈不上丰富。但小城的灯火却是温馨到夜半的，即便没有顾客登门，小城的各种店铺都不愿打烊，就那么和善地敞开着不大不小的门脸儿，各自静默着，陪伴着马路上偶尔经过的行人，驶过的车。我喜欢这样的小城，像是一名头上捂着花头巾的乡下女子，不需要鼓乐喧天来迎娶，仅凭一脸懵懂幸福的笑容，已身价百倍。

小城是古典的、朴素的、温情的、静止的。这又多像流淌在我心底的那条河流，不惊不艳，却已揽尽岁月河山，为着一次深情回放而静止下来，温情而朴素地回到古典的样子，填一首声声慢的词阕，日子就这么过成了烟火，过成了烟花和烟云……

这时候，心中竟然升起"吾是关城一过客，却逢故梦久居留"的幻觉。

几家小院访奇人

烽火当年事，墨香染边城。城是旧时城，人是城中奇。

偏头关自古为边陲重地，在数千年历史长河中，全国各地多少姓氏的先祖背井离乡来到这里戍边垦荒守长城，加之明洪武二年（1369年）洪洞大槐树下的大迁移，以及被汉化了的少数民族，这里形成了独具地域特征的百余种特色姓氏，与丰富的人文现象。染布后人可能是自成一家的书法家，造弓箭的后人可能去走西口，辗转走访写出几万字的家族史……于是，今天的关城，有不少坚持自己内心喜好、令人称道的文化奇人。

在忻州长城文化第一人刘忠信前辈的家中，你能见到开明、健朗的刘老夫人，听老人家句句不离"长城"的往事追忆与对长城爱好者们的盛情邀约。老夫人姓徐，是偏关县"徒步双侠"徐光的姑妈，自言祖先是从福建迁来，世代守关。而丈夫刘忠信亦是把一生心血献给了长城，成为偏关县研究长城第一人，忻州市长城文化的起源。刘前辈虽然不在了，但老夫人那种长城情结依然感染着现在的长城爱好者们，让人感觉到刘前辈依然活在长城人心中，值得人们前往刘家拜访，倾听老夫人讲述刘前辈生前故事，倾听她讲述偏头关故事。

偏关有三位贤人：刘忠信、王润成和吕怀珠。三位贤人如今只有一人在世，便是王润成老先生，既来偏关，自然是一定要去拜会的。

琴棋书画酒中贤

王润成老先生之贤，贤在柴米油盐接地气，贤在琴棋书画样样通，贤在哺育子女大功成，贤在热爱传统大文化，贤在淡泊名利酒中乐。

在西关村紧邻公路的村口，有一座很是抢眼的金黄色大门，大门紧闭，二层楼上的屋子前面有宽敞的平台小院，便是王老先生家。大门平常不开，进屋需要绕到背街处爬坡向上找到一个小后门。小门里面，经过清洁利落的卫生间、厨房和放着一两本书籍的双人床小卧室，才能到达小客厅，窗外便是先前大街上看到的那个平台小院了。初次见面，老先生便爽朗地笑着招呼，烧水，沏茶，然后在椅子上坐定，跷起二郎腿，卷起裤管，滔滔不绝地讲起了中国的传统文化。"五行学说，中医文化，都是神秘文化。老百姓喜欢用红大门，其实，红大门是帝王之家才用的啊，普通人家哪能压得住？按照阴阳五行说，黄色属金，是火，是奇色，所以我的大门用金黄色，大门上又压了蓝色铁条，因为蓝色属水，与火形成平衡。这都是有学问在里面的……"

老先生当过教员，在20岁时就给县委书记当秘书，又在西关村当过28年的村支书。妻子在他36岁时病故，他却再未续弦，一心一意读书、工作、拉扯三个孩子长大。我们很难想象，在他的大半生光阴里，他是怎样将琴棋书画、村委公务与柴米油盐处理得有条不紊？一个人又当爹又当妈，将两女一子培养成大学生，成为国家干部。女儿一个在朔州，一个在偏关，儿子在北京工作，有三套房子，都很孝顺，他却不愿意去打扰他们。"我自己有3000元退休工资，足够我买酒喝、买书看了，我为什么要去麻烦他们？隔段时间，我还可以给孩子们做一做四米酸饭，叫他们回来吃，他们可喜欢吃了，那个酸饭里面必须放糜米，才有酸粥味儿。"老先生很认真地讲。

仔细瞧瞧这间陋室墙上2米长的那幅"百子图"，与"百子图"下小桌上那帧黑白照中美丽的女子，再看看眼前这位总是说说笑笑的王老先生，我不由得想到两个字："情怀！"

"生活虐我千遍，我待生活如初"。我想，一生把自己浸润在书香之中，这是老先生历尽艰辛依然豁达开朗、独处陋室却总能怡然自乐的不二法门吧。

于是，我才想起自己今日来访先生的初衷，便是要欣赏他的藏书。先看整齐地码在写字台上的上下三层藏书，全部是市面上稀缺的经典古书：四书五经、诸子百家、《容斋随笔》、全套《辞源》《史记》《资治通鉴》《唐宋文举要》《宋诗选注》《全清诗钞》《笑林广记》《昭明文选注析》《庄子的快活》《新旧约全书》……都用牛皮纸做封皮包好，封面与书脊上再工整地写上书名，再包一层塑纸封皮。"我看完留给儿子、孙子，他们看的时候，一拆封皮还是新书。"先生自得地笑笑。

先生又为我们打开写字台下面的小柜，是《战国策》《唐宋词选注》《韩愈文选》《柳永诗词赏析》《古文观止今译》《阅微草堂笔记》《曾国藩家训》和又一套《四书五经》。"看到不同版本的好书，我就买下来，喜欢啊！"

再打开书柜，上面三层是《百子全书》《徐霞客游记》《说文解字》《宋本广韵》《文字源流浅说》《三言二拍》《金圣叹全集》等古典书籍，最下面一层是但丁的《神曲》等外国名著。

晋有陶渊明自话《五柳先生传》："好读书，不求甚解；每有会意，便欣然忘食。性嗜酒，家贫不能常得。亲旧知其如此，或置酒而招之；造饮辄尽，期在必醉。既醉而退，曾不吝情去留。"王老先生亦如陶翁，诗酒不分家。有书的地方必有酒。写字台下的小书柜里，安然静立着一瓶晋泉高粱酒，一瓶泡了枸杞人参的药酒，还有一个古旧的白瓷酒壶；大书柜里亦不忘存放一两瓶很普通的白酒与他的藏书做伴。

沙发边上,摆放着琴谱架子,有电子琴、二胡等各种各样的乐器。先生说:"有大学问的人,不懂音乐、不摸乐器是大缺憾,伯牙子期都是抚琴为乐的,有音乐才不寂寞。我每天一个人喝喝酒、看看书、弹弹琴、拉拉二胡,日子一点儿也不寂寞。"只要有客来访,他就拿出自己的乐器极力推荐音乐的好处。从自己收藏的乐器中认真挑选,赠箫、赠口琴、赠古筝,鼓励友人学习音乐。

与君一席话,胜读十年书。先生是琴棋书画酒中贤,挤点儿时间来与其小坐,定是尘嚣之外的一次精神补给。谈毕,先生送我们出小门,意犹未尽,挪着缓步一直送我们到大路上,还在喊着:"下次来了一定喝酒,不醉不休——"

一横一竖写人生

在关城,提起关城人,似乎只能用"情怀"二字来概括。我用一个清晨、一个傍晚的时间,两次访问了小小关城的另一位奇人刘东升老师。

起个大早,专程来到南城门外,寻访书法奇人刘东升老师。于一个被利用作早市的废弃汽车站候车室大厅,穿过拥挤的人群,我们找到了刘老师家的"刘记油条豆浆豆腐脑"早点摊,要一碗豆腐脑,再来根油条,边吃边等刘老师的生意清闲下来。周边的桌上,人们有吃油条豆腐脑儿的,也有吃酸粥的,吃米线的,等等,一股子的烟火气息。很快,系着围裙的刘老师便偷空从铺子里蹿了出来,欣喜地坐下来点燃一支香烟,与我们聊起了他的近况,并打开手机让我们欣赏他近日的书法作品。这么好的机会,我岂能同他客气,一眼便盯上了那幅"无边事业心如玉洁,有限年华志比秋鸿"。他也很是爽快地答应:"下午来家拿!"

早点摊的活儿很辛苦,每天凌晨3点,夫妻俩就要起床准备当日食材,五点半出摊儿,一直要卖到中午12点才收摊儿。下午便是刘老师的书法时间了,可以在家尽情写他的字。

聊了一小会儿,刘老师便急急忙忙回到自己的位置上去炸油条了。偏关水好,于是豆腐也好,豆腐脑也好,外地人来偏关,顾不得吃油条,一口气能吃掉四碗老豆腐,所以早点的生意还是不错的。刘妻年轻俊美,像早市上所有的女人一样,后脑勺上顶一发髻,精神饱满,又一脸淡定、和气,端着盘子穿梭在铺里铺外,与俯身在油锅前的刘老师构成一幅极安详的琴瑟和鸣的图画,惹人艳羡。

傍晚时分,我们再访刘老师。西城墙下,穿过一个古老的土城门,寻到刘老师家的小院，院子里住着几家人家，砖铺的院子当中，有一个留着地灶的小泥炉，简单实用，炉边搁了一把长长的火剪——夹炭用的，炉口上是一口小铁锅。进到刘老师屋子里，墙上挂着的，地上堆着的，沙发上、台桌上都是他写的字稿。

刘老师笔名墨客，其书法作品有两"奇"，一是写常人一般都不写的颜体，大气、骨色硬，适合匾额上用；二是写的字全部是自己的诗句，不去写名人的词句。刘老师讲，古诗他只读杜甫，现代诗喜欢席慕蓉。书法只写自己的诗句，写别人的诗句没意思。谁能猜到眼前这大气回肠的颜体书法，会是出自一位每天凌晨三点就起床准备油条老豆腐食材去赶早市的下岗工人之手，并且每一幅字都是刘老师自己诗心的灵动？从这个角度讲，他不愧是偏关书法第一人。我不得不感叹："高手在民间，文化在草根。"

"字赠有缘人。"刘老师找出早上说好的那幅字，为我题名、盖章，并让再挑一幅。我便真的去他沙发靠背上的一摞书法作品中又挑了一幅："不悲镜里容颜瘦，且喜心底疆域宽。"

除去早点摊和红泥小炉的生活情怀，颜体字的书法情怀和杜甫席慕蓉的诗人情怀，刘老师应该还有一种情怀值得一提，那就是每位关城人内心都有的长城情怀。遇到有人吆喝，刘老师也是放下红火的早点生意不做，就潇洒地随大家一起去走长城了。

我心目中的文化人应该就是刘老师这样的吧。文化是自然而然的事，并非职业，非实用主义的艺术。生而为人，学养、修养都应该跟上，与职业无关。每个人都应该让文化成为自己碌碌生活中的一种财富与享受，这样，我们就不只是在生存，而是在真正地活着了。

"现在的人，再有谁能写出关河口那两句好诗啊——花飘蝶影惊鱼穴，风送涛声破鸟庵"小酌一杯酒，浅吟两句诗，在一家小饭馆简单小聚后，刘老师便跨上另一位长城文化人黄鹏飞老师的电摩托匆匆离去了，赶着去加夜班准备他的早点食材。关城灯影中，那一抹远去的瘦影没有疲惫，只有风采。

夜半，刘老师发微信过来，是他刚刚写就的书法作品，上书："花飘蝶影惊鱼穴，风送涛声破鸟庵。"

环卫工人搞收藏

一个国家是不可以没有一些精神贵族的。

——梁晓声

迷上收藏的长城专家贺文带我们去拜访了偏关城内的一位收藏奇人——苏

俊，是一名身着黄色马甲的环卫工人。

苏大爷家的院落是偏关城内常见的那种，崭新的平房，干净整洁的院子里，一半水泥地，一半搭好架的菜园子，菜园子边上倒扣着四个废弃不用的黑釉大瓮，大瓮后面就是不知年代的土城墙了。

苏大爷住的屋子，用木隔断隔开前后两室，后屋是炕，前屋是床，床尾置放一个保险柜，专门收藏一些值钱的字画，其余的收藏品也没个好放处，便都随便地收在一个空纸箱里，可以随意地在地上拉来推去。

苏大爷很热情地把我们让进他的屋里，便开始晒他的宝贝了。有全套的大清国邮票，无年代可考的"孤山放鹤"图，还有从偏关县令后人手中购得的一副清代偏关县令手书的祝寿联："恩承北关称人瑞，酒近南山作寿杯。"苏大爷最喜欢收藏的是古玩字画，件件都是珍品，只藏不卖。其中一套清代8字屏，上书赵孟頫的《兰亭序十三跋》，是他的至爱。曾经拿去省电视台"天下寻宝"栏目组参加鉴宝活动，获得纪念证书。69岁的苏大爷还以他30年的收藏经历，将自己和朋友们的藏品一脉贯穿，循历史的顺序推进，写就了85行七言诗，一生专注于一件文化事的情怀，丝毫不输于平常专职从事文化工作的人。

环卫工人搞收藏，这样的文化情结不能不令人起敬。正是一个又一个平凡的"苏俊"，为这座落寞边城植入了文化自信，这就是小城故事。长城让他们找到了文化自信，小城又何尝不是因为长城拥有了文化自信？

关城不语锁风华

"三关首御"的戍边之城偏头关，是长城外三关之首，汉民族拒敌第一要塞。"隘口明墙曾入梦，偏关厚土总关情"。不入偏关，不知边塞情；一入偏关，似闻鼓角声。

地处长城脚下的偏头关，据说有2300条主要沟壑，沙土土质的沟沟岔岔，天旱无收，遇雨成泥，并不优越的自然地理条件，并未减轻它肩负国防、民生的使命。为防御大型入关冲突，明代时再次大规模地构筑长城，在长城沿边形成了九大军事重镇，史称"九边"。其中的偏头关是全国九镇长城山西镇所在地，主要用于防秋掠。游牧民族主要靠肉、奶为生，秋天草枯时，便总要入关抢粮。烽火信号的传递，尤为重要。而城外高高的西山岗上，始建于明代万历年间的护城楼，自然成为偏头关2000多座烽堠的统领，又因坐落于形似虎头的西山之上，也叫虎头墩，一直是偏关的地标性建筑。巍峨的护城楼匾额上，"烽传三晋"四个大字闪耀着它在冷兵器时代作为情报中枢总传烽的卫国荣光。

护城楼，守护一座城，守护整个汉家江山。明朝时，共7路火线，经此发出信息，传往太原、北京，举国关注，那是何等威风。护城楼，在世世代代关城人民的仰望里，岿然不动。如今，从护城楼上俯瞰碧绿梯田，关城内外一派祥和安宁的景象。

正在维修的护城楼上，碑林荟萃忻州贤达及中国长城人的豪情与对边城的敬赞。忻州市长城学会杨峻峰秘书长的"重修护城楼碑记"，傲然矗立在城楼下，上承护城楼前朝滚滚烽烟，下续新时代长城旅游发展新气象，完整地概述记载了护城楼的前世与今生，丰功与伟绩。

护城楼上读烽火，关城不语锁风华。

边城已静，只有这座墩台沉浸在历史的烽烟里，苍老怀念。铜铃迎风，和平的梵音是这般悦耳动听……

佘王嫁女进杨家，同守边关拒敌辽，宋朝的烽烟远去了；胡汉刀影已无迹，长城逶迤添翠痕，明朝的往事远去了。只有那些新出土的新、旧石器时代的杰作，那些不会说话的石器、陶器，在以亲切的面容向人们证实着偏关这座小城4500多年前，甚至更为古远的人类活动历史。

小小关城，"三关首御"的功绩，古墙古门的历史，豆腐碗托的朴素，旧时光阴的清晨，"凌霄塔影"的黄昏，以及安详走过城南、城西的那些刘东升、王润成，都不能不让我足添流连，心生敬仰。

小小关城，是岁月留给守边人们的温暖馈赠，是历史赋予草根文化的厚德长情。是长城有幸，还是"长城人"有幸？长城成就了一代又一代"长城人"，"长城人"保护着一段又一段的长城，挖掘着它沉睡的文化。

真好，为这样一座小城，为这样一个群体，写一辈子文章也值。做个旁观者，于关城一隅，静静地看他们收获朴素的快乐。遇见美的地方、美的人，由不得你不停下脚步回味，由不得你不写。

小小关城，穿过明朝的烽烟遇见你，一见已忘归……

"三关首镇"老营堡

老营堡，存于一个"老"字。

那一日，尧舜的清风徐徐拂过华夏大地，那名叫作禹的英雄将大手一挥，水患俯首环抱，护漫山良田，分天下为九州，开启了古老的中华文明，偏头关老营这个地方当属冀州范围，春秋战国时期为林胡地。据说，偏关老营的历史可以追溯到6000多年前，在老营西门外1里处的岳王庙山脚下，和老营南2里处北临关河、南接南梁上村的斜坡上，均有绳纹素面的陶片残存，被考古人士认定为新石器时期古文化遗址。

夕阳中的老营堡

2020年6月的一天，第一次进入偏关这座戍边之城，我随王源书记的旅游公路景点规划考察团做了一天的偏关县大巡游，上午在尚未建成的沿黄河一号旅游公路颠簸一圈儿，中午在老牛湾村稍息片刻后，下午沿长城一号旅游公路又对滑石涧堡的碑文、城墙及明代水窖做了一次专注观摩。当老营堡第一次映入我的眼帘时，已是在落日黄昏。公路考察团一行人在蜿蜒的路边高地上一个高大的风电机旁边停了下来，王源书记摊开那本《偏关图志》的样稿书，与秦在珍老师为大家讲解长城一号公路沿途景点、停车场的标识牌设计。然后兴奋地对大家说："这是今天考察的最后一个站点，大家可以尽情拍照啦！"

顺着明长城俯瞰下去，长城与老营城邦"双龙"并行，一个史书里铜墙铁壁的老营堡全景在落日余辉中被人们尽收眼底，我被震撼到了：眼前那座安安静静地醉卧在夕阳里的老营堡，屋舍俨然，规制方庭。初进偏关的我，虽尚未知道它的历史，但在偏僻乡野间，我坚信不可能再寻得到有第二座这样大规模的城堡，我不得不相信身边有人介绍它是"中华第一长城古堡"。在美丽夕阳的橘黄笼罩下，我仿佛能够看得见远处城堡内人影绰绰，当年战场重现，兵戈铁马、战报频传……那山岳气概，那军旅国风，那祖辈英雄情结，那古道剑影寒光，仿佛都已经被这座老城藏在了一幅安静的田园画框里，笼上了一层神秘的光晕。

远观老营，仿佛望见它壮阔生死的过去，老骥伏枥的"年轻"——一个永远的谜。

有机会真正走进老营，是在 2020 年 9 月。借着参加忻州市旅发大会偏关县第二届"长城最野在偏关"徒步活动，我在去到水泉镇参加活动之后的第二天，吕成贵书记亲自载我去老牛湾堡和滑石涧堡深入考察了一番，并专程拜访了山西省"十大最美长城卫士"高政清。在水泉镇许家湾村的窑洞里，高政清老师赠予我一本《老营镇志》，告诉我这本志书的作者王居正老人刚刚去世，我们晚来了一步，这使得手中这本志书显得尤为珍贵，高政清老师赠书情义亦是珍贵。手抚《老营镇志》，我仿佛触摸得到那位如今只能活在人们口头介绍中的王居正老人留在这本书上的余温，仿佛听得到他如这座城堡一样微弱的呼吸。老人是配得上老营这座城的世袭子民，老营这座城理应留得住老人的这场"记史"功德。

怀着对老人的敬仰，拎着相机第一次步入老营城中。我拍摄一个个倒扣在房顶作烟囱的黑釉瓮，拍摄四圣阁门上的老石匾……经过了王居正老人的院门外，没有进去打扰院中或许正空守寂寞的王老夫人。王居正老人是读着老营曾经荣耀或屈辱的历史远去了，他将自己思想与肉身完完全全交付给了老营的浩荡苍茫。在那场"与一座城终老"的远去中，他是何等孤独与寂寥，又是何等的从容与释然——他终于将老营的前世今生述志传世，留给了老营千秋万代的子孙。

在他的《老营镇志》中，我翻阅道："老营堡：金贞祐三年（1215 年）二月置宁边州，以前设立宁边县，隶属岢岚州；十二月，徒武州，朔州，民分屯岚，石州等。时武州残毁，金人知武州不可守，刺史杨沃入州甫守，乃令沃迁其军民于岢岚。明正统末，都督杜忠扩建，广九里（旧尺）。成化三年（1467 年），太尉（掌管藏财物官）郑同展修，成化十二年（1476 年）侍郎杜铭置广积仓于西大街；弘治十三年（1500 年），兵宪杨公纶参与，嘉靖十五年（1536 年）巡抚韩邦奇与兵使贾公启，相继整修，纯以包砌，堪称塞北金汤。嘉靖十八年（1539 年），巡抚陈讲奏请设守御千户所。给事中刘东星疏云：'老营，左控平鲁，右接偏关、阳防口诸镇，恃为耳目，最称要害。'"

因为这段史志记载，因为未曾谋面的王居正老人，因为"铜宁武，铁偏关，生铁铸成老营盘"的军事建制与城堡规模，对老营堡，我只有顶礼膜拜。无论现在怎样穿街而过，老营堡永远定格在了我初见它时夕阳中的壮美一幕。

秋风里的老营堡

在偏关县，老营堡是建筑规模仅次于偏头关的一座古老城堡，号称明长城上"外三关"的"三关首镇"，位于偏关县城东40公里。老营堡这个地方在宋时为"火山军"领导，后期设宁边县，辽时置宁边州。元顺帝时，右丞相魏赛因不花讨索罗帖木儿攻克武州，占领宁边县、州，此地设兵万余，又加护城屯兵，改为老营城。明代成化年间设县级单位"老营守御千户所"，管辖马站、水泉、北堡、将军会、利民堡、南堡子一带的村庄。1725年将老营守御千户所划归偏关县，经历250年的千户所撤销。

长城最野在偏关。明朝政府在沿400毫米等降水量线地理分界线左右修筑的长城上设置了九大军事重镇，将北方游牧民族挡隔在长城以北，防御他们的大举入关进犯。其中，设在偏头关的山西镇作为"外三关"之首，主要是防止北元兵来秋掠。那些习惯了靠肉、奶生活的草原民族，一到秋天就资源开始匮乏了，忧虑上了如何过冬，常常冲破长城防线过来抢粮，偏头关成为遭受蒙古铁骑蹂躏的战争焦土，不得不筑墩堠、建望台、置重楼、起高墙、挖堑窖，布重兵控制严守。老营堡依山而建，有东、西、南三座城门，并在周围建立了三大隘口：红门隘口（水泉）、视远隘口（内蒙古自治区清水河县北堡乡口子上村）、老营东关河隘口，在当时管理着64里的边墙、15座砖楼敌台、18座烽火台、32处要隘，战略位置十分重要。直到那场著名的"隆庆议和"熄灭了燃烧在长城沿线100多年的战火，水泉营红门隘口转为互市，老营堡才在蒙汉人民和平友好的沐浴下得以休养生息，发展生产，重建家园。在极盛时期，堡城内有43家商号，商铺林立，客商云集，在长城沿线的商埠中，可称得上是富甲一方的商业集镇。

老营城周围地势平坦，无险可据，相对于"以险设关"的雁门关、宁武关而言，老营城是站在"因边设关"的偏头关前沿阵地，担负拱卫明朝江山社稷的国家重任，不得不坚固自己，在铜墙铁壁的城邦之外，挖壕沟，筑长城，形成双重军事防御体系。登上老营城，宽阔的城墙坚强矗立五六百年，沧桑中依然透着"生铁铸就老营盘"的硬汉风骨；老营城外，宽广的护城壕沟里已经是一片秋色。残破的城邦拥揽着田野里一堆堆丰收的稻谷，昔日血雨腥风笼罩过的城邦与长城，在这里不离不弃并行了五六百年，像两条飞舞的龙脊，为现代人诠释着江山万里和平的历史颂歌。那座风雨飘摇中屹立不倒的城堡还在，那些守关将士的后裔还在，他们的祖上在自己战斗过的地方解甲归田，建设家园，无论贫穷还是富有，始终安守着这座城，生儿育女，过着最朴素、最原生态的生活。防雨防晒的彩钢瓦屋顶红、蓝交错，这些祥和的屋舍与整齐布局的光伏板传递着现代村镇的文明与追求。但这里的人们始终都不会忘记自己是守关后人，日出与日落的作息之间，老营人常常会抬头望一望古老的城门和斑驳的边墙，提醒自己是从哪里来，再没有任何地方的人能够比老营人更懂得自己内心的民族信仰，没有人比他们更能够清晰地感受到自己血液里流淌着的民族情怀。这就是一座城堡赋予它的城民的灵魂，它用自己身经百战未屈服的四周围边墙告诉它的子民，和平是多么可贵；它用自己千疮百孔未消亡的不老意志激励它的子民，要守护好一段民族的历史，一座关塞的荣耀。

走在老营城外，让人无尽感慨。这座历经两千多年的宁边古城，饱含了冷兵器时代战争的沧桑和春华秋实、边贸融合的烂漫。同水泉堡、滑石涧堡一样，过去的老百姓太贫困，拆些城砖搬回家去砌窑洞、垒院墙等在所难免，致使长城、堡墙的夯土裸露在外。这些夯土再坚固也毕竟是"泥做的"骨肉，经年的雨水冲刷致使墙体日渐受损，许多墙体被平成了耕地，甚至于被拦腰斩断成为方便出入的通道……对这个弥足珍贵的长城军事文化体系的破坏，所有人无奈而又痛惜。

六百年来，经历冷箭与枪炮，战火与凯歌，经历五百年建设与近百年的破坏，雄起于边塞烽火，又坍塌于近代风云。老营的骄傲，已随岁月寒风化作虚无；老营的疼痛，在一次次毁坏与剥离中阵阵发作。如今，它已习惯了任人凿刻的无奈无语，习惯了迁就命运的无声无息。老营老了，老得自己也忆不起当年模样儿，老得再听不到城下的厮杀与城头的鼓角，老得已数不清自己被人扒去了多少片天赐的神鳞，再没有金光闪闪的神韵。

老营，我在秋风里读你，读你夯土城墙上纵横的电线网络与开垦的田畦菜地，读你城墙底下最后一块儿明朝的包砖与几孔向阳的窑洞，读你瓮城墙头与城外堑壕里一样生长茂盛的谷物，读你四圣阁上的风声与城隍庙的雨声，读你冷兵器时代的骄傲与抗日烽火中的哭泣……老营城，你南六道街与北四道街的新城民是否还会再把你的明朝往事口口相传，是否还会向他们的后人讲起你漫长而必胜的军堡荣光与短短百年所遭受过的文化毁灭？冷雨潇潇湿往事，秋风瑟瑟起微凉，新城总觅，古堡难追。

双碑塌的传奇故事

这是我第三次直奔老营堡，为寻一个传奇故事。

从广武明长城、雁门关等内长城地段向西北方向行驶，朔州川平整开阔，让人不禁想到千年以前那个让宋王朝受尽侮辱的勇猛的契丹民族在此建立过的辽国，那个时候，这里一定是"风吹草低见牛羊"的草原"锦缎"，辽阔的牧场注定要孕育一个强悍的民族，成为大宋王朝的劲敌。

沿元朔高速公路一路行驶，经过朔州市平鲁区，再往西45公里便是偏关县老营堡。朔州的平鲁长城向西绵延，一直到一个叫作贾家堡的地方，我们便离开历史上的辽国，踏入历史上的大宋江山。在朔州市平鲁区下水头乡下乃河村驶出朔州地界，金黄色的尉迟恭塑像作为人们告别朔州的地标性建筑，我们进入偏关地界。迎面而来的老营堡是个大堡，三条长城在此会师，看堡城规模可以想象其在冷兵器时代的险要位置。即便是在更远的宋辽时期，这里也一定是兵来将往的战争前沿。

途经一个叫马站的地方，很容易让人联想到，在明朝那个边关频频告急时期或"隆庆议和"之后的互市贸易时期，这里曾是屯驻军马和停驿换马的地方。偏关长城体系中最为珍贵的就是现存完整的近20座明朝兵寨，他们是真正"活的"文物。当年，这些兵寨是护卫边疆屯兵之所在，是沿长城的战略要塞。几百年后的今天，这些"兵寨"仍然住着村民，成了一个个绵延不息、融入时代的居民村落。这些人想必应是明朝将士们的后裔，世世代代都在不离不弃守候着这片边远贫困之地。

这就是偏关的明长城军事文化体系，准确地说，是活脱脱一个明朝北方军事防御体系，至今它还完完整整、错落有致地坚强挺立着。扩展开来讲，在它周边的偏关、河曲、平鲁、宁武、神池等各县也都囊括于这个军事体系内；再往远说，大同、朔州、忻州等地都是山西境内明朝北方军事文化体系的"扩大版"。老营堡地处关河上游，关河流经堡南向西而过，长城沿堡城墙东侧而过，与关河流向形成十字坐标。从它在北齐建邑，两次扩城，三次建立县府，便可做出它曾经是全省乃至全国的边关重镇、曾经驻军上万的抗敌前哨的推断。

嘉靖四十三年（1564年），北元谙达骑兵从马鞍山突破长城犯境，老营堡游击将军梁平，守备祁谟率700多将士迎战，行至今柏杨岭林场管护站青石板塥，遭遇到北元军伏击，两军对垒，北元军占据地形优势进行袭击，老营堡700多官兵全部战死，尽殁于此。嘉靖年间，常驻老营骑兵、步兵平均3000多人。但是在嘉靖四十三年（1564年），山西镇总兵早已移驻宁武关，军事重心不在偏头关了，老营堡驻军定是少了许多，一天战死700多人的战报真是震惊朝野。嘉靖皇帝追赠两将军官位，给予家属厚禄；山西巡抚万恭为祭奠官兵，亲自题写碑文，在青石板塄高地树碑两通，从此后，青石板塄就被当地百姓叫成了双碑塄，也叫碑洼山。

偏关长城人贺文查阅《偏关县志》《偏关志》《老营镇志》了解到此事件之后，亲自去现场查看，并与徐光等长城志愿者在清明节凭吊此墓，述以成文，宣扬长城精神。遗憾的是，现场只见龟形碑座一尊，碑首一尊，西侧有长方形碑座一尊，两碑身均已不见踪影。他们把碑首竖起来，紧靠龟座，摆放贡品和小花圈，全体肃立，默哀一分钟，悼念惨死在此的700余名明代戍边将士。自此，这块儿残缺之碑时刻牵动着贺文的心，他很想将旧碑复原，安抚700余名将士的亡灵。第二年，贺文又去周边地区寻访，一位驻村干部说，听一名放羊老汉提起过，碑身流落到了史家圪台村。但他始终未能找见那位放羊老汉，这成为贺文心头的一件憾事，常常挂在嘴边。

贺文心心念念的这件事，引起了时任偏关县委书记王源的高度重视：修建长城一号旅游公路，怎能忽略长城上的英雄故事？双碑塄是明代长城守军阵亡地，我们不能忘记这段历史，一定要重做碑身，以供后人瞻仰。于是，在贺文等一众长城人的努力寻找下，他们将流失的残碑背回了原地，王源书记主持在此地重新树起了新的双碑。

循着活在传说里的英雄将士的忠魂和壮举，我再至双碑塄，从长城侧畔拾级而上，青松掩映下，崭新条石砌成的台阶仿佛让人们回归到古老而和平的青石板塄时代。我们焚香祭拜，告慰忠魂。

出老营，沿长城一号旅游公路往滑石涧、老牛湾方向去时，路经史家圪台前柏杨岭林业管护站，人们远远便可望见双碑塄（青石板塄）巍峨雄踞于长城一号旅游公路边上，青松翠柏托起崭新双碑，老营守备梁平、祁谋携700余名将士英魂与古老长城一起共卧青山，重新回到老营人的记忆。站在高高的双碑塄，远眺一辆辆运煤车从平鲁大地经尉迟故里、老营堡城驶向偏头关，不禁心生感慨：老营战事已休千年，明朝互市不闻声响，"青山依旧在，几度夕阳红"？

老营堡确实是老了，城南深广的护城壕沟在斑斓的秋色里清晰可辨，残缺的长城艰难地伸向远处的山峦；北山长城上，残存的火路墩标本与东西方向的一座座烽火台遥相呼应，以其最大的坚韧矗立，忠实陪伴着老营这座城，让人看得见的边墙与邦城的唇齿相依。这里已经不是历史意义上人烟稀少、寸草不生的黄土高坡，苍松列队，绿草披山，巨大的风力发电设施有如君临天下，远远望去都连成一线，黝黑崭新的旅游公路像又一条长龙曲折绕梁，与那些漫山的烽堠墩台一路同行，昔日野长城，今日"龙"并舞，满目都是生机，满目都是活力，关山深处人民的生活就应该是这个样子，英雄后人的山河就应该是这个样子！

平型关印象

由二广高速大营出口驶入繁峙乡道，平旷的田野间密集地矗立着一台台风电机，机柱就在你身边，风叶就在你头顶，像白色的巨人，干净得让人亲切，高大得让人敬畏。这一排一排的风电，连接着天地，迷离着云雾，让你不由得相信，自己正身处于黄土高原的最高海拔处。那些绿油油的田亩和远处低矮的村庄，安卧在这辽远的厚土高天间，风声回答了你的一切疑问。平型关，定是在这高原之上居高临下，据险而守，阻挡着外敌的入侵。

平型关位于忻州市繁峙县和大同市灵丘县交界处的平型岭脚下，明朝正德年间修筑内长城时经过平型岭，在关岭上修建了关城。在长城"外三关"的盛名之下，平型关在忻州人眼里实在是不值得一提。但作为明朝内长城上的一处关隘——雁门关十八隘口之一，其险隘设关的意义绝不可以忽略。平型关关北是恒山余脉，南接五台山，两翼山势险峻，周围地形如瓶，古称瓶形寨，历来为兵家所必争。一条东西向的古道穿平型关城而过，东连北京西面的紫荆关，西接雁门关，形成一条严固的防线，形成京西重要藩屏，在明清时代，京畿恃以为安。

在国人印象中，平型关是枪炮乱射、一次血与火的洗礼，只适合搁在历史的记忆里，让人不忍回顾。其实，平型关不只是一座关，不只有战争。从雁门关一路向东，向滹沱河溯源到孤山，你就能够遇见它，触摸到一个真实可览的平型关。一村一城一险隘同名同姓，都叫作平型关。

虎踞于平型岭南麓的平型关堡，就是现在的繁峙县横涧乡平型关村——一座正方形城堡，周长两里有余，南北东各置一门。绕过平型关村照壁走进南门，主大街笔直地深入村中，不宽不窄，黛瓦白墙，暗藏一条古老官道的低调奢华。你可以想象自己已回到金元时期，佛国五台山下一座店铺林立的小商镇；你也可以想象自己是五百年前那名游僧，从那座佛教圣山向北一步一叩首留宿在这里，点燃起一庙又一庙的香火，过街戏台上咿咿呀呀生旦净末丑，台下是熙熙攘攘穿街而过的晋北民风。

平型关堡是一座有故事的方城，兵来时将挡，兵去时念佛，没有"外三关"的叱咤风云，总有北族扰燕赵的摩擦。平型关最不想提及的就是那些战乱频仍，从先秦赵武灵王开疆拓土到明王朝建关堡抵挡蒙古骑兵，这山下少不了的刀光剑影鼓角争鸣。它不屑于一笔接一笔记入史册，一场"平型关大捷"已经足够证明它据险退敌的功绩。

村中有南北城门保留了原样，破败危险，西面有施工队在城墙上推出一个豁口。北门有瓮城，当年平型关大捷解放军进城的老照片就在此门拍摄。北门内立有一座贞节牌坊，亦是张氏的（偏关古城内的贞节牌坊也是张氏）。北门城头的北城墙上那株200年的老榆树，据传是林彪当年的"拴马树"，一匹战马稍歇，便扫尽了侵华敌寇，那这株拴过英雄马的老榆树也实在是红色荣光。树旁有"天玄庙"，忽略多提了。沿城墙上绕村走了半圈，城墙下的居民窑洞都已坍塌废弃，成了狗舍、羊舍、鹅舍。靠近公路的西城墙被推开一个进村的大豁口，口内是平型关村小学。南城门岌岌可危，为保持原貌，也因无钱修复，与北城门外城门一样，门下用钢架做了一些支撑措施。南北通衢一派新貌，青石铺路，下水道精致，院墙有新式砖雕，十字街口有少见的"过街戏台"，台下洞中坐着乘凉的村民，戏台前有两家小卖部，卖些方便面、矿泉水之类。村中有城隍庙和奶奶庙，兴趣不大，节省时间，未去看。

关、堡、城同在，平型关是一个保存完美的长城防御体系。但居住在关城内的村民们早已习以为常，说："你们这是找罪受，这关有甚看头？不如去北戴河看看。"只有三个小孩子在村口的城墙遗址跑上跑下，两个小女孩儿穿上粉色连衣裙欢悦地追逐着，小男孩则"屹立"在城墙顶上，双手舞着长剑比画着他心中那份英雄的情结，这大约是村口一辆外来游客车上的孩子们吧，他们对关城与城墙还保留着一份新奇。土生土长在这个千人小村的偏关原县委书记、现任市人大常委会副主任的王源，每到一处参加长城学术论坛接受访谈时，总会讲起他是平型关村的儿子，宁武关工作过，又任偏头关的父母官，是名副其实的"三关"后人，还保留着从小在平型关村城墙上玩耍的记忆，遗憾的是现在回村再上城墙，却走不了一圈，城墙中间挖断，已被破坏严重。

从平型关村西面往北行驶，几公里外便到达平型关楼下。关楼前先有军堡的遗迹，一段残垣自西面山顶的长城上横亘下来，提示给人们当年军堡的圈圈形状。关楼建在两山之间很小的豁口，穿过城门便可看到通往河北的公路。平型关和堡正在进行再次抢修施工。关楼两面山上，修复的长城段尽头，依然有长城墙体遗迹清晰可辨，蜿蜒伸向远处山顶的烽火台上，沿线有数个敌台遗址，远山上隐约可见五个烽火台伸向北方，形成一条路。

上到关楼东面的城墙上，一段仰伏有致的宽阔台阶，带你向着更高的山峰走去，途中可遇到一座座敌台遗址，厚实的黄土台基上长满了野草。抬眼望去，可见远处山顶的烽火台屹然而立，因为地处高险而未受到人为破坏，只在自然的侵蚀中略显清瘦。

关楼往西，城墙更是随着山势高低起伏，曲折优美。修复后的城墙，青砖墁地，黛瓦围栏，向内一侧是低矮的护墙，向外一侧是高过胸口的垛口。转身望去，像一条龙脊匍匐在秀美的山峦，正休憩酣眠。和平年代，它已经不必再肩负卫国使命，不再听鼓角争鸣，不再看剑影刀光。它像守候南北通衢的一位灵长，以山的巍峨、史的风流传诵一段段过往记忆。

平型关太低调了，密织在雁门十八隘口军事防御网中，沿着内长城护尽大明王朝的周全。登临平型关长城，其逶迤在群山峰顶的"曲线美"大概算是全国关城首位了。那骨感又柔美的伸展曲线，在体现着一个民族的刚强与柔顺。中华民族正是这样一个刚柔相济的民族。

我敬平型关，古来拱卫京畿多负重，这座小关险塞却替内长城上的"内三关"挡在了前哨。

我爱平型关，把所有雄关面前的热爱，在这里化作轻装简从的喜爱，北倚恒山，南接五台山，摆动出她妖娆多情的身姿，一座雄关安静成一道艺术风景线。

平型关只是一个隘口，比起忻州境内"外三关"的刀枪剑戟来可能少了一些威风，而比起雁门关十八隘口却又很是霸气，瓶形寨、瓶形塞时的拘谨与不安，已被一场连天炮火轰然炸飞，散漫下来的是堡城内怡然自乐的守关后人。

这印象，只剩下了盛世安乐中对历史的缅怀与敬仰，对关堡危墙与淳朴居民的美好祝福。

名关险隘——宁武关

智者乐水，仁者乐山，勇者乐关。

宁武关是三关中历代战争最为频繁的关口。当时，北方诸民族只要南下，必经三关。偏头关由于有黄河作为天险，只有到了冬季时，匈奴骑兵才可以踏冰而过。而雁门关以山为天险，骑兵难以突破。水关宁武所靠的恢河是季节性河流，在恢河断流的季节，匈奴骑兵就沿河谷挥师南进，直抵关下。当时，恢河河谷可容"十骑并进"，所以大多数时候，宁武关成为游牧民族和农耕民族交战的主要战场。

在宁武关千百年来的战争纪录中，最后一场大仗发生在明末崇祯年间。李自成奋战七昼夜，以惨重的代价，击败镇守雁门关的三关总兵周遇吉，为夺取北京扫清了障碍。如今，在宁武恢河东岸，仍有周遇吉之墓，为砖石所筑。

自宁武大战之后，大同、宣化、居庸关的三处守军及调去的援军，竟然全部不战而降。层层险关要塞全成了摆设，致使起义军一路长驱直入，迅速包围了北京城。在那场势如破竹的农民起义中，农民军在宁武竟然苦战七昼夜，付出了惨重代价，以至于到处开仓放粮的李自成一怒之下火烧宁武关。如此惨烈的战争说明了宁武关在军事地理位置上的重要作用，宁武关也因此闻名天下。

宁武县传说是由凤凰所变，故有"凤凰城"之称，遇敌侵犯可神奇地飞走。城池犹如凤身，城北华盖山护城墩酷似凤首，东西延伸的两堡俨然是凤翅，南城的迎薰楼犹如高翘的凤尾，雄居城中的鼓楼堪称凤凰的心脏。万历元年至三十四年（1573—1606年），城墙全用砖砌，加高至3.5丈。在城北华盖山顶修护城墩一座，上建三层华楼。关城东西各修城堡一座。宁武关城北踞华盖山，南控凤凰山，恢河水在城南向北流去，城池两翼向上下游伸展，状若飞凤。凤凰城得名，一因城南凤凰山，二因其布局酷似欲飞的凤凰。

县城里有一座三进院布局的延庆寺，中轴线依次建有天王殿、毗卢殿、藏经楼，两侧有东西配殿，斋室和东西小偏院，寺内存清代碑一通。据记载，明万历十八年重建，清代重修。

楼烦故地

楼烦，是我国古代一个北方游牧部族。商朝武丁年间，从内蒙古自治区伊克昭盟的鄂尔多斯草原徙于管涔山两麓、商周交替时，楼烦立国，明代诗人蔡可贤《楼烦》诗，对楼烦部族的活动范围和生活方式做了描绘。诗云：

山前山后十六州，天涯尽处是偏头。
云开大漠风沙走，水折长河日夜流。
万户金绘愁见月，千群铁骑畏逢秋。
却思大汉无中策，一曲胡笳倚成楼。

楼烦由部族到国家，到地名，经历了复杂的演变过程。

殷商时，今宁武及神池、五寨、静乐、偏关、岢岚、陕北和内蒙古部为其主要活动地区。《史记·匈奴传》有"晋北有林胡楼烦之戎"的记载。

周时立楼烦国，《山西通志》载：宁武、静乐并楼烦地。《晋乘蒐略》载："今岢岚州以北故楼烦地，宁武府治其故址也。"又载："古楼烦在宁武以北。"雍正《山西通志》明确地记载："宁武，古楼烦国。"可见，古楼烦国王朝的治所在今宁武县。周成王"会图"时，楼烦国参加，楼烦臣服于周，史称"荒服之制"，周穆王时，荒服不至。其后，范围扩大至今原平市西、北；代县、朔州市南、兴县、岚县、岢岚、静乐、宁武；北至鄂尔多斯草原及大漠；西式以黄河为边。直到中华人民共和国成立后，宁武县城古楼上仍悬有"楼烦重镇"木匾。今宁武通往原平的公路上，尚有名为"楼烦岭"（又名六番岭）的山峰。都为考证楼烦王朝治所提供了佐证。

自战国赵武灵王逐走楼烦，在宁武县置楼烦县后，秦袭其旧置，划归雁门郡，西汉析分水岭以西地属汾阳县，以东为楼烦县，并建楼烦城于今县西7公里处的苗庄古城，隶于雁门郡；东汉末，废楼烦县。

宁武关历史

明代中期，分水岭为界的宁化城和宁武关南北结合，构成了今天的宁武县总体格局。元顺帝至正三年（1343年）罢宁化州，改为宁化巡检司。到明朝时也无县的建置，洪武二年（1369年）设宁化巡检司，洪武十一年（1378年）改巡检司为宁化守御千户所，隶山西都司。与此同时，北部的宁武城登上历史舞台。土木堡之后第二年，景泰元年（1450年），在今宁武县城西部小山上土筑宁文堡，堡呈倒梯形,西墙靠山,东墙对河,西长东短,南北二墙长而斜。今该堡遗址尚存。

山西雁门关与偏头关东西战线过长,需在两者之间新增关隘御敌。明宪宗成化二年三月(1466年),山西巡抚都御史李侃主持建造宁武关城。宁武关主城北据华盖山,南临恢河,南北东周长四里,基址宽五丈,顶部宽二丈五尺。高三丈,开三门。史称为"子城"。据史料载,子城依山临河而建,周长四里许,城墙高三丈有奇,辟东西南三个门,城池南北窄、东西长,呈现不规则延伸。巡抚都御史李侃执初有东、南、西三座城门,城周4里,高3丈。明政府在今宁武县城设立宁武关,成化四年(1468年),明政府又"命镇守山西署都督佥事王信移镇代州,提督雁门、偏头、宁武三关,始有三关镇的设置。此后,宁武关的军事地位逐步升级。弘治十一年(1498年),巡抚魏绅拓展该城,周长增至七里一百二十步,加高五尺,于城北筑"镇朔楼",宁武乃由普通军堡升格为千户所城,地位与雁偏二关等同。关城设宁武守御千户所,纯为土筑,东、南、西、北四门依次为仁胜、迎薰、人和、镇朔,城头华楼宏伟坚固,城池规模初具。正德九年(1514年),守将"随山筑城,因涧为地",在关城周围增建军堡12座,形成了一个以关城为中心的立体防御体系。嘉靖十九年(1540年),以原驻偏关副总兵为总兵官,兼领三关。山西总兵平时驻节宁武关,防秋时移驻阳方口(宁武关北的长城隘口,是宁武的门户),防冬则移驻偏关。此为山西设"镇"之始,标志着山西由原来内地的省(布政司)兼而为"边镇",正式加入"九边"的序列(山西镇又称"三关镇")。宁武从此成为山西镇的镇城和山西中北部的中心城市。

隆庆四年(1570年),宁武关城包砖,加高至四丈二尺。万历二年(1574年),在城北华盖山顶筑护城墩,台基广二十八丈,高两丈。台基上建楼三重,楼外女墙二十八堞。楼下用砖砌墙,宽一丈,周长四十丈,墙上有女墙四十。万历二十七年(1599年)筑西关,万历二十八年筑东关。万历三十四年(1606年),宁武道郭光复将东西关包砖。东西两关总周长一千七十余丈,高三丈五尺。乾隆六年(1741年),大修各城门及门楼。

宁武城是关城,阳方口是关堡。恢河东面是恒山山系禅房山,西面是管涔山上的托莲台,北面的马头山通向朔州。阳方口的河西村有庙,托莲台有烽火台。

嘉靖三十九年(1560年)设宁武兵备道辖三关中路,将宁化所改隶宁武关。宁武城作为山西总兵的镇城,取代宁化城,山西镇建制,成为明代长城防御体系的九边重镇之一。分水岭南北的宁化城与宁武关再次结合成一体。

宁武关"东西援雁平、偏老,北控三云,南藩全晋,盖山西镇之要害也"。

这是宁武之于三关的利害。宁武等三关又称"外三关",在明代京畿(约当今河北省)的西北,还有居庸、紫荆和倒马三关,是为"内三关"。所谓"内、外",是相对于京师北京的远近来说的。这表明宁武三关的意义不止于防护山西,它与宣、大二镇联为一体三边互为声援,亦为京畿屏障。这样,外长城复之以内长城,外三关继之以内三关,环环相扣,层层锁链,共同捍卫着明王朝的腹地及京师"根本"的安危。

顺治三年(1646年),裁山西镇为宁武营,改总兵为副将(后移驻杀虎口)。康熙六年(1667年)又裁文臣宁武兵备道缺。

雍正三年(1725年),以宁武之地设府,下辖宁武、偏关、神池、五寨四县,辖境约当今山西省内长城以南,偏关县、五寨县以东,云中山以西、以北地。宁武所成为府县两级城池,由军保职能逐渐转向地方行政职能。这标志着宁武卫所时代的终结,它从此成为晋西北的行政中心。1912年,废宁武府,改设为县,乃为今制。

宁武府城

宁武城,古称凤凰城。宁武城,关城合一,筑于明成化二年(1466年)。万历三十四年包砖,并筑东、西关城。三城联立之势如凤凰展翅,故又称"凤凰城"。民间传说护城墩是凤凰之头,鼓楼是心脏,东西两关是凤凰的两只翅膀,吕祖阁是凤凰的尾巴。宁武城依山傍河而建。东西长,南北短,方位不正,故有斜城之说。《宁武府志》记载,周长七里一百二十步。砖包城墙,厚而坚实,高三丈六尺。老街基本是东西为街,南北为巷。

清代边防压力骤减,顺治三年裁山西镇,康熙六年裁兵备道,雍正三年裁宁武卫,改宁武府。后来,城垣、建筑亦遭严重破坏。目前三城仍都有部分夯土墙遗存。

全国唯一的水旱关重镇——阳方口镇

宋朝时阳方口曾经是"杨家将驻防的关口",所以先叫"杨防口",后来改成了"阳方口"三个字。阳方口位于宁武县城东北13公里处,海拔1260米,距离神池县也是13公里,在宁武县海拔最低之处,地处桑恢河东岸,历史上曾称九龙口、九牛口、阳方堡(杨防堡)、阳方口堡。军事地理战略位置重要,历朝历代均建有军队驻守该关口,是全国唯一的水旱关。现阳方口也是重要的交通枢纽连接地,为晋西北、大同、太原的互通国道必经之处。

阳方口堡城，东靠禅房山，西傍恢河，为明嘉靖十八年（1539年）巡抚陈讲所筑，万历四年（1576年）增修。堡城周长1公里左右。有"山西镇中路第一冲口"之称。阳方口长城现为残檐断壁，城北砖券拱门形态完整，有木质结构支撑。河西的长城存夯土残墙和土筑烽火台，东面长城大部分长城砖尚在，空心敌楼保存较好。乾隆版《宁武府志》中记载：总督侍郎翁万达在《三关中路图说》中写道"……阳方口直通朔州大川，尤为吃紧，故都御史陈讲疏云，东有雁门勾注之险，西有老营海偏头之塞，厄岠峪限隔黄河，敌人不便大举，独宁武之阳方口，东西长百八十里，平衍夷漫，即拥十万众可成列以进，此口实敌人必争之地，三关首犯之衡。……故曰，守大同者守山西也，守中路者守两关也，守阳方口者守全路也。"明长城横贯宁武县境北地，由原平市西行入宁武薛家洼乡段庄村北后，大致呈东西走向，经阳方口镇郭家窑、贾家堡、黄草梁、北辛窑、袁家窑、阳方口，越恢河后，到河西，达大水口村，向北进入神池县界。全长约42公里，蜿蜒在海拔1300—2000米的崇山峻岭上。

大规模修筑是在明宪宗成化、嘉靖、隆庆和万历年间时东部蒙古瓦剌部谙达汗不断南下掠边，嘉靖二十三年（1544年），兵部左侍郎翁万达总督宣大、山西、保定军务，"屡疏请修筑边墙"，先后修筑了11次之多。嘉靖二十四年（1545年），派遣朔州总兵移驻宁武负责修筑声势最为浩大，仅参加的军工、民工就比以往增加了十倍。贾家窑、茹家窑、袁家窑、李家窑、北辛窑、孟家窑、马家窑这些村庄就是当年修筑长城烧制墙砖历时弥久，民工们形成的村落。

明长城大部分为黄土夯筑，砖石包砌。夯层清晰，夯层厚为15—20厘米，险隘地段为7—10厘米。在砖石与土墙间用黏土填充。因自然和人为破坏，现长城砖石已存之甚少。今保存较好的城墙残高2—7米、底宽4—10米、顶宽25米。大水口至神池界原长2.5公里，现存约2公里；阳方口至大水口原长5公里，现存约3公里；阳方口至黄草梁原长6公里，现存约3公里。明长城上有敌台8座，马面138座，关口6处，山险1080米。长城两边有烽火台43座。大水口段长城建有万里长城上唯一的刁口。阳方口段（石油公司院内）有万历年间建的空心敌楼。该敌楼凸出长城而建，平地而起，中空，南面上方券门，其余三面开天窗，内设回廊，鲜见于长城上其他敌楼。2023年县文旅部门对其进行保护性修缮。

宁武关文物

宁武关鼓楼

鼓楼位于宁武县城人民大街十字口，坐东朝西，东西17米，南北18米，占地面积约306平方米。创建于明代，现存为明代建筑。鼓楼为上下两层楼阁式，通高20米。一层为砖石结构台基，高约10米，内设十字拱券穿心洞，通东西南北四向。东西洞门额嵌石匾，西刻"凤仪"，东刻"含阳"，下题"光绪辛卯圕郡重建"，门楣上有仿木砖雕斗拱和仿木垂花。二层为楼阁式木结构建筑，面宽五间，进深四椽，四周围廊，檐柱间设雀替，三重檐歇山顶，一重檐下东西设隔扇门，其余为墙体。二、三重檐下四面设槅扇门，二、三重檐下东西面悬匾，东为"楼烦重镇""毓秀钟灵"，西为"奎光普照""层霄耸翠"。楼上保留有清光绪年间石碑1通。据清《宁武府志》及清代碑记载，建于明成化年间（1465—1487年），清光绪十七年（1891年）重修，1986年大修，2007年又修葺彩绘。1995年被山西省人民政府公布为省级文物保护单位。

周遇吉墓

李自成攻破宁武关，清在宁武县城共有周遇吉四座。

其一在人民大街西口（今粮食局院内），原参将府（周遇吉府署）原址，据有关史料记载，墓室高3米，东西宽10米，南北长13米，外面以青砖砌筑，内由黄土堆积而成。墓前原有石碑一通，上书"大明三关总兵周遇吉阖署尽节墓"。可惜于20世纪70年代被毁，周府如今唯一幸存的建筑是周府绣楼一座，但亦有被蚕食损毁的危险。

其二在城东大河堡村外。据《宁武府志》记载，周遇吉墓在"郡城东门外山岗左，当恢河上流"。是明军与李自成义军殊死决战之地，周遇吉战死之地。据《宁武府志》载，周遇吉死后四日，"标下材官侯效义等殓公，面目如生，八月甲申葬于东门之外"。又据其他有关资料记载，周遇吉墓原有3.5米高的黄土堆一座，石碑四通，今已无存。

其三在县城东郊火车站北口。记载该墓原系大河堡村外墓葬，清代因为"河水冲刷为患""墓后忽迸裂十数处"，宁武驻关的官吏为避免墓葬遭恢河水冲刷毁坏，遂将周遇吉墓葬迁移至县城东门外火车站北的高坡处。据迁葬时的史料记载，此墓冢为黄土堆积而成，表面也是青砖铺砌，顶部圆馒状，墓前有红砂碑一通。1997年迁葬时经权威专家鉴定，周遇吉后脑勺有特重的刀伤裂痕（这一佐证，说明周遇吉死于万箭丛中亦有疑问）。周遇吉墓内陪葬物极少，从骨骼丈量可知，他的身高在 1.65 米以上。

其四，因与当时的重点工程"同蒲线"上的宁武火车站建筑有碍，1997 年将火车站周遇吉的墓葬迁葬到城北华盖山的北侧（即今栖凤公园北坡）。是现今唯一保存完好的周遇吉墓葬，修建了"墓园"，园门，照壁，照壁上有文字说明。坟墓和周围地面用大理石代替了原来的砖头和石头，整个墓园装饰一新。坟丘不算太大，底座是五层红砂方石，上面一层是白青方石，六层方石共同构成一个正六边形。六边形的上面用 33 层青砖围成一个穹隆形，类似蒙古包状。墓室正中有一个寒碜的小石碑，上书"明忠武公之墓"，颇有点羞涩的样子。墓室的前面有四通石碑，分别立于清代顺治、嘉靖、咸丰和 20 世纪 90 年代。其中清代墓碑是用当地的红砂石雕凿而成，已经剥落多处，字迹几乎不可辨认。但四方石碑却被后人加了石雕的外框和穹顶，于是整个坟墓颇有几分威严和肃穆。

> 大呼高帝出城闉，三百年来此一身。
> 帐下投醪多战士，军前拔帜是孤臣。
> 裹尸不愧真男子，擐甲曾闻有妇人。
> 若使将军犹未死，慧芒那敢近中宸。
> ——《甲申闯贼陷宁武关周总兵战死》

> 万里烽烟接地阗，三关遗恨见忠魂。
> 勤王援绝孤臣泪，报国身惭圣主恩。
> 焰起楼台昏日月，芒寒幕府傲乾坤。
> 同仇气并山河老，绛节云旗绕墓门。
> ——《陆刚谒周忠武墓》

宁武关故事

凤凰城的来历

相传，明朝皇帝派山西总兵王玺和三关总兵周遇吉修筑宁武城，二人奉旨来到宁武选址建城。王玺选定天池建城。周遇吉是宁武人，熟悉地势，他说："汾阳宫是个游山玩水的地方，我们建城是为了防患北方游牧民族的侵扰，末将认为还是把城建在阳方口为好。那里是宁武孔道北口，正是内长城所经之地，当年穆桂英大破辽兵的天门阵就在那里。"王玺不听，下令第二天动工修城。那天傍晚，忽然刮起东风。一位正在天池钓鱼的渔翁看到，一只金翅大凤凰叼起那杆定址大旗往北飞去了。渔翁赶紧到向王玺禀报了这件异事。王玺和周遇吉追寻定址旗的下落,大旗正括在东西两座山中间的一个关口处。第二天便调集民工破土动工。后在西山顶上修成一座小城,活像凤凰头,大城的城墙连接小城,向南北两山展开,像彩凤展翅。宁武城像一只金凤凰守卫在宁武关上,保卫着太原城和北京城。王玺和周遇吉进京复旨,皇帝听了大喜,御赐宁武城名为"凤凰城"。

李自成倒取宁武关

崇祯十七年(1644年)二月,闯王李自成亲率大军,从陕西渡过黄河,一路北上,势如破竹。山西总兵周遇吉在代州初战失利后,退守宁武。闯军追击,绕出阳方口,十八日,主力出现在宁武东门,两军展开血战。这是明朝覆灭前的最后一场大战,由于双方实力过于悬殊,不过四日,宁武就陷落了。在拔除这根钉子后,李自成继续北进,大同、宣府、居庸关,这些昔日的雄关巨镇,披靡而降,三月十九日,崇祯帝宁武关作为军镇的历史,在吐放了一朵如此血艳之花后,就黯缢死于北京。然凋落了。值得一提的是,周遇吉虽然兵败被杀,但他在"宁武关大战"中的英勇表现给后人留下深刻印象,在许多民间故事里,他与李自成一样,都是响当当的英雄,其中最为著名的就是京剧《宁武关》。这两位宁武关前的对手,殊途同归了。明末农民起义军领袖李自成让他闻名天下,他让宁武关名闻四海。

杨业兵败陈家谷

托罗台,县内废弃的古地名。据《山西通志》载,其位置在"宁武山前"。《山西志》载"在宁武关"。《朔州志》载:"托罗台在州西南50里宁武阳方口西山上。"《宁武府志》载:"托罗台在宁武关东。莲台亦作托罗台,今阳方口河西高山谓之橐莲台。"位置在河西村后山岗。托罗台之所以入载史册,因与宋代名将杨业尽节有关。

宋在雍熙三年即辽统和四年(986年)正月,北宋将潘美、杨业率军攻克云、应、寰、朔四州,即今天整个大同、朔州两市,大军驻扎于桑乾河。那时今县地全境曾短暂属宋朝所有。五月(《契丹国志》云在"秋八月"),萧太后与大臣耶律汉宁率军十多万,南下攻取寰州(今朔城区东北司马泊一带)。杨业孤军奋战于陈家谷口,被辽军活捉。杨业绝食三日而死,自此以后,令县分水岭之北从此永入辽境。宋朝于今县分水岭设横岭铺,治馆舍用以接待辽使四。

汾河左岸，一城宋时烟雨

宁化古城，一座有故事的城，千年风雨小宋城，"宋文化"就是它的灵魂。它从先秦部落文化的《诗经》中走来，在汾河左岸的烟雨蒙蒙中落户宁武，分水岭的特殊地理位置、胡汉交界的边塞功能，让它终于在隋宋时光中拔地而起，站成一座地标意义的北方边镇，在明清的商旅不歇中有了自己的璀璨文化。尽管随着宁武关的建立，胡汉民族的融合，这座风雨宋城早已黯淡了它往日的辉煌，但宋城就是宋城，青史中最为璀璨的一笔将它永远定格在宋时光阴里，一座边塞小城的魂便有了。如今"活化"后的宁化古城，已经复原了旧时的千户所、两官道、十八登科坊和一间间酒旗风里的老店铺，汾河左岸再次飘起了古时牙旗，再次挺起了城墙脊梁。宋风是它的名片，宋韵是它的底色，接下来，我们只需重新拾起宋朝年代的那些文化元素，再现古街古巷的市坊文化，甚至夜市生活，那么，一城宋时烟雨将再次呈现于汾河左岸这座有历史、有温度、有故事的"宁化宋城"。

汾水潺潺，带走了古城的历史风云；隔世烟雨，滋润了管涔河山。只留下古老城楼上的怅惘相送，看《诗经》唱的汾河上那座摇摇晃晃的千年索桥，送走汾河川上一程山水的辽阔与相思……

青山卧古城，烟火复缭绕，青石老街印旧痕，一场宋时烟雨，慢了离合与悲欢。你若是那名翻山越岭的旅人，沿着这条古老官道独上城头，必然能够望得见旧时光阴天青色，一城烟雨美了"宁化宋城"……

宁化古城前世之谜团

诗人杨璇有诗云："青碧谁将斧劈开？下通幽径绝浮埃。山连裂石千寻起，水出汾源一线来。"让依山傍水、据险而守的宁化古城万千气象浮现在人们眼前。这座全国现存最为完好的小宋城，始建于隋，修墙于宋，重修于明，三次城址范围稍有变化，后人已述备至。

如果要上溯到更古远的历史，宁化之地被称作伏戎城，"伏戎"应做何解释？

宁武曾为晋北古楼烦（古部落名）地，战国时，赵武灵王在此置楼烦关以防匈奴，秦汉时为楼烦县地，仍置楼烦关，南以今宁化村为楼烦关南口，北以今阳方口为楼烦关北口。《史记·匈奴列传》讲道："春秋时期晋北有林胡、楼烦之戎，燕北有东胡山戎。各分散居溪谷，自有君长，往往而聚着百有余戎、然莫能相一。"因这里的高山草甸最适宜畜牧，活动在管涔山一带的楼烦部族得了"楼烦骏马甲天下"的美誉。以"善骑射，剽悍勇猛"而著称的楼烦骑兵和楼烦骏马在当时名震天下，以至于"楚汉之际，多用楼烦人，别为一军"。然赵武灵王胡服骑射"北击林胡、楼烦"，尽收"北地之众"。到西汉又有大将军卫青北击楼烦王，取河南地置朔方郡。楼烦这个悍勇的民族彻底淹没在历史的尘烟，作为楼烦关南口的宁化被换作"伏戎城"，听起来似乎合情合理了。

今又有学者认为，《水经注》里"凭墉积石，侧枕汾水，俗谓之伏戎城。"的"伏戎城"应为"代城城"三个字，指的是汾水之畔的宁化所在地，那么宁化自然又可能是历史上的古代国都邑了。上述皆为史料记载中左右比对推测而来，然《宁武府志》记载应是确实的："宁化自北魏、北周、隋皆为重地，至宋与辽界，金元明渐以无事……""宁武之宁化，汉汾阳地也。"史志中的这两笔，一可证实至少早在1600多年前的北魏时已有宁化这个地方，二是以汉时计，宁化最少也是1800年的历史了。

无论是"伏戎城"，还是"代城"，宁化堡的历史可追溯至秦汉，是真的久远了。河流是最不善说谎的。沿着汾河的记忆，我们行更久远些就能看到，从新旧石器时代开始汾河两岸就有了人类栖居，作为汾河源头所在的分水岭以南一带一定是游牧民族和农耕民族碰撞、交融之地，宁化又处于这段汾河谷地最狭窄、险要的咽喉要道，必然少不了你争我夺、你退我守的争抢、摩擦，永远是备受南北民族重视的焦灼之地。它必然收容过那个古老时代勤劳、智慧的人们，在汾河左岸的缓坡上开始最初的抱石砌屋、叩石垦壤、汲水而饮、浣纱织布。宁化在一石一草中渐渐落地生根。特殊的地理位置注定了宁化在冷兵器时代永无宁日，渐渐地，由自然村落坚固成小型城堡。

直到607年，登基三年的隋炀帝杨广出雁门关北巡牧族，招摇、炫耀够了后返回楼烦关，在天池狩猎，发现这真是一个避暑、狩猎的有趣之地，遂在第二年春天置楼烦郡，郡治在今宁化村，并派了世本、李渊为郡守，两次巡狩达半年之久。楼烦郡管辖宁武分水岭以南地区及今忻府区、静乐和临县等地，成为当时汾河上游重要的政治、军事中心。与此同时，隋炀帝开始在此兴建汾阳宫，据传，汾阳宫分别在天池、汾源和宁化建有三处宫室。《大业杂记》记载：

"七月，（炀帝）自江都还洛阳，敕于汾州西北四十里临汾水起汾阳宫，即管涔山河源所出之处。当盛暑日，临河盥漱，即凉风凛然如八九月。"《宁武府志》中也记载："十一年（615年）五月避暑汾阳宫。"世人皆知隋炀帝建造汾阳宫是为避暑行乐，殊不知，天池之地是北方突厥入塞进犯中原的必经之路，隋初时突厥曾屡次进犯，隋文帝发兵出塞迎击，大破其众。隋炀帝在此设郡建宫，必也是考虑到了此地的边防战略意义。据清代《宁武府志》记载："隋汾阳宫，在县西南六十里，世传隋炀帝避暑处。"《山西通志》记载隋汾阳宫城六里四十一步。《宁化志》则称旧城六里二百九十七步。与大业四年隋炀帝在宁武天池所建的"汾阳宫"，俗称"天池汾阳宫"，并称"上下行宫"，让宁化这个地方着实在极短暂的隋史中大火了一把。

李唐时，汾阳宫被废，改楼烦郡为岚州，设监牧于岚州，统领楼烦、天池、元池三监，"唐初置楼烦监，设监牧使，岚州刺史领之"，唐代宁化以伏戍城而著名，闹喧喧盛极一时的楼烦郡、汾阳宫随着隋朝那个短命王朝匆匆落幕了，甚至被这座汾河左岸的小小城池忽略不计，特殊的要塞位置让这座隋朝宫城随即转向军事防御性城堡，不时驻重兵于此，一心一意蓄积能量迎接日后大宋王朝下的"河东路宁化军"身份，成为历代兵家必争之地，称"牛角城"，是"卧牛城"忻州的"犄角"之一。

军镇一体要塞之堡城

从楼子山下著名的汾河发源地出发，沿着河流往南20公里便到今宁化村所在的阁峪口，河之西是绝壁千仞直冲霄汉，河之东有陡坡西倾直落汾河，"地势险阻，为北边的咽喉重地"，千年风雨宁化城就凿建在汾河左岸的陡坡之上。

自五代时期的石敬瑭割让幽云十六州，宁武分水岭以北尽归契丹族所有，此地就没有消停过，北汉的刘崇曾在此地置设了固军。北宋太平兴国五年（980年），北宋灭后汉，改置固军为宁化军，在此设立宁化军口，并于次年置宁化县，军县同治，宁武境内置县自此开始，宁化宋城的称谓也在此朝开始载入史册。北宋嘉祐六年（1061年）北宋政府为防辽军与西夏的侵扰正式设立驻军，称为宁化军，属河东路八军之一，也是宁化古城最早长期驻守的官方正规军。宋辽相争，"以分水岭为界，东西失地七百里"。契丹先置神武县，后置武州，辖宁武分水岭以北。北宋之宁化军、岢岚军以及火山军在分水岭以南，宁化被推到风口浪尖，成为宋、辽对峙的最前沿阵地。

千年流淌的汾河水，终于将宁化这块风华绝代之地推到了军政一体、防务北疆的宋时烟雨之中。自此后，宋立宁化县、宁化州、日壮城。领偏头、雄勇、董家、横谷、护水6塞，以宁化为中心建立了完整的军事防御体系。从宋辽边界分水岭往南至宁化，依次有东寨、三马营、二马营、头马营、大寨、化北屯、山寨、北屯、蒯屯关等，而宁化再往南有南屯、川胡屯、旧堡、新堡，东南有教场，西北有西马坊。至今沿线山头可见烽火台，向人们提示这里曾经有过多么庞大而又严密的军事防御体系，拱卫太原、临汾乃至整个中原。沿途这些用关、堡、营、寨、屯等军队驻扎地命名的村庄，亦是对历史上的宁化军口设关、筑堡、立寨、建营（军马营）、屯垦最好的历史注脚。

为了防止契丹南下劫掠，驻扎太原潘美命令沿边百姓迁徙内地，致使边塞大片耕地荒废不耕。人口的锐减，耕地的撂荒，让宁化成了荒蛮边地，北宋仁宗年间，欧阳修以知谏院出为河东转运使，路经此地看到："今河东路山荒甚多，及汾河之侧，草地亦广，见其不耕之地基多。"便"奏罢十数事"，建议解除代州、宁化军、岢岚军、火山军沿边之地禁耕令，以增产粮食，供应边防军需。朝廷让范仲淹来视察，范仲淹同意欧阳修的建议，却为军帅明镐所阻。直到十年之后才由北宋政治家韩琦以武康军节度使到并州任职得以实施，在代州、宁化以距离契丹边界十里之内全部招募弓箭手居住，屯垦戍边，一举增加军户四千，开垦田地九千六百顷。汾河之滨牧有草、有耕田的宁化军再次复苏它的生命力。

宁化军署的最高统领叫知军，由武将担任；副职为通判，任以文官，执掌钱粮、水利和诉讼，并对知军有监察之责。宋朝宁化军先后有过6位知军，最后一位是颇具传奇色彩的何灌，武举出身，武艺高超，为人十分正直，见到宦官童贯坚持不拜。他在河东担任将领时曾与西夏人遭遇，面对追赶他的西夏铁骑，何灌每次射箭都能穿透敌人铠甲，至洞胸出背，继而再射穿后面跟来的一个骑兵，让敌人望而却步，不得不撤退。"真是文韬武略安宁化，金戈铁马戍边关。"

历史的尘烟淹没了多少戍边卫国的英雄豪杰，也荡涤了多少勾栏瓦舍的柴米油盐，宁化古城的宋朝往事皆已化作衰草枯杨、上阶青绿，无人知晓。我们可以想象的是，在繁华过也落寞过的大宋王朝319年漫长岁月里，宁化这座风雨之边城，定是曾经响起过无数边角预警、快马催鞭的不安之声，也对酌过琴棋书画、明月当歌的酒旗之风。从那时开始，宁化永远被打上了"宋城"的烙印，千年风雨不改其姓，一直至今。宁化宋城，汾河左岸崔嵬不倒的、全国唯一活着的"小宋城"标本。

金元时期，曾升宁化军为州，同时设置宁化县为州治，管辖范围跨越分水岭，囊括了现在的整个宁武。后又被并入岚州，改为宁化巡检司。

清《宁武府志》记载："宁化城，因隋汾阳宫城之旧城廓而筑之。"历史上的宁化城，在隋宋两次修建的基础上，迎来了它的第三次涅槃重生。

明洪武二年（1369年），沿用元朝办法，此地再设宁化巡检司，山西都指挥常守道在此驻军，在隋代汾阳宫旧城东侧依山势别筑新城，在宋城的基础上加筑城墙，并将旧城六里二百七十步南边关厢裁去。此工程一直拖至洪武五年（1372年），延安侯唐宗胜、千户唐成来此剿灭了元代残将"四大王"余部，续建周二里一百九十六步，城墙高三丈一尺，城楼6座，更铺13座，同时用明砖对内城隋代的旧砖墙进行了重新包砌加固，始才全部完工。洪武十一年（1378年），改巡检为宁化守御千户所，隶山西都司。明嘉靖十六年（1537年）守御所扩编，改隶宁武，明王朝再次拨款修城，城墙加高到三丈六尺（经文物考古测量，实际周长为2.5公里，城垣残高为3至6米，底宽为3米）。东、南、北三面城外有壕，西、南、北三面有城门，南北两面有重门，城楼9座，土堡8个，辖周边山寨。城内有千户所官衙，关北有门楼，南有关门，西门有十八登科坊，是进士潘文、潘高的寓所所在。"万历十四年，甃土城以砖，当改宁化所，时设掌印千户、巡捕、城操吏目各一。中有静乐仓，今仍为宁化巡检司。"（清《宁武府志》）。是时，管辖范围东西长一百里，南北宽六十里，宁化城中驻军多达2747人，军火器总数多达40250件。一直到清代，这里还驻有旗兵3348名。宁化城东倚大山，西跨汾河至宁越山，和宁武东北部的九牛口（今阳方口）互为犄角，称"南守阃峪，北控九牛"。这座千年古城，自古以来都是朔漠民族通往并州的锁钥，南下必经的重要古城，是唐、宋、元、明历代王朝在宁武境内行政和军事设置的主要驻地。

千年风雨宋城之印记

彼时再看宁化城，东依山势陡坡呈不规则梯形状，周长约七百五十丈，城墙高约三千一百丈，墙体夯筑包砖，现存城墙大部分完整。周设敌台六座，东北角台上曾建有魁星阁楼。现存南北城门是二进重门，门外各有瓮城，在城南仍保存有宋金时期的一段城墙，是宁化筑城历史重要的实物资料。

古城西临汾河，汾河两岸群山连绵，城墙与汾河相距不足10米，从汾河西岸到宁化城的那条千年索道一直以她不语的深情渡人们过河，出进于小小宋城。如今，活化后的古城，沿汾河东岸旌旗猎猎，"宁化古城"的厚重笔墨在黄色牙旗上迎风招展，仿佛把人们带回了北宋时期的"五行军阵"前，河东转运使欧阳修正立马汾河岸边巡察荒芜田地，而武康军节度使韩琦正挥鞭遥指后山督建城廓工事，再看那最后一位勇武善战的宁化知军何灌，击退西夏来犯之敌凯旋城下，全城百姓箪食壶浆迎接他的大队人马跨河而归……

长满蒿草的城墙虽已残缺不全，但城池轮廓清晰，规制明显，为它保留了最后一丝尊严。明清特色的老式房屋分列古街两侧，烧制于不同年代、不同规格、不同土质和不同色艺的老砖旧瓦就移居在各家各户的院墙上，在历史的厚重沧桑中保留着一座古城永不消逝的旧时词阙。那些大段的砖砌城墙墙体、南北瓮城、补砌过的城门、"宋城"旧址、明代千户所官衙、上下两道官街、教场、关帝庙、三孔宋窑和隋"汾阳宫"遗址，以及宋代寺院铺地方砖、宋代火葬罐、明代皇家石棺墓葬，包括那一窑已经烧好但未出窑的明代城砖——所有这些古迹构成了一座琳琅满目的历史博物馆。宁化宋城，一座先秦时期便有人逐水而居、到遥远的秦汉临河歌唱、再到隋唐的风云际会设郡建宫，终于迎来宋朝时期的一城烟雨三百年，以及明清的市井商旅共繁荣。眼前的小型宋城"活标本"，弹丸之地，历史辉煌。1996年1月，这座宁化古堡被列为省级文物保护单位。除隋"汾阳宫城"遗址为国保单位以外，还有保存比较完整"宋城"旧址、明清砖砌城墙、关帝庙、万佛洞等，都是省重点文物保护单位。

小小宋城，一桥烟雨色，一座知军府，一块老城砖，一座关帝庙，一间酿醋坊……无不折射着千年宋韵中的一个边防城市的烟火故事。两宋是一个战争与繁华，辉煌与耻辱并存的时代，也是一个开创了都市文明的时代。而宁化宋城特殊的地理位置和军政一体驻防功能，恰是最典型的宋韵遗风之所在。

在宋代，"四大发明"开始向世界传播，商品经济高度发达，由唐代"坊市制度"转向了瓦肆勾栏的"街巷制度"，坊墙被推倒，宵禁被废除，出现了早市和夜市，形成中国最早的市坊文化和夜市文化的雏形。城市新的阶层出现，一类是以商店主和手工艺者为主的新阶层，再一类是店员、奴仆和其他雇员（贩夫走卒）等城市底下阶层，"市井之徒"成为城市主流。大众文化和娱乐相继繁荣，如说书、弄刀、卖艺和其他城市娱乐活动，街巷阡陌，百艺盛兴，城市工商业逐渐由满足王公贵族消费水平的奢侈品制造和营销，转向如食品、日用品等为主的大众消费品需求的经营，张择端的一卷《清明上河图》反映出盛世大宋的社会风貌。

在宋代，文人点茶之风盛行，茶不仅是用来饮的，更是一种极富情趣与艺术美感的消遣玩乐，是上至宫廷下至民间全民皆好的生活方式和娱乐活动。饮食文化也成为一种潮流。"春吃芽尖，夏食鲜果，秋啖蟹肉，冬做温食"。《宋宴》中的75道佳肴，从另一个视角为人们徐徐打开"唯美食不可辜负"的宋文化。

在宋代，宋词反映社会繁盛。宋人崇尚读书，文人辈出，"唐宋八大家"中宋人占了6位。"凡有井水饮处，即能歌柳词"，婉约派词人柳永的慢词犹如当今流行歌曲，从雅到俗，从贵族文艺沙龙走向百姓市井生活，一见宋人丰富多彩的都市精神生活，二见宋代都市百姓文化水准的体现。范仲淹、欧阳修、司马光、陆游和"三苏"等文人，不再只为出仕而饱读诗书，他们已经把读书做学问当作了一种生活的意趣、精神的追求。

在宋代，活字印刷提升了文化水平的发展，书籍印制传播更快，教育机会增多，文化水平提升，精神需求更高。官办学校、私立书院，蓬勃兴起。瓷器、丝绸、山水画、制图、造船、家具以及室内设计都成为中华文明的经典，是一次中国式的"文艺复兴"。"雅"是宋人的标配。婉约、豪放，叱咤文坛；诗词歌赋，字画瓷器，组成宋风宋韵的文明高地；饮茶、焚香、挂画、插花——"四雅"之事，让宋人把庸常的日子过成了诗。雅俗同台，在宋代市井弥漫着千年不朽的人间烟火味。

上述种种，正是我们可以推演出的宁化宋城之情景。美国汉学家费正清在《中国新史》中写道，"中国最伟大的时代：北宋与南宋。中国人在工技发明、物质生产、政治哲学、政府、士人文化等方面领先全世界"。宁化，正是在那样一个时代，经历多少次震荡迭起的历史风雨，接纳多少场纷至沓来的刀枪剑戟，兴起过多少次士农工商的城镇文明，在宋朝时光里落下一河又一城的历史烟雨，在汾河左岸留下一座有故事的古老城池。

宁化古城，宋风是它的过往，宋韵是它的底色。千年前的经典，千年后的时尚。如今的古城，已经在宁武人民的匠心营造下重新焕发生机。旧砖加瓦的加持，古色古香的"活化"，老街老巷的复原，在汾河左岸的宋城旧址上跳跃一阕宋时词章，或豪放，或婉约，满城的宋时光影，唤起人们对民族和土地的记忆，走进一场沉浸式宋文化体验。

汾河人家，千年宋韵，边塞古城，文旅新篇。今日宁化，正在打造一个以宋文化为主题的特色文旅小镇，以宋代边城印记为背景，以宋代边塞文化、市井生活再造为切入，打造独一无二的宁化军口要塞文化情境和宋时商业街文化氛围，通过游、玩、购、食、宿"五位一体"的沉浸式文化体验，引聚更多客流，传承千载人文底蕴，再现宋时边镇繁荣。

诗意山水

芦芽山之恋

"五月芦芽积雪明，雪中红药靓嫈嫇。"（傅山《芦芽》）

漫步于台骀神疏通河道、降伏水患的汾河源头，置身于傅青主采药啮雪、悬壶济世的巍巍管涔，那些过往的烟云恍若隔世的夙愿，穿越时光的隧道，在你返青的额头重现历史的风华，我突然读懂了你——芦芽山。

在晋西北腹地宁武县境内，你坐拥国家AAAA级景区、管涔山国家森林公园、芦芽山国家级自然保护区、万年冰洞国家地质公园、汾河源头国家水利风景区等五项国家级桂冠，成为奇冠华北、秀甲三晋的"北方原始型山水形态旅游景区"，真是神来之笔芦芽翠，自然景观鬼神工。

此时此刻，不晓得明朝朱元璋那位因未加封而至芦芽山修行的第十八子愿否再来你的太子殿里说法讲经，鼓励农事；不晓得荷叶坪山上牧马戍边的杨家将士能否看得见，在你脚下已经开满了遍野和平的土豆花；不晓得在历史纵深处，你是否还在为"一笑相倾国便亡，何劳荆棘始堪伤。小怜玉体横陈夜，已报周师入晋阳"（李商隐《北齐二首》）的那场"城失围猎"而痛心……但我知道，"齐主至祁连池"（《资治通鉴》）"隋开皇建祠池上，祈祷多应"（《宁武府志》）足以证明你奇美胜景由来已久，厚植沃土萃就精华。无论帝王将相，还是百姓庶民，只要来过这里，都能一眼万年恋上你。

芦芽山，你从海底耸起，你自天际飞来。我恋你历史风烟中磅礴盘踞，我恋你千年有约中群峰峭拔；我恋你省鸟褐马鸡翔飞林际，我恋你华北落叶松四季常青。芦芽山，我亦恋着你的云蒸霞蔚，雾绕危崖；恋着你危崖之上10米见方的毗卢佛道场凌空诵经；恋着你太子殿前200多座尖峭山峰拱手侍立，恋着你峰回路转间30多条水瀑迸溅梵音。

看啊，雨后日出，墨绿山峦现奇彩；佛光罩顶，状如法轮生祥瑞。松涛阵阵里，旱地荷叶林间卧，珍稀药材傍崖眠。飞禽鸣，走兽隐，老树盘根节，游人顺势行，半山云衫半山松，溪水淙淙，滴穿怪石处处湿——这就是大美芦芽山。

灵泉飞瀑天光好

"管涔之山，汾水出焉。西流注入河（黄河）。"（语出《山海经》）

一座山，孕育一条三晋母亲河；一条河，唱出两岸千古国风歌。108级台阶上，高高的楼子山顶魁星阁，点笔青云，极目天舒，旖旎风光尽收眼底；杂树交阴，潭流水涨，一泓清凉山泉自水母殿喷涌而出。雷鸣寺里香烟袅袅，汾源阁下碧水灵沼，思源石前红男绿女，汾河圣源波光潋滟，诉说着养育三晋大地的柔软情怀。

在你的山脚下，作为忻州市"336"战略布局中三大旅游集散地之一的宁武县东寨镇，是黄河古文明重要一脉汾河的发源地，也是华夏文明的发祥地之一。《山海经》的传说还在这里随波流淌，《水经注》的山花还在这里迎风摇曳，来芦芽山景区游玩的人们坐在背山面水的汾源阁下，可以轻唱春秋的"蒹葭苍苍"，可以诗咏大明的市井繁华，我借情人谷的山溪与他们遥歌互答。隔了几千年风雨遇见你——芦芽山，我与汤汤汾水一起恋上你！

当爱情飘进山谷，顺着溪流淙淙低语，一只白狐从对岸山上轻捷地跑下来，用千年修行的眼神望着我，这条山谷便有了一个美丽的名字——情人谷。此谢彼开的山花在传达一切，曲径通幽的山路桥台脉脉相迎，那些奇异的草、珍稀的树，把连珠潭溅起的碎玉串成一个个浪漫的故事诉与我听，坚硬的岩石也屈服了水的柔情，被洗磨成一个又一个美丽的石潭。

还有万年冰洞，这个冰冷的仙子于300万年前游历到此，却在人类诞生之后优雅地沉睡，漫山葱茏是她的发丝，丛丛野花是她的项圈，她用额头的地火自燃、缭绕，却将心脏与胴体冰封在地核深处，等着去赴一场倾尽爱慕的相逢。这名冰冷沉睡的美人呀，她将五脏六腑摆设成各种姿势：冰柱、冰锥、冰瀑、冰笋、冰花……一阙水晶宫殿，把七月流火拒之门外，冰魂断舞，剑指地心，坚守那份穿越时空的剔透玲珑。

这里还有北魏郦道元《水经注》中记述的"燕京山之天池，其水澄淳镜净，潭而不流，若安定朝那之湫渊也"。宁武天池群落，从新生代第四纪冰川期脱颖而出，战国人给它起名"祁连池"，"后魏孝文帝以金珠穿鱼七头于此池，后亦于桑乾河得之"，验证了"恢河伏流"便是海河水系之桑干河的上游。隋炀帝曾四次旌旗千里巡游天池，在此建起避暑行宫——汾阳宫。金代大诗人元好问有诗云："天池一雨洗氛埃，全晋堂堂四望开。"美丽的天池阳旱不涸，阴霖不溢，澄清如镜，左眺汾河，右挽桑干河，高踞于群山之巅历经了300万年；天光锦鳞，霞映四时，被15个天然湖泊拱卫相拥，是当之无愧的近天仙池。

芦芽山，汾河、恢河在你的腹地孕育了悠久、灿烂的人类文明，那些散落在杨庄、石湖等地的古文化遗址，为史学界研究黄河中游地区文化发展提供了有力依据。沿着河道谷地，这里曾经上演过多少中原文明与北方少数民族之间的战争厮杀与民族融合？

一山独秀不算秀，作为三晋母亲河的发源地，你喷涌灵泉，纵贯三晋大地哺育着万物。芦芽山，我恋你灵泉飞瀑天光好，吐珠喷玉四时吟；我恋你两河涣涣书青史，三晋堂堂物华新。

千古造化钟神秀

芦芽山，你与"千秋万岁，常如荷叶之擎，仙子凌波"的荷叶坪比肩为屏，守护善于骑射的楼烦部族从公元前11世纪活跃到公元前476年；你与秦穆公"泛舟之役"、汉武帝"楼船溯汾"的汾河水俯仰呼应，追思筑墙御敌的赵武灵王胡服骑射开疆拓土；你与汾阳宫钟鼓齐鸣，迎接征服突厥的隋炀帝礼拜汾神巡猎管涔山；你与太子殿高踞云端，成为我国唯一供奉法身毗卢遮那佛诵经祈福的毗卢佛道场……

芦芽山，你从大唐盛世走来，智慧的山民为你留下"宁武古八景"的美好传说。我恋你分水岭上碧波漾，霞映四山蛙鼓鸣的"天池锦鳞"；我恋你楼子山前清如鉴，壁涌山泉似雷鸣的"汾源灵沼"；我恋你云遮雾绕耸千年，雨后芦芽浴水出的"芦芽滴翠"；我恋你汾神治水传千古，抛石一品定山河的"支锅奇石"；我恋你村烟袅袅鸾对舞，世事悠悠化岚虹的"鸾桥烟虹"；我恋你石隙幽微春色染，闹虾戏水路人惊的"染峪流虾"；我恋你斜日余晖不舍念，落霞醉染禅房山的"禅房夕照"；我恋你伏流下岭滋万物，蓄势东行到海河的"恢河伏流"。看今日，这"古八景"所在，依旧是"野芳发而幽香，佳木秀而繁阴"，霜叶红而桦林黄，大雪霏而鸟兽藏的四时之明媚；依旧是"日出而林霏开，云归而岩穴暝，晦明变化者"的朝暮之多姿。

你在元代戍边军民的屯田垦殖中稼穑葳蕤，你在明清修内边、筑城池、建寺庙的倾力打造中文化繁荣。今天，在这山之根祖、水之源头、关之要冲，你的五大千古之谜吸引着考古学者来，诱惑着探险驴友来，招呼着观光游客来。看啊，千年地火在连绵山峦神奇自燃，万年冰洞在地心深处睡成美人；汾神台骀在疏浚之后坐化听涛，杨家将士在托莲台下百世流芳；石门悬棺在嵯峨怪石高挂崖壁，远古栈道在未知朝代凿刻悬疑……

如今再访芦芽山，在汾源广场正中央汉白玉重台之上那一通题有"汾河源头"四个大字的高大标志碑上，碑座四周的"宁武八景图"浮雕会告诉游客，"宁武新八景"是汾源灵沼、支锅奇石、芦芽滴翠、宁化古风、万年冰洞、天池胜境、悬崖栈道、宁武雄关。芦芽山，古老厚重、灵秀神奇的自然人文旅游资源为你今日之盛名再添光彩，我恋你神工鬼斧出胜景，造化天成尽奇观。

你还有亚高山草甸马仑草原，它用自己袒露的胸肌，堵上了75万年前那场地壳革命的创痛，隐匿于万亩林海深处，吮天地之精华，年复一年重返自己青春的容颜，用"金龟驮背"的绿色球包保留着自己万年不枯的亚高山草甸情怀。它那2700多米的海拔正是你一道坚挺的脊梁，担负起晋西北山川万物生生不息的世事沧桑。枣红马儿亲吻着肥美的牧草，零星奇松点缀在万亩高原上。遥远的点将台下，仿佛望得见辽时的韩昌旧部旌旗猎猎；怪松苑内听松语，正在讲你千年寂寞万年眠；舍利塔群坍塌处，参悟一世浮生一刹那。南俯奇石坡，北拜太子殿，云中步道翻雨雾，北齐长城寻旧迹。胡马辞去，盛世来兮，绿染塞上风光迎复兴。

你还有300多年前依崖而建的悬空寺、悬空村、悬崖栈道。千仞凿窟，伐薪造屋，砌石为阶梯，架木成栈道，日出时进山种豆寻食，雨歇后入林探宝采菇，禽鸟相与，云雾遮身，遮不住你笑靥如花。芦芽山，让我陪你端坐悬空危崖看流年。昔日，你用与世隔绝的高远清幽，收容躲避战乱的明军残部；今天，你用古朴好客的民风村俗，迎接四海八方的游客。

芦芽山，你深沉、博大的气魄，是襟怀了天地之悠悠、千古之造化的"宁武百景"吧？你还有棋盘山、华盖山、林溪山、束身峡、舍身崖、小天涧、九桄梯、南天门、一线天、望佛台、滴水崖、分水岭等奇山秀峰；你还有回春谷、将军石、石猴望月、鲨鱼含珠、老翁望海、梅洞石瀑等幽涧怪石；你还有雷鸣寺、台骀祠、万佛寺、延庆寺、昌宁公祠、中山阁、关帝庙、石佛寺、达摩庵、仙人洞、朝阳洞、黄龙洞等古刹洞窟；你还有芦芽日出、天池沙洲、林海松涛、枯木逢春、汾源迎客松、馒头山神杨等幻景神树……这大大小小160多处景点，让我怎能不恋你！

雄关险隘载青史

历史上曾有六个朝代在这里修筑长城，设关建堡，为宁武县打上了雄固关口、军事重镇、边塞文化的历史烙印。群山藏巨龙，险峰驻春秋，芦芽山，我恋你雄关险隘载青史，古今英豪卫国荣，边塞文化和红色记忆充实了你历史文化的底蕴和文旅推介的内涵。

"游山西就是读历史"。从舌锋凌厉、剑光凛冽的春秋战国开始，经和亲定边、醉卧沙场的秦汉隋唐，到闭关锁国、围墙挡马的大明王朝，不绝于史的历代战争，给你留下了冷兵器时代最重要的军事防御工程——包括边墙、关楼、城堡、敌台在内的古老长城。芦芽山，作为古代农耕文明与游牧文明的界山，你身处兵家必争之境遇，高举关城尚武之雄风，铸就了不屈的长城精神，也催生了边塞文化的形成。

这里有早于秦始皇筑长城119年的赵长城遗址。据《宁武县志》记载："今宁武地区纳入赵国版图。公元前332年，赵肃侯曾在宁武境内修筑长城……今遗址尚存。"芦芽山，你历史的脉络何其深远？在这里，我看到了眼前金黄色的蒲公英、野罂粟和紫色的蓁芁花、黄芩花开满了遍野的和平；也仿佛听到了2300多年前，赵肃侯声威震天亲点将，赵武灵王胡服骑射驱"三胡"，将这片青山绿水纳入赵国版图，那些战国风云大篇章，全写在你汾河源头"第一墙"。

这里有东晋十六国时的前赵皇帝刘曜年轻时的隐居故事。《晋书》记载："弱冠游于洛阳，坐事当诛，亡匿朝鲜，遇赦而归。自以形质异众，恐不容于世，隐迹管涔山，以琴书为事。"后来，刘曜消灭西晋，平定靳准之乱，国号为"赵"，或许便是纪念自己曾在这段赵长城下的修行吧。

这里有全国保存较为完整的小型宋城——宁化古城。宁化军署门上一副"安边定塞忠勇铁骨，护国为民仁义丹心"的对联，记录了古城昔日烽火狼烟的悲壮与载史厚重的辉煌；城内庭院斑驳、民风古朴，城外汾水潺潺、清幽灵动，仿佛带人穿越千年时光回到生命的原乡。

这里有"备以侦敌而防边患"的宁武关鼓楼。坐东朝西，两层楼阁，三重檐歇山顶，东书"楼烦重镇""毓秀钟灵"；西书"奎光普照""层霄耸翠"。明末孤忠战宁武，舍生取义万古传的周遇吉，已随他忠勇捍卫过的大明王朝永远沉睡在关城之外。

这里有古人称之为"宁武关口"的阳方堡。堡城建于明嘉靖十八年（1539年），今称阳方口，坐落在宁武以北12.5公里的万寿山上，是恢河北去出山的最后一个地形隘口，有"山西镇中路第一冲口"之称，闯王李自成"倒取宁武关"就从此处进入。明长城在这里攀越禅房山、穿行阳方口，跨过内长城上唯一的水关九牛口，再蜿蜒而出大水口、上至马头山，形若游龙，雄伟壮观。托莲台下，北宋名将杨业兵败陈家谷，以身殉国。

这里还有18公里长的东魏肆州长城遗迹，和散落在马仑草原、黄花岭、大水口的北齐长城遗址。至于那已经无迹可寻的北魏长城、隋长城，亦能勾起人们对历史的遥想。伫立于莽莽群山之间，山风会告诉人们这里曾经发生过什么，粗犷剽悍的民风也会传达出那些历史文化的讯息。

芦芽山，我恋你管涔山顶长城长，我恋你宁化军口古城老，我恋你楼烦重镇关楼在，我恋你九牛口前烽火歇；我更恋你在历史长河中几番"边人大半可胡话，胡骑年来亦汉装"的民族文化大融合。

芦芽山，不必再提战国风云、宋辽对峙，不必再提谙达军队是怎样冲破明长城防御，沿着两河谷地长驱直入劫掠中原，也不必再提周遇吉满门忠烈胆，李自成倒取宁武关，且翻一翻宁武人民的抗战史，就能理解你曾承担过多少苦难，又进行过多少艰苦卓绝的斗争。

芦芽山，你是红色革命圣地，为人们保留着红色文化记忆……

芦芽山，我恋你关楼军堡威仪在，紫塞文化瑰宝丰；我恋你长城精神传承久，红色革命永流芳。

山水文章惠万民

春花烂漫是我在恋你，夏草丰茂是我在恋你，秋林染醉是我在恋你，雪松挂寒是我在恋你。芦芽山，你在春生夏长的崭新岁月里高调蓬勃，你在秋黄冬衰的霜白雪雾中低调奢华。

汾河之水石壁涌，紫塞雄关长城长。在山西省打造旅游"新三板"、为乡村振兴赋能的发展战略里，你又占尽天时、地利、人和，凝神铸魂谱新篇，教人如何不恋你？

芦芽山，你已被列入中国国家自然与文化双遗产预备名录，又在2017年被列入世界自然遗产预备名录。你是名副其实的"国字号"景区，有芦芽山、万年冰洞、汾河源头三个景区被授予国家4A级景区称号，宁武县又被评为"全国十佳生态休闲文化旅游县""国家森林旅游示范县"。芦芽山"冰火音乐节"、万年冰洞高层论坛、自行车骑游等一系列"旅游+文化""旅游+体育""旅游+科研"活动项目的开展，引爆舆情热点，做足山水文章，助力脱贫攻坚，加快推进了宁武县全域旅游的发展。

芦芽山，我恋你自然风光颜值好，我恋你人文景观魅力强；我恋你边塞文化山河固，我恋你红色记忆爱国情；我恋你乡村振兴蓝图美，康养小镇客八方。

芦芽山，2760千米的高度成就你"华北第一峰""三晋第一崇峰"的美名，"华北落叶松的故乡"为你贴上四季秀美的标签，"地下黑色宝库"和"地上绿色明珠"之美誉总是让你名扬三晋。82万亩原始次森林内,栖息着国家一级保护动物山西省鸟褐马鸡以及黑鹳、金雕等200多种珍稀动物,生长着百余种珍贵药材,丰富的负氧离子和芬多精对人体非常有益,这些都有理由让你成为晋西北第一"网红"打卡地。

且让为民奔走的台骀神坐进万民心里,且让泉涌雷鸣的汾源水滋养大好河山,且让紫塞雄关的长城长舞在游客面前,且让巡游凡间的玉皇山永驻这人间仙境,且让松涛阵阵的原始森林敞开"天然氧吧"的山门,且让慕名而来的游客尽情陶醉于你的山山水水……芦芽山,你妖娆多情的四季,正是我流连忘返的原乡。

诗人来了,可在你壁立千仞间读到边塞诗词;驴友来了,可在隐秘丛林中寻得世外桃源;健儿来了,可在彩虹步道上争得运动冠军;画家来了,可在悬空村内绘出山岚雾霭;摄影师来了,可在晦明变化中捕捉芦芽日出、芦芽佛光、芦芽云海、芦芽金秋等奇幻景观;学者来了,可入林采样叩问第四纪冰川时代……

思上古人类历史之悠悠,怀往昔英雄辈出之感慨,看今日乡村振兴之文旅,无一不是你之传奇,无一不是游人之向往,无一不是芦芽山子民之幸运。

芦芽山,景美人美,文脉深沉。遇见你是宿命,恋上你是良缘。让人怎能不恋你!

当芦芽山遇见黄山

《山海经》勾勒上古时期的人类文明与文化状态，《水经注》沿着一千多条大小河流记录史迹、掌故与传说，徐霞客用他30年考察撰成60万字地理名著《徐霞客游记》，"达人所之未达，探人所之未知"。从古至今，人类从未停止过对自然山川、宇宙万物的探幽寻秘和用心感受，从未停止过以山为德、水为性的内在修为意识去山河气势中寻找生命之本源。

是的，生命源于自然。每一座名山，都是一座生命的道场。譬如原名黟山的黄山，唐朝时取意"黄帝之山"更名为黄山，便是人们对民族起源的循迹。芦芽山，也是这样一座内涵丰富的圣山。

当芦芽山遇见黄山，竟有那么多的巧合发生。

黄山是世界文化与自然双遗产、世界地质公园、世界生物圈保护区，也是国家级风景名胜区、全国文明风景旅游区，有"华东植物宝库"和"天然植物园"之称；原始神奇、秀甲三晋的"五百里奇秀芦芽山"，则是华北地区生态保存最完整、最原始地区，被誉为"北方香格里拉""黄土高原上的绿色明珠""世界生态保护史上的奇迹"，还是国家AAAA级旅游景区、佛教名山毗卢佛道场、世界罕见的生态基因库，是集万年冰洞国家地质公园、管涔山国家森林公园、芦芽山国家自然保护区、汾河源头国家水利风景区及中国民间文化旅游示范区于一体的风景名胜区，被《中国国家地理》评为中国十大非主流山峰之一。

黄山群峰，"莫可数计"，一峰有一峰的故事与传说。十大名峰、大小72峰，多为远观，不可近前；可攀登者，"莲花峰、光明顶、天都峰"三大主峰。芦芽山亦是"无峰不石，无石不奇"，大小200多座山峰，奇峰异石60多处，既有大小天涧、紫峰崖、舍身崖、束身峡、黑风洞、莲花台、发云堆、说法台、九桄梯、王母浴池，又有老人望海、书生看榜、石鱼问天、鲨鱼含珠，将军石、卧仙石、梅花石、夫妻石、蘑菇石、醉八仙、龙翻石、看花台等。

黄山有三瀑，即九龙瀑、百丈瀑和人字瀑；芦芽山有大小瀑布30余处，最美当属五连瀑布和九重瀑布，层层水帘，如梦似幻。

黄山有翡翠谷，谷中有花镜池、竹林、爱字石；芦芽山有情人谷，谷中有情人路、情人屋、情人泉、情人溪、情人瀑、情人潭，悱恻缠绵、浪漫醉人。

黄山有似水柔情，是钱塘江的源头区，北源头在新安江，南源头是马金溪；芦芽山有母亲般的襟怀，汾河、桑干河、阳武河、岚漪河、朱家川五条河流都源出于此。

亿万年前拔地而起，千百年来唯此一晤。当芦芽山遇见黄山，是两座圣山的旷世奇恋——

地质圣山，奇险雄秀

当芦芽山遇见黄山，是两座"地质圣山"的不期而遇。

"五岳归来不看山，黄山归来不看岳"。黄山之奇，奇在它始于震旦纪、历时近8亿年的阵痛分娩，终于在距今五六千万年前的第三纪喜马拉雅运动早期露出地表，形成高逾千米、翘首云天的花岗岩峰林；作为管涔山主峰的"三晋第一名山"芦芽山，又何尝不是"汪洋亿年复汪洋，洪荒几度见峥嵘"，何尝不是集数亿年地质史于一身，融峰林地貌、冰川遗迹于一体，兼有幽谷怪石、灵泉飞瀑等典型地质景观的一座奇秀之山呢？芦芽山之奇，奇在它的五大千古之谜：万年冰洞，千古冰火之谜；远古栈道，千古不解之谜；石门悬棺，千古回归之谜；天地湖泊，千古自然之谜；芦芽滴翠，千古生存之谜。

君不见，2.27万公顷的森林覆盖面积为芦芽山赢得了"云杉之家"和"华北落叶松故乡"之美誉，摘取了管涔山国家森林公园、芦芽山国家级自然保护区等多个"国字号"桂冠，在地下还深藏最具优势的自然资源——丰富的国宝级煤种侏罗纪煤。

君不见，洞外千年地火露天自燃，洞内滴水成冰万年不化，时光冻结于此，"世界第八大自然奇迹"万年冰洞，以其100多米深的五层水晶宫、冰火两重天的梦幻景观，向人们传递着300万年前新生代第四纪冰川期的地质密码，成为举世瞩目的国家地质公园，也被中国科学院权威地质专家赞叹为"南极、北极、珠穆朗玛峰之后的世界第四极"。

君不见，翔凤山悬崖绝壁上年代无可考的千古栈道，或云是汉高祖刘邦兵走平城的栈道，或云是佛教的修行、轮回，每钻一洞实现一道轮回，轮回转生，苦尽甘来，极乐大同，修行不易，忍受悬崖栈道的苦涩生活，方能真正修成正果。

君不见，一庙雨水落两河的天下奇观，在宁武分水岭村的山神庙，房前雨水落汾河（黄河水系），房后雨水入恢河（海河水系），小孩撒尿流洪河（县）。

一脊分二水，清流哺晋京，让这里成为两河文明的发源地。在忻州市"四大区域旅游集散地"之一的东寨镇，汾河源头四周九山汇聚、溪流淙淙，楼子山上的雷鸣寺与魁星阁气象非凡，"汾源灵沼"口吐清泉、如画如鉴，造化出"三晋第一胜境"。

君不见，古代三大高山天池之一的芦芽山天池湖泊群，阳旱不涸，阴霖不溢，养育了汾河、桑干河两条千里巨川，湖畔丰美广阔的牧场赢得了"楼烦牧政甲天下"的赞誉，留下了16位帝王的足迹，成为全国皇家牧监最集中的地方。唐麟德元年（公元664年），在汾阳宫设立楼烦、天池、元池三处皇家牧监，年饲养军马70万匹。

君不见，近4万亩的"高原翡翠"荷叶坪像一片无边无际的荷叶铺展于2784米高的峰顶之上，烟波浩渺，旷古高远，如临仙境，好一处理想的天然牧场；形成于75万年前的新生代第四纪冰川期的亚高山草甸——马仑草原，牧草肥美，也是历代帝王牧养战马的基地。

君不见，芦芽山的绿色食物链、生态链是黄河岸边、长城内外、三关之中唯一的生命见证。它是远古留下的生命遗迹，为我们留下可以惊叹过去的可能，也为我们留下何以经过无数次劫难得以保存至今的生存之谜。闭目呼吸来自"天然氧吧"的无尽馈赠，净化自己身心，每一次进山，都是一次生命的回归。

顾炎武在《天下郡国利病书》中写道："芦芽一山，崔巍挺拔，高出云霄，类似芦芽而磅礴迂回，雄踞中原。"亿万年前洪荒造化，亿万年后剥蚀磨砺，才有了芦芽山今日之地质奇观。

当芦芽山遇见黄山，滚烫的熔岩已经在海底深处穿越过数亿年沉闷的太息，自然伟力赐予芦芽山以华山之险、黄山之秀，高耸为晋北高原上的一座"地质圣山"，等待着人们来游赏、考察，探寻生命之本源。

宗教圣山，华茂气象

当芦芽山遇见黄山，是两座"宗教圣山"的肃穆加持。

经书一卷得参悟，生命道场探幽微，这是两座"宗教圣山"的历史回响。

自唐贞观初年唐太宗诏令天下"交岳之处，建立寺刹"始，国力鼎盛，尊崇佛教，建寺之风日盛。当时的黄山有19座寺院，更多分布的是道教宫观，是著名的道教圣山；而芦芽山是佛教圣山，"佛寺三百余间，多唐宋所遗"。唐代时就建起太子殿、云际寺、华严寺、青龙寺等72座寺庙，形成毗卢遮那佛道场寺庙群。

《晋乘蒐略》中记："雄胜与清凉（五台山）抗衡，为全晋第一崇山。"雨后日出，芦芽山墨绿色的山体会变幻出一种火红色彩，五彩斑斓，谓之"芦芽佛光"。这座形似"芦芽"、海拔2788米的主峰绝顶之上，有约10米见方的石坪巍然托起一座标志性建筑——太子殿，是我国唯一的毗卢佛道场。殿内供奉着华藏世界教主——清净法身毗卢遮那佛，是华严三圣的主尊佛，佛法的象征和代表，意为永恒存在。佛教认为，即便释迦牟尼掌管下的、人类居住的娑婆世界，也只是华藏世界的沧海一粟。因此才有了"先有芦芽山，后有五台山"和"西有芦芽佛祖之尊，东有五台山祥室之丛"的说法。

芦芽山，一座"宗教圣山"。

这里有北魏时期的蒯屯关摩崖石刻、坝门口村东石壁五佛造像、北屯石窟造像、禅房山石洞寺；隋唐时期的石雕菩萨、圣寿寺、海瀛寺等；唐贞元年间，清真山上有绕九峰一山建起四十华里栈道相连的毗卢殿、十方禅林寺等普应寺寺庙群；在宋代清居禅寺遗址院东，至今都有数株原产于印度的娑罗树，又名七叶树或菩提树，树冠华美，婀娜多姿，七月花开时异香扑鼻。

这里有受契丹尊佛风气影响而建的金元寺庙遗迹：二马营广庆寺、宁化关帝庙、隋汾阳宫圣寿寺、阳房村崇正寺等；还有金代文学家元好问游天池时为朝元阁留下的《登朝元阁》诗："天池一雨洗氛埃，全晋堂堂四望开，不上朝元峰北顶，真成不到此山来。"

这里有明王朝"敕封天下，明山洞府，庙宇起立"。时留下的寺庙石窟300多处，有宁化万佛洞石窟、西关万佛寺、关城延庆寺、汾源雷鸣寺、东寨镇东寺村广济寺、宁化回春谷三教寺等，还有怀道螺蛳洞、青龙山天花洞、紫峰崖云居禅寺等石窟造像。

这里有"明修长城清修庙"的清朝大小寺庙400多所，其中160余所远近闻名。除正统佛教寺院外，道、儒两教的玉皇庙、文昌庙、吕祖阁，祭拜神鬼的龙王、山神、河神、树神、火神、五道神等神庙，丰富了这座"宗教圣山"的内涵。

"天下名山僧占多"。芦芽山的华茂气象吸引了无数高僧皈依佛门或凿窟建寺。这里是东晋佛教领袖、净土宗始祖、雁门楼烦人慧远高僧的出生和最初演教之地；这里是集建筑艺术家、书法家于一身的高僧妙峰云游览胜、造万佛铁塔、券凿宁越山万佛洞之地，历时26载，创造了融寺庙文化、佛教义理、石窟造像、建筑艺术、中国书法于一体的佛教文化宝库，留下一个神话般的佛国天地；这里是四皇子永王朱慈炤避世修行成为大德高僧之地，清真山风光如画，九座峰清幽诡秘，奇僧晓安坐化涅槃，上演了宁武佛教历史上最为迷离、奇异的皇室与宗教的故事。

灵山秀水孕育了芦芽山璀璨的宗教文化，宗教文化又给芦芽山生态旅游植入了灵魂与信仰。芦芽山，一座"宗教圣山"，丰富的人文景观值得你来一场说走就走的旅行，游走观瞻，感受一片净土的气象万千与内心清宁。

民族圣山，见证文明

当芦芽山遇见黄山，是两座"民族圣山"的巍峨耸峙。

如果说，黄山是以历史遗存、书画、文学、传说、名人"五胜"著称于世，以其底蕴丰富、内涵深广的徽派文化占领了中国三大区域文化（藏学、敦煌学、徽学）之一的民族文化高地，那么，作为古代农耕文明与游牧文明的界山，芦芽山则是见证了民族纷争和融合的一方民族精神圣地。

大美芦芽襟裹着梦中的吹角连营。群山舞巨龙，险峰驻春秋，铸就了芦芽山人民不屈的长城精神，也催生了丰富、多元的边塞文化。

当芦芽山遇见黄山，山水已不再只是山水，而是整个民族独有的精神地标和文化溯源。黄山在它的徽文化里诗情画意，芦芽山在它的雄关险隘下演绎历史。两座"民族圣山"，成为中华文明的两座不朽丰碑，傲立南北，遥相致敬。

革命圣山，红色记忆

当芦芽山遇见黄山，是两座"革命圣山"的红色记忆。

黄山是一片红色的热土，谱写过波澜壮阔的红色篇章。

星星之火总是自发于祖国的每一座山脉，然后呈燎原之势映红这方革命的土地。芦芽山也是这样一片红色圣地。

传承红色基因，弘扬革命精神。当芦芽山遇见黄山，两座"革命圣山"不忘初心使命，厚植爱国之情，以一种信仰的力量为自己重新定义，成为红色教育基地。

"革命圣山"，长存红色记忆；薪火相传，赓续红色精神。

生态圣山，"绿肺"景区

当芦芽山遇见黄山，是两座"生态圣山"的永驻人间。

在以奇松、怪石、云海、温泉、冬雪"五绝"吸引着中外游客的黄山，游人可观日出、览云海、看奇松、赏怪石，感受优良生态带来的自由舒适。素有"天然氧吧"美誉的黄山，大气质量常年保持Ⅰ级，在中国"氧吧城市"排行中屡居榜首，成为令人心驰神往的宜居养生之都，著名的疗养避暑胜地。黄山出品的黄山毛峰、祁门红茶、太平猴魁等茶叶享誉海内外。

荟萃了"山、石、林、草、洞、湖、泉、谷、庙、关"十大系列旅游产品的芦芽山风景区，已被列入中国国家自然与文化双遗产预备名录、世界自然遗产预备名录。宁武县也被评为"全国十佳生态休闲文化旅游县""国家森林旅游示范县"。在景区82万亩原始次森林内，栖息着世界珍禽、国家一级保护动物、山西省鸟褐马鸡以及黑鹳、金雕等240多种珍稀动物，生长着珍贵树种落叶松、云杉等700多种植物、百余种名贵药材，不愧是世界罕见的生态基因库。丰富的负氧离子和芬多精对人体非常有益，使芦芽山成为一座"天然氧吧"。

"芦芽秋雨白银盘，香蕈天花腻齿寒"，清代傅山在其《芦芽白银盘》诗中盛赞的银盘、香蕈、天花三类蘑菇也是芦芽山所产珍品。

早在远古时代，芦芽山就生长着一种岩青兰草，有健胃消食、解热消炎、凉肝止血、养心安神、驱寒解乏之功效，被当地百姓称为"芦芽仙草"。历代京官和南方籍文官武将来宁武任职者，把饮茶的嗜好与习惯传给了当地百姓，自此制茶、饮茶之风在宁武盛行。如今，这里以清真山上的九峰冠名的"九峰毛健茶"已经成为芦芽山药茶的名品。

芦芽新雨后，华北有仙山，"碧洞寻高隐，丹崖遇远公"。一座"生态圣山"，万亩原始森林，正在使这里成为一座"洗眼、清肺、养心"的原生态康养基地、"华北绿肺"景区。

当芦芽山遇见黄山，两座"生命圣山"南、北同驻，是鬼斧神工、天地造化的地质奇迹，是信仰教化、追本溯源的宗教哲学，是文以载道、武以定边的民族精神，是红色记忆、赓续传统的革命丰碑，是回归自然、康养休闲的生态旅游。

一座山，一处生命的道场；一座山，一场内心的修行。

问道芦芽山，幽韵与谁言

禽向[1]岂无句？神山秘不传。
芦芽山一到，幽韵与谁言？
乱涧鸣春雪，高松绿老天。
西庵检行李，心失北沟边。

明末清初医学家、思想家、书法家傅山先生的一首《西庵》诗将人们带入了松雪明丽、佛境清幽的宁武芦芽山。山、石、林、草、洞、湖、泉、谷、庙、关等十大旅游系列产品的150多处景观，这么多门类、大密集和高品位的景点群落在全国还真是少有。其间却因罕见的自然生态经典山水和北方原始高原型山水形态的自然景区奇冠华北、秀甲三晋，太过夺人眼球，人们似乎忽略了它底蕴极其深厚的人文景观，她真正顶级的宗教文化、寺庙文化、边塞文化甚至还有红色文化等，才是宁武旅游的魂之所在。

毗卢佛的传说

"横看成岭侧成峰，远近高低各不同"，芦芽山海拔2788米，已经有足够的地理高度让自己声名远播，成为"北方的香格里拉"，然而它的精神高度早已远远超过了它的实际海拔。这个文化的制高点，就是源远流长的宁武佛教文化，化无形为有形的，便是芦芽山主峰极顶之上的那座太子殿。

《宁武府志》载："世传芦芽山为毗卢佛道场，清涟水出山下，水侧有佛足迹，肉纹宛具。云昔佛住世时，曾浴此水矣。"何谓毗卢佛？这要从汉传佛教八大宗派中的华严宗经书《华严经》讲起，里面记载了"法身、报身、化身"：毗卢遮那佛就是一切佛的法身，"十方一切佛，共同一法身"，也就是佛的自性真身，佛陀的本体和本质；卢舍那佛只是报身，是佛陀为了利益众生而显现

---

[1] 禽向，西汉名士。

的智慧与功德双圆的有形身；化身是佛陀为了不同众生的需要显现出来的种种形相，释迦牟尼佛便是。"毗卢遮那"的梵文意思是太阳，译成汉语也称"大日如来"，有"光明遍照"的含义。毗卢遮那佛在《华严经》备受尊崇，文殊菩萨和普贤菩萨就是辅佐毗卢遮那佛的，合称为"华严三圣"，而三圣之尊毗卢遮那佛正是在芦芽山传教，所以才有"西有芦芽山佛祖之尊，东有五台山禅室之从"之说。

相传在很早以前，西方极乐世界的毗卢遮那佛来东土传教，以圣化凡投胎到了宁武的一个小山庄，生下没几天就父母双亡，被养在禅房山下散岔村的姥姥家的小男孩儿，被姥爷视为"妨主货"，背着姥姥偷偷把他扔到了禅房山上。没想到，小男孩儿却被一只猛虎叼着，大摇大摆地送回了村里姥姥家的大门口。姥姥怕他再被家里人嫌弃，只好把他抱到寺庙寄养。小男孩儿与佛有缘，每天在庙里读经念佛，入了法门，成了一位小沙弥，十几岁便能够知晓人间祸福，定人之天寿。这样过了一百年，小沙弥早已是远近周知的神僧，走路如风，鹤发童颜，健壮无比。有一年，村里的庄稼长得特别旺，村里人忙也忙不过来，神僧就用黄纸剪了些小人儿去到各家的田地里帮助锄草，自己仍在庙里打坐。方圆百姓听说后纷纷称奇，跑到庙里来连喊"活佛"，神僧听了猛地一惊，顾自出门向西而去，登上一座大山。身后有数千百姓紧紧尾随到山下，求"活佛"度化。神僧站在山顶俯身一看，这么多人六根未净便想来度化，万万不可，于是左劈一掌、又切一掌，但见他的掌端金光闪闪，峰耸芦芽，一座完整的大山被切开一道裂缝，深不见底，僧与民近在咫尺却相隔深渊。只见他现出法相，金身顶天立地，对山下的众生道："吾乃西天极乐世界毗卢遮那佛，今选定此芦芽之山作为道场。尔等有何厄难皆可前来相告，今且先回罢！"声如洪钟，群山回响，却见仍是劝不走伏在地上跪拜的众生。只好吹一口仙气化作七色彩虹，变换出一个仙山仙海、亭台轩榭的绝妙仙境，众生惊呼，纷纷踏了进去……清醒后一看，各自早已经在自己的家中了。打那以后，芦芽山成了当地百姓每年祈雨、朝拜之所，有幸者，还能在登上山巅后偶尔看到酷似传说中彩虹、金轮和仙境的"芦芽佛光"。而毗卢佛道场也在这个传说中为芦芽山赢得了"三晋第一崇山"的美誉。

太子殿的高度

这个全国罕见的古毗卢佛道场所在的芦芽山主峰，位于宁武县城西南30公里处。从远处仰望过去，常见云海之上，宛若芦竹嫩芽的山峰遇水而出，葱茏叠翠，尖峭挺拔。山中有涧谷流水潺潺，古松参天蔽日，走兽出没，飞禽尽欢。古人云："芦芽山，山前有荷叶坪，山后有林溪山，右有神林山，连镇诸州，逶迤数百里。最上一峰突入霄汉。五月飞霜，千载凝冰……时或山上雨而山下晴。其树木、梵宇、奇泉怪石乃与五台山比肩齐名者也。"描述的便是此峰。"芦芽佛光""芦芽叠翠""芦芽云海"……都是人间绝美奇景。这灵山秀水、佛祖灵迹、"大乘气象"让芦芽山在历史上大兴佛教之风成为必然。峰顶的太子殿，作为芦芽山重要的文化元素，现在已经成为宁武旅游的重要文化标识。

登上峰顶，在约10米见方的石坪上太子殿翼然凌空，四根铁柱支撑起正方体的石砌殿身，无梁结构，铜瓦盖顶，殿顶置球形铁柱，既是装饰物，又是避雷针。石条砌门，上凿"太子殿"三字；两侧凿有石联，上联为"复慈云于中国"，下联为"性洁雨于边方"；石联外侧凿两个工整雄劲的大字："佛祖。"立足于殿前，但见五座利剑般的石峰似芦芽破土直指云天，雄险奇秀，极为壮观。远处有紫峰崖、石猴崖、凤凰岭、卧虎坪、莲花峰诸山山势挺拔，姿态各异，松林怪石，旖旎无限。

唐宋朝时期经济繁荣，佛教盛行，广建庙宇，官方的督建也推动了芦芽山佛教文化的兴起。《山西通志》这样描述：唐时芦芽山"琳宫铁塔，阇黎千众，招提万间，亦足抗衡古清凉（五台山）"。《宁武府志》载："芦芽山……释氏以为古毗卢佛道场也……山中佛寺颇众……多唐宋所遗。"都证实了芦芽山佛教文化在各个不同朝代的鼎盛发展。明朝时期设宁武关，边贸活动频繁，胡汉共荣发展，佛教文化更加成为民族交融与文化认同的纽带，千年古刹与林海秘境依然是晋北最好的清凉胜境、修行之所。明王朝"敕封天下，明山洞府，庙宇起立"。宁武境内寺庙石窟多达300多所。"明修长城清修庙"，宁武寺庙文化虽然在周遇吉"宁武关血战"后遭遇劫掠被毁严重，但经清朝政府历代重修和增建，规模有增无减，宁武大小寺庙高达400多所之多，远近闻名的就有160余所。

芦芽峰险接云海，更有佛光护法身。这里是大美芦芽山神奇仙境，又是佛家至高信仰的毗卢遮那佛道场。太子殿的高度将芦芽山的高度进行着无限可能的放大。

这里是山水之乐、禽鸟之欢的世外桃源，更是经得起沧桑巨变、历史更迭的人间道场，让人走得进深山，却未必能读懂她的全部。每一次进山，都会有每一次的新奇领悟。

天下名山僧占多

宁武古为燕京戎居所，多民族交汇，关山边地独特的地理因素和频仍战乱中的离愁之苦，让人们更容易接纳来自西域的佛教文化。早在东晋时期，这里就走出一位和道安、鸠摩罗什齐名、最为著名的佛教领袖、净土宗始祖慧远（雁门楼烦人，今山西宁武人，334—416年），开创了佛教文化民间普及化的捷径。明朝万历十九年（1591年）到万历四十五年（1617年），又有一位高僧妙峰走进宁武，历时26年在宁越山上开凿万佛洞，为世人留下融寺庙文化、佛教义理、石窟造像、建筑艺术、中国书法于一体的佛教文化艺术宝库。而在《宁武府志》称之为"最为胜地"的清真山，又有崇祯皇帝的四皇子永王朱慈炤在亡国之后在此避世修行，法号晓安。他的坐化涅槃之日为后人所纪念，每年农历六月六，全县20多个寺庙和民间都要举办纪念晓安成佛的传统庙会。康熙壬辰年（1712年），晓安的不腐之肉身被塑成真身像，建晓祖塔供奉。这座由宝鼎峰、辘雪峰、望仙峰、海日峰、挂月峰、迎鹤峰、凝碧峰、紫翠峰、玉华峰、翔凤山九峰一山组成的清真山，丛拥环抱，清幽诡秘。在这皇子避难地，当时究竟来过多少家眷随从，良将护卫，我们不得而知；但在唐贞元年间绕九峰一山绝壁凌空的半山腰上建起的42华里的悬崖栈道和被栈道相连的毗卢殿、十方禅林寺、普应寺等寺庙群，真的是令今人难以想象的浩大工程。密林深处，众佛朝祖，晓祖的故事和古毗卢遮那佛道场的传说，为人们揭开了芦芽山仙境的神秘面纱。

大美芦芽山，云深不知处。秀美奇绝的自然风光让人掸去心中的俗尘与执念，回归大自然的宁静之中，吐故纳新，恢复身心元气。而它与佛教文化的深厚渊源又能提醒我们掀开被人几近遗忘的边塞历史，脑海中重现芦芽山在千百年寺庙香火中时隐时现的庞大建筑群落和佛教文化体系。此刻，再读芦芽山，能让人为之倾倒的就不只是它的自然风景了，更应该为它深藏在历史风烟中的深厚的人文景观和故事而震撼。

二十世纪七十年代，在宁武延庆寺发现了6000余卷《万历藏》，延庆寺主持满航大师花费十几年时间亲手抄录完成此经书，在一笔一画的信仰中，传承着这份边塞佛教文化的重要遗产。明朝时"钦命"、清朝时"赐传"的龙华会，作为佛事规格最高、规模最为盛大庄严的佛典仪式，也在证明着宁武延庆寺在历史上的佛教地位。世人言："先有芦芽山，后有五台山。"不仅因为在芦芽山太子殿内供奉着华藏世界教主、华严三圣的主尊佛——清净法身毗卢遮那佛，"释氏以为古毗卢佛道场也。太子殿尤居绝顶。久旱可祷。"（《宁武府志》）

还有一个很重要的原因是,在过去,五台山的僧众也得来到宁武的延庆寺剃度受戒。光绪五年(1879年),清朝政府为芦芽山毗卢佛祖庙赐予"龙象神通"匾额。此举,再次印证了芦芽山是一座受世人顶礼膜拜的宗教圣山。

至于芦芽山自然风景区主题丰富的旅游线路,大大小小的不同景点,皆已经声名在外,吸引了无数游客一次次进山饱览。朋友,且让我们循着傅山先生的诗语再进芦芽山,清心明目养肺,辨识花草药材,再去探寻"神山秘不传"的妙境,来一场"问道芦芽山,幽韵与谁言"的文化之旅吧!

守岁管涔山

真正想要进山，应该选在冬季。尽管风雪载途，严寒封锁了几乎所有生命的迹象，却又同时将八方游客的游兴、玩性都挡在了山外。春天有人要进山踏青，夏季有人要进山避暑。秋日呢？自然是要进得山来追赶五彩斑斓的秋色。那些个旅游旺季，南北客来，游人如织，这山已经不是自然概念上的山了，只能被叫作景区。成为3A或者5A级风景区以后的大山，和镇里、县里、市里的景象是不相上下的。车水马龙，熙熙攘攘，有走马观花者，有流连驻足者，有念旧成疾者，有轻慢亵玩者。总之，到处是人，到处是"长蛇"购票，到处有小商小贩。山间成为市井，进山成为赶集。只有在这冬天的纵深里，山才是山。积雪覆没，景区封山，冬天把大山物归原主，奉还给这里的子民、寥落的村庄和沉默的牛羊，这时候的山才是真正意义上的山。在这样的季节能够进山，是一件幸运的事。不错的，在向阳的山坡上，上百只吃草的山羊撒着欢儿，你都不会觉得怎样热闹，在你的视野中，它们仿佛只是远处山坡上随着山势起伏积存下来的一团团白雪球儿。在墨绿色的松林里，季风止了，涛声停了，山溪凝成了冰瀑，步道没有了足印，只有雪是这林间唯一的来客，唯一的相守；在山脚下静谧的小村，鸟鸣不过七八声，炊烟不过四五炷，牛儿不过两三只，人影几乎是寻不到的。这便是大山本来的样子，行走在这山间，脚下踩着半冻半醒的积雪，"咔嚓咔嚓"的声音格外清脆。在这山间，你只能冬靴厚氅，汲泉煮茶，听一些最生态的鸟鸣，想一些最原始的神话，念一篇最古老的《诗经》，做一些最简单的事情，劈柴、挑水、喂马，在最深远的大自然中甘愿沦陷。这一走、这一歇、这一沦陷，你才算是真正地进山了，进到大山的腹地、史中的生活，过一把冰雪传奇、绝世修行的瘾。

读你冬日风光

这里是三晋母亲河的发源地——东寨镇汾河源头。冬日的汾源是最幽静的，没有游人来打扰雷鸣寺的台骀神，没有车流来挤碎清晨第一缕阳光。你可以像主人一样，轻轻地路经它的门前，像不愿惊扰一个熟睡的孩子，自顾去进山采药。

出汾源，沿着公路往北偏西方向行进，沿途有白雪与羊儿点缀的山色空濛，有经过人工治理美化的山溪一路迎客。人自山外来，水自山内出，心情感觉格外地舒畅。在著名景点支锅石前面，按捺不住初进大山的喜悦，你可以停下来，把车打在公路旁边的停车场。女士喜欢去停车场边上的小木桥上倚栏听溪，孩子喜欢去桥下方形的巨石间摸下爬上，阳光从山顶射下来，无限美好。流连过水的柔情之后，走出停车场，上到公路，路边悬着的山崖上就是支锅石，两个滚圆的小石头上，支着一块方不方圆不圆的巨石，傲立于40度的斜坡上，有风吹过的时候，人能看得见它的晃动，摇摇欲坠，却偏又滚不下来，稳稳地支了个无年代可考。这块三晋第一奇石，传说为汾河神台骀治水时留下的遗迹。支锅三石，上面巨石高3米，宽2米，下面为支脚的两块小石。沉静的你，会在支锅石下拍张"到此一游"的纪念照；青春的你，可以攀上小山崖，坐到巨石下面的两块小石中间，与石合照，比画一个"VICTORY"，真是自豪。

支锅石下就是岔路口，沿忻五线继续向西，会经秋千沟翻越大梁到达五寨县城。往北一拐，抬头则会看到马路中间"大石洞林场欢迎你"的标识，随后又是"走进森林拥抱自然"的林区宣传语，这一语提醒，让人忽生一种放归山林的舒适感。没几分钟就能看到紧邻公路的西边有幢黄色小楼，是涔山乡政府办公的地方，然后是大石洞林场在此设置的一个"沤泥湾森林管护站"，有护林员常年值守在此，节假日不离岗。涔山乡总面积264平方千米，山大沟深，多以褶皱山为主，最高海拔2500米，气候寒冷，年平均气温仅6℃，降雨量小，全年只有600毫米左右，日照不足，种植作物多以耐寒性作物为主，诸如莜麦、山药、大豆、芥菜等，油料作物以胡麻、黄芥为主。土地贫瘠，林业资源却很丰富，以华北落叶松、华北云杉为主，15万亩的森林，在宁武县是最多了，地界内拥有大石洞和秋千沟两座国有林场。在这条旅游景点密集的主干道上继续向北，先后要经过涔山村和2010年被评为国家级历史文化名村的王化沟（悬空村），以及悬崖栈道和悬棺悬空寺，行很远的路，才能看到那块刻有"大石洞"3个鲜红大字的漂亮花岗岩。这块标识，让你猛然意识到，你已经真正进入深山了。春支线公路将大山一分为二，左边的玉皇山山脚下是大石洞林场场部和大石洞林场森林派出所，右边山脚下便是大石洞村，整个村子像个熟睡的婴儿一般，全然不去理会有客来访。

进山第二日，适逢大年三十。

在场部用过早餐，等不及有车上山，几个人先徒步往山里走。出场门，经过大石洞村，几只老黄牛静静地伫立在护林公益广告牌下，小牛们也跟着一动不动，向我们行注目礼，中间也有一只大黑牛和大奶牛，几只觅食的鸡儿倒是不懈怠，一俯一仰地啄着道旁柴草间的什么。村外有个岔口，能够下到路边上的芦芽山景区红色步道，我们便在步道上踏雪前行。步道右边是通往万年冰洞的公路，左边是被当地人称作"玉皇大帝"的山峰，雄峰侧立，阳光攀过公路对面的山头射了过来，黄色的山体像高大的人形，峰顶上一树青松像美丽的皇冠，峰后是满山翠绿的松林，像飘逸的襟袍，人在公路上远远望去，仿佛那山便是一位令人敬仰的帝王，自天庭临空而降，信步人间，饱览这山林深处无限风光，也吞云吐雾，福泽万民。

  山脚下，几只老黄牛和牛崽儿正垂下头各自安详吃草。一大片儿橘黄色的沙棘丛林最是吸引人，抓一粒沙棘果放入口中，用舌头往上一顶，冰冻的果实便被挤出酸甜的水来，比秋天的沙棘果甜了许多。

  路面的雪很厚，覆满了红色步道。气温很低，冬日暖阳照过来，雪半冻半醒，踩上去很硬，响声也便大了些，薄的地方"咯吱咯吱"，厚的地方"咔嚓咔嚓"，衬托着这寂静的山林。沿着步道大约走20分钟，向左一拐便进了通往毛家皂村的乡道。早就听闻那是这座大山之内最原生态的一个村落，近几年各地的驴友们常常慕名而往。这条乡道的雪更厚，要没过脚踝，林子也更密。因为路生，以为走到尽头还要很久，走到一半路程我们便决定返回了。沿着公路往回走，积雪薄了很多，因为景区维护需要，旅游公司在大雪过后将雪推到了公路边。柏油路上偶尔可见一大堆一大堆冻硬的牛粪，远处公路边上亦有两三只牛中规中矩地前后排着队默默行走，这情景是我多年没有见到过的了。向着来时的路远远望去，场部外面的大石洞村，一幅"袅袅炊烟，小小村落"的水墨图画，亦是久违的光景。

护我绿水青山

  回到场部，林场派出所李所长正准备开皮卡车去巡山查岗，我便随行。车子先是顺着我们刚才进山的方向往北再转西驶向大山纵深处，大石洞村过去不远就是丁家湾村，公路两边，几座破落的房屋傍山而居。李所长介绍说，村子内现在只住着1人1户，是一名60多岁的老汉，天天听广播、看电视，关心天下大事，讲起来一套一套的，很是有一番见识。

  再往大山深处，一个很容易被人忽略的五里沟村过后，公路左侧是一座被叫作麻地沟的较大的村落，房子都是前后能出水的青瓦钩檐，很是工整。村子紧贴森林遮蔽的大山和公路，交通方便，这算是大山之内条件比较好的大村子了。然在冬天大雪封山时，仍是有一两个月无法走出大山去的。

　　终于到达久负盛名的万年冰洞风景区，冬季封山，这里的度假酒店、停车场与商铺、摊位都空无一人，冰洞口上的简易房内只安排一两个人值守。车子绕过冰洞后面爬坡而上，驶至海拔1800米左右的山顶，新建的森林管护站便在眼前了。依照管涔山国有森林管理局多年以来的不成文规定，从除夕到春节后的几天，各个林场、派出所和森林管护站都是由单位第一负责人带家属过来，留守在一线岗位值班，守护山林，让职工、干警和护林员都回家去过个团圆年。终年在这个管护站值守的站长也姓李。一放寒假，在静乐县城生活的媳妇儿和儿子便被李站长接到山上来，团聚于护林防火第一线，一家三口饮风踏雪，远离繁华。与我同行的派出所李所长，在老家浑源县安家，一年365天，他在家待的日子不到60天。李站长与李所长，都在林业战线工作近20年了，他们的妻儿都是远在外地县城工作、生活，而他们在这山之巅、林之角的人迹罕至区都已经坚守20多年。管护站比场部、派出所更是条件艰苦，不仅寂寞，连饮用水都需要场部派专人定期送上山来。林业战线上工作的同志们，平常日舍小家顾大家两地分居，节假日从不休息，大过年又要携小家守大山一起奉献。这样的日子，过起来平凡，细思量不凡，真的是体现了一种非常高尚的职业操守。

　　从万年冰洞后面的管护站下来，驱车原路返回，半道儿又向左拐进一条岔路，向春景洼村方向行驶，到另外一个管护站去。"村村通"公路盘山而上，冰雪白得刺眼，路边山洼里可看见很大的冰瀑从山上垂下来，宽实的皮卡车让人坐着还算是比较安心。坡陡路滑，普通轿车是无论如何上不了这山的。

　　春景洼村算是一个比较大的行政村，原本是一个乡政府所在地，采煤业为主。村口是有人的，站着的、蹲着的，都在这儿一起晒太阳、唠嗑儿。绕到村子背后，转到山的那一头儿，乡道旁边立着两间破旧的房子，便是卧虎山森林管护站了。房顶青烟袅袅，我们判断应该是有人，叩门却无人应答，打电话问过才知，值班的护林员下山进县城去置办春节值班的食材了。乡道对面是很深的沟底，一排彩钢顶的房子前，用木栅栏围着一大群牛，李所长说那原本是煤矿工人的宿舍，煤挖完了，村民便将房子用来养牛。

　　上午的巡山查岗结束后，回到场部已是11时整，正好进厨房帮忙包饺子。午饭后休息一阵儿，我们又驱车出山。在支锅石景点的地方转弯，是东寨镇通往五寨县的最近一条公路。顺着这条路走，需要翻过人们口中所讲的"大梁上"，才能到达五寨县城。公路依山势修建，坡陡弯急，积雪封路的深冬很少有人敢走这条路。驶进这条公路，无法折返，只能硬着头皮往前开了，多处下坡拐弯时让人胆战心惊，真有命悬一线的惊险。战战兢兢行了很久，我们到达涔山乡的另外一个国有林场，叫作秋千沟林场。照例，这个林场也是温场长携家属亲自值守，"舍小家，顾大家"的情怀正是如此吧，这却是连小家一起端来奉献给大家了。温场长是二次调任这个林场，他第一次在任时，这里还是平房炉火，冷寒裹身，半夜上厕所需要过到马路对面的大山脚下去才行，黑黝黝的松林欺压下来，使得人与房子都特别矮小和弱势，胆子再大的人也心里发怵，那是最令他苦不堪言的一件事。如今，像局里其他十几个林场一样，场部都是新建办公楼，自烧锅炉取暖，条件好了很多，妻儿来此过春节不用再受冷冻了。只是，这里没有城市的霓虹、村庄的烟花，多少寂寞了一些。

　　回到大石洞林场已是晚上。这里没有城市的万家灯火，有的只是窗外漆黑的大山。儿子去院子里架设好了相机，乐呵呵地跑回来说："正好有那个山顶做参照，拍的星云图肯定会更有效果。"一家人缩在一间斗室的床上看春晚，除了看电视，在这寒冷而有限的空间内，似乎也别无他事可做了。山间的寒冷是山外人无法想象的，尽管地暖温度非常高了，室内却还是极其阴冷的，衣服穿少了根本坐不住。晚上睡觉时，床上热得烙人，眉眼仍是冻得想感冒。

　　进山第三日，大年初一。

　　春节，阖家团圆的日子。林业岗位上的工作人员却不得清闲。天不亮，大家便要去到场部外的村子小广场上进行护林防火的宣传、监督工作。附近的老百姓有上庙祈福之前在这儿放鞭炮的习俗，虽是积雪满地，大家还是担心有火星点燃周围的林木。接着要随老百姓攀到林场背后玉皇山的半山腰上，山上有座玉皇庙，据说是很灵验的，每逢初一都是祈福、许愿的好日子，今天自然是香火更旺，却是增加了护林人的工作难度，必须守在庙前，盯着敬香、点纸的百姓们进行完敬香拜佛的全部仪式，帮他们做好对灰烬的善后处理，才可放心离去。

　　下山后，大家匆匆吃几口早饭，集中商议了一下更远的一座庙该怎么去。另一座庙在山的那一边，积雪太厚，山路高陡、冰滑，皮卡车能否翻得过山去还是一个问题，但又必须去。因为那座庙的香火更旺，邻县的百姓离那地界儿很近，今天上午几乎都要去庙上祈福许愿、点纸放炮。大石洞村的领导干部已经带着20多人出发了，林场和森林派出所的人也拿了铁锹等消防器材一起出发。快下午1点的时候，大家才回到场部，如释重负地说："人真多啊，到中午12点的时候，我们不得不守在庙门口，强行把香客们带着的爆竹都没收下来，他们进去许愿上香的节奏才进行得快了点儿。"

为避免影响对上庙百姓的监督、劝阻工作，这两次上庙我没有跟了去。强忍住好奇心对自己说："等夏天吧，夏天游人纷至时候，我再去庙上一睹这民间盛事。"护林回来的林场、派出所同志们却是兴致未消，午饭间，都还在听李所长讲述着前两年场部门外玉皇山下的失火事件。那是一个平常得不能再平常的日子，村里一户人家回来一名常年在外居住的妇女，久居城市，森林防火观念不强，一个人径自来到了玉皇山下亡父的坟前，点纸祭拜。不小心火苗点燃周围的柴草，进而蔓延至山后的松林，女人吓坏了，连哭带喊地跑回场部求救，但玉皇山上的火势已无法控制。好在这是一座独立孤峰，向阳的山坡林木稀疏，损失不算太大。但半山坡上的松树至今都光秃秃的，留下了漆黑的记忆。由于不是清明前后或是中元节左右，也不是腊月年尾，不是当地习俗中特定的上坟日子，村中人没有注意到她的行踪，场部与派出所也没有想起要派人把守在自家场门外那座孤坟前。当地山民大多有防火经验的，每次上坟时，都要带一把铁锹和一只废弃的铁桶，祭拜时把纸燃在桶里，火星不会飞出来，最后还要挖个土坑把灰烬扑灭、埋好，做到万无一失。

由于上庙去敬神和许愿都是必须在上午进行的，这里上坟祭祖的风俗又都在春节前进行，所以正月初一下午是护林人最安逸、轻松的时光了。我们先拿了水桶去附近村子外打水，水是从山上引下来的山泉水，甘甜可口，拿来泡茶是最好不过了。然后，我们徒步去附近的滴水洞景区，当地百姓很智慧地将这里做了旅游开发。在被称作"关帝像"的一座大山脚下，公路对面一片空地上，可见旌旗招展，用两根原木立起来的一座高高的木门，很是有一百单八将聚义山寨的感觉。再往山里走，是一座用水泥砌成的山门，仿真的"松树枝"掩映山门，在冬天都是绿油油的，山门上书"滴水洞景区"几个大字，甚是洒脱。山门前的大路两边是极为宽敞的空地，左边是一些草亭、秋千、跷跷板等设置，右边是一排民俗风情的草房子、草门，夏季旅游时开饭店用的，现在都空无一人。房子倚靠的半山上，满是黄色的沙棘果，成为冬季大山里唯一一道色彩亮丽的风景，让土黄的山、冷绿的树和洁白的雪仿佛都因这果实的存在而鲜活起来，有了无限生机。在这新春的第一天，我们这些守护大山的人，避开尘世的寒暄、应酬，成为这个美丽景区特别的主人，自由地玩儿雪、玩儿跷跷板、荡秋千，实在是一番难得的体验。

同享山水之乐

对于大山的新奇感，三天两天是平静不下来的。同样，对于大山的探索，也是三天两天未能尽兴的。这里的一沟一壑、一沙一石、一草一木都是有故事的，我来不及去一一探寻，即便有人来为我耐心讲解，太多的听闻也是我未必能一时半会儿全部吸收消化的。对大山的热爱与崇拜，让我愿意以足够的虔诚与耐心，放慢节奏去一步一步渐渐地靠近，了解，感知和回味。我决定不去走马观花着急享受大山的馈赠，而是要用以后长长的日子、长长的缘分来对它进行细致的解读。

林场雇用了附近春景洼村的一对老夫妻来帮忙，男人姓葛，身兼数职，为场部搞卫生、饲养后院的牲畜，冬天还要烧锅炉给全场供暖。听众人都喊老葛的名字"金花"，害我总误以为是在喊他老伴儿，几次强化记忆才记住了他的妻子叫"四女子"，是在食堂给职工做饭。由于是本地人，在"外来人"面前他们总是充满自豪，话题也多，不停地为我讲解这山内的新鲜事儿，讲最多的便是这山上有座庙和夏天怎么能采到好蘑菇。大山太大了，大得使我暂时打消了再出场门的念头，留在院内活动。四女子给我仔细讲了采蘑菇要选的时间、气候，以及需要注意些什么，说好了让我夏天再来，她要亲自带我上山去采。我自然是急忙点头应允的。她又像晒自家宝贝似的，神秘地告我说："这厨房后门出去还有一座小庙呢！一会儿让老葛带你们过去看看。"我一下子来了兴趣，大庙没去看一个，小庙总可以看的，弥补一下昨天未能上庙的缺憾。

老葛带我们从灶间出了后门，原来是森林派出所的院子，小楼、凉亭、草木，这在夏天应该是一个很美的后花园吧。顺着小石子儿砌成的便道走去，与厨房后门正对着的围墙上有个拱门。出了拱门，已无路可走，原来拱门外就是玉皇山脚。留此门就是因为这山脚有两样儿设置。闻声儿赶过来的李所长配合老葛你一句我一句地给我们介绍起了这山和这庙，并对我提出的疑问一一作答。山脚下果然有座半人高的小庙，几个台阶上去，小庙在一个小小的山洞下，里面没有神像，只是一个彩绘的庙门。这是玉皇山上玉皇庙的护法所在。据说，山里的庙左右两边一般都有护法，左边小庙供着青龙神仙，眼前这座小庙就是守卫玉皇庙的青龙神位。在离小庙不远处，有一个很大很大的磨盘，我初以为这是村人过去磨面遗留下来的稀罕物儿，听他们一介绍，才不禁在心里悄悄嘲笑起自己没文化了。原来，这个磨盘也是玉皇庙下特意设置的护法。

磨盘即石磨，是我国古代社会中常用来磨碾东西的常用工具，在农业社会中相当重要。石磨之所以作为一种风水用具，是因它有太极形状，磨盘的石沟形状分布成旋转的卦象，磨盘卦象里的石沟条数边单边双，阴阳分布，对应两仪，有人常把它视为时来运转。而对于现代人来说，石磨已是重要古迹，是人类文明进步的阶梯，陪伴人类，为人类服务了几千年，具有历史文物价值。

在林场，还有另外一个好去处，就是从场部主楼旁边的一个侧门进得另一个后院，高网围起的一处饲养中心。里面有鸡舍、鸭舍、鹅舍，再有野猪舍和野鸡舍，最为阔绰的要数狍羊了，整整一大片的栅栏与"天网"，衬托着它在这个院子里的霸气与傲气。

老葛每天在这里负责它们的一日三餐、圈舍卫生。野猪长得很凶，无论个头儿还是毛色，生得都很威风，透露着一种悍气十足的不近人情，然听老葛讲，这只并非纯种的野猪，是一只野猪与家猪杂交生产的猪。美丽的野鸡虽然高大了很多，但它不以凤冠为傲，仍能够与家鸡们打成一片，在舍外甬道上低调地踱来踱去。大白鹅们聒噪地叫着，此起彼伏地向着喂食儿的老葛献着殷勤，对生人却是很有攻击性的，突然就会拉长了脖子向人伸过它的铁嘴来，让人猝不及防，因此，见着鹅时我们总是很小心地绕道儿行走。

一只年轻狍羊被圈养在紧靠后山的木栅栏里，栅栏上拧着不规则的铁丝网。看到有人来，小狍羊好奇地朝着栅栏走过来，让人看清了它的美好相貌：玲珑的茸角，忧郁的眼睛，俏皮的口鼻……它小心翼翼地将脸蹭过来，试图接近我们，又倏然逃远了，听到栅栏外有人跺脚的响动，它又一下子抖起了在山间奔跑的野性，像一名好战的勇士一般猛地朝着栅栏撞上来，又远远地退后去，原来它是受伤了，茸角被铁丝网刺破，鲜血滴落在雪地上，它安静地埋头舔舐着……我们有点儿不安，悄悄地离开后院，想找老葛来给它看看伤口。老葛去查看过后，说是无妨，它常常这样撞伤自己，伤口很快就能自愈。为了防止老鹰等悍鸟来侵犯饲养的鸡鹅，护林员从后山腰上布设了铁丝网，整个将饲养场的顶部覆盖起来。小狍羊在老葛的精心照料下，壮实地成长，避免了在山林间的种种不测。远望大山，我为那只受伤的狍羊写下一首小诗：

狍羊之念

我有藏羚羊的弹跳与飞越
却只能恭顺于绵羊的栅栏之刑
怀念森林与林间的鸟语山行
我有如水的温柔与性情

却不得不消磨自己欢快的歌唱
在狰狞的铁丝网上一次次验证茸角的坚硬

我在雪地上舔舐自己的滴血
心比角更痛　尖锐地疼
有哪一种际遇比这片刻的低眉
更显悲情　四蹄紧锁奋起的冲动
我陪冬阳一起沉默
祈祷远山林涛送来同伴的呼声

  厨娘四女子还在饶有兴致地向我讲述采蘑菇的有趣事。据说，林场有位护林员特别有经验，已经把近些年他在山上发现的每一处银盘蘑菇处做了标注与统计，并用巡山的仪器分别进行了定位。每到大雨过后，其他人都会随他上山去采蘑菇，每次他采一大袋时，别人只能采到一小筐。若不是跟着他去，连那一小筐都找不到地方采的。

  大山的馈赠远不止这些。除了野生的山蘑，还有黄芪、党参、沙参、灵芝、茯苓和蒲公英等珍贵的野生药材，都是城里人稀罕的宝贝儿。还有关于灵山秀水的风景、奇峰怪石的传说，以及一草一木的神奇，我想，我将在暑假期间再来与它们重逢，并将诗文以记之。

  在大雪封山的季节，人类才可能回到最原始的生态，与万物和平共处，吸一口纯净的空气，饮一斛纯净的山泉。与其说，这是大山的馈赠，不如说这是人类对自己愈来愈少的馈赠。愿人人都具有尊重自然、爱护自然、保护自然为核心的生态道德，人人都能够与草木为伴，与鸟兽为邻，春夏秋冬，和谐安居，同享山川之乐、世间之欢。

紫塞雄关金莲花

1200年前,一个酷暑之日,恢河两岸丘山翠绿,水草丰茂,集美貌和智慧于一身的萧绰铠甲加身,策马扬鞭,奔向一片高山草甸。这高寒之地的七月,除了一些叫不出名字的零星小花碎纷纷地掩映在绿草之间,还有一种金色的花总是吸引着这位"明达治道,闻善必从"的辽国摄政太后,在征战、巡猎中重回自己作为草原女子的本真柔情。只见她甩蹬下马,径直冲到那片盛开的花海中,俯下身子,手托花盘,轻拈于胸前,脸上露出柔和的微笑……此刻,她的眼里没有国运,没有戎机,有的只是疲惫之后的从容与皈依佛性的安详。

眼前这花,正是北方高原常见的金莲花,似七月流火,簇拥怒放,汇聚成饱满的明黄色,在一场雨水的润泽下,显得格外丰盈疏朗,明媚灿然。萧太后命手下人将眼前这些金黄色的花朵采摘回营帐中,清泉冲洗,晾晒风干,用作茶饮,花瓣儿浸入水中,莹润鲜嫩,馨香萦溢在她的唇齿之间,一丝清爽,一丝甘甜。

不能不说,这是一款治愈系的花茶,久饮此茶,萧太后皮肤白皙,美色不衰,中年以后依然青春靓丽。这茶饮,伴着她"柔肩担江山,裙钗争风流",收复燕云十六州,签订澶渊之盟,带领辽朝进入最为鼎盛的辉煌时期,也为辽宋带来了100多年的和平历史。

三关城外,朝代更迭;史海沉寂,辽后已去。金莲花养颜之功效却是被人们记了千年。

又有一说:金朝大定初年,金世宗完颜雍游猎草原,被"花色金黄,七瓣环绕其中,一茎数朵,若莲而小,六月盛开,一望遍地,金色灿然"的花海震撼,联想到"莲者连也",遂取其"相连意",称此奇异之花为金莲花。

文人杜撰,商家炒作,金莲花的故事渐渐多了起来,赋予它更多美好意义。譬如,金莲花总是生长在杨家将殉难的土地,只为英雄盛开。萧太后也便只能怀着敬仰与缅怀,一边凭吊英雄,一边爱惜这花。不管故事有多传奇,从山海关到嘉峪关,从辽境过宋界,金莲花开在紫塞山域是确信无疑,是万里长城上的灿烂霞光，是紫塞雄关的灼灼抒情。

历史的烟云中，我们已经寻不到那些曾在高原草甸中流连停驻、属意此花的马背人物，而金莲花却宿根塞上，年年岁岁花相似，以其顽强的生命力盛开着，开至今日。

高山之巅，巨龙绕脊。金莲花开，坐看云起。

金莲花碧叶黄花，株形优美，热烈奔放，风姿绰约，雍容华贵，娇艳绝伦，总能驱走碧野的单调，倾覆野花的杂乱，还给原野一派繁华富丽，以饱和的金色赋予朔北生机与活力。然而，大约因它喜好冷凉而湿润的环境，总是生长在海拔2000米左右的高山草甸或疏林地带，阴湿高寒之地又赋予它清幽之性，孤寂之美。

它托体关山，长城作伴，身怀傲骨，宿根蛰伏，抗寒沐雪，岁岁花开。在道教中，金莲花象征修行者，于污浊恶世而不染浊，历练成就。而《大正藏》经典说，莲花有四德，一香、二净、三柔软、四可爱。相传释迦牟尼佛在金刚莲花座上修成正果。于是，金莲花又成为佛教的象征，借神圣净洁的金莲出淤泥而不染，代表着轮回之中不会受到不洁之物、意障和心障的污染。

"仙葩生朔漠，当暑发其英，色映金沙丽，香芬玉井清，倚风无俗艳，含露有新荣，试植天池侧，芙蕖敢擅名。"（清朝诗人胡会恩《咏金莲花》）名字中自带一股不凡品位。在中国传统文化中，金色代表着神圣与尊贵，莲则有吉祥好合、出尘纯净之意。于是，这花虽野生而居得了庙堂，虽高寒而赢得了敬仰。

忻州市长城学会副会长、宁武长城专家苏栓斌曾有一篇大作《边塞佛教文化：开在长城上的金莲花》，以金莲花为喻，对宁武关边塞佛教的历史文化做了深入研究和系统梳理，在第三届中国长城学术论坛斩获二等奖。他说："长城是中华民族的精神象征，与长城应运而生的边塞佛教文化也是我们的精神长城。"那么，宁武关有幸，因其特殊的地理位置与高山气候，同时拥有了两朵金莲：一朵是长存于神奇山水中的边塞佛教文化，另一朵是盛开在宁武关子民心中的紫塞茶文化。

汾源长流甘露水，紫塞遍开金莲花。是佛？是茶？是先民的智慧？是自然的馈赠？

"莫须池水来丰泽，只愿东风相送勤"。金莲花又称"旱地莲花""旱荷花"，是多年生宿根草本花卉植物，有很高的药用价值和明显的保健作用。早在《入唐求法巡礼行记》中，就有关于这种野花的记载。也曾被称作是养颜金芙蓉，列为王宫贵族专用名贵饮品，得御用"龙井"之称。

此花常开在向阳的山坡、草地、林下，植株高50—70厘米之间，茎蔓中空，叶形似荷。通常6月开花，7月谢落，花呈金黄色，有香味。金莲花的嫩梢、花蕾及新鲜种子，都可取作辛辣之调味品，亦可作拼盘配色之用。花、茎、叶皆可入药，有清热、凉血、消炎功效。其味苦性凉，富含生物碱和黄酮类物质，对慢性咽炎喉炎扁桃体炎有预防作用，尤对老年便秘有特效，常饮可扩大肺活量，增强人体摄氧能力，可作居家常备之品。

金莲花在海拔越高的山区种植，质量越好。管涔山草甸区海拔高，昼夜温差大，水源足，土壤肥，种植出来的金莲花色泽鲜艳，金黄绚烂。每年6月中旬开花，花期一个月，当地村民们入田采摘，泉水清洗，烘干即成，工序简单，茶品天然，做起了药茶种植与加工。

《山海草函》有记：（金莲花）治疗疮大毒，诸风。《纲目拾遗》有记：（金莲花）治口疮，喉肿，浮热牙宣，耳疼，目痛，明目，解岚瘴。此外，金莲花富含多种维生素、胡萝卜素及其他微量元素，可有效补充细胞的营养，既可活血养颜，也有提神醒脑的作用。"宁品三朵花，不饮二两茶"。"塞外龙井"金莲花在宁武关山终于开出了富民的花朵。

清代宫廷常饮金莲花，康熙爷曾御笔题词"金莲映日"，乾隆皇帝亦曾封金莲花为"花中第一品"。

提一壶汾水山泉，泡几朵金莲花茶，看金莲在水中自由舒展，风华正茂，且静下心来，嗅一缕清香怡然，赏一份大气殷实，这便是紫塞关城最惬意的午后了吧。

茶香里，似见得高寒之处，一茎傲骨冲破长夜傲然独立，摇曳生姿；

花瓣间，似见得满目盎然，金色花海在长城两边铺天盖地而来，热情奔放；

谈笑间，宁武关的人民已经在长城文化的挖掘中走得很远很远……

乾隆皇帝在《咏金莲花八韵》中对金莲花有这样的描述：

> 是莲不出水，非菊却宜山。
> 色拟瞿昙面，笑开迦叶颜。
> 风前足丰韵，夏永伴幽闲。

> 花谱新方著,诗题旧弗闲。

如今,金莲花这款御用"龙井"已非皇家专供。紫塞雄关,物华天宝,宁武关的人民正手捧金莲,把自己的日子过成一首像金莲花般美丽动人的诗。

落枝湾，林魂向上生长

——芦芽山百里林海康养基地漫谈

万亩标准林所在地为一个叫落枝湾的地方，老百姓这么叫，管涔山国家森林公园打造万亩标准林的材料中也这么写。华北落叶松是所有松树中唯一落叶的一个树种，并因落枝湾山坡上水源充足松林密集，为了争先讨得阳光的馈赠，完成自己的光合作用，落叶松不惜断臂求生，通过山风吹折、野兽碰触的自然整枝方式，完成抛弃残枝、通天向上的生长过程，形成一种不屈不挠、力争上游的人文精神，这就是"林魂"。试想，一座纯天然氧吧的森林，如果只定位在它的绿树景观、康养作用，那是多么的单调、乏味，人与自然始终是两离两合的一对朋友，无法形成心灵的契合、灵魂的沟通，以及真正意义上的人与大自然的融合。林要有灵魂，那就不一样了。人们漫步森林间，可以健步锻炼、吸氧绿肺，还能够产生精神上的鼓舞、品质上的认同，感受松树向上生长的力量，自己也成为一名热爱生活、接受挑战、勇于奋进的"追光者"。森林一游，满血复活，十足的正能量。

原始神奇、秀甲三晋的"五百里奇秀芦芽山"，是华北地区生态保存最完整、最原始地区，被誉为"北方香格里拉""黄土高原上的绿色明珠""世界生态保护史上的奇迹"。芦芽新雨后，华北有仙山。丰富的负氧离子和芬多精对人体非常有益，使芦芽山成为一座"天然氧吧""华北绿肺"景区、世界罕见的生态基因库。当人们来到芦芽山，闭上眼睛恣意呼吸着来自天然氧吧的馈赠，身与心似乎都得到了净化。每一次的森林之旅，似乎都成为一次生命的回归。

古人讲，山之态在林，山之魂在文。芦芽山有幸，成为"云杉之家""华北落叶松的故乡"，约82万亩的漫山林海，莽莽苍苍，遮天蔽日，海拔1600—2600米的高度最适宜华北落叶松云山天然次生林群落在此安家落户。而大山腹地的林溪山也早在北魏时期就被郦道元录入那部著名的《水经注》了，特有的中高纬度和山地垂直高度，以十二分的诚意接纳了华北落叶松最好的林分结构。在这个完整的森林生态系统中，落叶松作为植物分布最高层的"乔木志士"，以其90%的受光率顺理成章地成为落叶松主要的"造氧者"，不仅装扮着大美芦芽山美好生态面貌，也成为最能够体现山之魂的精神坐标。林溪山后南背落枝湾就是这个精神地标所在。

落叶松，一叶落，落出一个特有树种的名字；

落枝湾，一枝落，落出一个康养胜地的名字。

赏山林美景，读山林之魂。坐落于落枝湾的芦芽山森林康养基地，她的景与魂应该就都藏在这两个名字里罢。

读懂一座山脉，请先读懂这片森林

海拔1600—2600米的芦芽山为高中山天然林区，属于中温带大陆性气候，四季分明，光照充足，气温低，冬春季多风，干寒，冰冻时间长；夏季短暂、温凉湿润，降水集中。年均气温 -1℃，日均温 ≥ 10℃ 的年积温不足 2000℃。年降水量约700毫米，年日照时数2900小时。全年无霜期95天左右。"管涔山上千般宝，第一当数落叶松"。林溪山后南背落枝湾就是观赏华北落叶松的佳境，一直是全省华北落叶松的标准林，面积50平方公里，森林覆盖率100%，活立木每公顷蓄积量达到375立方米，号称"万亩标准林"，是最具代表性的华北落叶松纯林，平均胸径26厘米以上，树高平均25米以上，树干形体通直，直插云霄，被誉为"华北落叶松的故乡"，是我省华北落叶松最优良的种质资源和基因库。万亩左右的落叶松森林富含着20000个/立方厘米的负氧离子，让落枝湾成为芦芽山自然风景区的绝佳森林康养基地。

华北落叶松有"三高"。一是生长于中高纬度地区；二是喜欢扎根于森林垂直分布的上限高度，即海拔较高的中高山阴坡或高山草甸上；三是树高可达30米左右，如人之高品，拒绝同流苟且，只做自己。有唐代杜荀鹤的诗《小松》为证："自小刺头深草里，而今渐觉出蓬蒿。时人不识凌云木，直待凌云始道高。"

华北落叶松有"三奇"。它是松树中唯一具有落叶特点的树种；二是既喜光照，又耐寒润，夏季能够耐高温35度，却总是在阴坡幽隐避世，不去张扬；三是"石者生存"，耐干旱瘠薄，有薄薄的一层土就够了，或者干脆长在石头上，无缝无隙，呈现一种奇异的生命力。

华北落叶松有"三最"。一是树龄最长，作为"岁寒三友"的植物寿星中排行老大，树龄最高，有"千岁材""万年松"之雅称；二是个头儿最高，"何当凌云霄，直上数千尺"的松树又有"百木之长"的美誉；三是受光率最高，率先冲出林海接受阳光的洗礼，吸收大量二氧化碳，放出氧气，成全了"天然氧吧"的美誉。

华北落叶松有"三赏"。

一赏松形，从美学的角度去看松，松姿顾高秀美而又挺拔傲岸；松叶像一根根细细长长的针，二三五一束，密密地簇拥在灰褐色的弯曲枝干上，形成一个个绿色的小刺球。直挺硬朗而又纤细柔软，形神俱佳；松果成熟前为绿色，成熟后带点黄褐色，外形看起来像峰塔，呈椭圆形，外表呈鳞片状，有观赏价值，芦芽山的村民们经常在大风过后入林捡拾，被人收购卖到国外去装饰圣诞树，成为近年比较热门的一项收入来源。

二赏松色，四季常青。为避免普通树叶面积大、气孔多带来的水分散失，落叶松选择独特的针叶构造，既能够有效阻止水分的蒸发，又增加了光合作用的面积，每枝针叶都有3—5年的寿命，总是在新叶长出以后，老叶才会枯落，以减少树木中水分的消耗，也给人们留下了四季常青永不凋零的常绿乔木印象，被人们赋予"百木之长"的美誉。"大雪压青松，青松挺且直，要知松高洁，待到雪化时"。它凌霜傲雪，经过秋冬的休眠积蓄养分，在春生夏长间完成一次次的涅槃重生，只此青绿，成为游人养眼入心的绿色美景。

三赏松涛，在松风中听松林如涛声般阵阵低吼，我们谛听藏在松涛里的风云际会沧海横流，神奇造化鬼斧神工。在这涛声里，你是否听得到它古老的故事？华北落叶松早在远古时期就与恐龙同时出现在地球上，那些庞然大物的勇猛家伙儿们也已经消失了几百万年，华北落叶松却依然在它的故乡芦芽山坚韧、挺拔、苍劲、有为地傲然生长着。它低沉而却有力地在风的作用下交响着，轰鸣着，传达给我们生命的力量。

读懂一座山脉，请先读懂这片森林。在参天大树下抬头仰视，膜拜松树的品格，读懂林之魂。从此，摒弃生活的枝枝杈杈，打破日常沉溺、慵懒、彷徨、无力的"习惯"，唤醒自己内心的血性、意志和向上生长的底气，追求卓越。

读懂一片松林，请先读懂这枚松魂

漫步松林中，需要仰视，目之所及，华冠冲天，直插云霄。一棵棵华北落叶松挣脱幽暗、逼仄的生长环境，坚定、坚劲、坚韧地努力向上，弃落的是残枝败叶，耸起的是傲骨峥嵘、高风亮节，像一树堂堂正正、简朴简约的谦谦君子，又像一名不畏逆境、正直无私的顽强斗士，涵养水源，寸土必护，心怀对阳光的一往而情深，挺起独立自主的魂。

落叶松有割舍旧叶的勇气，也有"断臂求生"的果敢。茂密的森林中，她不肯屈曲盘旋，虬枝疯长，而是借助风的力量，甚至兽的出没，斩劈自己身上不必要的枝丫，一切牺牲只为了力争上游。它懂得物竞天择的道理，追求适者生存的自由，它需要经过辛苦而漫长的向上伸展，才能独领风骚，占据森林的半壁江山。

当地老百姓口中的"落枝湾"就是这么来的。

落枝是一种"何当凌云霄，直上数千尺"的潜滋暗长、破石惊天的铮铮傲骨；落枝是一种不蔓不枝、不阿不媚，荫翳中不肯遗失的云天壮志；落枝是一种置之死地而后生的我心向阳、力争上游的追光行动；落枝是一种"路漫漫其修远兮，吾将上下而求索"的突破安逸、踔厉奋进的精神。

在落枝湾，最能够代表这片森林精神的当属那棵"独木穿石"的神树吧。在一方无缝无隙的巨石之上，一棵奇松兀自生长，不蔓不枝，亭亭玉立，任风吹入撼却岿然不动，这其间生长着一种哲学：扎根基层才有养分可取，生发向上的力量；有自我的成长、卓尔不凡的成绩，才更有信心迎接阳光的馈赠。此刻，伏地静听，有潺潺流水之声伏于地下，叮咚作响，极为清脆，称"千年伏流"，又叫"千年暗河"，似在阐释着这些石上奇松的来处。

林之魂即山之魂，山有魂则乐往之

芦芽山自然风景区，多山，多水，多沟，多瀑，更多的是森林，原始次森林。"芳林新叶催陈叶，流水前波让后波。"（刘禹锡）百里林海的落枝湾，便是这样一个好去处。只不过，落枝湾的流水隐在暗处，只闻其声，不见其踪。

得一日闲，结俩仨伴儿，就往山林去，洗洗肺，吸吸氧，总有山间一两风，送你一份小欢喜；总有林间一暗河，载你小忧愁；更有石上落叶松，唤你一份凌云志。

村上春树说："每一个人都有属于自己的一片森林，迷失的人迷失了，相逢的人会再相逢。"到这里，你会遇见的恰是那个最初的自己。

流水潜入暗河，不改她奔赴的方向；山林未曾向四季起誓，却在这里站成了永恒。落枝湾的松是有志向的，任尔东西南北风，不撼其基，如大诗人李白所言："松柏本孤直，难为桃李颜"，落枝湾的松林会告诫你，做人要端正自守，坚守本心。

在这里，你不会寂寞，落叶松是淡妆典雅的青衣女子，青绿带灰的白杆是素简真诚的"灰姑娘"，陪着你享受远离尘嚣的独处时光。漫步林间，你会冰释对这世间所有人、事的不耐烦，听到自己内心的声音，而那声音，是松涛情语，是林间鸟鸣，是旱地荷的从容开放，是野草莓的隐微念想，或者是蒲公英的洒脱幻灭，又或是银盘蘑菇一场阴雨一场簇拥的世俗轮回。

在这里，一草一木的发芽充满了破土而出的骄傲，一枝一叶的向上充满了渴慕阳光的卑微，没有一个事物能绝对幸运，也没有一个事物会绝对不幸。踩着"咯吱"响的木板步道漫步林间，你便是那只远征的大鸟，在幽深的岁月里吮吸一口只此青绿的氧气；你便是一名闲散的道人，在盘根的错节里修行往事了了的淡泊。更多的时候，你只是一名误打误撞坠落林海的水手，玉臂一划，一片参天树冠罩住了今世的水千重山万重，自渡是你能够上岸的唯一方式。

在落枝湾，松之魂即林之魂，林之魂即山之魂，山有魂则乐往之。因为有落叶、落枝的勇敢的松，芦芽山的秀美风景有了精魂，有了意义，有了不得不一去体验的理由。

我来林间走一遭，打卡生态康养地

光阴静，松风起，郁郁葱葱、青葱嫩绿的松林随风摇曳。松涛阵阵，汹涌成茫无涯际的绿色海洋，在酷暑时节掀起一阵阵有声有色的凉意。此刻，你定已分不清那漫山汹涌的树冠到底是在低吼绿海逐浪的豪情，还是在诉说直上青云的志向。就请在落枝湾的盛情邀请下身临其中吧，我们一起观林海、听松涛，在这片消暑胜境中来一场诗意旅行。

落枝湾的盛夏，深林幽径，乔松错落，树影筛荫，草木氤氲，蜂逐蝶舞，林蘑成圈，草莓红透，鸟语婉转，伏流叮咚，微风不燥，林氧沁人。沿着木板步道深入到林中，润肤浸心的"森林浴"教人神清气爽，流连陶醉。

打卡芦芽山百里林海康养基地，除了绿涛滚滚的松林，那些叫不上名字的奇花异草也是最亲切的森林主人，用她们天然去雕饰的美艳形象热情迎接着你。不必单看深秋的层林尽染、五彩斑斓，去遥想"万类霜天竞自由"的饱满画面，单在这蓬勃向上、苍劲壮观的夏日林海中畅游，便足以慰藉一颗疲惫的尘世之心了。

我们漫不经心，经过一棵又一棵青松深吸一口润湿无染的林间氧气，做一名幸福的疗养者；

我们蹲下身子，用手机拍照识图，耐心地辨识遍地未曾见过的一花一草，像结交一个一个"小清新"的新朋友；

我们伏地而听，倾听那条"千年暗河"生生世世未能老去的清脆鸣响，像在倾听我们遗落在前世的一段不舍情缘；

我们抚松仰视，随它抛枝弃叶百折不挠地直插云霄追逐阳光雨露，在它冲天梦想中感悟自由的可贵和生命的崇高；

……

芦芽山的绿色食物链、生态链，也是黄河岸边、长城内外、三关之中唯一的生命见证，这些鲜活、盎然的动植物生命体，是怎样经过无数次地质变化的大劫难还能存活下来的？确确实实成了千古之谜！巍巍管涔山，像落枝湾这样的森林康养基地布局有10处之多，初步形成了以芦芽山为中心，呈环状分布于芦芽山四周的管涔林区森林康养大生态圈，总面积达11.06万亩。每一棵松树都在以落叶、落枝的自然修剪法，培育着自己那颗向上的灵魂，形成这百里林海一种特有的精神——"落枝湾"精神，又用这个有趣的"林魂"，吸引着无数热爱生命、力争上游的人们到此一游，从高耸入云的树冠里找寻生命的意义。

我来林间走一遭，打卡生态康养地，来度假，来康疗，来运动，来品青松之志，读山林之魂。

落枝湾，林魂在向上生长……

跟着傅山进芦芽

入林前，一定要看好天气情况，山下一片云，山上可能就是一场雨了。尽量挑个大晴日去享受密林深处的喜悦。不然，你可能遇到傅青主诗中的晦暗遭遇："山深林复茂，风雨加其威。"

读林，要先读芦芽山的林。读傅山先生，要先读他的这首诗："山深林复茂，风雨加其威。幨幰浓云忙，林舞山皆飞。幽人不知往，帖崖孤立危。想象阴阳中，形骸奚足吹？奇文警欣赏，不化欲何为？"（《芦芽山风雨中迷途待霁至西庵追忆希有之作》）

唐时期有寺庙300余座，即便到了明清时期，仍有大小寺庙72座。庞大的毗卢佛道场寺庙群落，让芦芽山想没名气也是不可能了，历代名人纷至沓来，访名山，问大道，不亦乐乎。居住在太原的傅山先生自然不会放过这个"近水楼台先得月"的便利，终于在他56岁时给自己放大假，骑着租借的毛驴来到芦芽山美美地住了两个多月。上面这首诗，就是先生幽居于宁武县西马坊乡西庵村的清泉寺时所作。

密林寻药，浓云涌起，骤雨狂风，林舞石飞，大自然鬼斧神工劈削过的悬崖绝壁，像风吹起来的书帖来回摇晃。这暴风雨是何等猛烈，足以摧毁这异族入侵的晦暗世间。但这风雨还是没能够让世人觉醒，加入到反清复明的大业中来，有什么办法呢？芦芽山清净之地，仍是无法让先生安放自己的灵魂。

"密云压万籁，萧堂流一钟。蒙松石磴老，梦寐芦芽松。静室封寒色，空观信短筇。那容负笭者，戚戚忧黄农。"（《雪夜》）芦芽山，是清代著名学者傅山先生追慕已久的长满草药的名山。先生在他人生最为低谷时期壮游芦芽山，经济、人事、思想、情结诸方面的异常孤独，唯有在治愈系的森林里才可得到慰藉。芦芽山莽莽苍苍的原始次森林就是一座天然氧吧、一座治愈系的山林。无论是管涔山主峰芦芽山上的森林，还是后南背落枝湾上的森林，都是宁静中给人以满血复活的能量。

"初夏石家庄，幽分一榻凉。不知何所见，偏爱外于方。我本为黄老，君家自伯阳。从兹署精舍,三字排彝堂。"(《石家庄精庐假寓书壁》)先生诗中的"石家庄"并非河北省石家庄市,而是由太原溯汾水而上进入宁武县界的第一站——一个叫作"石家庄"的大村子。五月的芦芽山寒气未尽,农家的火炕上,一盏油灯、一卷医书,多么安神。这远村寂夜,已经将傅山先生从喧闹尘嚣中成功带出。本就为偏爱方外的道教门徒,此刻,"全晋第一崇山"就要在他的眼前了。管涔山内的清真山上,寺庙成群,甚至有他一直牵挂的明代最后一支皇家血脉在清真山内的翔凤山顶皈依佛门,一众皇家卫队在"九峰一山"的莽莽林海间穿梭于悬崖栈道之上,静观天下大势。1644年(农历甲申年),在位17年的崇祯皇帝在煤山一棵歪脖子树上吊死,传出明亡之信息,身在清廷心在明,那场"甲申国难"成为傅山先生内心最大的痛点。那么,无论是民族情感,还是道教思想,再或是中医实践,芦芽山都是他云游山水的不二选择。夜宿石家庄,他在想啊:如果能在这清凉之地置一居舍,把我的先世——东汉道家魏伯阳等众位先贤的牌位在此清修堂上一字摆放日日供奉,我在他们的照拂下读书课经,写字作画,那是一件多么惬意的事情。

"禽向岩无句,神山秘不传。芦芽山一到,幽韵与谁言? 乱涧鸣春雪,高松绿老天。西庵检行李,心失北沟边。"(《西庵》)"西庵""北沟"是芦芽山脚下两个小山村的两处寺院。其中,北沟滩村的寺院叫"云际寺",西庵的寺院叫"清泉寺"。都是傅山先生芦芽山两个多月隐居所在之处。在芦芽山这样的三晋名山中幽居,先生很自然就想到,东汉时期有向子平、禽庆两位高士隐居不仕,甘于清贫,遍游五岳名山。只有那样的名士才能配得上如此高品质的崇山胜境吧?也只有这样浩大幽深的森林秘境才能够配得上禽、向两位名士吧?我应该向我敬慕的两位先贤那样寄身山水,在芦芽山永远地幽居下来,在白的雪水与绿的林海中,净化自己这颗渴望出尘的凡心。忘情忘我,幽韵同歌。芦芽山的森林,除了泉声,还有鸟语。那些看似俗气的小鸟,一年四季都是站在林梢的主人,高高在上地活跃着,纵是玲珑弱小,因为有了翅膀,成了整片森林的王。我也要在这里安住下来,做自己生命的王。

正好在五月,草木刚刚吐绿发芽,在密林背阴处还有大片大片的积雪,很少有长叶开花的植物。那红药是什么药呢?在芦芽山的森林灌木丛里,不少植物的果实是红色,凛冬不凋,如刚毛忍冬、金花忍冬等忍冬科植物,果实鲜红,令人垂涎欲滴而又不忍触碰,果实及花都是中药材。果实味甘、酸、涩,性平,可固精涩肠、缩尿、止泻、养血、活血;花味甘、酸、微苦,性温,可健脾理气、活血、调经、消肿。岂止是这些,在傅山先生的眼里,芦芽山里这些野葡萄凌冬不凋的坚韧修行和松林常青不败的向上品格，都是他要学习和效仿。"五月芦芽积雪明，雪中红药靓婴媄。益怜无热葡萄朵，肯傍繁华障肉屏。"（《芦芽》）宁可四处漂泊行医，治病救人，也不依傍异族的强权和恩惠，像"肉屏"（佛教用语，指地狱中受苦最惨、不成人形之身。）那样人不人鬼不鬼地苟且偷生。

神奇大自然赐予芦芽山一座原始生物基因宝库。近万亩原生华北落叶松林、82万亩原始次生林、66万亩亚高山草甸，300余种野生动物，黄芪、党参、沙参、灵芝、茯苓等珍贵的野生药材……这些丰富的自然资源，让芦芽山千万年以来始终低调奢华有内涵地宁静自处。清康熙元年（1662年）这一年，56岁的傅先生在18岁的侄子傅仁的陪侍下，终于游访了心仪已久的芦芽山。翻过许多山，行过许多路，涉过许多河，蓦然回首，诗和远方竟是在这里——芦芽山。

"芦芽秋雨白银盘，香蕈天花腻齿寒。回味自闻当漱口，不知瑶柱美何般。"（《芦芽白银盘》）入伏、立秋，雨来，芦芽山密林中的银盘、香蕈、天花等蘑菇，争先恐后地探出头来，先生喜出望外，此刻间，认药采药已非必要，采摘蘑菇才是山间最大乐事。炒一盘新采摘回来的银盘、香蕈、天花蘑菇，香气四溢，滑嫩可口，那曾被人们赞不绝口的海味瑶柱，想来也不过如此吧。真是美味极了，连饭后打起来的饱嗝也是余味无穷。从春末夏初进入芦芽山，不知不觉已至秋天，山内夏日短，不觉见微凉，是不是该回去了？

"绿来无云树，山溪淙绿中。老树倒为桥，绿毛僵古龙。"（无言古诗《芦芽山径想酒遣剧》）无论是芦芽山松林还是落枝湾松林，都有千年伏流、地下暗河，在空山林寂中汩汩鸣响，滋养着遍山草木。让茂密的松林不得不自然整枝、断臂求生，努力向上，寻找密林之外的阳光，生长高度，也生长林魂。"遇壑起疑难，卜度将焉从？批林得微径，愈觉独往雄。"（无言古诗《芦芽山径想酒遣剧》）上山采药，面对惊险、让人犯难的森林秘境，先生分开茂密的灌木林，披荆斩棘寻得一条微径，这勇气何尝不是一种芦芽山松树的精神？他努力追随古代名医，希望成为一名好的医生，救治更多的病人。山高林茂的芦芽山，激发出他许多奇异想象，滚滚而来似泉涌，诗兴大发不知所终，写下了这首260字的五言长诗。

跟着傅山进芦芽。读诗，读风景，读采药忙，读明清史，读高洁志。林魂，山魂，已经与人魂融为一股清风正气。大美芦芽，大美的不只有自然风景，还有人文故事，化用先生的一句诗，我们相约一起，"问道芦芽山，幽韵与谁言？"

生命的道场

一棵绿树是一树菩提；一抹山水是一个道场。

一粒文字是一枚灵魂；一件作品是一次修行。

我们是幸运的，生于斯，长于斯，芦芽山赐予我们一片可以恣意挥霍的诗意山水；我们是虔诚的，横一笔，竖一笔，芦芽山赐予我们一个可以纵情爱恋的写作理由。

芦芽山，多峰峦，多水源，多林木，多野芳，多山民，多游人。登上峰顶，地质运动造化而成的巨石之间，可见不规则分布的多处平坦高台，仿佛专为"会当凌绝顶"的游者造设；穿越林海漫步于马仑草原，人们同样会被亚高山草甸的淋漓碧色震撼到。原来，这才是真正意义上的大山！再联想到荷叶坪、马营海……巍巍管涔山脉不正是由这一个个峰顶天然牧场组成的空中道场吗？

险峰为骨骼，溪瀑为血脉，奇葩为容颜，森林为秀发，清风为气韵，云霞为霓裳，芦芽山在2022年的这个春天又一次苏醒了。这些犹如碧色诗篇的高山险峰，这些葳蕤着春之魂灵的华北落叶松森林，吸引着天南地北赶来的游客。摩挲着粗糙的山石纹理，触摸着芦芽山前世的生命体征，它以一颗智慧仁慈之心包容着这里的子民，诠释着对生命的最新注解。

情人谷的泉流如纤纤玉指推开阳光的栅栏，淡淡的雾岚缠绕在九峰山的山腰，都在为芦芽山编织着一个又一个崭新的故事。有一些故事，适合一气呵成抒壮怀；有一些故事，只合云淡风轻道平常。请用你的才情，与花草互致问候，与树木开心言欢，书写一场"芦芽山之恋"；请用你的慧心与汾水互诉衷肠，与涔山翻阅从前，聆听一场"芦芽山之恋"。

不是吗，春天自带希望的焰火，让你从岁月的缝隙里看得到前路与光源，从芦芽山的云雾中寻得见内心的修行。

扶犁欲耕种，不觉已春深。是时候活动活动筋骨了，一山一水寻自适，一纸一笔曳春风，在芦芽山的神奇春色中，重拾诗歌的回环往复，重续散文的临窗漫述。

节令正好，鸟鸣新晨，蓝天与白云在你的头顶构思着一幅幅奇妙画卷。携一壶酒，煮一盏茶，静心洗尘，山水畅乐，我们在烟火之外对话一场高山流水般的遇见。

　　"行到水穷处，坐看云起时。"懂得在风景最美处驻足是智慧，让生命在一个无干扰的世界，心闲意安地享受一次"暂停键"下生命的怡然自乐——"我见青山多妩媚，料青山见我应如是。"

　　智者乐水，仁者乐山。仁者在山的稳定、博大和丰富中，积蓄、锤炼自己的仁爱之心；智者则涉水而行，望水而思，以碧波清涟洗濯自己的理智和机敏。与生活和解，与草木为邻，与诗书做伴，与山民在野，温情以待，述以文字，这情境，便是红尘里最美好的画面吧，是我们这些凡夫俗子最好的修行道场。

　　洗去浮尘，物我两忘，品读山水，放逐心灵。沿着山河行走，带着诗意栖居，尤其在这晋山之祖、晋水源头的地方，在这场生命的春天，我们没有理由不读书，不修行。请你随着我的只言片语踏入通往春天的便道，从芦芽山这座鬼斧神工、藏满禅意的天然道场走进热爱自然、敬畏生命的文学道场，共享一场又一场"芦芽山之恋"……

诗意山水，神奇宁武

与一尊山脉结缘，领略无限风光在险峰的激越豪迈；

与一条河流结缘，滋养奔流不息为民生的博大襟怀；

与一座古关结缘，穿越古往今来写分合的华夏文明。

——这里是芦芽山，这里是芦芽山下汾河源，这里是三关中路宁武关。

芦芽山旅游风景区管理中心坐落于汾河源头——忻州市委"336"战略布局中的东寨镇旅游康养集散中心。随着芦芽山风景名胜区在国内知名度的日渐攀升，每到夏季，这座网红小镇游人如织，所有酒店与民宿无一间空置，人们甚至驱车30公里到县城内都客满为患，无处下榻。然而，芦芽山美景虽声名远播，外地游客目前对它的认识尚停留在"知其美，不知其所以美"，对芦芽山丰富的自然美景和厚重的历史底蕴还缺乏更深入的了解与体验。深入挖掘芦芽山特色文化、促进宁武文旅深度融合成为当务之急。

2018年，山西省人民政府办公厅《关于印发山西省黄河、长城、太行三大板块旅游发展总体规划的通知》，堪称步入新时代着力打造山西省全域旅游品牌的大手笔。芦芽山旅游风景区乘势而上，御风而行，深刻挖掘晋西北宁武革命老区历史文化、红色文化、边塞文化、旅游文化等人文资源，充分借助芦芽山雄奇险秀的独特风光，以"负氧离子甲天下"为康养特色，凸显芦芽山生态旅游定位，补齐芦芽山文化宣传短板，大讲芦芽故事，助推全域旅游，努力使其成为晋西北"文化承载地"、忻州市文旅新阵地和山西省旅游"新三板"的璀璨明珠，为宁武县文旅事业和乡村振兴赢得令人惊喜的发展契机。

生活、工作在这片山水之间，亲历它在世人眼中一天天火起来，我们愈加熟知它的前世今生，甚至它对自己未来的期许。

在这里，一座芦芽山奇峰凸起，两条源头河滋养万物，山为"晋山之祖"，水为"三晋之母"。芦芽山之奇，奇在她的五大千古之谜：万年冰洞，千古冰火之谜；远古栈道，千古不解之谜；石门悬棺，千古回归之谜；天池湖泊，千古自然之谜；芦芽滴翠，千古生存之谜。山川秀美，物华天宝，茂密的森林资源与丰富的煤铝蕴藏，成就了宁武县在"太忻经济一体化"伟大构想中旅游度假首选和重要能源输出地位。

在这里，宁武关扼守中路，凤凰城展翅欲飞。在晋西北高原，汾河、恢河以管涔山分水岭村为界，分别往西南和东北方向源远流长，直奔黄河与海河两大水系，形成本地独特的自然地理环境，滋养世世代代宁武人民热情书写农耕文明与游牧文化碰撞、交融的"两河"文明。宁武在先秦时期为楼烦、代、燕立国之地，赵武灵王、秦、汉都在此设有楼烦县，隋在宁化设立楼烦郡，宋有军，金升州，明置山西镇，居中路，扼守内边之首，乃三关重镇，山西镇总兵官驻所所在地。表里山河，人杰地灵，历来为兵家必争之地。山岳气度，浩水灵光，厚重的历史底蕴，传统的人文正气，常常让人想起，文有班婕妤辞赋诗章惊汉室、武有周遇吉血溅城头卫关山的关城历史文化。这些博大精深的边塞文化，正是华夏文明崛起之象征，是民族融合的历史见证和关城人民的精神标识。灵山秀水孕育了芦芽山璀璨的宗教文化，佛法天成的崇山圣境也为芦芽山增添一份神秘色彩。

在这里，奇松秀峰冲霄汉，生态康养纳客游。"三线"建设兵工厂遗址又给芦芽山生态旅游植入了红色革命的灵魂与信仰。

明朝总督汪可受在《芦芽山》一诗中写道："荷叶坪前客，莲花峰下人。芦芽有识者，坐久欲相亲。"诗意山水，神奇芦芽，生活于此，何其幸运！

紫塞文化

千古烽烟"第一墙"

　　山西省宁武县地处晋西北管涔山区，山雄峰奇，谷险石怪，林木繁茂，水草丰茂，自古为胡汉冲突、相争之焦点，是农耕文明与游牧文化碰撞、交融的边缘地带；宁武与神池、朔州之间的界山，便是我国古代农耕文明与游牧文明的界山，历朝历代在此修筑、巩固长城，以民族的脊梁挺起在绵延的山峰之上，拱卫中原沃土不受侵犯。是故，自古以来的宁武都以军事重镇和边塞文化著称，保护这段农、牧分隔的标志性"边墙"是关乎民族、关乎历史的大事，而挖掘长城文化与精神内涵也是重塑民族尊严、教育子孙后代的有效途径。

　　如今，金戈铁马、鼓角争鸣的沙场往事虽已被历史的烟尘所淹没，而烽火连天的战争影像却还是被蜿蜒在群山之巅的那一段段"边墙"记录下来。从舌锋凌厉、剑光凛冽的春秋战国开始，经和亲定边、烽火拒敌的汉魏隋唐，到闭关锁国、围墙挡马的大明王朝，宁武这片土地注定了兵家必争的境遇、关城尚武的雄风。长城作为冷兵器时代最重要的军事防御工程，在这里历经几个朝代的修筑，成为最为奇特的塞上奇观，见证了历朝历代民族之间的纷争与融合。

　　追溯历史，春秋时期开始出现的牛耕与铁制农具，到战国时期得到普遍推广。考古挖掘中，至少有22个省、自治区的140余处出土过铁质农具，包括耒、锸、锄、镰、犁等。中国农具史上的那次大变革，使农业生产力发生了质的飞跃，也间接导致了农耕生产与游牧生活分界线的形成。秦、赵、燕等国家因农耕需求而不断向北拓展疆域，挤占游牧地区的土地，而以草原为生的游牧民族每到秋草枯黄、需要储备过冬食物的时节，便又开始垂涎于农耕地区的硕果秋粮，他们一兵拖三马，突破胡汉分界，长驱直入中原，远到太原、临汾等地，抢得粮食之后，再呼啸北归，回到他们的枯草荒原安然过冬。胡汉之间频繁的挤占、抢夺和冲突，迫使他们各自为政，迅速强大起来。短兵相接的频繁摩擦，似乎已经满足不了战争与防守的需要，围墙御敌成为当时唯一可行的军事防御举措。

　　《山海经》有云："管涔之山，汾水出焉。西流注入河（黄河）。"《水经注》又载："汾水出太原汾阳之北管涔山。"这里提到的汾水之地便是今天的宁武县管涔深处的汾河源头，战国时赵肃侯父子修筑长城之境北所在。有史书为证，《晋乘蒐略》记载："显王三十六年（公元前333年），赵肃侯在宁武一带修筑了长城……历经战国、秦、隋等历朝的修葺，到明洪武至万历年间，又先后十一次修补加固……"又据《宁武县志》记载："今宁武地区纳入赵国版图。公元前332年，赵肃侯曾在宁武境内修筑长城……今遗址尚存。"都证实了赵肃侯在此修筑长城的历史创举。

2300多年后的今天，坐在一堆被风沙剥蚀了年轮的巨石之上，抬手可摘云絮，挥袖可收清风，我仿佛听得到赵肃侯声威震天亲点将，看得到赵武灵王胡服骑射驱楼烦，战国风云大篇章，全写在这千古烽烟"第一墙"——赵长城，你是否已经听到了一个大时代的热切召唤，你是否愿意从浩瀚林海中露出自己古老而又神秘的斑驳面容？

谢岗地村读取千古事，汾水之滨寻访赵长城

东寨，是与"西寨"（三马营村）相对而言，两个村子背靠的山梁上有堡子、墙垛，往东北延伸到坝沟湾，往西南连接到马仑草原、芦芽山与荷叶坪。这些建筑遗迹让人不禁想到这里曾是历朝历代屯兵之所、边防重镇。1984年，经山西省文物局文物普查认定，现存于宁武县管涔山之楼子山、林溪山、花塔岭等诸峰之上的边墙为赵长城遗址，明显遗迹二十余公里，墙体保存较好的有三段，总长约五公里。

最早对这段长城予以热切关注的是忻州市长城学会副会长、秘书长兼法人代表杨峻峰。作为资深"长城人"，早从2016年开始，杨会长就对这段"养在深闺人未识"的战国长城产生极大兴趣，他只身进驻东寨镇，开始一遍又一遍地用脚步丈量这段保存完好的古老长城。他脚蹬"探路者"，肩挎"尼康"机，踏遍青山各峰巅，拍遍丛林每块石，摸清楚四条可以探访赵长城的线路，并依据考察赵长城的初步结果，提出在此处规划长城旅游项目的合理建议与方案。2017年，协助东寨镇招商引资找到投资开发商。2018年，县发改委正式立项，在此处开发长城旅游项目，县文旅局亦对此项目非常重视。2020年春，县委县政府又专门召开会议商议此项目的落地事宜。

2020年5月19日中午，中国长城研究院院长赵琛先生在杨峻峰会长的邀请下，来到宁武县东寨镇，配合忻州市长城学会、山西晋风华旅设计院、山西逢源长城旅游开发有限公司一起参与东寨小西沟古长城生态文化旅游项目的考察与规划。循着书中所记，市长城学会一行人与赵琛院长、宋绿叶院长、杨善强

总经理,以及小西沟村党支部书记王存贵等人在杨会长的带领下,过汾河西岸,进小西沟,穿过一个石料场后,车队到一条峡谷内的高台空地前停了下来。这是大山脚下幽深险壑中最为开阔的一片平地,为谢岗地村旧址。这里是一个有故事的地方。村边原是有过一座山神庙的,现有村民在古庙旧址放置的简易佛龛为证。山下有尊方形如柱巨石至今还在,当地百姓称"打虎石",据传是猎户登高望远寻找猎物的最佳天然看台,百姓口传中的那位打虎英雄自是有名有姓的,这里暂不细表。

"前面这两道沟叫作大仙人沟和小仙人沟,中间叫仙人山,前面那座高山顶上是一个长城制高点,我们可以大胆想象一下,当年赵肃侯就是站在那里点将出战、指挥御敌……"听着杨峻峰会长的介绍,赵琛院长环视四周,再看看脚下,舞着手中的登山杖欣喜地讲:"'两山夹一杠,代代出皇上。'这里肯定出过诸侯帝王。"杨会长笑答:"这里还真是出过皇帝,不止一个。"

杨会长的这一笑答并非空穴来风。五胡十六国时期,前赵皇帝刘曜年幼丧父,由后汉刘渊抚养。

《晋书》中还讲了关于昭文帝刘曜隐居管涔山的一件祥瑞之事:"尝夜闲居,有二童子入跪曰:'管涔王使小臣奉谒赵皇帝,献剑一口。'置前再拜而去。以烛视之,剑长二尺,光泽非常,赤玉为室,背上有铭曰:'神剑御,除众毒。'曜遂服之。剑随四时而变为五色。"刘曜认定了此剑是件宝物,就把它佩在身上。

刘曜在消灭西晋的战争中,攻陷洛阳,擒杀魏浚,平定关西,立下了赫赫战功。后来平定靳准之乱,改刘汉为前赵。称帝后,刘曜平定了羌氏之乱、陈安之乱,压制前凉,虎踞秦川;国内提倡汉学,设立学校,文教上有所发展。两赵相争期间,刘曜于高候之战大破后赵皇帝石虎,几乎令石虎全军覆没。这位在历史上英明神武的前赵皇帝,想来必是因为得到过谢岗地一带的山水灵气罢了。

立于这片小型草甸区,环望四周山峦、林海,那群山之巅,便是长城横亘所在,隐没于丛林尽处,伸展在历史的天空,等待我们前往探访。我们不妨想象,若是能够请昔日先贤、英雄们穿越时空齐聚今日之静寂山林、长城脚下,论道、点将、说虎,畅谈汾水之滨千古事,该是何等快意!

北齐高洋巡边今何在,赵霸山上谁是牧马人

沿谢岗地村边的崎岖石径向上开始登山,山路边上随时能够看到怪石、奇松,还有依着山势而建的石砌地基遗址,猜想是赵国或北齐兵营遗址,亦或是

明末清初之际，一些反清复明的军队隐居备战所建。相传傅山先生常在此一带活动，"批林得微径""采药啮素雪"，施药民间，诗咏芦芽，从事反清复明之活动。若在此山下设计碑林再现傅山诗词墨宝，建馆呈现中草药文化，将是对秀美山川间人文往事的情景再现。

再往上走，由西行转向南行，就没有路了，有雨水冲刷成沟，林间坚硬瓷实当作路径，可以深一脚浅一脚地行走。圪针丛林中小心穿行，行进艰难起来，但林木苍翠，百草遍坡，隐幽探微，甚是清宁。依稀可见一些石砌地基，无从考证它的年代。基石下面的深沟，当地人称赵霸沟，不难猜想是以赵肃侯得名。沿着赵霸沟上去，应该就是赵霸山了。

沿着茂密的落叶松林行进，三四十分钟后，在山林尽处，望见明媚的蓝天，走在前面的人惊呼起来："好美啊！"原来，我们已经上到了赵霸山顶处，上面坡势平缓，空旷开阔，绿草如茵，一群矫健挺拔的骏马在蓝天白云下安详信步。向北望去，远处的油梁岩上似乎有"赵肃侯点将台"（权且这么叫它）正与此山遥遥相望，英气飞云；向南望去，与我们隔着一道猫道堰，远处东寨镇与汾河源头尽收眼底，诉说着从古到今无限烟云轶事。大家坐在草地的、立于崖上的，三三两两地合影留念，赵院长飞起他的无人机，收揽这"无限风光在险峰"，设计院的小伙子们也认真地做起了地理勘察、景点规划。这时候，那群悠闲的马儿似乎受到我们的惊扰，突然向西奔去，壮观的一幕就在眼前了：西面山顶上，一群枣红色的骏马呼应着这一群西奔的马儿迎面狂奔过来，两群骏马在不远处的长城遗址处汇合，赵琛院长惊喜地喊着："快快快，拿相机来！马过长城，不对，是马会长城。"大家也跟着马儿齐向长城处跑去。哦，真的是长城，这就是我们要找的赵长城了！赵霸山上的这段长城，由于裸露于高山草甸之上，风吹雨淋，人畜破坏，已经完全坍塌成一道凸起的土石矮梁，土微呈紫色，石呈白色，锥形石居多。土石长城虽老去，却犹如老骥伏枥待征召，依然在硬骨铮铮地向我们讲述着卫国之梦。

我不禁低头叩问脚下白石："白石啊，你可是被赵国军民就地取材堆砌在这里，还是秦始皇统一六国后将你委以重任安放在此修缮长城？或者说，是北齐皇帝高洋在这里为你重整妆容加固挡险墙，亦或是明朝统治者用最后一次耐心拿你来修补残垣？"

北齐王朝建立后，在其北部和西部大规模地修筑长城。天保三年（552年）"冬十月，齐主自晋阳入离石，自黄栌岭（离石西北）起长城，北至社平戍（五寨县），四百余里置三十六戍"。天保五年（554年）"十二月庚申，帝行北巡至达速岭，览山川险要，将起长城"（摘自《北齐书·文宣帝纪》）。文宣帝巡视管涔山时，决定修筑的这段长城，据载是于次年由高睿领山东兵数万所筑。据不完全统计，在高洋时期共修筑长城1500余公里，每5公里设一戍所，逢险要关隘设置州、镇。最后在天保八年（557年），又于长城内筑重城，西起库格拔、东至坞纥戍，总长200余公里。从清水河北堡乡五眼井起，至老营折南，复又折东，经宁武关、雁门关、平型关，到达河北下关；从朔县之西趋向东南，经宁武、代县之北、浑源之南而达灵邱，这一段长城大致同北魏的"畿上塞围"重合。

杨会长讲，项目设计要在这片牧马高地上规划一个"北齐点将台"，与先前经过的谢岗地山顶上的"赵肃侯点将台"遥相呼应，再现史上出战御敌之边关场景。这是一个大胆的设想规划，两座烽台对峙，将让现代游人穿越时空，回到一个又一个相隔数百年甚至数千年的冷兵器战争缩微时代，感受不同时期帝王将相、戍边勇士的同一种天地神威、民族气魄，想想都觉得震撼。

草场历代驰骏马，而今谁是牧马人？感慨未止，踩着这道长城遗址，我们向北行进，再次钻入山林中，沿山险崖壁向前延伸的长城模样渐渐现出原貌。隐在山林中的长城墙体保存完好，正如一些文史书中所记：残高3米，底宽3米，顶宽约2.5米。其实，高的地方足有5米。皆为就地取材，用5—15厘米厚的平整石片砌筑。站在墙体侧面仔细察看，石片之间留有规则方孔，这些方孔上下错落，左右参差，呈"梅花形"布局，似为排水之用，以保证墙体不被雨水灌注冲垮。这些发现让我们不禁钦佩古人的筑墙技术，万里长城万里长，风风雨雨数千年，之所以巍峨不倒，全在于先民的大智大慧。我们仿佛看得见，在那遥远的古代，汉家子弟身着盔甲，巡逻在密林深处的这道边墙之上，不放过墙那边的一丝风吹草动。身后就是他们的家园，父老乡亲在汾水源头安居乐业，屋舍俨然，良田千顷，尽在他们的守望之中。他们守护着绵延的边墙，边墙守护着他们绵延的江山。

走出树林，长城再次裸露于草坡之上，赵院长在这片缓坡平地再次航拍，来时经过的谢岗地那块儿大平台已在望得见的山脚，我们是在山顶上沿长城路线转了一个圆弧，又回到了原出发地之上的山坡。一下午的考察开始收队，大家一边下山，从一层石头地基跳下另一层石头地基，仔细观赏着一株株奇树、一块块怪石，想象着明军驻扎这里时的饮食起居、刀剑操练，想象着傅青主在此山上望闻问切、悬壶济世，带给管涔山民以福音。原来，历史与我们是这般切近。即便是筑墙拒秦的赵肃侯和胡服骑射的赵武灵王，亦或是前赵的刘曜、北齐的高洋，又能离我们有多远呢？赵霸山上的顽石已经被岁月点化成有灵气的一页页书简，刻满了那些英雄的卫国理想与沙场壮志，而漫山的碧草青青也会记着他们的名字，记着他们刻录在长城上的文化血脉与家国情怀。

花塔岭上烽火战国去，长城不语穿越春秋归

次日清晨，赵琛院长去宁武关的关口阳方口考察去了，市长城学会与设计院一行人再次进山考察赵长城。

今天考察的是赵长城的另外一段。从汾河西岸的石窑沟进山，车至大洼村山脚停了下来，大家开始徒步上山。大洼村有最美的梯田，是上世纪中期农业学大寨时修建的，据逢源长城公司的杨总说，要在层层梯田上种满樱花和樱桃树，给移民山外的大洼村人民回馈一片世外桃源般的美丽风光，也吸引热爱美景、热爱新生活的游人前来感受美好大自然，到那时，这里的古长城就不会再孤单寂寞。

在前阳坡的梯田顶上，便可看到一列片石垒砌的长城段落，顺着山脊蜿蜒行进。墙体保存较为完好，高的也有四五米。南行，向谢岗地方向延伸，向北，朝坝沟湾村方向走去。长城的后坡上是茂密的松林，一个天然森林氧吧。鸦雀疏声，长城静默如一位时间老人，忠诚守候着世间美好的一切：蓝天，白云，梯田，羊圈栅栏和勤劳耕作的农人……仿佛守候着一个亘古不变的承诺，令人感动。

大家兴致勃勃地走在长城土石上，左手浅草茵茵，右手松涛轻语；白与蓝携手处是天穹，绿与黄相间的是人间；春和景明，万物新生，正是游山好时节。金黄色的蒲公英和野罂粟开满山坡，间或有紫色的蓁芄花、黄芩花，都是很好的中药材。长城北边是山险之地，松林茂密，有情人谷旅游风景区与高桥洼万亩标准林的"森林康养基地"，近年倍受四方游客青睐。裸露的长城墙体受西北风的劲吹，有些段落的片石散落在大洼村这边的草坡上。站在赵长城上读战国，弓箭凌空飞过，战马萧萧嘶鸣，我们似乎能够看得到，赵武灵王依托其父赵肃侯修筑的长城，再筑高墙，胡服骑射，将楼烦古国逐到漠北阴山高阙塞外，墙内百姓有了短暂的安居乐业。

这是一段神奇的长城地带。沿长城西行，偶然能够遇到一座庙宇旧迹，还有军屯遗址。站在古堡遗址后的草甸上，远可望得见马仑草原和芦芽山峰巅，近可看到在边墙与边墙之间，还有一段很长很长的、三四丈深的悬崖绝壁，代替石砌长城成守汉家江山。这类长城段落之间的崖壁在长城保护文件上的术语

叫"山险墙"，或者叫它"崖壁长城"更为贴切，它依托有利的地理形势，代替了人工修筑的长城，真是：驱虏御敌奇功伟，长城天障自然成。

在几棵松树底下席地而坐，几个小伙子"派出"无人机去巡视、工作一会儿，去领略这里的大山大水大文化。然后，大家便向今天的最高峰冲刺——花塔岭长城。人常说："不到长城非好汉。"这个时候大家都在心里默念着："不到花塔岭长城非好汉！"长城从大塔背、赵霸沟延伸过来，在花塔梁堰这个制高点又拐弯北去。大家仰望高峰，拨开茂密的灌木丛，终究还是一个不落地登了上来，来体会烽烟弥漫过的战国风云，体会历朝历代汉家良将在此绵延"边墙"的塞上豪情，体会千百年来花塔岭长城的自豪与孤独。长城从昨天所到过的赵霸山一路蜿蜒过来，到今天的大洼村西北部山崖，绵延10公里之遥，保存最完好的墙体高达近5米，顶宽3米，怎能不让这群长城考察者们兴奋、狂欢！

登高望远，心绪湍飞。往西看，远处芦芽滴翠，崇祯皇帝朱由检的第四子朱慈炤是否还在太子殿里说法讲经，宣扬佛事？美丽的荷叶坪山上，牧马戍边的杨家六郎是否雄风依在？往东看，祁连池畔一块幸存的琉璃滴水能否记得起当年隋帝行宫的歌舞酒乐？再往历史的纵深处行走，"一笑相倾国便亡，何劳荆棘始堪伤。小怜玉体横陈夜，已报周师入晋阳。""巧笑知堪敌万几，倾城最在著戎衣。晋阳已陷休回顾，更请君王猎一围。"（李商隐《北齐二首》）北齐高纬和冯小怜在天池边上徜徉沉醉，纵是惹得一场"城失围猎"的亡国之痛，又怎能不惊叹高冯之间"要美人不要江山"的至情至爱呢？至少，祁连池的奇美胜景没有错，管涔山的苍松翠柏是真能留得住来访客。

下得花塔岭长城，我们向附近的油梁岩进发。油梁岩呈圆锥形状隆起，半山黄土半山青，让人自然想起那句"阴阳割昏晓"的山景佳句。到达山顶，有巨石凌空于山体之外，尖峭突兀，颇是威武。长城坍塌的白色山石在峰顶嶙峋蜿蜒，昔日赵武灵王的军队在此巡边，定也是这般"会当凌绝顶，一览众山小"的豪迈吧，否则，怎会养育了那么多誓死卫国的英武战将呢？

此时此地，脚踏油梁岩，背倚芦芽山，手托虎头山，怀抱仙人沟，俯瞰东寨镇，遥望红崖角，遥想战国风云，自赵肃侯筑墙御敌始，游牧部落第一次看到这样神龙不见首尾的高墙横亘于悬崖绝壁峰顶，当是何等的震惊？赵武灵王26年，驱"三胡"、拓疆域，将宁武这片青山绿水纳入赵国版图时，是何等的意气风发？

千古风云御敌"第一墙"，文旅项目开发新品牌

《史记·匈奴列传》中讲："而赵武灵王亦变胡服，习骑射，北破林胡、

楼烦，筑长城，自代并阴山下，至高阙为塞。而置云中、雁门、代郡。"赵武灵王长城从公元前300年始筑，完成于赵惠文王时代，后经统一六国的秦始皇加以修缮利用，防御匈奴，墙体得以完好保存。可以想象，自秦以来，大长城护卫下的大美山河，曾经激发了多少中原儿女的大国情怀。

再读《史记·秦始皇本纪》："三十三年，……又使蒙恬渡河取高阙、阳山、北假中，筑亭障以逐戎。"可知，秦始皇筑长城在"三十三年"，即公元前214年，比战国赵长城始筑时间整整晚了119年。因此，宁武境内的这段赵长城可谓万里长城之始祖，千古烽烟"第一墙"，需要我们全力保护，认真考察，继续对其历史渊源做多方考证与深入挖掘，给历史一个回馈，给子孙一个交代。

2018年，山西省人民政府办公厅印发了《关于印发山西省黄河、长城、太行三大板块旅游发展总体规划的通知》，这是大时代下的一项大举措。在当地政府的积极倡导与推动下，在忻州市长城学会的全力支持与配合下，一群热爱长城的有识之士，正在以复兴长城文化为使命，依据宁武关自古以来就与边塞文化、军事文化、关隘文化、长城文化、征战戎马文化密不可分的地域文化特色，对宁武小西沟内的长城进行合理规划，准备开发、利用和保护，使其成为宁武县芦芽山景区又一个闪亮品牌。项目将突出芦芽生态旅游定位，补齐芦芽山旅游在"长城文化"上的短板，大讲长城文化故事，助推全域旅游发展使命，使其成为大芦芽山景区的"文化承载地"、宁武长城文旅新阵地和山西省长城旅游板块的新明珠。

笔者看到那一摞厚厚的《规划方案》，从中可看到，规划项目，以生态保护、长城遗址保护为基本前提，以古长城、边塞文化为旅游核心吸引力，以森林康养小镇为建设支撑，以小西沟古长城、森林、乡村田园资源为依托，以长城文化和生态康养为灵魂，以休闲度假、户外运动和游乐体验为重点，积极打造长城文化生态旅游区、康养度假区、文化生态保护新高地。届时，新增加有登山览长城的木质步道，文化内涵深厚的古兵营遗址公园、傅山咏管涔山诗碑、打虎广场、傅山隐居处、刘曜求道得神剑处，规模宏伟的聚仙阁、赵肃侯点将台、北齐点将台，颇富科普韵味的百虎园、鱼化石公园、野生动物园、樱花园，康养方面的中草药博物馆、康养别院、康疗中心……开发后的小西沟真是一个登长城、赏林海、踏古迹、享康养的、令人神往的好去处。

汾河之水孕育了古老的农耕文明，大美芦芽襟裹着梦中的吹角连营。群山藏巨龙，几峰驻春秋。小西沟，大长城，正在群山之巅，正在密林深处，静静谛听着这个新时代的强音。许多东寨本地居民都不知道这座山上有长城已经卧了两千多年，不知道有如此伟大的民族"高墙"始终坚守着故乡的日月山川。长城文脉，烽火旋歌，深山藏宝，终露天日。这条从公元前333年就开始大筑民族之魂的赵长城，正以大手笔的文旅项目渐入人们的视野。

初访长城岭

南北朝时期，东魏孝静帝的丞相高欢生有六个儿子。有一天，他想考察一下哪个儿子最聪明，就对儿子们说："我这里有一大堆乱麻。现在发给你们每人一把，你们各自整理一下，看谁理得最快最好。"几个儿子手忙脚乱，赶快把乱麻一根根抽出来，然后再一根根理齐。可是越理越乱，麻绳都结成了疙瘩，把那些儿子急得满头大汗。只见二儿子高洋找来一把快刀，几刀下去便把缠绕在一起的乱麻斩断了，再加以整理，很快就理好了。高欢惊奇地问："你是怎么想到用这个办法？"高洋答道："乱者须斩！"高欢听了十分高兴，觉得这个儿子思路开阔，想问题不同一般，将来必定大有作为。果然，正是这个"快刀斩乱麻"的高洋，后来夺取了东魏皇帝的王位，建立了北齐政权，成为北齐文宣皇帝。历史上的北齐，先后一共修筑了三道长城：东起山海关一带，西至清水河县境，全长3000多里的西河总秦戍抵海长城；西起黄栌岭，分三段修至居庸关的"重城"长城；北起长城岭，沿晋冀交界地带向南越过滹沱河，直抵娘子关，大致呈南北走向，长200余里，以防北周的进攻。其中这第三条所指，就是山西五台与河北阜平交界海拔1774米的长城岭。明朝时期，为了屏藩京师，提高防御功能，又对晋冀交界沿太行山重要关口黑山关、白羊关、龙泉关等军事防御设施进行了修建。久闻长城岭上有龙泉关，一直没有机会亲自去看看。

2021年12月，中国扶贫基金会"百美村宿"项目部考察组在郝德旻主任的带领下来忻考察"长城驿站"建设项目，先后考察了龙泉关、雁门关、宁武关、偏头关四大雄关的旅游资源，以及长城沿线有建设长城驿站价值的贫困乡村，听取了当地政府的汇报和贫困农民的呼声，为下一步的项目落地掌握了翔实的资料。笔者有幸随行前往五台山景区附近的石咀镇进行考察，在冬日白雪皑皑中初访长城岭上龙泉关。

又见台山听佛音

12月2日上午9点多，考察组一行5人从忻州市区出发，沿新建的忻定大道前往定襄县庄力收费站，然后驶入G1812沧渝高速，一路向东直奔五台山。

在距离五台城5公里之外的古坝沟桥前，山脉渐显雄健，山顶上出现古烽火台。忻州这个长城大市，境内到处散落着众多野长城遗迹，且非常原生态，大都自明清以来从未修复过，敌楼、烽燧、军堡的形态较为丰富。作为一名长城爱好者，这些公路两侧随处可见的烽火台总是让人感觉踏实、亲切。五台境内的大山，山体高大，高冷、古朴，又沉雄、浑厚，如父兄般稳健、靠实，"恒固于世"。穿越凤凰岭隧道后，高速公路南面是五台县陈家庄乡，从地图上看是一大片绿色，未来得及知其然。沿路左侧，庞大的山体前，渐渐有山体独立出来，天外来客般矗立在路边，形似莲花的，形似观音的，开始指引着人们渐入佛国胜境。是山风潜移，是造化天成，还是一方山水一方地气？车窗外这些飞驰而过的山峰让人不得不肃穆起来，又见台山，心生敬畏。

五台县为土石山区，山峦绵亘，沟壑纵横，由东南西北中五座顶如平台的山峰环抱组成，是地球上最早露出水面的陆地之一，大约可追溯到26亿年前的太古代。到震旦纪时，又经历了著名的"五台隆起"运动，形成华北地区最雄壮宏伟的山地，以及海拔3058米的华北第一高峰——北台叶斗峰，素有"华北屋脊"之称。清光绪《五台新志》载："境内有山七十一座"。1980年经过地名普查，全县有较大山峰146座。五台山为群山鼻祖，位于县境东北部，五台高耸，山顶广而平，宛若垒土之台，故称为五台。境内诸山统称五台山山脉，属太行山系。由于其毗邻文明中心区域的特殊地理位置，历史上的五台山逐渐被赋予了极其丰富的人文印记，成就了其在中华文明史中的突出文化地位。我国的四大佛教名山中，浙江普陀山、四川峨眉山、安徽九华山在历史上都没有皇帝亲自去过。而五台山作为四大菩萨中智慧第一的文殊菩萨的道场，作为皇家的"祖宗植德之所"，自然也在全国佛教界取得了至高无上的地位，相传吸引了9位皇帝18次来此朝圣。尤其是清朝统治者，他们信奉藏传佛教，康熙、乾隆、嘉庆都曾来过这里。

11时25分，我们驶出五台山景区高速口，不远便是石咀镇。车子在导航仪的指引下，拐弯抹角终于寻得石咀镇人民政府大院，上得二楼，与镇政府书记和镇长对接，说明来意。一番短暂的座谈、交流之后，我们被安排进镇政府大门外的一个农家小院，小院青瓦红墙，精巧雅致，颠覆了我对五台这个山区县由来已久的粗线条认知。院门外挂着对开的厚棉絮门帘，帘上留着两眼透明塑料窗，两侧留着一副黑底黄字的对联："聊将脍炙消长夜，且以杯酒会知交"，横批是"咱家小院"，既显传统文化品位，又颇具五台县方言特色。店家掀帘迎客，只见院内全被钢化玻璃罩了起来，上有宫灯盏盏，下闻水声潺潺，青石板的院中引入一条明渠，山石点缀，木桥横跨，很是显现一番匠心。房间无门无窗，都是敞着的，涂过清漆的原木桌凳黄澄澄的，桌上嵌了电磁炉，才听人介绍这是一家涮肉店，锅底是按斤计算的羊脊，吃完可以继续涮其他肉品或菜品。这里是进入五台山景区的必经之路，客流量不成问题，餐饮业也随之发达，所以这里的店铺从门脸儿到食谱都格外讲究了些，以适应天南海北而来的香客与游客。

听孙副镇长介绍，镇政府后面有一座规模不小的福源寺，还有一座很小的普济寺。然而，对于孙副镇长口中的"很小"的普济寺，方才我们从政府二楼上看到过，寺庙的规格与气氛已经令我们十分惊叹。站在镇政府门前，前面就是高低并行的五保高速公路和省道忻阜路，一直向东北通往河北省阜平县。在孙副镇长的陪同下，车子出村沿忻阜公路往东，一路经过显字崖寺、射虎川和涌泉寺（现称佛林寺），都是有故事的地方。

光绪《五台新志》记载："射虎川山在石嘴山北五里，峭壁湛然，东西横亘。康熙二十二年，圣祖西巡五台经此，山下忽有虎跃出跬路旁。圣祖亲御繁弱，壹发殪之，臣民欢呼万岁。抚臣穆尔赛请赐山名，诏名曰'射虎川'。磨崖镌三字于石壁上。"又有《清圣祖实录》中记载："上回銮，于长城岭西路傍射殪一虎。"这史料证实了康熙帝射虎一事发生在其西巡五台后返回京城的路上。当时随行的侍讲学士高士奇也在他的《扈从西巡日录》中详细记载了这一事件："出谷濒大溪行，水、石与马蹄声相激。一虎伏道旁灌莽间，逐之，即登山椒，复跃至平陆。上援弓射之，立毙。巡抚山西右副都御史穆尔赛、按察使司库尔康奏言：'此虎盘踞道左，伤人甚众。皇上巡幸兹土，为商旅除害，当名其地为射虎川。'固请至再，上乃可之。虎皮留大文殊寺。"为了纪念这次射虎事件，两年后，康熙帝"发帑金三千一百八十两创建射虎川台麓寺"。雍正年间的山西省志中录入了射虎川这一地名："台麓寺在台山下射虎川，康熙二十二年，圣祖仁皇帝西巡清凉山，有虎伏丛薄间，亲御弧矢，一发殪之。里人欢呼曰：'是为民害久矣，今銮舆幸临，而此兽用殪，殆天之所以除民灾也。'因号其地曰射虎川，相率建寺，以表厥异。"

康熙二十二年（1683年）的这次西巡，让康熙帝得诗14首，收入在《清圣祖御制文集》，这应该是历史上最早写到射虎川的诗了。1936年，藏书家傅增湘在大文殊院中见到虎皮，断定便是康熙当年所射之虎："天王殿旁陈列虎豹皮二，右殿藏铁镞羽箭一支，大虎皮一张，乃清圣祖癸亥西巡时路经射虎川所殪者，取其皮以供佛座。"射虎川的赐名，也给五台山的僧人和这里的民众带来了荣誉感。在上午的会面座谈中，孙副镇长一见面便迫不及待地向我们推荐他家所在的村子："我们村儿还有康熙行宫呢，我们村儿叫射虎川。"

乾隆帝在位期间六次西巡五台，都曾在台麓寺停留，并留下了五首题为《射虎川》的诗作。"五台旧闻多虎"，对康熙年间旧事早有耳闻的乾隆帝，在自己西巡时终于看到了得益于康熙之治"仁民"的思想之后此地的太平景象。在1761年他的第三次西巡时，写下了"三驱弧矢罢平野，万户耕桑遍大田"。并自注曰："承平日久，垦开率无隙地，不似康熙初年，此地尚有野兽可行围也。"在1786年的第五次西巡时，他又写下"昔疑此尚山林险，今则比看民户稠"。自注"此地耕桑日辟，绝无虎迹矣"。最后一首是在乾隆五十七年（1792年），年过八旬的乾隆帝再次作诗曰："百年休养人烟富，此日山林兽迹希。"

在射虎川村里有座六棱尖锥形砖塔，通高9米，坐南朝北，占地面积17平方米，1938年建于台麓寺天王殿东。这座射虎川烈士塔，正面有"民族英雄永垂不朽"题词及"纪念英勇抗日战争死难烈士"碑题，是当地人民的又一骄傲。

从射虎川再往前到芦家庄村东面，公路边一座规模较大的寺庙建筑群引起我们的注意，这便是金碧辉煌的佛林寺，山西境内出长城岭前的最后一座寺院，圣祖康熙爷曾赐额为"涌泉寺"。冬日暖阳中，佛林寺庙门紧闭，我们只能停下车，站在路边远观。寺庙依山势而建，庄严肃静，白塔，阁楼，红色围墙蜿蜒在山坡上。北风吹过，铜铃群响于寂静的山野间。这铃声似梵音，又似流水，自然地回响在长城岭下的山风中，传达着佛教圣地的超脱，又诉说着长城岭的沧桑，让人仿佛看得见在尘封的不同岁月里，打这里经过的朝圣者和征战者。这铃声，便是在超度那一幕幕匍匐在岁月里的人和事；这寺庙，便是在为他们的路经而建造，而默守。

长城岭下古村落

七八公里后，到达长城岭下的一个小小村落，十来户院落，两户人家，5口人，院子都是就地取材，用石头砌起半人高的围墙。一进村子，我们抢先去看的是那些废弃的石头院落，荒草丛生，老树寒鸦，石砌墙体和木材栅栏完好地立在那里，成为最原始的古村落标本。踏雪寻望，东南山上便是萧瑟横亘在冬日的长城岭，山下虽然人烟稀少，但眼前这一座座石头院落却给人以古朴温情的念想。岁月赋予这些石头以很强的质感，暖阳照射上来，沧桑却不显落寞，就像住在村子里的最后这两户人家，遥望着村前公路上每日呼啸而过的运煤车，淡定而自得。院墙外的长城岭在雪光的映照下蜿蜒起伏，远处隐约现出一座靠山而居、红墙围起的建筑。村民介绍说，那是河北人搞旅游，在龙泉关这面的五台县地界修的一处寺庙，把公路上两省的界牌往关这边挪了挪，这样龙泉关景区就都是人家的了，原本呢，晋冀两家是以长城岭和龙泉关为分界线的，人家重视龙泉关的保护和旅游开发，先动手了。

这座简陋的小山村叫小新庄，有着传统古村落很典型的布置：一面照壁、一眼井、一棵老树、一个磨盘，都集中在村口中央，村民便习惯聚集在这里，一边打水，一边立着聊几句很稀缺的听闻。照壁后面住着74岁的杨存智大爷因为贫穷，一生未娶，一只小黑狗做伴。杨大爷掀起棉门帘邀我们进屋看看，一盘杂乱的土炕、小灶台、小天窗、两个老式木柜，有冰箱和洗衣机，感觉倒也温暖宜居。

我们站在杨大爷门前，以烽火台作背景，一起合影留念。有长城的地方，有烽火台的地方，都让我们暗生情愫。绕过照壁返回村前，放眼望去，村西的小河冰面上透着晶莹的光，与田野的雪、后山的烽火台形成一幅绝美的北国冬日图。悠悠碧空下，危巢挡寒流，群鸦绕枯树，鹊鸟相与飞，因为地处偏远，保留了最原始的生态。

乾隆十一年（1746年）九月的一天，乾隆皇帝踏着祖宗当年朝台的脚印登上五台山。一路上，景色美不胜收，百姓热烈欢迎，佛教圣地庄严肃穆，这情景让文采四溢的乾隆帝不免想起祖宗朝台的宏愿和自己的主政理想，感慨万千，当即写下一首《自长城岭至台怀恭依皇祖元韵》：

　　　　五台凤所企，结念礼文殊。
　　　　行将至香界，先此躐云衢。
　　　　秋色驻枫岭，霜华霏椒途。
　　　　来来就日民，杂沓声欢呼。
　　　　峰蠢村前髻，泉鸣涧底竽。
　　　　间井西成佳，对此颇自娱。

可惜我们是来在冬天，只有茅草还挺立着姜黄的身子，向着来到这里的人们坚持它的传经布道，见证曾经的烽火岁月。

长城岭上龙泉关

长城岭因修在岭上而得名，古时狼烟传报，战马疾驰，为兵家必争之地。这里有秦朝大将修路的条石，宋朝名将杨六郎大退金兵的六郎塔和下马休息的挂甲树、马刨泉、藏兵洞、碉堡、战壕、运粮沟等古战场遗迹现在都保存完好，是名副其实的历史古战场和近代战争博物馆。元好问在《台山杂咏》中这样描写长城岭："西北天低五顶高，茫茫松海露灵鳌。"亦可见得此岭之英气。

沿忻阜公路至山西、河北界牌处，穿过路边的大牌楼进入先前眺望过的红墙处，河北人在这里修了寺庙，不远处，战争风云中坚强挺立过来的龙泉关在萧瑟中不失历史的厚重，而新建的寺庙、红墙却是未能显示佛家的肃穆庄严与神圣，怎么都压不过古老关门的强大气场。

眼前龙泉关所在的是一段明代长城，北起五台县长城岭，南至黎城县东阳关，绵延太行山脊数百公里。时断时续，时起时伏，沿太行山山脊分水岭走势，回旋穿插，高低错落，绵亘于崇山峻岭之间，被称作太行山长城。长城岭上的长城建于明万历年间，城墙以条石做根基，墙体上有敌楼、烽火台等。1633年徐霞客在《游五台日记》中这样描述长城岭："又直上五里，登长城岭绝顶。回望远峰，极高者亦伏足下，两旁近峰拥护，惟南来一线有山隙，彻目百里。岭之上，巍楼雄峙，即龙泉上关也。"《山西通志》记载，龙泉上关是"通京师大路，銮辂西行必取道于此。关门虽归直隶辖，而实为三晋全省东北之要害，不止为五台山锁钥"。作为晋冀咽喉要道，也是佛教圣地五台山的东大门，历史上有多少个皇帝朝圣过五台山，就有过多少个皇帝打这儿经过。明代江西庐山五乳峰高僧德清在赴五台山时路过龙泉关，见此万里雄关一片苍凉荒芜，颇生感慨：

策杖烟霞外，重关虎豹林。
路当崎曲险，山入寒垣深。
惨淡黄云色，萧条落日阴。
边笳如怨客，呜呜岭头吟。

五台县境内现存19座烽火台，绝大多数为土质烽火台，1986年山西省人民政府公布为山西省重点文物保护单位。长城岭长城为南北走向，龙泉关与长城墙体南北向相接，修筑在长城岭隘口，中间是关门，为砖券拱形门洞，宽4.4米、高5米，门洞中间顶部坍塌。关门西口立有一通已经斑驳的石碑，上刻"万里长城 长城岑"，为1956年9月7日河北省阜平县人民政府所立。另有一通新碑是河北省人民政府在2017年11月所立，上面记录了长城岭口长城是在1992年2月11日公布为河北省文物保护单位。关门两侧南北向石砌城墙942米，墙体北段保存尚好、尚存垛口，南段已毁不成状。墙体底部为露出地面的6层精心凿刻过的条石垒基，这种片麻状花岗岩灰绿相间，似古青铜一样的质感，给人以沧桑再现的视觉享受，其长度与厚度在明长城上算是少见。西边马道、戏台、敌台各一，砖石结构，当年清朝驻军建在南山坡半山腰上的营盘依稀可见。

这座始建于明正统二年（1437年），重修于明万历四年（1576年）的龙泉关，曾是明清两朝防守蒙古等少数民族入侵中原的重要关口，与倒马关、紫荆关并称"内三关"。时间的风蚀与忻阜公路在关口南侧的穿过，为这座"一人当关，万夫莫开"的关门染上了沉重的沧桑。清朝乾隆五年（1740年）在阜平做知县的严遂成赋诗赞曰：

  燕晋分疆处，雄关控上游。
  地寒峰障日，天近鹗横秋。
  虎护千年树，人披六月裘。
  夜来风不止，严鼓出谯楼。

此刻，不知是白雪点染了枯蒿，还是枯蒿装饰了白雪，午后的阳光自墙顶的蒿草间倾泻下来，在历史和白雪的衬托下，显得格外明媚。爬上长城岭，东望阜平县，千岩争锋，万壑竞秀，都抵不过这道海拔2000米的长城岭威武。回望历史，长城岭上刀光剑影……

清朝初年，满清入关后的第一位皇帝顺治，于顺治十一年（1654年）将茨沟营移至龙泉关营，设参将一员，茨沟营改设守备一员，归龙泉关管辖，显示了龙泉关在内长城的重要位置。

辞别龙泉关，我们踏上返市归途。这归途，便是徐霞客当年经龙泉关入晋游历五台山的方向。一半佛国一半山，这山自带禅意、这岭自带沧桑，仿佛一场永远也走不完的修行。

考察组一行暂别长城岭，经过清水河2号大桥、5885米的凤凰岭隧道，一路向西驶离五台山，向着忻州古城狂奔。来时路上的烽火台、菩萨石、莲花峰再一次倏忽而过，在夕阳中送给我们最后的深情。

考察组对本次考察的长城岭下古村落很是满意。我们祈祷中国扶贫基金会"百美村宿"项目于不久的将来能够在这座远在深山无人问的长城岭下落地生根，发展壮大，把破旧闲置的民居流转过来打造高端民宿，示范带动当地百姓发展旅游民宿，走上富裕之路，实现乡村振兴。想象那个时候，龙泉关也将不再寂寞吧。因为，我们将陪着一批又一批爱好长城的远客再访龙泉关。

岢岚宋长城的前世今生

那一日，唐代大诗人杜甫的祖父杜审言由长安出发，"自惊牵远役，艰险促征鞍"，却不料等他到了岢岚后便沉醉不忍归了："北地春光晚，边城气候寒。往来花不发，新旧雪仍残。水作琴中听，山疑画里看……"

山清水秀养不活人

这是黄土高原上少见的一片绿地。置身于山峁沟壑间，烟岚雾绕，鸟鸣泉响，让人流连忘返。难怪当年打从这里经过的河曲人、保德人，要放弃走西口的念头就地安顿下来，一种是走不动道儿的，再就是被岢岚这青山秀水勾留下来的。人们在一条条幽深的山沟里安顿下来，过起了"刨个坡坡，吃个窝窝"的俭朴生活，靠天吃饭的日子不瘟不火就这么过了下来。

岢岚的冬天是最真实的冬天，大山里的冬天则更冷。山里的无霜期不足百日，25度坡以上被农民一代接一代开垦、种植，已经耗尽了自己仅有的那点儿墒情。这是一片黄土地的海，抬头望去是一波又一波焦黄枯干的秃岭荒丘，低头看时只有黄土山沟里零零散散的黄泥小屋。

山清水秀养不活人，年轻人只好外出陕西、内蒙古打工，真正过上了"走西口"的日子，村里留守的老人也越来越少。只有曾经忠勇卫国的宋长城还在，寂寞深锁边墙鼓角，重整河山应是在今朝。

宋家沟、赵家洼……在山大沟深、坡陡地瘠的吕梁山脉形成了一片集中连片的深度贫困村，那些25度以上的陡坡地，种进了希望，却刨不出个光景。让人们开始怀疑那句俗话："一方水土养一方人。"

宋长城下再擂战鼓

公元979年，宋太宗赵光义大举攻伐北汉，击退辽国援军。宋朝名将杨业之妻佘太君（折氏）的从弟折御卿攻占太原西北的军事要地岢岚军，在原北齐、隋长城的基础上向东加固增修长城，北防辽国，西御西夏。

特殊的军事枢纽位置,决定了岢岚的低调奢华。它有与世无争的安静,又有承担国运的从容。总能在关键的历史时刻披挂上阵,擂响进军战鼓。这里有我国自主建设的第一个航天发射中心——太原卫星发射中心,在百次发射任务中创中国航天史多项第一,在问天追梦的路上始终离不开岢岚这片土地的陪伴与支持。终于,这片土地累了,沉寂在这些历史的荣光中,日子渐渐萧条下去,精神渐渐萧条下去,等待重新擂响一次战鼓,重新掀起一场革命。

2017年6月,一场涉及4000多人的大搬迁启动了。赵家洼村的贫困户们搬着自己的黑釉大瓮、暖水瓶、老式木箱、小冰箱,开着农用三轮车驶出祖祖辈辈居住的大山,沿着乡道奔向移民新村。那般喜庆热闹的场面,让世代居住在大山里的村民都搬进了县城内的移民新村:取暖不用生火,做饭不用背柴,吃水不用出户,马桶一冲就净,全套家具配齐……"真是盖18床被子也梦不到这好事!"

听!昔日佘杨舞长枪在此保家卫国的宋长城下,已经再次闻到战鼓声,这是岢岚人民主动出击、脱贫攻坚的战鼓,这是宋家沟新村"并村减干提薪招才"的战鼓……

好地方赶上了好时代

贫困户渴望不靠国家救济的新生活,渴望自食其力有尊严地活着;那些外出打工的高原汉子们渴望回到自己的家园工作,"老婆娃娃热炕头"地享受天伦之乐。赵家洼的曹六仁说:"搬迁时候我们也想过,我们究竟搬出来以后能干什么?我们心里头也不是精明的。"没想到,从赵家洼搬进城的第三天,他便被安排在县城玻棉厂正式上了班,每月能拿到2800元的工资;种地是个"好把式"的刘福有不再跟老天较劲儿,和拖着两个智障孙子的王三女都当上了县保洁公司的保洁员,月收入1050元;王三女的孙子、孙女被送进忻州市特教学校免费上学,每人每年可享受孤儿生活补贴12000元……各家贫困户都实现了稳定脱贫。

找准产业"金钥匙",打开脱贫"致富门";授村民以生存技能,成为扶贫工作队任务的重中之重。通过招商引资,广惠园立源皮具有限公司建起来了,吴家庄旅游观光生态农业示范园项目搞起来了,岢岚县古城文化旅游建设项目启动了……宋家沟依靠宋长城景区资源,提供了大量就业岗位。

穷则思变的吴家庄人薛高才,成了旅游观光生态农业示范园的管理人员;三井镇咀子村村民贾巧玲,正在日产箱包6000个的皮具公司"撸起袖子加油干"；月薪4000多元的周觅柱，在明长城遗址上做着古城修复工程；陕西府谷打工的王浩杰，终于回到了自家门口的经济开发区，在"人人持证，技能社会"的东风下成为一名电焊工；岚漪镇乔家湾村的贫困生李雪，靠政府帮扶读书16年，研究生毕业后回到了家乡建设新农村……贫困村民如今成了明星，不是说学逗唱的那种明星，而是摘穷帽、奔小康的明星。

  国家从未放弃那些七零八落的沟沟洼洼。整村搬迁，林进人退，全面恢复农村绿色生态，将所获权益归还给原住村民。山下那些零零星星的旱地被规整成成片的"药田"，大规模种植黄芪、党参、柴胡等中药材；山上，"退耕还林"项目还原了从前的青山绿水。若是唐朝的杜审言再来岢岚，又怎舍得离去？看村外，土地不再是荒凉的"荒"字，一排排太阳能光伏板覆盖了丛生的杂草，岢岚人在用建设85兆瓦19个光伏电站的光伏扶贫项目，继续为老百姓创收。

  6月21日，成了岢岚县脱贫攻坚战每年的一个时间节点，扶贫总有新战果，致富总有新门路，宜居和兴业双向赢。如今的岢岚，全县人均收入高于全省平均水平，正式脱贫摘帽。那3年26280个小时发生过些什么？村村落落发生了蜕变，山山水水回归了生态，从房子的改变到思想的改变，再到精气神的改变，想低调也不能再低调的岢岚，折射出中国精准脱贫攻坚战的3年巨变，这是属于每一个岢岚人的好时代。"岢岚是个好地方"，好地方赶上了好时代。

  宋水街上一渠清流四季欢唱，平添一份岁月的灵动和韵味。温俭居的刘林桃又摆出了自己的凉粉摊；吕如堂靠政府提供的场地带领贫困户养起了西蒙特尔杂交牛；网红主播和扶贫干部联手直播带货，把红芸豆带进了电商体验店；徐亮亮的"爱民客栈"和厨师贺二小的"农家乐"也越来越红火，拆迁时捡来的旧家什成为客栈一景；不远处，全国唯一一段宋长城和华北地区最大的亚高山草甸荷叶坪草原，同步架构乡村旅游经营体系……

  宋长城下谱新曲，表里山河药茶香。这个"骑在羊背上的县"，不再是佘杨将军们一杆长枪战沙场的前世风云，不再是传统的一只羊鞭讨生活的今世贫穷，而是脱贫攻坚擂战鼓，携手并肩奔小康的今生快乐。

王化之地——宁武悬空古村

古村概述

悬空村，原名王化沟，距离宁武县东寨镇十几公里涔山乡境内的管涔山原始次生林中，东西长约400米，南北宽约70米，总面积约为10.5公顷。古村北倚翔凤山，西接普应寺，东南两边是万丈悬崖，海拔2300米，犹如空中楼阁般高悬于丹霞地貌的悬崖峭壁上。云山雾罩，一飘就是几百年，危而无险，至今保存着完好的清代民居，称其为"天上人家"一点不为过。全村环腰相连的东西唯一通道是栈道，全长418米，故也称作"栈道人家"，是一种古已有之的民居习俗栈道——干栏式建筑。栈道还连通着附近的另外两个悬空古村——五花山村和曹家梁村。

悬空村注重山水环抱的空间形象，溪流环绕，山脉合围，聚气纳气。翔凤山是清真山著名的"九峰一山"之一，地理位置得天独厚，周边环境优美，山、水、关、林、洞、谷、石、瀑、甸、草、湖、泉、寺等自然和人文景观独具特色，明崇祯皇帝的四皇子曾隐居此山并坐化涅槃，村名王化沟意即"王坐化的（汾河）沟谷地"。也有一种说法是四皇子坐化后，他的卫士们就此安居下来，为掩藏身份而用"王化"来迎合清王朝的教化理念。真是有山有水有故事的风水宝地，有着深厚的历史积淀，折射出灿烂的汾河文明。

悬空之谜

"人之居处，宜以大地山河为主……"远古时代，翔凤山山顶已有人类居住。人们以树枝为工具采集植物根、茎、果实，并捕捉猎物，再打制石块为器剥割动物皮肉，利用雷击保存火种用来烧烤食物，照明、防寒、吓跑野兽……在原始的采集和狩猎中逐渐向山下转移，出现"古崖居"，人们利用翔凤山丹霞地貌顶平、陡崖、坡缓的地质特征，在洪水不易淹没、野兽不易攻击的山崖上天然洞穴开凿整理出能够防洪防潮的一间间石室，开始定居生活。至今，山上仍有两处"古崖居"遗迹。

唐代时佛教盛行，人们将信仰从北魏时期的石窟塑像转移到广建寺庙，翔凤山所在的清真山一带建起了普应寺、仙人洞等300多座佛教寺庙。这些寺庙为避开谷底汹涌洪水和野兽袭击，同样建于半山腰上的洞穴中，靠栈道相连，热闹的寺庙群落吸引人们在此周边聚居形成一个个悬空村落。王化沟村就是现存较大的一个悬空古村，成为近年来的旅游佳境。

明朝往事

悬空村真正的繁荣在明代。明朝末年，闯王起兵，皇室倾颓，崇祯皇帝遣散子女，四皇子永王朱慈炤在一众仆从卫士的拥护下直奔宁武，欲投奔三关总兵周遇吉，无奈宁武关失守，周将军全家殉难。四皇子避难清真山，在普应寺削发为僧，皇室卫队遂留居此地，在当地娶妻生子，繁衍生息，世世代代守护着王坐化的地方，王化沟村这个官名在表面上也顺应了清代帝王一统化的控制思想，得以沿用，直到宁武旅游开发时以其山河形胜之状另起一名——悬空村。

景观视廊

"石门千仞断，迸水落遥空。道束悬崖半，桥欹绝涧中"。悬空村的奇特胜境，全在于杜甫的爷爷——唐代文坛第一狂人、唐代"近体诗"奠基人之一杜审言的这首诗中了。前临深渊，水瀑披流而下，碧潭相依；背靠绝壁，山脊绵延于云天，禽鸟相欢；村在半空中，房在悬崖上，深涧好风景，手可摘星辰。每一根圆木随着脚步吱呀作响，古村在沉闷的时光回声中欣然接纳着到访的游客。

沿着碧潭以东一条陡峭的山路弓腰而上，从陡峭石阶到木质楼梯，穿过一间阁楼，才能进入由一根一根的圆木桩铺就的古村主街，透过圆木缝隙可看到，脚下这条"主干道"全靠一根根垂直在下方悬崖的立木支撑，半悬在空中贯穿全村。走在上面，脚底心实在是有些发怵。整个村庄顺崖就势而建，古老房舍错落有致，半间后坐于颔状洞穴，半间前踞于木桩之上，仿佛彻底脱离了世俗的纠缠，至今都保持着几百年前原生态古村落的风貌，被评为"中国历史文化名村"和"中国传统村落"。

古人的智慧加上今人的发挥，形成今日之美丽悬空村。村落东边的石阶通向陡峭山峰，折向西行，直达龙王庙东侧，形成由羊圈，古树，树林，寺庙组成的一个完整序列。村落西侧是一个用木架加宽的平台，用作打谷场，晾晒、碾压、扬场的系一列操作都在这里进行。院落集中在村子中东部，院落内部高地作为起居室所在，临街是储藏等辅助用房。连接栈道与院落的石阶是必不可少的，也是最能体现古村原生态的景致之一。悬空栈道为村南边界，蜿蜒辗转与山体和谐统一。

沿着村中栈道移步换景，节点突出，视觉享受，心旷神怡——

村口回望

村口是游人可赏景的第一个节点，低头可视架空的底层险崖，极目可观四周的群山绿海，体验登山险象与豁然开朗之感。

百年古树

西行至村落中心，一棵百年古树成为重要景观节点，浓荫斑斑，疤痕遍布，如古村跳动的心脏，深情讲述着发生在这里的风雨沧桑，古树下有磐石为桌、圆木为凳，聚集了村中老人们坐在这里陪古树一起守望生活，守望幸福。

山泉望远

沿着古树旁边岔道往上走，是又一处景观——山泉，这股泉眼是全村人生存的命脉，泉边是村落的制高点，在这里不仅能够望见村前的栈道曲折伸向山体之外，还能看到高低错落的屋顶沿着栈道蔓延开去，这些屋顶仿佛不仅仅是用来庇护村民安居的，而是为了丰富险山的机理而生。

打谷场

从山泉返回到主街继续西行，穿过密集的房屋、逼仄的栈道，村西的打谷场让人的视野再次开阔，谷堆、农具，都是原生态的气息。驻足回眸，镶嵌在险山之上的悬空村神秘而充满生机，"收—分—收—分"的布局变化，无不体现着原生态村落的自然之美，神奇造化，匠心巧思。

龙王庙

位于村东口，旁边的白桦树郁郁葱葱，风吹响一树山林的乐章。寺庙建于一个泉眼之上，除了表达村民对施雨龙王的敬畏和风调雨顺的祈盼，也方便了人们打水。泉眼周围土质疏松，故以大石为基，红砖围合，庙顶青瓦陡脊，镶有精致的瓦当、滴水。龙王庙北部山上有山神庙和五道庙遗迹，残垣断壁为村民们留存着最后一丝原始的寄托。

栈道人家

悬空村在籍人口 120 人，年轻人都外出打工，少数在东寨镇做事的人也能早出晚归回村休歇，常住的一少半人口多是老年人，他们日出而作，日落而息，闲时就坐在村中悬崖拐弯处的一棵百年古树下纳凉聊天。村中房屋背后的一个岩洞下有山泉自山上面的打谷场流了下来，条石围砌，纯净天然，生水饮进也不会肚疼，可供全村人、畜饮用。宁武县境内 880 余处泉眼的水资源特征，赋予古村得天独厚的生存条件和世代而居的可能。穿过小桥蜿蜒向上，远处是依山而建的小村，近处盘亘的山路上有层层叠叠的田垄，这些田垄水源充足，不必像北方其他山地梯田那样等雨靠天，有农田可点豆种菜，有牧坡可养羊放牛，山货加农牧，形成完整的生态食物链。自给自足生活方式让这里的村民惬意悠然，依旧保持着 300 年前原生态古村落的风貌，烧木薪，睡火炕，饮山泉，食野味，种莜麦、刨药材，采蘑菇，推石碾，围石磨，编些筐篓换些油盐酱醋，驴驮马运呼吸新鲜空气，以悦耳的空山鸟语取代城镇里整日不断的噪音和防不胜防的污染。

栈道是这个村落产生的先决条件，也是一道与山林和谐相融的景观视廊，宛若流动的画卷，将石砌的房舍，木围的羊栅，空山鸟语，泉声相伴全都一览于怀，偶尔还会从林间窜出褐马鸡来觅食，眼前这些"栈道人家"真是在世外桃源了。

择一个暖阳假日，进山。寻访管涔山内这一座悬于半空的神秘古村，凭栏观林海，凝神听鸟鸣，看一张古铜色的脸擦身而过，沿着撒满羊粪的古老栈道走进岁月深处，像谷底的潭一样深邃，像头顶的云一样安逸，你便只在此山中了。

打卡观光

汾河谷地，管涔云端，悬空村落迎宾客；松涛逐浪，万顷苍翠，"大山深处有人家"。

集自然美景与人文故事于一体的王化沟村，从 2010 开始，在当地县委、县政府的支持下，与旅游公司共同合作开发，改造石砌护坡、修砌涵洞、修复传统院落和悬崖天梯，接通自来水，建起停车场，盖起了农家乐和民宿旅馆，设置了游客信息咨询中心。2013 年，王化沟村正式作为旅游景区开始试营业。十年间，这座建在悬崖上、挂在半空中的独特建筑和原始风景，吸引了国内外游客前来观光"打卡",以悬空村的新形象渐渐为世人所了解,成为了看得见山、望得见水、记得住老屋的综合性乡村旅游示范区。

宁武悬空古刹栈道群

宁武悬空古刹栈道,是"中国华北地区罕见的水平联洞型栈道"。

汉代刘邦入蜀,来了一个"明修栈道,暗度陈仓"。在宁武县境内清真山上,也有1000多米的古栈道,有的路段在明处,有的则是洞穴型,隐藏在山体里,是迄今山西境内发现的唐代唯一水平型联洞型古栈道遗址,被专家称为中国交通建筑史上的奇迹。

发现栈道是从悬空寺附近悬崖间的一根"摇摆柱"开始。就在悬空寺附近的悬崖上,吊着一根木头柱子,历经千年不朽,随风摆动,故称为"摇摆柱"。经考证,原来是古栈道遗留下来的一个部件,至今仍在坍圮的悬崖间,虽历经千年风雨,仍随风摆动而不坠。清真山悬崖栈道,曾经是连接"九峰一山"、栈道古刹相依相存、总长42华里的山腰小道,如今仅剩涔山乡张家崖村之西清真山峭壁上的一小段了,约2华里,附近村民称之为"腰道"。它主要由木栈道和石栈道组成,上连悬崖,下临绝壁,一路绕山而开,有些是栈道穿行的过洞。凹洞大小高低各不相同,小洞需弓腰缓行。沿途著名的石洞有频月洞(后称日月亭)、西禅院、大佛殿遗址等。传说大佛殿是普应寺的主体建筑,为坐西向东的二层楼阁式建筑,惜毁于兵患。由大佛殿遗址可登至翔凤山顶,松柏掩映,巨石盘陀,山顶有晓祖宝塔、神棚钟楼等古迹。其间穿越大小长短不一的石洞15个,洞中开石窗,一窗一景,日月、山峰、林木和花草尽在眼中。这壮观而神奇的绝壁通途,已不仅是一条路,更是佛教文化传播的路径,是无数心中充满苦难和希望的人们寻求世外桃源的精神承载,也给世人留下了无尽猜想的谜团。

悬崖栈道缘何而建

清真山系管涔山支脉,位于宁武县城西南35公里处的涔山乡境内,由宝鼎峰、玉华峰、紫翠峰、凝碧峰、迎鹤峰、望仙峰、海日峰、挂月峰、丽雪峰和翔凤山等"九峰一山"组成,东邻分水岭千年火山,西接神池、五寨二县,南连管涔山另一支脉楼子山,北望县城摩天岭,分布面积200多平方公里,平均海拔 2300 米左右。《宁武府志》称这里是"最为胜地",并绘有清真山示意图,清晰地标示着"九峰一山"所在位置。

预防洪水猛兽的生活便道

古时,清真山脚下汾水滔滔,猛兽出没,人们为躲避险情、伤害,只能在半山腰上生产、生活,出现"古崖居"式的悬空人家,为便于行走,人们就利用丹霞地貌的天然洞穴与凹处开凿石道、搭建木栈,连接崖居洞穴与半山平阔处的田地或牧坡,形成一段一段的悬空便道,为后来人所利用,连成更长的悬崖栈道。

隋炀帝北伐运兵之道

清真山地处防御外族的重要塞口(现支锅石所在处),往西翻山便是北方少数民族聚居地,可以猜测,清真山成为了隋炀帝北伐突厥的主要捷径,于是在山上大量修筑运兵栈道也未可知。这只是现代人的一种猜测。但"九峰一山"的声名远播大约真的始于隋炀帝杨广时代。隋炀帝每次来到汾阳宫避暑狩猎,总有宫娥嫔妃随行、武将兵丁护卫,自然也少不了像文臣学士陪驾,"九峰一山"颇为讲究的典雅峰名和山名,应该就是出自于这些隋代文人之口。

唐代参禅拜佛之道

清真山绝佳的山林之景,"九峰一山"典雅迷人的名字,引起了佛家的向往。在大兴寺庙的李唐王朝初年,清真山开始出现大量寺庙,呼应不远处的芦芽山毗卢佛道场。有文字与实物为证,涔山乡小石门村西的仙人洞(宁武小悬空寺)始建于唐,普应寺也至今留有唐代贞元年间的墨迹。清真山上古刹成群,僧尼、道人和儒士要想到山中远近不等的众多寺、殿、庙、庵、阁、洞、堂、塔等处焚香参拜,栈道就成为必不可少的交通路径。这条总长 42 华里的悬空栈道以及悬崖石壁道,成为连通古代普应寺、金安寺、北天寺、朝阳洞等悬空寺庙的空中道路。在虔诚的诵经声中,僧侣、香客在半山之上沿着栈道往来不绝,走出了边塞佛教文化的辉煌,也成就了中国佛教史上绝无仅有、规模宏大、堪与云冈石窟相比的悬空古刹栈道群。

明代皇家护卫之道

在明代妙峰祖师等高僧大德推动下,清真山成为宁武佛事活动的中心,著名寺庙有北天寺、普应庵、仙人洞、朝阳洞、金安寺、天仙洞、地仙洞、七真洞、九仙洞、朝凤洞、观音庙等。普应寺《重修罗汉殿碑记》称，当时"猿鹤参禅，鱼龙听法"，佛法盛况空前鼎盛。明朝崇祯皇帝自缢煤山，准备投奔三关总兵周遇吉的四皇子来到宁武后，却遇宁武关失守，周遇吉战死，只好逃出关城就近逃到清真山普应寺避难，其随从人员在距寺庙不远的悬崖峭壁上搭棚建屋住下来，或为僧侣，或为村民，怀着"反清复明"的幻想蛰伏下来，暗中保护着四皇子。这一皇家卫队为能够随时到位参加议事机会或紧急救驾，对42华里的悬空栈道进行重修，建成一条不必从山下绕行的快速通道。直到四皇子抑郁而终，坐化归天，所剩随从不得不做了清朝顺民在山下定居下来，世代守护着王的坐化之地，只是这条护驾通道渐渐废弃不用。

总长42华里的悬崖栈道主要有两处：一处位于小石门村村后，经悬空寺过水帘洞，沿石栈通往深山密林之中；另一处位于张家崖村村后，经晓祖宝塔，过十方禅林，沿木栈和石栈交替构筑的栈道达深山密林之中。整个栈道在峻峭挺拔的山峦半腰蜿蜒回环，如同一条裙带缠绕着整座峰峦。因年代久远，两处栈道的木栈多已腐烂毁弃，石栈则基本保持原状，尚能通行。1997年以来，不断维护修复，有2华里的古栈道可供游人浏览，并在原址恢复重建了观音殿、毗卢殿等，成为一处特色别具的旅游景区。

悬崖古栈道的入口处位于山下新建的普应寺山门处，站在古朴雄伟的山门前远望，一座高达400多米的峰峦翘首屹立，酷似一只展翅欲飞的凤凰——这便是"九峰一山"之"一山"的翔凤山，四周有玉华峰、宝鼎峰、紫翠峰、挂月峰环抱拱卫，中间的石崖是凤凰的头部高耸云天，向两边延伸的山脉是凤凰的双翅。悬崖间有几间房子，以前是禅房，现在改为主供净土宗名人慧远大师的"十三初祖庙"，有隐隐约约的栈道修在半山腰。

上山时有两条路可选，一条是千余米的林间阶梯步道，一路松杉成荫，苔藓密布，鸟语花香，水声涓涓；另一条是右边供游客骑马上山的羊肠小道。姑且叫作人道和马道却是更为形象。

跨过一湾清溪后，有208级新筑的台阶直通悬崖栈道脚下。走在石阶上，脚下便发出清脆回音，悦耳动听，如磐似鼓，故又名"回声阶"，被专家誉为北京天坛等全国五大回声建筑之一。

登上回生阶，便到了悬崖间新建的六角凉亭，可稍作小憩。由此上古栈道仍是有两条险路可通：一条是在悬崖上凿出放脚的窝坑，百余米长的两条铁索悬挂在窝坑旁，须借助铁索牵引而上，是喜欢探险攀岩运动的年轻人的首选，大多数人是没有那个胆量和气力一试的；另一条由木梯、石阶和防护性铁索组成的通道，即便险峻，还算让人攀得踏实。

栈道之上，右手边是近年来修复的观音殿，是这一段古栈道的起点。沿着略加整修但仍保持原貌的古栈道前行，转过一处险地，钻过一个山洞，便是建在悬崖山洞中的又一座大殿——毗卢殿。由毗卢殿向东，栈道时而狭窄仅可容一人侧身通过，时而略显宽平，长千余米，有大小石洞共56个，有41个是栈道内侧石壁凹进去的明洞，栈道与明洞不断交替，形成我国栈道遗存中并不多见的涔山栈道特色。

穿石洞，越栈道，弯腰爬行，下蹲挪移，有惊无险，备尝艰辛却乐在其中。穿过15个过洞中那个最长的15米的过洞，是西禅院。从西禅院石门洞中钻出，折而向北，有大佛殿遗址。据说，大佛殿是原普应寺的主体建筑，为坐西向东二层阁楼式建筑，甚是壮观，已毁于兵患。由大佛殿遗址经石阶向西北方向攀援，便可抵达翔风山山巅。山巅建有晓安和尚的墓塔—晓祖宝塔和"神棚"小庙，四周古木参天，异草生香。参天的古木中，有一棵落叶松据说已经死去数十年，但近年来竟然又重新吐绿，长出新芽，实属罕见，给晓祖宝塔和悬空古刹栈道又增添几分奇特和神异。

栈道的重要景观

仙人洞

又名凌空寺，或宁武小悬空寺，创建于唐。距离小石门村西约半公里，是一座"飞挂"于绝壁半腰的古刹，距谷底约50米，过去靠悬崖栈道与外界相连，现在由于周边栈道废弃不用，改由寺西一条山径登临。仙人洞主体建筑分上下两层，主殿都是通天柱，前置走廊，走廊前又有木板伸出，为栈桥式。栈桥上置望柱7根，下有十几根木柱支撑，许多古建专家称它是"中国悬空建筑中的奇观"。上层有阁，面阔5间，主殿3间，进深2间，内有新塑壁画，装饰有六抹头槅扇6个，主供道教玉皇大帝。下层面阔8间，其中主殿3间，左右各为一间住屋殿内有佛、道、儒三教人物壁面，主供佛教地藏王菩萨；左右住房内各有小洞。除此之外，因建筑前部悬于万仞绝壁，后部插入石崖洞中，再无别的门户。洞左侧新修葺的小殿是仙人洞主体建筑的引导，五开间，前有外廊，经过小殿能进入仙人洞洞口。石洞为天然岩石，需弯腰进入，迎面有小影壁，绕过此壁方能进入主体建筑的外廊。西边石洞壁上原有八卦图，还写有一段文字，其大意是：此庙建于唐，因火灾几毁几建，与古栈道相衔，东可通往金安寺（也有资料记载，仙人洞即金安寺），西可到达龙王庙，并记载了这一带的栈道里程共计21公里。近年来，在仙人洞旁又挖掘出唐代经幢。专家们由此断定，仙人洞始建于唐而且规模很大，现存大殿仅是古庙宇中很小的一部分，并非它的主体建筑。

石栈和木栈

险要的地理环境造就了险峻的悬崖栈道。按材料分两种：石栈道和木栈道，在石壁上凿石削岩为道就是石栈，木栈则是在绝壁处雷岩为孔，孔内插入巨木为支架，支架上铺设木板，或以连排圆木为路面。石栈道一侧依崖，一侧临涧。一些难以连接的地段，便搭架木栈道。临涧一侧的地段完全裸露于峭壁之外，甚是惊险，另一侧则以隧洞相连。栈道上方往往还有出檐的木顶棚用来防风避雨遮阳。形成罕见的悬崖栈道景观。

明　洞

在近年来修复的千余米栈道上，有大小石洞56个，其中41个是栈道内侧石壁凹进去的明洞，另外15个是栈道穿行的过洞。这种栈道与石洞交替衔接，在我国现有栈道遗存中尚不多见，成为滦山栈道的一大特色。明洞中最大的一个高10多米，直径2米多，洞内盘有火炕，有窗户，筑有阁楼，是僧人修行之所。过洞之高宽，一般可容两人直立行走，狭窄处纵使一人行走，也须匍匐跪行。日月亭边有一个洞，洞长15米，是栈道最长的一个洞，古代栈道这么难走，也是佛家对信徒的一种考验，信徒们所经受的磨难越多越大，礼佛之心越诚，正所谓心诚则灵。

过　门

栈道之上，有些地段因地制宜，或圆或方，凿出各种形状的孔调式"过门"。当你的视线穿过孔洞，向洞的另一侧望去时，远山近峰，蓝天白云，清溪碧水、绿树红花尽收眼底，成一奇观，人们谓之"镜中景"。让栈道有了层次，有了神秘，有了深远之感，穿行其中不觉乏味。

回声阶

进入山门，穿林越溪，便能看到有208级新筑的台阶直通悬崖栈道脚下。

观音殿

观音殿是古栈道的起点。依山而筑，巧妙利用崖上的天然石洞，在空间有限的悬崖半腰建成面阔3间9米、进深10米的大殿。大殿与石壁有机地融为一体，因悬而险，又见祖先的智慧与过人胆识。殿内塑有十八罗汉朝观音像。观音像按佛教密宗教派所传形象塑造，慈悲而传神，身边有两个弟子和善财童子，伴有十八罗汉，殿的两侧有迦蓝神关公和护法大将两位护法天神。殿旁是一通清代道光年间重修该寺时立的石碑，碑文大略记载了这座寺庙昔日的繁华情景。

毗卢殿

古栈道上有一座坐北面南的大殿——毗卢殿，建筑风格与观音殿相同，但更为险要、奇特。殿距谷底百多米，面阔3间，进深10米，内有如来佛祖的法身——毗卢遮那佛塑像，两侧有他的两大弟子摩诃迦叶和阿弥陀。殿的右边有师父禅修的石洞，洞不是很大，有几米深，可以打坐静修。殿前的回廊用木板支撑，脚底便是万丈深渊，回廊仅有尺余，仅容一个人走过。

日月亭

以前叫"揽月亭"，据说李自成攻打北京时，崇祯皇帝的四皇子逃至宁武，在清真山出家，法号晓安。每当月明星稀的夜晚，四皇子总要到"揽月亭"顺着京城的方向遥望，默默祈祷明朝平安，后来晓安为寄托对明王朝的思念，就将揽月亭改为日月亭，日月合起来不就是一个"明"字吗，他满心希望着明王朝像日月一样永恒，却事与愿违，在明王朝的覆灭中看空一切，就此坐化，成就了一位大德高僧的美名。

西禅院

悬崖栈道的尽头，是高耸于300多米高石壁凹地的西禅院。院内只有大小5间禅房，后半部分嵌入石崖洞中，前半部分凌空悬挂，险要异常。在古代，西禅院是普应寺方丈的寓所，现在修复改作十三始祖殿，主供净土宗高僧慧远大师。

晓祖宝塔

晓祖宝塔在翔凤山顶部，为六角七层，有两层已毁，原高20多米，气势非凡。塔体为砖石结构，仿木挑檐，每层都有眼光门，第四层每面雕刻一个大字，合起来即观世音菩萨的心咒：唵、麻、呢、吧、咪、哞。塔基下的墓道78厘米，宽42厘米，墓口有两扇石门，高1.3米，宽0.5米，厚0.08米。墓室长1.8米，宽5米，高1.7米。墓内原有晓安和尚的肉体真身堆塑，后来被毁。墓葬上方有小庙，俗称"神棚"，内塑晓安和尚坐像一尊。塑像后石壁上嵌石碣，刻有四个大字——"晓祖宝塔"，左书"洞山正宗三十世雪映头陀法子德贤永建"，右书"康熙壬辰岁次季夏吉旦"。目前，寺名已改为十方禅林。晓安祖师的颅骨在维修墓室时发现，现存寺内作为镇寺之宝。塔后还新建砖木房舍十几间，供僧人居住。这排僧舍呈弧形排在崖壁上，房前是圆木撑起的悬空栈道，常常大雾弥漫其中，更增添几分神秘的色彩。

栈道传说故事

四皇子落难清真山

民间传言，清真山的晓安和尚并非等闲之辈，而是明末崇祯皇帝的四皇子永王朱慈炤。1644年，闯王义军横渡黄河，攻打太原府，之后攻忻州、夺代州，一路所向披靡，势如破竹，打到了"外三关"。崇祯皇帝见大势已去，安排皇子们出逃保存皇室血脉。想到宁武乃是四皇子生母、才女嫔妃养艳姬的老家，又是三关总兵周遇吉镇守之地，值得托付，便安排御前侍卫保护十三岁的四皇子直奔宁武。没想到宁武关也失守，四皇子一行人便逃出关城，在清真山隐姓埋名蛰伏下来。随后四皇子在普应寺出家，法号晓安。拂晓为"明"，"晓安"即是暗寓祈求大明江山安稳。十年修行，四皇子看明世间一切，凤子龙孙的身世已淡然放下，六月初六坐化于师父原本给自己修好的塔内。此后，晓安祖师成为清真山之祖，其颅骨在维修塔时发现，现存寺内，为镇寺之宝。

晓祖宝塔的来历

民间亦流传不少有关晓安和尚的故事，说他常常语无伦次，却又每每应验，因此将其奉若神明。又因他德行过人，早早便修成了正果，坐化清真山。由于晓安和尚先于师傅坐化，得名晓祖。在他圆寂后，弟子们便在肉身上塑了真身像，随后又建造了晓祖宝塔，将其奉为清真山之祖。清康熙52年，人们为朱慈昭在这里修筑晓祖宝塔时，其墓葬全按照皇家规格建筑。塔里小和尚的真身在五十多年前维修地宫时从塔下挖出来，小和尚盘腿坐化的样子，一手呈向上指的状态，完整的肉身都还在，只是头骨掉到了崖下，好多人去找不到，后来重修塔时，给小和尚的金身安了个头骨，可怎么也不合适，那天即将举行仪式时，有人却在山崖下发现了小和尚的头骨，于是在仪式前换下头骨，把整好的金身安葬于地宫。每逢农历的初一、十五，总有不少当地百姓到晓祖宝塔跪拜祷告，很是灵验。

五月日为晓安的出家日、圆寂日，每年的这一天，附近村庄的人都会来这里拜祭晓祖。

老和尚和小和尚的故事

在宁武，流传这样一句俗语："小和尚种黍子——种上也吃不上。"这一典故的由来与晓安和尚有关系。有一年春天，师父让小和尚去刨地种黍子，小和尚不情愿地拿起锄头下地去，边走边嘟囔：种下也吃不上！师父听了他的话也没多理会。到了夏天，师父又让小和尚去地里拔草，小和尚很不情愿地拿了工具往外走，边走边叹道：唉！拔了草也吃不上。师父听了丈二和尚摸不着头脑，这孩子古里古怪的，说的什么话？一直到后来，只要师父提起黍子的事，小和尚总是说：吃不上。更令人疑惑的是，收割完黍子师父把黄米面做成糕，小和尚把糕夹起来放到嘴边了，还说：放到嘴边也吃不上。这下可惹火了对面坐的师父，心想：送到嘴边的糕还说吃不上。师父拿起笤帚准备打他，小和尚十分留恋地看了一眼，扔下手里的筷子和糕，向门外跑去。师父紧随其后，追到山顶也没看到他的踪影。于是到处找他，准备好好教训一下这个信口胡说的弟子。当师父找到为自己修建的塔下时，看到小和尚已经坐化了，师父这才明白小和尚说吃不上的寓意。师父准备给小和尚处理后事时，却发现自己偌大的寺庙已在一片火海中，于是也在塔旁坐化。后来这里就有了"小和尚种黍子——种上也吃不上"的典故。

空山胜境藏玄机——宁武小悬空寺

宁武小悬空寺，又名凌空寺，创建于唐，位于涔山乡小石门村的古栈道上。坐北朝南，东西19米，南北6.9米，占地面积131平方米。寺庙距离小石门村西约半公里，是一座"飞挂"于绝壁半腰的古刹，用高大的圆木凌驾于半山腰凹陷回去的山腰里，充分运用了地势上特点，有两个外地和尚长期在这里修行。寺庙距谷底约50米，过去靠悬崖栈道与外界相连，现在由于周边栈道废弃不用，改由寺西一条山径登临。

碑载清光绪十八年（1892年）重修仙人洞。现存正殿和钟楼、鼓楼。

悬空古刹栈道群的创建年代，可上溯到谢代存于仙人洞的文字和实物来证明。

楼在洞穴中，半壁楼殿半壁窟，窟连殿，殿连楼，体现了人力与自然的和谐合体。寺内明窗暗洞，移步异景，洞中有画，仙雾缭绕，融入了我国南方园林建筑的艺术元素，又不是北方建筑的大气恢宏，似危楼而清净安稳，似荒僻而人神共处，丰富的人文内涵与清真山飘渺仙境相得益彰，真乃佛教建筑史上的奇迹，古代人民智慧之遗产。2002年，寺庙在一场大火中毁灭，2006年复建恢复了原貌。宁武人民不会让这份历史之瑰宝消失于清真山。九峰齐聚，翔凤山舞，悬空寺的存在就是一个神奇传说。

在小悬空寺上凭栏远眺，对面的山林郁郁葱葱生机勃勃。当雨天过后，经常能看到三处云雾升起，就好像三炷香腾空萦绕。群山环抱古寺，一切顺势而为自然形成。再从悬空寺俯瞰下面，两山崖相对峙，中间是开阔地，犹如深瓮包围，瞭望谷底一目了然，地形极为复杂多变。

修道建庙于深山或山顶，原为清修。凿壁于半山绝壁，悬空而存，斧劈刀削般的悬崖岂不是只有惊险战栗了，想清静下来真不是一般的定力和修为所能达，这庙址本身就是一个谜。何人所修？因何而建？如何建成？都是先人留给我们的谜团，千古不解，禅机如雾，缭绕在清真山一个又一个朝暮之间，令人感喟。

傍晚时候，阳光从山崖中射进来，森林变成橙黄色，如佛如禅，温暖而宁静。

北方唯一崖葬群——宁武石门悬棺

"悬棺"一词最早见于南朝梁人顾野王记武夷山"地仙之宅，半崖有悬棺数千"。崖葬是古西南少数民族地区流行的丧葬方式，也是露天葬（风葬）的一种，因为人在崖下能看见悬崖上的棺木而得名。崖葬包括悬棺葬和崖洞葬，安葬时人们把棺材放在凿出的山崖平台上，或在山崖上凿孔后打入木楔把棺材放在木楔上，亦或是直接把棺材放入天然的崖洞中，再在崖壁上刻上各式图案或文字作记。由于崖葬工程险峻、耗资极大，因此多在古代贵族中盛行。1700多年前的历史文献《临海水土志》对崖葬也曾有过记载。崖葬主要流行于土层薄、地气湿、怕水淹的四川、云南、贵州、广西、福建、湖南、湖北、江西等南方省区少数民族地区。黄土高原气候干燥、盛行土葬，很少有此习俗。不可思议的是，在宁武涔山乡的石门峡谷里，竟然发现一处多达五六十具干尸的悬棺崖葬群，这在中国北方是极为罕见的，当地人称之为石葬。宁武县石门悬棺是迄今中国北方地区发现的唯一的崖葬群，极具考古研究价值。

宁武石门悬棺概述

清真山石门峡谷全长3公里，峡谷中有十几座耸立云际的石壁，最高者30多米，最低者也有百余米，宛若一扇扇散开的巨大石门。峡谷中部有个小山村叫小石门，从小石门村后面的石壁爬上高60米的古栈道，便可看到各种形式的悬棺葬。这就是由清真山的悬空古刹栈道衍生出的宁武境内又一种别处少见的习俗——悬棺葬。这个悬棺崖葬群地处石门峡谷尽头一座金字塔形峰峦之下。

石门悬棺的五种形式

芦芽山一带的民间盛行土葬，悬棺是特例，是把要入土的洞室及棺木抬升到了高崖洞。宁武悬棺的悬葬方式大致可分为洞穴式、悬吊式、栈道式、悬桩式。

第一种为洞穴式悬棺是在悬崖高处的天然石洞或人工石洞里直接放置棺材，利用峭壁上的天然洞穴或者裂隙，略加修整（垒筑、填平）置棺其内。栈道西部是清代建筑龙王庙，龙王庙北的石门幽谷中，是悬棺最集中的地方，栈道沿途的绝壁上有很多风化而成的小洞穴，洞内多盘过火炕，原是古代和尚修行的地方。现有12具棺木中，有些悬棺就停放在洞穴中，有的棺材已毁，尸骨暴露；有的则干成了木乃伊。有一洞内停放着两具棺材，尺寸很小，据推测棺内盛装的是两个未成年人。

第二种是悬吊式崖葬，是在悬崖高处用铁链将棺材吊挂起来。在栈道中部，有一座吊桥挂在两边形如石门的绝壁上，跨度为60米，离地面50米。站在吊桥上东望，可见数百米外的绝壁上有铁链悬吊着三具棺木。这种悬葬形式显得甚为庄重、讲究。

第三种是栈道轿式葬法，是在悬崖中间凿孔插桩，铺成一个微型栈道，将棺材搁在栈道上。在凌空飞挂于绝壁半腰的古刹仙人洞西面不远处的栈道上，有一较大的洞穴，至今还保留着石砌窗户墙，内放一个大木龛，顶部雕刻花卉图案，设计气派，雕工精细，样子有点像古代的轿子，相传是一位高僧坐化其内。

第四种是悬桩式悬棺。就是在绝壁上凿小洞，横向平插钉入木桩，把棺材搁置在木桩上。

悬棺主人身份之谜

在一向盛行土葬的黄土高原，为何会在这一小片地区出现悬棺葬？崖葬者何人？这一习俗究竟起始于何时……几百年来一直是个谜团。

据考察推测，这一葬俗形成的年代并不久远，所葬者大体有如下几类人：

一是圆寂后的僧人实行的一种丧葬方式，古人说，"棺材放得越高，声望越高"。古代佛道儒三教亡人的棺床除悬棺外，还存有少量的道棺和窟棺。佛教自从汉末传入我国后，到唐代一度达到鼎盛，而一代代佛教徒信奉"苦海无边，回头是岸"的禅意，同时为了亡人在礼佛的地方继续礼佛，便采取了这种崖葬的方式。据有关专家解释：这些亡人无疑是本地三教当中的杰出人士，而且以僧尼为主。

二是为了纪念比较有贡献的先人的一种墓葬方式，比如是为国捐躯的将士；或是崇祯帝四皇子的卫士们在此没有自己的田地和墓地，只能崖葬。

三是没有后裔的孤寡老人。

四是不准入祖坟的死者，诸如溺死、吊死、意外伤亡、犯罪刑毙等非正常死亡者。

五是夭折的小女孩儿（当地风俗女孩不准入娘家坟）。

六是富人家所为。唐人张𬸚《朝野佥载》记载古人的崖葬习俗，"弥高者以为至孝"，以至丧家争相挂高。所以，也可能有当地富人讲究风水特意选择崖葬，表达一种希望先人在高处守望下面的子孙，庇护子孙后代的美好愿望。

无法猜想的置放谜题

清真山栈道上的一些山洞内，本来是有许多干尸木乃伊的，据传是古代高僧或士兵的。但后来被当地一些人偷偷拿走了，按一种迷信的说法，认为干尸可以治病。这也为高阁悬棺增添了又一份神秘之感。

每个棺材放置的位置非常的险要，就算运用现代技术也很难放上去，但是古人没有现代技术，是如何把棺材放上去的呢？至今还是未解之谜。不过，古人能把栈道修得那么惊心动魄，置放几个棺材虽必定是劳心费力，但终究也是能够达成愿望的。毕竟，我们的先民很大一部分是从树上、从崖居逐渐下到地面上来生活的。对于智慧的古人来讲，这些崖上的事情，可能真还不算个事儿。

探寻宁武长城文化价值，重塑紫塞边民文化自信

"国家之魂，文以化之，文以铸之"。文化是一个国家和民族的灵魂，提升民众对文化遗产的历史和文化价值的认知，增进民众对文化遗产的理解、欣赏，也是一个地区、一个市县凝聚爱国精神、培养民族情怀的重要途径，是发展地域文化、坚定文化自信的时代要求。在文化输入相对薄弱、精神生活相对欠缺的宁武关下，发自内心的文化自信也同样应该成为根植于紫塞边民心中的"精神长城"。我们应该让古老长城"开口"说话，在历史的追溯中寻求精神的突破，才能将文化自信植入到宁武人民内心深处。为此，笔者试图从美学的角度，审视宁武长城所蕴含的种种文化价值，提炼出边塞人民的精神特质，重塑文化自信，坚定自己作为"守关后人"所肩负的中华民族复兴的伟大使命。

长城雄风，塑造了晋西北人粗犷豪放的坚强性格

作为长城防御体系的重要组成部分，宁武一带自古就有着强烈的军事色彩。早在战国中期，赵肃侯就开始在这里修筑长城，用来抵御林胡、楼烦族的进攻。《宁武府志·卷十》记载："战国赵肃侯筑长城，尽赵北界。"《大清一统志》卷一百四十七载："在宁武县东南楼子山上，有古长城遗迹。"史称赵北长城。之后，他的儿子赵武灵王子承父业继续修筑长城，并被秦始皇统一六国后在北方修筑长城时加以修缮利用，以防御匈奴。"养在深山人未识"，许多宁武人并不知道宁武县东寨镇汾河西岸楼子山上这段来自赵国版图的古老长城。南北朝时，北魏、东魏和北齐三朝在宁武数次修筑的长城，也都承载过无数次民族纷争与融合。北魏"畿上塞围"、东魏"肆州长城"、北齐长城遗址，至今横亘于这里的崇山峻岭之巅。长城雄风，边塞鼓角，塑造了晋西北人民粗犷豪放的坚强性格。历史推进到公元936年，后晋与辽以分水岭为界，将宁武区域一分为二，一地两国，北归契丹，南归后晋。之后，宋辽纷争几度，时战时和，开壕沟、垒界墙、修边堡，虽历经千年至今，宁武分水岭上仍残留着北宋界墙遗迹，黄花岭上仍然能够清晰地看到宋辽界壕。长城如同一条条巨龙，腾越于宁武的苍

莽群山、沟河涧谷，以其雄浑气势与坚固形态深深地影响着民众情愫，宁武人浑身散发着耿直、率真的阳刚之气，口音、个性都是直的，不会拐弯。长久以来经历战争冲突与民族融合的交替轮回，这片土地上的边民或胡服或汉化，或耕种或放牧，已经分不清自己从何处来，属哪一支血脉，只是都具备了北方边塞人的奔放个性。直到大明王朝修建宁武关，明王朝和蒙古族在这里几起几落地对抗与战争，让宁武人再次成为戍边、戎事和屯田的御敌先锋。除了当地土著，大量军士与移民在明朝政府组织下，背井离乡，从福建、浙江、河南等地迁到这里来戍边，他们浴火重生，共同缔造了"山西镇"，创造了宁武关文化。现如今，百分之八十以上的宁武人对自己的宗族来源模糊不清，管涔山脉与汾河、恢河养育了这些紫塞军民，一代又一代宁武人前赴后继地保卫了这里的关山文明与长城文化。长城雄风万古存，回望历史，粗犷豪放的宁武关人正在从风起云涌的关城历史中觉醒，怀着对这片关城土地的热爱，对自己戍边祖先的敬仰，以及对长城精神的坚定传承重塑一份文化自信。

依险制塞，淬炼了边塞文明天人合一的思想

宁武多山，又有汾河、恢河纵贯全境，为修筑长城提供了依险制塞的有利地形。堡城多筑于两山峡谷之间、河流转折之处或交通往来之要道，墙体则筑于山岭脊背，例如易守难攻的赵长城，墙内缓坡平常，墙外奇险高峻，许多地方甚至巧妙地利用山险代替边墙，而宁化古城则以宽广的汾河作为城墙之外的又一层河险，既省人工与材料，又能缩短工期。智慧的宁武人民很早就学会了在复杂的地形环境中求生存，求自保，与山河同处，与草木共生，天人合一，安守现状。

动荡不安的生存环境，长期备战御敌的生死未知，也养成了宁武人忠厚朴实但却疏懒保守、名利淡薄的意识形态，缺乏凝聚力，较少进取心，过着听天命看时运、今朝有酒今朝醉的庸常日子。关防重地，移民混杂，一次次历史的融合，又成全了夷夏之间、军民之间、农商之间的共处意识。在2000年的历史长河里，匈奴、鲜卑、突厥、契丹、女真、蒙、满等族势力先后入侵、融合，形成了夷夏杂糅的边疆地带，农耕与游牧民族的交错地带。在这里，长城既是界墙，又是纽带，影响着错综复杂的民族矛盾与感情，培植了具有边塞特色的尚武文化与敬畏命运的天人合一思想。

另外，宗教的兴起，寺庙的出现，形成了融山水、军事、民俗为一体的边塞佛教文化。北魏时有北屯村摩崖石刻造像，禅房山石洞寺有石雕佛像，元代

有二马营村广庆寺，明晚期有宁化万佛洞石窟造像，宁武关城敕建延庆寺等。佛、道、儒在关山深处三教合一，九流同归，在很长一段历史时期内成为边塞居民的普遍信仰，架起了沟通心灵、民族认同的情感桥梁。

清代时，因与蒙古关系和睦，宁武关要塞功能废弃，变为祥和的聚居地，长城内外皆兄弟，阋墙南北同古今，更滋长了宁武人顺天认命、追求安逸的心理，是一种知足，也是一种看淡。今日之宁武，虽是能源大县、旅游大县，然火热的经济发展依然未能改变祖辈们留下来的、久成习惯的"活在当下"的消费观，在对文化的认知上虽不排斥，却也并无多大兴趣，即便是饮食文化也少有自己的独创，皆是粗糙地模仿周边县市。这种形成于冷兵器时代战乱境遇中的随遇而安性格，看似一种认命，实则潜藏有天人合一的求同思想、图存理念。

精雕细琢，培育了宁武人民匠心独运的工匠精神

长城是一项伟大的军事防御工程，也是一门精美的建筑艺术。远眺宁武县阳方口境内的明长城，墙体完整，线条流畅；近观其状，大水口长城暗门暗道隐蔽其中，石油公司院内敌楼巍峨耸峙，内有各个不同的实心或回廊设计，外有仿木雕花垂幔饰门楼，门上还有隐于墙内的门闩木柱。九窑十八洞，一洞一孔望山河，东西北三面各有三个箭窗全方位观测敌情，构思精巧，匠心独运。阳方口堡城为明嘉靖十八年（1539年）巡抚陈讲所筑，在《三关志》中被称为"晋北第一要地"。那座恢河之畔的宁武关楼更是宁武关的前哨阵地，扼四方之要道，东佐雁门忻代，西援偏关老营，北应云朔之急，南固省城之防，关门之上的三重檐歇山顶，既有军事意义上的雄奇，又有建筑意义上的匠心。

县城内宁武关鼓楼的设计与建造更是威震三关，气吞山河，楼底的十字穿心洞体现了能工巧匠的建筑智慧。正德九年（1514年），宁武关守臣"随山筑城，因涧为地，名之曰宁文堡"。堡成后，"东望旧城，巍然对之于二山之上，如左右手"。"隆庆和议"之后，又营建东西关城墙，加筑北关护城墩——"屹然金汤之险，观形势者咸称'凤城'"。

这些精雕细琢的关塞建筑，是冷兵器时代遗存下来的建筑艺术奇葩，也是长城文化中的瑰宝之一，培育了世世代代宁武人民的工匠精神和审美情趣。在长城国家文化公园的建设中，这种精神与情趣必定会重放异彩。

关城史话，传扬了戍边军民舍生取义的忠勇美名

历史上战事频仍的宁武关，成就了一代又一代英雄美名。公元986年，宋

太宗二次征辽，在与辽激战中，北宋名将杨业受困陈家谷，身负重伤却誓死不降，绝食而亡，是连辽国萧太后都敬仰、惋惜的一位民族英雄。在历史的长河中，杨家将的故事始终振奋着民族精神，鼓舞着民族自信心，成为长城精神内涵的一个重要部分。这个陈家谷，就在今天的阳方口镇大水口村附近。

崇祯十七年（1644年）二月，山西总兵周遇吉代州失利退守宁武，李自成绕道阳方口，倒取宁武关，明军与闯军在宁武东门展开明朝覆灭前最后一场大战，宁武关作为军镇的历史告一段落，而周遇吉及其一家人在这场血战中与城共存亡的英勇表现，已经成为一段英雄末路的忠烈佳话广为流传。

以上两个典型事例，只是宁武关历史长河中沧海一粟。从古至今的长城战事，早已形成了戍边军民有召必来、无私无畏、正义忠勇的长城精神，并成为关城后代子孙流淌在血脉里的文化基因，这种文化基因、英雄情结将在建设国家长城文化公园的倡议下被重新激活，在人民内心里筑起新的"精神长城"。

宁边息武，提炼出民族融合盛世气象的历史个性

独特的地理环境、富甲的生存条件，不仅给历史上的宁武带来烽火不断、民族争斗和区划频易，很难有稳定的常住居民，只能艰难地保留下来一些碎片化的文化记忆和曾经繁荣过的边塞贸易。晋蒙地区流传一首民间小调"漫瀚调"《宁武关》："塞上宁武关，天下早知名。昔日杨家将，在此扎大营。这里是个好地方，老百姓多安宁。哎嗨哎嗨哟，老百姓多安宁。"虽然，宋时的宁武并未设关，但从民歌中我们不难了解到这里人民热爱和平、宁边息武的美好愿望。

至清代，长城不再是防房天堑、民族鸿沟，宁武人开始"晏然于休养生息"，真正实现了安宁。雍正三年（1725年），清政府在宁武设府，下辖宁武（附郭）、偏关、神池、五寨四县，终结了它的卫所时代。自此，宁武人充分利用"近边"优势和丰富的林木资源，把宁武建成晋蒙边贸的主要中转站，商业逐渐繁荣起来。直至民国初年，宁化古城仍然店铺林立，商贩云集，农、商、林多业并举，呈现出晋西北山区独有的繁盛气象。

在以长城为中心的边区变迁历史中，华夏农耕文明和北方游牧文明南下北上的关口要塞、交通要道，使宁武人渐渐养成了开放包容、多元认同的善良性格，丰富了中华民族多元化一体发展的璀璨文明。他们不排外，不欺生，擅长与外来人和睦相处。直到近现代，受这里林木、煤炭资源的吸引，这座关城仍然是外地人聚集经商之处，开矿的、挖煤的、理发的、经营酒店或超市的，林林总总，

从南方各省市举家迁来,一住就是十年、二十年,俨然形成又一场自发式的历史性移民。

《宁武府志》记载:宁文书院,明正德十年(1515年)兵备张凤孤建宁文堡,即立书宅于中,以教军余之俊秀者。后改建于北城之阳,火神庙东,久废无址。"数百年不教之民"的文化荒芜从此被打破。到1913年8月,省政府颁令在宁武成立"山西省立第五中学",又一次为这座关城注入了文化活力。一次又一次的民族融合,盛世气象,铸造了宁武人勤劳、厚道、热情、好客的历史个性和豪爽、磊落、正义、豁达的精神品质。时至今日,宁武县仍是外来人口聚居之地,像明朝那些年一样,这些来自福建、浙江、湖北等地的外省人,在宁武古朴、善良的民风中其乐融融,经商、采矿、装修等等,举家来此,一住就是二三十年。宁武人身上这些具有地域特色的个性和品质,也为宁武关今日之文旅繁荣带来了新的生机。

互市商贸,催生了开拓进取辗转谋生的筑梦情怀

在明代,宁武城作为山西镇城,是边饷分发的重要枢纽,"饷用既饶"带来"市易繁盛"的商贸活动。在卫所时代,凭借中央财政拨付的边饷体系和城内庞大的驻军,宁武城商业一片繁荣景象。谙达封贡后,蒙汉互市交易盛行,除了小商小贩、木材和粮食交易外,又新增了茶马、丝绸等贸易。淳朴民风受到边境贸易冲击的同时,逐渐演变为一种开拓进取精神。尤其到了清代,宁武商人随军出征,在康、乾时代的西北战事中获得了巨额商业利润。这些商人荣归故里,兴建豪宅,恢复街区,带动更多民众加入到商业大军中,向着长城口外进发以谋取生计,成为特殊的"旅蒙商人"。他们进出长城隘口,穿梭蒙汉两地,取得"近边之利"。前人的谋生勇气与筑梦情怀,将宁武这座军堡改造为商业新城,长城放下它千年重任沉睡在山河之上,似乎早已被人忘却。但宁武人在长期缺少土地、手工业不发达的边城环境中不得不形成的商业思维和开拓进取、辗转谋生的筑梦情怀是因长城而起,宁武城作为商业繁荣之所是因长城而生,未来长城国家文化公园建设更离不开这种勤劳吃苦、积极乐观的长城精神和筑梦情怀。

景史一体,坚定了以文塑旅以旅彰文的文化自信

文旅产业的发展必须依靠文化底蕴来支撑。很显然,宁武奇山秀水具备这个底蕴。这里有举世罕见的芦芽山自然风景:郁郁葱葱的林海草原和浩浩茫茫

的黄土高原，常年吞烟吐雾的千年火山和四季冰肌雪骨的万年冰洞，一望无垠的空中草原和万木争荣的原始林海，犬牙交错的芦芽山和一平如砥的荷叶坪，荒旱贫瘠的分水岭高原和碧波荡漾的天池湖泊群，黄河与汾河两条母亲河的千里相汇，黄河水系与海河水系的分道扬镳……这些带有强烈反差的自然景观，无一不是宁武人民的骄傲；这里的旅游资源又是中国古代天人合一思想的现实体现：沧桑古老的赵长城、东魏肆州长城、北齐长城和明长城，汾河源头台骀治水的汾河文化，天池之滨古代皇家牧政文化，芦芽山上的古代祈雨文化和佛教华严文化，清真山上的悬空建筑文化……都体现了自然与人文的高度融合，形成了景史一体、自然和文化不可分割的山水人文资源。宁武人依托长城文化丰富了文旅融合的内涵，在靠山吃山、靠水吃水的旅游业发展中，以文塑旅、以旅彰文，更加坚定了自己的文化自信。

长城是中华民族精神和文化的重要历史载体。研究宁武长城文化，弘扬其内蕴的民族精神，便于提升宁武人民对自己家乡历史文化遗产价值的认知，推动本地文化产业和旅游产业的融合发展。在对宁武长城历史文化的通俗讲解中让人们了解长城历史文化，提升长城文化景观价值，在保护、传承和利用中把文化自信植入到紫塞边民心中，凝聚起实现中华民族伟大复兴的强大精神力量，这也同于建设国家长城文化公园的意义。

发挥关隘文化优势　奔赴中国式现代化

——以宁武关为例，探索长城文旅融合新路径

何其幸运，我们生活在山西这个长城大省，忻州这个长城大市，宁武这个三关中路、关口要隘之地，特殊的地理位置与丰富的边塞文化无不提醒我们，探索长城文旅融合、建设长城国家文化公园，应该成为发展宁武文化旅游的第一优势和宁武人民奔赴中国式现代化的重要路径。

回望宁武历史，解析关隘文化，是宁武旅游启动中国式现代化的唯一密钥

众所周知，在忻州境内有著名的"外三关"，即雁门关、宁武关和偏头关，无论从地理形势还是战略地位上看，都是要塞中的要塞。而位于雁门关和偏头关中段的宁武关，是"外三关"中最为年轻但却不容忽视的中路要隘，宁武关城始建于明成化二十四年（1488年），发生在明崇祯十七年（1644年）的那场敲响明王朝丧钟的"李自成倒取宁武关"的血战——宁武关大战，让宁武关为世人所熟知。其实，这仅仅是宁武在历史风云中的一个小小插曲而已，作为农耕文明与游牧文明的交接地带，宁武地域的长城文化远可追溯到战国时期——"战国赵肃侯筑长城，尽赵北界"。（乾隆版《宁武府志》）而旅游文化则可追溯到3000年前的商朝末期——楼烦王固定的游猎场。

历史上的宁武，因芦芽山奇峰、怪石、云海、森林等罕见的自然风光，和汾河、恢河"一山分二水"的两河源头文明，吸引了无数帝王、游僧来此游历甚至驻留。芦芽山顶上的太子殿是全国唯一的毗卢佛道场，以佛道合一为形式的边塞宗教文化在宁武县境内延续1000多年，在唐宋时期曾经形成300多座寺庙的毗卢佛道场寺庙群落。懂历史的人都知道，帝王游猎不会只因为一个"玩"字，眼光一定在于军事地理上的战略意义，更利于强化胡汉交界地带的对敌防御；宗教文化的兴起也不会只因为秘境云深，来由一定是取决于边塞特殊的地理意义，更有利于民族文化的融合和宗教的传播。于是，宁武县的历史人文资源才是实现县内全域旅游的根本，宁武县所有的人文旅游资源都能够归结到关

隘文化、长城文化上来。努力发挥其长城文化的优势，将长城文旅优势与乡村振兴课题有机结合起来，才能实现向中国式现代化的成功奔赴。

传承长城文化，满足大众需求，是长城村落奔赴中国式现代化的必然趋势

中国式现代化是人口规模巨大的现代化，中国式现代化文旅也必须要满足广大人民群众的物质生活需求和文化旅游需求。尽管早在1995年宁武县旅游事业管理局成立后，宁武就确立了政府主导型开发全县旅游业战略，并在1999年9月成立了宁武县旅游有限责任公司，全方位开拓旅游市场，旅游业成为全县新型产业，但宁武旅游基本停留在自然景观的开发和利用上，对边塞文化、关隘文化、佛教文化等挖掘不够，公共文化服务相对缺乏，大部分居民并未参与到宁武文化旅游发展中，成为宁武文旅产业红利的受益者。如何避免坐吃山水景观的老本儿，传承本土长城文化，全民参与文旅开发，满足大众文旅需求，奔赴中国式现代化，是一个值得我们深思的问题。

宁武县地处晋西北管涔山北麓的忻州市中心腹地，东连云中山，西接管涔山，南归黄河流域，北入海河流域，南北长105公里，东西宽45公里，国土面积1987.7平方公里，辖5镇7乡13.6万常住人口。他们既是宁武长城文化的传承者，也是宁武实现中国式现代化的建设者，如何能够在宁武建好用好长城国家文化公园，让这里的人民既"望得见山、看得见水、记得住乡愁"，又"敬畏历史、敬畏文化、敬畏生态"，笔者认为，应该从长城文化入手，唤醒关塞情结，在长城遗址上大做文章，既寻到了全民参与地方文旅宣传发展的直接载体，又能积极加强对地方文化遗产的利用和保护。长城沿线的许多村民，一直在自发地保护长城，并在积极探索如何将保护长城文物与开发本村文旅产业结合起来的合理化途径。

宁武县阳方口镇有个大水口村，附近的大水口长城筑于明嘉靖年间，是全国明长城中保存最为完好的土筑长城之一，从山梁上依山势而下，经过隘口低地又依势而上，婉若游龙十分壮美。虽经历几百年的时事变革、风雨剥蚀，其残古遗存仍然显现"铜墙铁壁"般的宏伟高大。如今，隘口低地长城缺口处，晋西北主要干线305省道通行，运煤大车从此间穿过。村里蔡老师是县文旅局聘请的长城保护员，经常为长城墙体上的一处处斑驳裂痕忧心忡忡，也在积极协助村委会多方请教长城专家，试图为大水口长城找到一种既能振兴乡村经济又能进一步加以利用和保护的长城文旅新模式。始建于明崇祯十三年（1640年）的大水口堡是隘口处的一个驻兵古堡，现在仍归一户村民居住，堡内种果树、养鸡鸭，完全没有了古堡文化应有的尊严，当然也因为有这户村民的居住而减少了其他村民在堡墙外的掘土毁墙，从一定程度上保护了堡墙的完整。

烽烟不绝于史的边关要塞，铸就了宁武地名、村名中的屯、营、坊、寨、口、堡、司、关等长城历史印记，既隐含着军旅、屯垦、农耕兼放牧的胡汉风情，又潜藏着民俗与民族融合的文化遗存。像大水口村这样的长城村落，在宁武、在忻州还有很多，他们守着祖辈留下来的文化资源和长城情结，却贫穷依旧，在奔赴中国式现代化的进程中慢了半拍。

显然，单靠一个村落，拿不起这样大的一个发展命题。需要当地政府的通盘考虑，文旅部门的合理规划，将这些长城古村落纳入到长城国家文化公园建设的蓝图中，调动长城沿线村民全民参与长城文旅建设，才是宁武文旅未来发展的核心主题，也是宁武这样的长城大县顺应时代要求、解决人口脱贫致富问题，奔赴中国式现代化的必然趋势。

讲好长城故事，坚定文化自信，是长城文旅实现中国式现代化的有力抓手

中国式现代化是物质文明和精神文明相协调的现代化，在物质基础发达的同时，更要丰富人们的精神文化需求。长城文化是中国人的精神家园，是千百年来中华民族心理构建的主要支撑，是民族凝聚力的源泉，更是现今文化兴国、文化强县的根本动力。很显然，对于长城大县宁武，长城文化的讲述就是该县推进长城文旅事业、实现中国式现代化的特殊优势。

中国式现代化文旅要求以文旅行业为抓手，利用其便捷性、亲民性特点，大力弘扬中国传统文化底蕴。因此，宁武文旅就是要通过讲好长城故事来讲好中国故事，邀请全国知名长城专家走进宁武关，考察、讲述宁武长城故事，为宁武长城文旅问诊、把脉，将侧重于自然景观宣传的"大美芦芽，神奇宁武"主题，延伸到"关山问道，对话长城"的人文旅游主题，深挖当地长城文化，坚定民族文化自信，占据文化发展的制高点，赋予宁武文旅以强大的文化软实力，助力宁武物质文明和精神文明相协调的现代化发展。

宋辽之战中，杨业忠勇抗敌兵败陈家谷不幸罹难，就在今天的宁武县境内陈家沟一带；明朝末年，镇守三关的总兵周遇吉率全军及家人全部殉难于宁武关守卫大战，总兵府遗址就在今天的宁武县城内。两位英雄的故事就是宁武关文化的核心精神，也是打造宁武长城文化旅游的根本价值。

历史上的宁武，名人辈出，西汉著名的宫廷才女、女诗人班婕妤为楼烦人，才貌双全，以辞赋见长，一首《团扇歌》打动了千百年来无数人；明末崇祯妃子、才女养艳姬，今宁武县阳方口镇三岔村人，擅长吟诗抚琴，精通琴法与秦晋地方乐曲，并研读过兵书，善于舞剑，文武双全，三岔村有众多的庙宇与戏台皆与之有关。佛教高僧慧远法师、建造宁化万佛洞的妙峰法师、避难宁武清真山出家坐化的崇祯四皇子晓安和尚等，都为宁武古老关山蒙上了传奇色彩，他们遗留下来的任何一项文化精髓都足以让世人震撼。

发展宁武现代化文旅，有必要挖掘这些边塞文化名人的故事，讲好长城故事，以旅为媒，以文化人，丰富人民精神世界，增强人民对中华民族的认同感和获得感。利用旅游景区、涉旅场所、文化场馆等空间，广泛传播文化正能量，让人民坚定文化自信，自觉当好景区形象代言人，服务于本地文化旅游建设。

保护长城资源，重视和谐共生，是长城大县走向中国式现代化的必守红线

中国式现代化是人与自然和谐共生的现代化，芦芽山自然风景区以"云山之家""华北落叶松的故乡"著称，但不能完全依赖于不可再生资源吃"旅游饭"，应该有长远的文旅发展眼光，走可持续发展之路，提升文旅产业效率，建设高效、节能、环保的新型文旅产业，在提升旅游经济密度上下功夫。

宁武县地处山西省西北部内长城沿线的兵家要冲、军事重地，境内山峦绵延起伏，沟谷跌宕纵横，无霜期短，降雨量少，光照时间长，昼夜温差大，平均海拔2000米左右，属于典型的高寒土石区和寒冷干燥区。特殊的地理环境、冷凉的气候条件下，形成了历史上农、牧业生产方式的频繁更替和长城的修筑，正确处理人和自然的关系在这里显得更为重要，文旅融合发展项目的建设，既要注重对长城资源的科学保护，又要坚持人与自然和谐共生的发展理念，坚持践行"绿水青山就是金山银山"的环保理念。

长城沿线有许多特有的自然资源可以开发利用，要在保护自然环境不受破坏的前提下，做足文旅、文创文章，带动地方文旅经济的发展。以宁武为例，近年来一直致力于由煤炭大县向旅游大县的转型发展。阳方口明长城上的雕花敌楼已经在县文旅部门的争取下，提上了重新修护复原的日程，长城国家文化公园的建设也正在酝酿中，如果能够将明长城周边废弃的油库遗址加以改建，建设一座明长城博物馆，将会成为沿长城一号旅游公路上的一张亮丽名片。在长城产业发展方面，已经开发了"紫塞红"等茶叶品牌，"金莲花"药茶等，这些都是对长城脚下不同海拔天然生长或人工种植的植物的利用，是体现长城沿线人与自然和谐共生并提升产业效率的成功范例。宁武人民正在寻找一条人与自然、人与长城和谐共处的科学路径，这也是一个长城大县在推动文旅发展、走向中国式现代化过程中必然要遵守的一道红线。

挖掘长城文化，助力乡村振兴，是宁武经济步入中国式现代化的具体作为

中国式现代化是全体人民共同富裕的现代化，而文旅行业又极具有广泛的带动效应，具备丰富的自然资源与人文资源的旅游大县宁武，在这方面无疑是占据了有利条件。"靠山吃山，靠水吃水"，靠长城就应该吃碗"长城饭"。宁武县耕地面积少，传统产业严重制约了经济实力的提升。如果利用丰富的长城文化资源做强文旅，将文旅作为全县的支柱性产业，在未来的日子里，将为区域经济发展带来举足轻重的影响，同时又能够减少煤炭产业带来的环境受破坏代价。

宁武县许多旅游点处于芦芽山自然保护区，旅游设施建设受到国家自然保护区政策条文的限制。开发文化旅游，发展全县经济，最好的选择就是建好用好长城国家文化公园，助力乡村振兴，走一条共同富裕的发展之路。由于地理因素与气候环境的原因，宁武县山区经济发展相对落后，虽然通过精准扶贫使贫困人口的生活得到了很大改善，但仅靠社会的资助、帮扶，不能从根本上解决农民长久贫困的问题。推动长城沿线乡村经济发展，还是要从长城文化建设入手。

宁武文旅融合发展，应该联动长城周边可看可览的历史文化、自然生态等优质资源，在发展观光旅游的基础上，开发边塞风情旅游、长城研学旅行、红色故事寻迹、非物质文化考察、节日风俗体验等多项旅游产品，将长城文化元素融入到文旅产品的体系中，打造具有深刻历史文化内涵的长城文旅融合区，借助宁武特有的长城文化资源，做好芦芽山风景区体系的提档升级，发展特色乡村型文旅融合区，通过长城文旅融合发展，带动长城沿线的乡村走上振兴之路。

例如宁武县宁化村，是我国现存唯一的较为完整的小型宋城遗址。原先的宁化村，留守老人们坐在荒草破败的古街内无人问津，在县文旅部门"活化古城"的举措下，一座古老而又年轻的"宁化古城"重新回到大众的视野中。古城内，恢复了宁化军、关帝庙、瓮城等原有的古建筑，设置了历史展厅讲述古城烽烟，修旧如旧展示着一座边镇的历史文化内涵。仿古街上，开设了各种具有民间特色的作坊、店铺，极力打造着一座历史文旅小镇的文化看点。至于这座古城真正给村民带来多大收益，尚不得而知，但长城文化的注入必定是守住这座小镇文脉的正确选择。有了坚定的文化自信，何愁乡村不能振兴？

再有像王化沟村的古村落文化、张家崖村西翔凤山上的栈道文化、涔山乡的民宿文化等，都是在长城文旅上做文章，为当地村民带来实际性收入的文旅产业。这些挖掘长城文化，助力乡村振兴的文旅融合现象，是宁武经济步入中国式现代化的具体作为。

开发长城项目，领悟和平精神，是长城文旅走向中国式现代化的思想精髓

中国式现代化是走和平发展道路的现代化，中国式现代化的长城文旅也要抓住"和平"这一精神内核。中国文化崇尚和合共生，和平、发展、合作、共赢永远是中国社会发展的核心理念。长城是中华民族热爱和平的象征，是中国人民守望中华文明之精神载体。我们的祖先持续两千多年修建长城，就是为了以守代攻，守望和平。我们今天建好用好长城国家文化公园，就是要讲好长城故事，讲好中华民族热爱和平的故事。

历史上修建长城，是一项耗时、耗力、耗人、耗资的巨大工程，没有绝对的政治实力、经济实力和军事实力，是难以完成的。换言之，守望和平不能仅靠愿望，守望和平是需要综合实力的。当前的国际局势瞬息万变，守望和平更需要综合国力的强大、人民的万众一心。这就需要我们一方面注重民生建设和基础设施建设，发展经济实力，另一方面还要加强思想道德建设，培根铸魂树立民族自信。长城国家文化公园的建设就是坚定文化自信、增强民族凝聚力的最好实践，而在长城沿线经济欠发达地区提出长城文旅发展思路，更有利于地方物质文明与精神文明的协调发展，传承和守望民族精神，在和平精神的鼓舞下重新构建社会价值体系，助推当地文旅尽快融入中国式现代化的发展进程中去。

在长城大县的宁武，可以以长城文旅为媒，推动构建人类命运共同体。经省内外专家的多次实地考察论证得出结论，宁武是黄土高原原始景致至今保存极为完美的绿洲，是以北方高原型山水生态景观为主要特征、历史文化内涵相当丰厚的风景名胜区，是全国少有的旅游资源密集县之一。景区之内，分布着战国赵长城、东魏肆州长城、北齐长城、隋长城和明长城等遗迹，人文旅游资源丰富且独具边塞特色，历史文化悠久深邃，谜秘共存。巍巍古关，绵延长城，人们所熟知的宁武似乎只是一个作为楼烦重镇、三关总兵所在的名关塞垣、军事符号。殊不知，当它褪去战争的血衣归于平常后，其重要的交通枢纽位置、得天独厚的"近边"优势，总要将它带入经济贸易的中心角色。长城，战时为塞，和平时期则是互市贸易的集中地，民族融合的"友情带"，人们用最淳朴的交易方式表达对美好和平生活的共同守望。现如今，开发含有长城元素的文创产品、农特产品、风情民俗项目等，展示长城沿线北方民族文化特色，不仅可以丰富宁武长城文旅内容，也便于人们领悟和平精神，抓住了长城文旅走向中国式现代化的思想精髓。

我们在长城沿线发展文旅事业，应该紧紧依托和发挥关隘文化的优势，以带动地方百姓全民参与、满足大众旅游需求为核心，讲好长城故事，传播中华传统文化，保护长城资源，坚持人和自然和谐共生，助力乡村振兴，发展地方经济，树立以"和平精神"为内核的长城文旅新品牌，在中国式现代化理论的指引下，奋力书写中国式现代化的长城文旅壮美答卷，完成一场中国式现代化的坚定奔赴。

人物故事

读书山中访圣贤

忻州是"遗山故里",有遗山书院,有野史亭,更有许多专心研究元遗山文化的专家、学者,譬如著有民间文学集《元好问传说》的元好问传说代表传承人李谦和老师,再如编写、出版了《元好问诗注析》(5册)丛书的王兴治老师。元好问无疑是忻州市所有文化人心中尊崇的文化象征与精神偶像。

"山不在高,有仙则名,水不在深,有龙则灵"。在忻州市,与元好问读书有关的名山有两处。一座叫读书山,位于忻州市区东南方向一座东北—西南走向的莽莽山脉,山中有座寺庙叫福田寺,寺里有间"留月轩",是元好问读书之地。另一座叫遗山,在距忻州韩岩村约40多里的定襄县神山村,山上"兴建山房十余所,以备读书者居"(见清代樊焕章《元遗山志》),也有一间"留月轩",是元好问读书之处。在那里,元好问得了"遗山"的名号。且喜杏花微雨季,最美人间四月天。东岩映月传说久,慕名而往读书山。请先随我到忻州城外那座读书山,一起寻访一段"东岩映月"的美谈。

读书山有大来头儿

相传在尧禹时代,这里洪水滔滔,大禹治水曾在此拴缆稳舟,登山眺望,在一溶洞内议事泄洪,此洞便被唤作禹王洞,此山便得名系舟山,这个神奇传说让忻州历史在上古史册中早早占了一席之位。造化钟灵出奇景,有忻州"古八景"之传说从唐宋时期一直流传至今。其中,"东岩映月"奇景便发生在系舟山中的一个分支——读书山。

如果说系舟山是守卫太原城不被北方游牧民族入侵的一条龙脉,而读书山则是象征忻州大地璀璨历史文化的一条文脉。

北魏以来,由拓跋氏改为元氏的一支高贵的王族血统,带着他们最初的丛林基因,顺则取仕治国平天下,不顺则归隐山林修史书,为推进民族文化的统一做着自己的贡献。"一代文宗"元好问因其高贵的王族血统与良好的家族教养,故将整理、传承金元文化作为自己义不容辞的使命,在忻州这片关山锁钥之地留下了许多动人的读书故事和承前启后的文化著作。

元好问在定襄读书时结识的赵元,也在这场盛会上悟诗品画写下一首《题裕之家山图》:"系舟盘盘连石岭,牧马澄澄倒山影,山光水气相混涵,中有元家旧庐并……元家故山吾与邻,梦见不如画图真。旧曾行处聊经眼,未得归时亦可人。"举座皆惊。元好问在大家的感染下,乘兴作了《家山归梦图三首》。从那时起,福田寺所在的这座山便被叫作读书山。

遗山先生也曾在《初挈家还读书山杂诗四首》中自注:"系舟,先大夫读书之所,闲闲公改为元子读书山。又大参杨公叔玉撰先人墓铭。"这"闲闲公"便是赵秉文的名号。《忻州市地名录》也如实记载了此事:读书山亦为系舟山余支,因金代元好问父元德明隐读山中东岩(并以东岩自号),金朝人赵秉文改为读书山。读书山由东北伸向西南,山势峭拔,面积约15平方公里,海拔1559米。山腰福田寺的月夜奇景,称"东岩夜(映)月",为忻州古景之一。

大漠归来的王族后裔

公元三四世纪,正值魏晋,九州动荡不安。拓跋氏,一个僻居在大兴安岭森林里的古老部落鲜卑族异军突起,带着北方草原民族特有的阳光、刚健与实现大同的理想入主中原,建立了强大的北魏王朝。他们坚信自己就是黄帝后裔出走草原大漠的那一个分支,一心想要回归到汉族文明的血统,于是有了著名的北魏孝文帝汉化改革。他们自上而下穿汉服,改汉姓,认祖归宗,逐渐形成了后来北朝各代的恢宏气度和隋唐王朝自信、开明、包容的文化特征。拓跋氏改姓为元,纵马长城内外,驰骋黄河两岸,在那个乱世之秋,突破狭隘的民族自我意识,成功担起了赓续中华民族历史文化的重任。唐朝著名文学家元稹,便是北魏昭成帝拓跋什翼犍十四世孙,与白居易同科及第,同倡新乐府运动,共创"元和体",世称"元白"。

历史推进到北宋宣和年间,时任忻州神武军使的元谊,亦为北魏宗室鲜卑拓跋部后裔;其子元春从山西平定移居忻州。元春之孙元德明多次科举不中,便居于忻州韩岩村,教授乡学,诗酒自娱。他"自幼嗜读书,口不言世俗鄙事,乐易无畦畛,布衣蔬食处之自若,家人不敢以生理累之。累举不第,放浪山水间,余酒赋诗以自适"。因常隐读系舟山东岩脚下福田寺而自号东岩。《忻州史话》中对福田寺的记载最早可追溯到金代海陵王完颜亮(即1158年):"福田寺在系舟山,即元好问生父元德明(号东岩)读书处而已。"

福田寺占地面积四百余亩,相传是在东汉末年佛教传入我国后,系舟山南面的八个村庄集资修建，名为八村寺。隋唐之际寺院荒落，八个村乡绅再次集资修建，这时的八村寺已更名"福田寺"。到清乾隆八年，潞州司马李之华赴任忻州州官，因慕金元文宗元好问之名，前往福田寺考察，写下了著名的《议修东岩福田寺记》，这是福田寺自建寺以来最早记载恢复重修寺院的文字。

2022年4月，笔者出游古城之外，沿着东南方向的禹王洞风景区一路寻去，经由西张乡的景观花树基地、鸦儿坑村，转入山中寻访。但见得远处东南方向山顶上是仙气缭绕的禹王洞景区，设有高空索道、吊桥和滑梯，山下是书香盈动、花草繁茂的农业采摘休闲园区——凝萃园，和一座仿古的四合院——遗山书院。而笔者此行却直奔主题——福田寺。

敬惜字纸的寺庙文化

今日之福田寺，坐北朝南，依山势而建，由上下两院组成。福田寺一反平常所见寺庙集中繁密的建筑群特点，而是取山形特点，或修于深涧松林，或建于开阔平地，或筑于山台边缘，高低错落，繁简交叉，极大地还原了福田寺原有的占地规模，自然风格。

这读书处便在福田寺下院。院门前左侧高台上可见一座高大的焚字炉，是福田寺"敬惜汉字"文化的象征物。炉前有碑，记有《中华字圣，笔起文明》一文，讲述了文字始祖仓颉造字的传说，告诉人们"字乃神传圣授"，字能使人知古识今，必须加以敬惜。民间自古便有一种敬惜字纸的习俗，凡写过字的或印有字的纸，不可以随意丢弃在地上被人践踏，更不能带入茅厕充当手纸，这是为了彰显仓颉所造汉字的神圣与不可亵渎。从官方到民间，常备纸篓收纳废弃的字纸，然后再拿到焚字（纸）炉里焚化销毁，以显"一炉纸化氤氲气，万古人存爱护心"。中华文字从龟甲、兽骨走到竹简上，再走到东汉蔡伦发明的纸上，已注定字纸与中华文字具有了同等的尊严。

入得寺院，门内有一照壁，照壁上面是一个巨大的金色"佛"字，静心警醒，禅意深浓。转入照壁后，经过长长的前院穿过拱门，便来到福田寺正殿所在的下院，首先看到的是寺内正面一座新建的二层楼"客堂"，香客诵经修行之所。东楼是五观堂，一层书：粥去饭来莫把光影遮面目，钟鸣板乡常将生死挂心头；二层楼上有联：花开九品慈悲接引生极乐，都摄六根净念相继称阿弥陀佛。院西是低矮的正殿，殿内供有三世佛塑像。殿门口与其他寺院不同的是，除有香炉外，两边各置焚字炉和焚经炉。

留月轩内少年郎

福田寺下院的正殿边有一排坐西向东、宽广不盈丈的小屋，便是"丈室"。遗山有诗曰："文室何所有，琴一书数册。闭门无车马，明月即佳客。"故又叫作"留月轩"，为望月极佳处。

元好问少时随生父元德明在这"留月轩"读书，常至夜阑人静。一个天气燥热的夏夜，小好问正在读书，一只红肚子马蜂从小窗飞进屋里，在他头上不停地盘旋打转，嗡嗡作响，这怎能够潜心静读？小好问不耐烦地把蜂打死，随手扔在了笔筒中。接连数晚如此这般处置，红肚子马蜂积少成多，装满了笔筒。这夜，小好问吹灭蜡烛躺在床上，正默诵古诗，忽见桌上笔筒闪射金黄色亮光，照得屋内如同白昼。元好问惊奇万分，连忙起身将笔筒里的马蜂都倒出来仔细端详，一只只死去了几日的红肚子马蜂竟然还是金黄金黄的，让人目眩。他突发奇想，将马蜂一只一只地掐去头部，把剩下的红肚子集中在一个大碗里，捣成糊浆，加了水搅匀，去到福田寺后殿的外墙上画了一个圆圆的月亮，这个"画中月"正好面对城里的县衙大堂。于是，每逢农历十四、十五清朗之夜，人们站在城内县衙大堂门口向东南方向的读书山眺望，就能分明地看见一轮皎洁的月亮在福田寺的后墙上闪烁，它比天上的月亮还要大，还要圆。人们便把这奇异景象叫作"东岩映月"，也叫"东岩望月"或"东岩夜月"。明正德间党承志在《东岩夜月》中记录了这个传奇景象："米轮辗碧夜光寒，最爱东岩寺里看。辉映楼台金界净，影澄林壑玉壶宽。松楸香似飘丹桂，泉石声疑咽素鸾。"

从下院绕坡而北上可至福田寺上院，上下院之间十分开阔，新建的天王殿一开三间，飞檐斗拱，金碧辉煌，气象非凡，有对联两副，一曰："大肚能容容世间难容之事，慈颜常笑笑天下可笑之人"，指的是殿内正中央供着的弥勒佛；另一副对联写："浩大功勋护法安僧常守戒，聪明正直受持结愿本无私"，是指大殿内分列两旁的"四大天王"。佛门中的这四位护法天神，各主一方，俗称"四大金刚"。南方增长天王手握青云宝剑，取剑"锋"谐音，代表对风的掌控；东方持国天王手端琵琶，行中道之法；北方多闻天王手持宝伞，精通佛法，福德四方；西方广目天王手缠一蛇，观察世界，护持人民，主"顺"。这四种兵器寄寓了我国古代农耕社会人民希望风、调、雨、顺的良好愿望。天王殿两侧是四角形的钟楼和鼓楼，檐角铃铛在风中"叮当"作响，好似袅袅禅音。天王殿后面是几米高的地藏菩萨塑像。北向坡上是福田寺上院，上院内有东西两个院子。东院匾额写"不二法门"，门内匾额书"便是西方"，所谓极乐，便在此门吧。这是一座静修院,院内青瓦红墙,房屋低矮,一院清净氛围。正殿为地藏菩萨殿,殿前置有高大的焚经炉,两株翠柏侧立在旁。两根高大的柱形红烛,意在表达对地藏菩萨、日月神明的礼佛之意、恭敬之心吧。猛看上去又像是两支高耸的如橼巨笔。正殿两侧各是祖师殿和静修阁,还有高过正殿的钟鼓楼,虽无人撞击,却依然有着黄钟大吕、震悟大千的威严。楼前有碑,上记:"晨钟惊醒名利客,暮鼓唤醒迷途人。"

身在此门中,看佛殿低矮,望后山高踞,始觉"黄金浮在世,白发故人稀",人如微尘,应早日放下功名,坐听风雨,"春日方看杨柳绿,秋风又见菊花黄"。

西院是一座大雄宝殿,有3通古碑置于一间柴草棚内,字迹还算清晰。大雄宝殿前的西墙上有一个小门可出,门外是深幽的涧底,沿着围墙可绕至大雄宝殿背后。大殿后墙就是少年元好问画月之处,那枚惊艳了时光的假月亮早已寻不到踪影,"东岩映月"已成为一个古老而神奇的传说。

杏花林中觅前贤

站在寺后远眺,遗山先生所挚爱的杏花正在读书山上恣意开放,忻州城区的瓦舍高楼虽遥远但却清晰在目。近处岩壑幽邃,鸟语声声,读书山从金元战乱中有名,在朝代更迭、历史波澜中处乱不惊地岿然矗立到现在,砂页岩上顽强挺拔的青松不知已经存在了多少年,与读书山一起坚守了亘古不变的一方文化。回首俯瞰留月轩所在的福田寺下院,清风徐来,寺庙周围的山坡上杏花微雨,遗山先生那40多首钟情于杏花的诗作好似随风摇曳在这四月的读书山上。

杏花有"及第花"之称,热闹争春的蓬勃生机给了元好问以积极向上的心理暗示。唐宋时期,民间便有插杏花于帽檐、于瓶中的风俗,先生深受这种欢喜民俗的影响,写下了"眼看桃李飘零尽,更拣繁枝插帽檐","帽檐分去家家喜,酒面飞来片片春"的诗句,并留下了"更教古铜瓶子无一枝,绿荫青子长相思"的"铜瓶杏花"之意象。

溪涧萦回,岩壑幽邃,古木清泉,山清水秀。这是一座坚守华夏文明的寺庙,对汉字的虔诚膜拜,对国学的极尽守护,使它不负盛名,不负遗山先生之信仰。

太忻一体《雁丘词》

早在秦时,忻府区的西张乡所在地便属太原郡辖地,清初亦曾归太原府管辖过,这种行政上的几易归属,也正体现了此地是联系太原和忻州的重要地带。

而今,当我们流连于繁华灯火的忻州古城,登上秀容书院高处的六角亭(旧称寥天阁）向南眺望，遥想金元时期读书山下那位少年郎，是否能够记得起他那首："九龙岗上望青川，水色悠悠接远天。绝似江南风景好，烟波只欠钓鱼船。"是否更能想象得出他曾少年多愁，吟诗于并州城里那些文人雅士中间，一句"问世间，情是何物，直教生死相许……"震惊了汾水并州？

　　太忻本同域，自古多圣贤。雁丘情悲切，一问已千年。关于元好问的故事，如今只能从史志与诗词中重温，而读书山左牵太原，右挽忻州，正在见证着"太忻一体化"经济区的强势崛起，以及多种产业齐头并进的"太忻一体化"经济复兴之歌。

此生愿为"长城人"

"万里长城万里长，长城脚下是故乡"。在忻州，有一个美丽的地方——偏关老牛湾，万里长城东起鸭绿江畔，绵延西行至这里，托起一座明代古堡——老牛湾堡。而来自昆仑山下的千里黄河，滚滚东流，在内蒙古喇嘛湾急转直下，也来到这里，与长城千年一握手，同心同德挽成了一个大大的吉祥如意中国结。"碧水依古堡缠绵将醉，长龙饮深涧蓄势欲腾"。这壮丽奇景让老牛湾村人世世代代只知欢喜，不问将来。

老牛湾村有个吕成贵，却是不肯安于现状，早得先机，看到了老牛湾的开发利用价值，想着借这个奇湾发展旅游，让全世界人都能知道这里有一个老牛湾，都想来看看长城与黄河在这里结出的美丽情结。能借奇湾给家乡脱贫也好，能借奇湾护住长城更好，都是他此生最大心愿。早在中学读书时，他是一名"发明家"，喜欢搞搞机电、玩玩航模，曾获得过发明创新航模比赛许多奖项。2001年，吕成贵竟然奇思妙想，仿"蜜蜂三号"自己造出一架水上飞机，想让人们从空中饱览老牛湾胜景。他登上自造飞机，亲自试飞。引擎发动了，一只机翼却没有动起来，探头看下去，整个人掉进了大河，眼镜也没了，黄河的孩子水性好，扑腾几下还是可以的。险的是，飞机是定位油门，两机翼打着水面，就在他的头顶"嗡嗡嗡"地转圈儿，让他躲闪不及。直到飞机被卡在崖上去了，这才让他松了一口气。村子里的人一看崖上的飞机都慌了："吕成贵肯定出事了！"赶紧开船进湾找人，才把他从黄河水里捞上来。捡回一条命的吕成贵不死心，还是天天痴迷于走长城，看黄河，造他的飞机。村里人都纳闷儿："吕成贵纯粹是个疯子，那些土圪梁有甚看的了？"吕成贵不理会人们这么"疯子""傻子""神经病"地喊他。他坚信，这些长城是有价值的，这个奇湾是有远景的。之后，他造出了第二架飞机，请了一个试飞员来试验，结果还是没能飞起去，差点儿又出人命。

吕成贵这位老牛湾村里的长城狂人，孤独地坐在老牛湾村口，望着眼前这座孤独的老牛湾古堡，想着自己每次走长城的艰险，想着长城内外历朝历代金戈铁马的岁月，想着自家祖先迁移到此的荒凉，也想着父亲那句不知讲给过多少人听的话："国家让咱吕家迁到这里就是守长城的，咱们怎么能毁坏它呢？"

边墙之下惹痴狂

滔滔黄河汹涌而来，将黄土高原切开一道深深的口子。这道黄河天险峡谷，一直是中原民族和游牧民族之间的屏障。特别是秦和北魏两朝，在这道黄河天险的南岸老牛湾一线，修筑了藩篱长城，苍凉荒芜的老牛湾开始有了些许人烟的气息。千余年之后，大明王朝在老牛湾修堡筑城，正式迎来它的第一代子民——从南方招募过来的守关兵士。河南吕氏也随着守关大军来到这个黄河岸畔戍边。守关兵士带着家眷，在这块荒凉的土地上建民堡，繁衍生息。历几百年烽烟，吕氏人丁兴旺，代代戍边。明朝灭亡之后，老牛湾的边防功能不复存在，这伙儿戍边军士多数就地安置，成为居住在这座古堡、耕耘这块土地的农民。直到吕成贵父亲这一辈，老牛湾村还是吕姓居多，祖宗肩上的守边使命已经成为一种家族传承、一种不弃信仰。父亲对古堡的舍身相护，吕成贵从小看在心里，他问时任村主任的父亲："边墙是什么意思？边墙究竟有多长？""边墙就是国家与国家之间的边界墙。究竟有多长，没人能闹得清。"吕成贵越发好奇了：那些古堡、戏台、庙宇究竟是什么时候建起的？连着古堡的黄河边墙是什么人修的？

上了初中，吕成贵闹明白了村民们口中的"边墙"就是那个"不到长城非好汉"所指的长城。1982年暑假的一天，一个澳大利亚的旅行者沿长城走到老牛湾，带着两本像《辞海》那么厚的书，介绍的都是中国名胜古迹，书中居然有老牛湾堡全貌，说的是有五座敌台。另外还有水泉营堡、老营堡、偏头关城（三个城门东、南、西），写得非常详尽。吕成贵喜欢得不得了："这本书卖不卖？"旅行者说："不卖！我们还靠它参观呢。"他又惊奇地问："你们是从哪里来的？这本书和照片又是从哪里来的？外面人还知道有个老牛湾？"旅行者告诉他，书是一位英国传教士1893年在中国写的，介绍从北京八达岭到老牛湾的长城。八达岭在哪儿？离老牛湾有多远？这些疑问让他激动不已，怀着对八达岭的憧憬，心里第一次产生"我要走长城"的念头。

那些年老牛湾虽然名不见经传，但总是断断续续有人来虔诚探访。时任村干部的吕成贵父亲总是热情接待，为这些向往、热爱老牛湾的人提供方便，希望吕家世代守护的老牛湾美景能够让全国甚至全世界人都知道。1984年，吕父接待了三位沿着长城从山海关走过来的稀客，这正是中国第一次徒步走明长城的董耀会等。这对少年立志的吕成贵又是一次深深的触动。终于，在1984年冬天，他第一次将自己的梦想付诸实施，背着水壶和母亲为他烙的大饼上路。他想知道八达岭边墙离老牛湾有多远，偏关的长城到底有多长。于是在圪梁梁上爬，圪针针里踩，三天才走了40多公里路程，到了本县的水泉。他发现越往南走，酸枣圪针窝越是密集，实在走不动了，他才知道长城真的是长，长得让他永远走不完，但这次的勇敢挑战却让热爱长城的种子在他心里深深扎下了根。

他随父亲到自家祖坟里去读碑，碑中有记"武举人""文华大学士"之事，他第一次有了实物佐证，用自己的实地考察证实了一些史书记载是正确的，早在明朝时候这里就曾有驻军。这样的考证让他欣喜若狂，找到了"走长城"的方式和意义；这样久远的历史，也让他为眼前的边墙、古堡震撼，认识到自己作为守边后代所肩负的使命。他是长城人，于国于家，保护长城都是他义不容辞的责任，而传承长城文化也成为他极具前瞻性的梦想。

长城究竟有多长

"晋陕峡谷卷首语，万里长城第一县"。偏关自古是北疆之门户，京师之屏障。偏关境内有十多道长城，绵延500公里，烽火台1000多座，史上49座古堡现今仍存33座，是全国长城最复杂、古堡烽燧最多的县份之一，是名副其实的"中华长城古堡第一县"，号称中国长城博物馆。天造一个老牛湾，地设一个偏头关。老牛湾6.5平方公里的范围内都有边墙，在老牛湾村民眼中，这就是一些被大自然毁坏的黄泥土墙，有什么好稀奇的？然墙"老"堡"古"招客来，每年总是有一些北京和国外的背包客要来老牛湾探险、体验和观光。这让村里的吕成贵敏锐地认识到：老牛湾是长城脚下、黄河岸边的一颗璀璨明珠，蕴藏着丰富的历史文化内涵。生在老牛湾从小接受父亲的"守边"教导，又接触到那些背包客的引导、熏陶，注定他的这一生要与长城结下不解之缘，他笃定要为长城做些什么。

从1984年第一次徒步县境内边墙开始，"走长城"成为吕成贵人生的一节必修课。与之前不同的是，他学会了带着疑问去走长城，不仅徒步丈量长城到底有多长，还根据史书、碑文做记录，展开实地走访、考证。之后十几年间，他徒步考察了从神池县利民到河曲石梯子沿线的所有长城的城堡和烽燧台墩。带着水和干粮，背着照相机，拿着标尺仪器，寻碑问石，请教百姓，找寻实物证据，收集了许多珍贵的第一手资料。当地群众不理解啊，说："吕疯子对长城走火入魔了！"

吕成贵顾不得理会别人的议论，心想：老牛湾堡被历史遗忘在这里太孤独了，蜿蜒在漫漫黄沙中的边墙太孤独了，祖祖辈辈的守边人太孤独了，他一定要为古堡、为长城、为边墙下寂寞而生的人民做点儿什么，改变点儿什么。于是，他一次又一次地孤独上路。回想起当年走长城的经历，吕成贵长叹一声："那个走长城啊，就两个字：险，累。"险的是，在长城上行走，经常会踩到毒蛇、蝎子之类，当地老百姓对这些老墙荒草之中的毒虫常是怀有敬畏之心的，而心有长城，气自阳刚，再险他都能够笑对。长城多是沿着山峰绝壁修筑，多少次差点儿滚下崖去，掉进黄河里、深涧里，吕成贵每次回头细想都心生庆幸。半道儿上，经常车子抛锚，相机摔烂，那个尴尬劲儿就甭提了。车子动不了还得叫老乡用拖拉机给拖，镜头摔烂了只好再换新的。2020年去宁化古城考察时，车子直接掉进汾河里，不得不麻烦宁武朋友给联系雇车拖上来。长城太长了，也太难走了，往往无法按照既定时间到达目的地，幕天席地是经常有的事。一次走代县白草口长城实在累得走不动了，就在山上过夜，哪管他山高夜长，风冷露重。走长城还真是既惊又险、费力费钱的事，但收获的却是厚重的民族历史和坚韧的长城精神。

老牛湾墩北侧有通石碑叫"山西西路参将分守界碑"，在1990年前后曾被内蒙古清水河县文管所"取走"后，经文物部门交涉，吕成贵带领村民拉回来重新立在现在的地方。碑记落款是明嘉靖27年，碑文详细记载了老牛湾至丫角山里程及沿边墙的水门、水口、关口，敌台、敌楼数量以及腹里、腹外接火墩台数量。这是一个明代边墙分守责任碑，记录非常详细，记载着万历三年（1575年）西路偏头军管辖东起丫角山，西至河曲石梯子隘口的长城长度、烽火台数量，其中到老牛湾是104里又86步。这似乎与县志中所记不符。吕成贵就亲自用脚步去丈量，从老牛湾走到丫角山，确定柏杨岭上内外长城的起点究竟在哪个位置，是在镇胡墩还是双碑塌？他还沿着边墙从河曲边界走到双碑塌，从老牛湾走到河曲唐家会，数一数每段长城上共有多少敌台、将台，去考察黄河边上的"水门"。在伏隆寺遗址，想寻找塔的具体位置，险些掉进黄河里。至今提起这事，吕成贵总要不自觉地抬起手摸一摸脑门儿，像在擦冷汗。

1999年，吕成贵在老牛湾村建起一座院子，专门接待来老牛湾拍照片的长城摄影人，免费提供食宿，并全程陪同导游。为了老牛湾村不再落寞于边塞风沙中，为了长城古堡不再苍老于长河落日中，他是太欢迎这些热爱长城并关注、宣传老牛湾的人来村里了，他是太想让全世界的人都能知道有个老牛湾了。那一年，中国著名长城摄影大家李少白来了，一行几人为出版《野长城》画册在这里住了整整一周，吕成贵给他们当向导，每天陪着这群人拍摄老牛湾，"那时候还是用胶片拍照，好家伙，都是世界名机拍的，6*12的高分大片"。讲起这些，吕成贵脸上洋溢出兴奋的光彩，"以后李少白每次给人讲课，第一张展示的总是他在老牛湾望河楼拍的那张照片，那张照片后来被爱普森公司花20万元买走版权，悬挂在总裁办公室"。

2009年，他与李少文等一起去考察清水河箭牌楼、徐氏楼，在清水河与平鲁交界处，车子进村时趟冰过去，返回时，冰面破裂，车子打滑，几个人被甩下车，滚得全身是泥。

最有价值的一次徒步考察，是与国家体育总局一起在离"握手处"200多米的地方考察"夹心长城"（指明代利用前朝长城，增高加宽把前朝长城包在里面）。从早上8点钟出发，到下午1点结束，考察得很细，每次考察的侧重点都不同。在吕成贵眼里，考察长城是一件非常严肃、极具使命感的大事情："长城是我们祖祖辈辈的一个标志。比如说，这块碑是谁建的，为什么要建，一定要发现背后的东西。还有那段长城是哪个年代的，具体谁管辖的，一定要弄清楚，这样就把中国的历史搞清楚了。"本着这样严谨的科学态度，在考察长城的这些年中，吕成贵从一名长城爱好者逐渐蜕变成为一名向长城问历史的长城研究者。

提起考察长城，吕成贵有一件最遗憾、心酸的事：1995年，他专程去北京的新大北照像馆洗出自己多年考察长城的所有照片，满心欢喜地登上返程列车。车过原平站时，放在行李架上的提包被人"拿"走，他为长城付出的所有心血也随之遗失。热爱长城的艰难，岂止在于跋山涉水的脚下艰难，更不堪承受的是这种付出心血汗水之后的感情上的严重受挫，那种孤独与无助，那种无处诉说。他伫立在老牛湾的古堡之下，他似乎看到那些古老的边墙在与他一起惆怅。此时此地，他内心的孤独不亚于千年不语的边墙。似乎，只要谁与长城沾了边儿，谁就注定要拥有一生的孤独。长城所在的老牛湾村是孤独的，与长城"握手"的黄河是孤独的，守候长城的吕成贵是孤独的。

长城是门大学问

"在我眼中，长城文化第一代表的是中国古老的军事文化和农耕文化，这是一种差异化；第二是汉族文化和游牧文化的分界线；第三代表了一种风俗习惯。对老百姓来说，长城可能寄托了一种思念，但对整个中华民族来说，长城就是民族的脊梁。"

早在1998年，万家寨水库开始蓄水，高峡出平湖的景象激活了吕成贵开发家乡旅游的思路。通过向原忻州市长城学会副会长、长城专家刘忠信老师的认真请教和随刘老师的共同考察，吕成贵在2000年向县政府递交了一份万余字的发展旅游书面建议《偏关县旅游发展战略》，这是一份挖掘偏关古堡、古寨文化、研究开发万家寨旅游项目的简易方案，首次提出偏关县具备"黄河文化、长城文化、边塞文化、农耕文化和游牧文化接合部等四大旅游文化"的概念，这些超前理念在当时未被领导们理解和接受，还都认为他是"吕疯子"。

2002年，在没有任何外援的条件下，他前后出资5万多元，聘请有关长城专家和当地作家，雇用民工，对老牛湾堡、万家寨古堡和火烧垴等地长城的年代、结构、历史原因等进行了考察、研究，撰写了《偏关县长城现状考察与保护》《偏关县老牛湾风景区开发保护规划》《万世德人物考古》等文章，提出偏关西北地区的历史可以追溯到旧石器时代的新论，偏关长城有北魏和汉长城存在的可能。其中一些问题现在仍处于论证之中。通过这次考察、研究，让偏关33个古堡全部浮出水面，弥补了《偏关县志》《山西通志》《九边图说》中所记古堡不全的缺憾。

吕成贵对长城的痴迷不断放大，他对长城的考察、研究不再止于偏关县境。从嘉峪关一直到辽宁丹东的虎山长城，一路航拍、考察、看碑，记录文字，访问当地百姓。2003年，他结合自己的调研结果，提出要在老牛湾打造"长城文化、黄河文化、边塞文化"，同时还拟定了一份两三千字的《长城保护方案》。其中包含老牛湾旅游开发的设想，引起了县委的高度重视。经过评审论证，最终采纳了他的建议，并上报到省政府批准立项，开始建设。

老牛湾2005年成功招商引资，引进外资开发，吕成贵兴奋极了，买了五艘快艇，想让游人能够从水上看黄河看古堡。根据当时山西省旅游部门保护黄河水资源的相关规定，为避免水源污染，吕成贵的美好愿望落空了，只能把快艇卖给对岸的内蒙古，看着人家的快艇在河面上飞驰。

2006年，吕成贵再次将自己的《偏关县旅游发展战略》提交给县里的分管领导，得到县里重视，随之吕成贵当选为市人大代表。

同年，忻州市人代会上出台了《山水关城的发展规划战略》，这正符合了吕成贵多年以来发展老牛湾旅游的心愿。此后，偏关县委对此高度重视，开始正式发展老牛湾旅游，把黄河定位成旅游资源。吕成贵的黄河、长城文化旅游研究终于有了顺畅东风，他连任三届市人大代表，每年都要提交自己的长城旅游研究新发现、新设想。

2008年9月1日，老牛湾风景区开始运行。8月11日，在长城万里行之老牛湾站的活动仪式上，吕成贵对村民们说："我们不仅把长城传给子孙后代，还要传给世界。所以，大家也要告诉游客，不能动长城的一砖一石！"

我为长城做点儿事

长城卫士爱长城，但凭一己之力显然太过单薄，因此，做好保护长城的宣传、教育工作是吕成贵在行走长城中一直非常重视的一件事情。

吕成贵父亲曾经是村干部，在20世纪60年代曾经奋力保护老牛湾的望河楼，险些被破坏分子推到崖底。父亲的故事时刻激励着吕成贵，后来，他也了解到中国还有无数像自己和父亲一样将保护长城作为两代人共同信念的感动事例，比如王定国母子、罗哲文父子，甚至有英国长城专家威廉林赛父子，他们都是他的榜样，让他更加坚信自己所做的事是有意义的。2003年，吕成贵加入中国长城学会，2006年，又组建偏关县长城保护学会，吸引长城脚下的村支书们加入进来共同保护长城。2014年又加入忻州市长城学会，当选为忻州市长城学会偏头关分会副会长。

"当时，长城快被人拆完了，砖楼少了许多，滑石涧村、平胡墩、靖胡墩破坏严重，有些石碑只剩下了底座。""有些人不懂边墙，不知道边墙的历史，我得告诉他们：这个边墙是国家级的文物，一定不能破坏。一块石、一寸土都坚决不能动。跟他们说这些边墙每消失一点，就等于失去一笔财富。因为这是古人留下来的资本，这也是让偏关致富的资本。还要跟老百姓讲《文物保护法》，告诉大家破坏边墙就是触犯了法律。"

他将《长城保护条例》发给沿长城居住的老百姓，宣扬长城文化，教育大家要保护长城。看到老百姓去掏边墙上的城砖、条石，运回来砌院墙、盖厕所、垒猪圈，他会用最朴实、最通俗的话语向老百姓提出劝诫："不能再掏了，咱搞旅游，全掏完了就没人来看了。"这种劝说接地气，比宣讲文物保护法灵验多了，百姓们一听就明白。

依托长城、黄河，摘掉家乡"穷帽子"，让边墙下的百姓过上好日子，这是吕成贵的第二个梦想。

这里是土脉厚重的黄土高原，宽厚秀美的黄色梯田给人以生的希望，也给人们带来靠天吃饭的无奈。老牛湾村地处黄河畔的石崖上，近河而居，却抽不上水来，农事往往受制于自然气候，遇上干旱年景毫无收成，就得饿肚皮了。少年吕成贵便跟着村民去黄河里捞"闷鱼"，黄河发大水时，河鱼会逆流而上，被洪水呛闷过去，老牛湾人就用"鱼托子"把闷鱼网上来，当做充饥的主食。世世代代守长城的村民们过得太苦了，吕成贵觉得痛心，从小就产生一个执念：让老牛湾人富起来，让老牛湾堡风光起来。

吕成贵一直很看好老牛湾的潜在价值，认为"守着金碗要饭吃"的老牛湾终于等到了突破经济发展瓶颈的良好契机。围绕这个课题，出任村党支部书记的他，带领全村上下反复探讨，几经论证，依托村里得天独厚的黄河、长城、古村落三大旅游文化资源，提出"旅游富民、项目强村"和强村富民"六"起来的发展战略，即"红旗飘起来；喇叭响起来；支部强起来；创业火起来；腰包鼓起来；百姓乐起来"，并很快付诸实施。从那以后，他更加信心十足地为打造老牛湾国际旅游名片、造福一方百姓而四处奔走。

对外，他与旅游、媒体等部门合作，对老牛湾的旅游文化资源进行定位、策划、包装、宣传，扩大老牛湾的知名度，使旅游开发进入实质阶段。他与长城国际交流中心及许多知名摄影家如李少白、李少文、王悦等合作，全方位、立体性报道老牛湾，在《中国旅游》《世界旅游》《华人》《风采》《国家地理》等各种摄影杂志和网站上为打造老牛湾旅游品牌鼓劲造势。2010—2018年，先后在老牛湾村与中国长城学会、韩国群山市体育局、荷兰国家冰上马拉松运动协会进行了7次国际文化交流方面的活动，吸引了不少游客到老牛湾观光游览，游客数量逐年上升。之后，又成功策划和举办了以"全民健身、绿色、环保、健康"为主题的"老牛湾长城黄河国际徒步大会"，为老牛湾旅游推向国际市场翻开崭新的一页。

对内，他改变村民的思路，提出让有条件的村民搞"农家乐"。引导村民按照村里统一规划，对现有居住条件和场所进行经营性改造，并带领村民到北京延庆、昌平、怀柔，山西的皇城相府、榆次后沟、碛口和陕西、河南等地的"农家乐"名村参观取经，使老牛湾村民年人均收入从1730元提升到1.3万元以上。

收藏、捐献长城文物，让文物回家，这是吕成贵作为"长城卫士"做的第三件大事情。

除了在偏关县率先围绕长城做考察、搞旅游，吕成贵还有一大爱好就是收集长城文物。看到遗落在荒野、流落到民间的长城文物，他像看到边墙受损一样心疼，在长城荒野上捡拾也好，去古玩地摊淘买也罢，他总要把它们都"请"回家来收藏好。来老牛湾考察、摄影的长城朋友来了，他总要带人来看看他收藏的这些长城宝贝。起初，他是梦想在老牛湾建一座长城博物馆，让散落在民间的、看似不值钱的文物能够集中回来，最大限度地体现文物保存价值。但老牛湾后来承包给外省商人，他的计划泡汤了。"文物是国家的，只能捐，不能卖。"于是，他把自己自费六七十万元征集到的文物陆续捐了出去。

第一次捐赠还是在念高中时，他去北京故宫博物院参观，发现缺少新石器时代完整的文物，便将自己收藏的三千多年前的农耕石头工具捐赠出去。

2009年，他把自费收集的国家二级文物，出土于老牛湾的两门"大明嘉靖二十二年，天字号十四、十五"铁炮无偿捐献给偏关县博物馆，又捐给雁门关长城文物12件。

2020年4月8日，在东北大学秦皇岛分校，中国长城研究院隆重举行"吕成贵长城文物藏品捐赠仪式"，他将44件文物无偿捐赠给中国长城数字博物馆。

2020年5月27日，吕成贵向中华长城博物馆捐赠长城文物藏品仪式在偏关县隆重举行。这次，他将多年来收集到的铜箭簇、铁箭簇、铜弩机构件、铜偶车马器、铜弩机、铁枪头、铁手铳、铁火铳、旗墩石、铁犁、铁铧、六耳行军锅、铁炮弹等，共计166件长城文物无偿捐赠给中华长城博物馆，为传承历史文化、永续山西5000年历史文脉做出积极贡献。

这些承载灿烂文明、传承历史文化、维系民族精神的文物，这些中华文明源远流长和生生不息的实物见证，不再孤独地流落于荒野、市井，终于经吕成贵之手回到国家的怀抱。作为中国长城学会理事、山西长城保护研究会理事、忻州市长城学会偏头关分会副会长，从小生活在长城脚下的吕成贵，对长城以及长城文化、长城历史、长城故事和长城文物的痴情让全社会感动。

2019年1月30日晚，"文明守望"2018年度颁奖典礼在山西电视台演播大厅隆重举行，吕成贵入选"山西十大最美长城卫士"。在颁奖典礼上，他郑重承诺："长城是我生命的一部分，保护长城是责任。只要我一息尚存，我还会带领村民保护和开发老牛湾长城，帮助村民发家致富。"

"神牛开河"造乾坤，长城古堡护边关。特殊的地貌环境滋养了吕成贵博大的长城情怀；丰厚的文化底蕴与历史传承，成就了吕成贵的英雄情结与灵活思路。他在老牛湾村的普通村民、共产党员、支部书记、长城专家、长城卫士及山西晋商之声科技有限公司副董事长的角色之间自如切换，既要为村、为民谋求经济发展，又要认真经营自己的公司，为保护长城、收集文物积累经费。关于长城保护与研究，他还有许多绸缪在胸的事等待付诸实施；关于老牛湾，他还有许多未了心愿将去一一实现。

老牛湾堡终于走出了久远的孤独，吕成贵也终于不再孤独。长城有多长，他的梦想就有多远。2019年11月2日，中国长城研究院成立大会在东北大学秦皇岛分校举行。在会前《爱我长城》纪录片的首映式上，农民长城保护者吕成贵作为纪录片中的主人公之一上台与观众见面，并参加了座谈。这是国家与人民对他多年以来为长城奉献热血的最大认可与褒奖，也是最大鼓舞和激励。热爱长城，保护长城，这条路他走对了，过往的艰辛已忽略不计，前路更加光明，也更加责任重大。他已将传承长城文化与保护长城文物的使命写入自己生命，融进自己血液，此生无悔。

从生意人到长城专家的华丽转身

贺文，2014年加入中国长城学会；2015年加入忻州市长城学会、山西省长城保护研究会；2017年加入山西省收藏家学会，成为CCTV《藏宝天下》栏目组会员。从2012年开始走长城，用了近十年时间，完成了从"生意人"到"长城专家"的华丽转身。或者说，他已成长为一名儒商——不光用脚步，更是用日渐丰厚的学识和永不懈怠的精神行走长城；不光走长城，更是从走长城中触摸到了中华文脉，跃出凡俗的市场经营，改以用研究长城历史、文化与收藏、展示古玩瓷器的方式找到了文化自信。

他是边墙之上迎风摇曳的小草，代表边墙昂首吟诵着明朝那些寒光照铁衣的边塞诗词；他是于春风之中年年复苏的宿根，深深地扎进长城记忆里，催生追古怀旧的炽热，催生文化自信的烟火。他就是古墙古堡中的"草根"之一，在长城文化的滋养下，深沉而激越地跳动着自己的脉搏，与中华文脉一同起伏跳动。

慕名而往第一见

跟随忻州市长城学会去往偏关考察沿黄河1号公路与沿长城1号公路，我第一向往的却是要见一见杨会长口中极力推荐采访的一位叫贺文的草根长城专家："一个开超市的小伙子，能够为了走长城，让自家超市说关门就关门；仅仅初中文化程度，却因为热爱长城，成了一名长城专家。你一定要采访采访他！"

在目睹一路撞车事故的一个大雨天，车子终于驶出偏头关高速路口，雄伟的"三关首御"牌楼将我们导入偏关小城。忻州市长城学会副会长、文物局副局长胡美仓先生已经率领在偏关县的几位市长城学会会员骨干一起在饭店静等一个小时了。在这家饭店门口，2020年6月11日下午1点，我第一次见到了本文主人公贺文。一路上未见其人，我已经把他想象成为一名"传说"中的"长城少年"。如今初见，仍可以说他是"少年"，一点儿不夸张：腼腆泛红的面容、拘谨谦让的举止和纯净未染的心地，都在这群"长城人"一见如故的融洽气氛中更显无瑕。

贺文，偏关县贯坪村人，1972年生，初中文化程度。（各位莫怪，以文学的感官，我依然愿意因他安静的内心而视他为"少年"，虽然这不符合"长城人"表达上一贯的严谨。）1993年开始，贺文搞起"游击批发部"，从太原进货回到小城，再用自行车驮着两个铁篓子挨门挨户给各处小店送货。积累到一点儿资金后，在1994年10月，自己的小食品批发超市正式开业。经过二十多年的用心经营，生意做得很红火，年出货量在1千万元以上，收入稳定，对于一般的超市老板来讲，完全可以守得青山在，过茶水人生、安逸日子了。但贺文偏偏不知足："挣了钱又有什么意思呢？我还是初中文化水平，还是不爱和人讲话，心里很空。"

性格内向的贺文，把注意力放在了长城上。最初的走长城全靠毅力，只是毫无目的地走，为着打小时候起心里那份对长城莫名的热爱。谁说不是呢？生在关城、长在关城的人们，哪一个心里愿意忽略自己心里那份长城情结呢？贺文也不例外。他愉快地走，好奇地走，陶醉地走，黄土风尘中，脚下一道道透着边关风骨的寂寞长城总是让他内心升起一股豪迈之气，而伸向远处的一个个烽燧墩台又仿佛是他前世的老朋友，能够听得懂他内心的孤独与困惑，听得懂他内心渴望一个精神归宿的迫切愿望。

渐渐地，贺文认识了好多不一样的"人"——长城文化人。在市长城学会偏头关分会两位副会长，也是偏关县的著名文化人秦在珍、李爱民和来老牛湾探访长城的外地长城文化人的熏陶下，终于顿悟自己内心想要的是什么："做生意太低端，比起长城来，商品批发部实在是一件没有意义、没有价值、没有文化的事情。"于是，一个令人"奇怪"的贺文出现了。2005年开始，他学会买书读史，从书中发现问题，再带着问题去有目标地走长城。看史书—走长城—再看史书，这就是"贺文秘诀"。另外，只要有人来吆喝他走长城，他就开着自己的车子，载着自己批发部的食品做"干粮"，陪大家一起去走长城。大家戏称，贺文的批发部成了走长城的"干粮店"，免费提供。因为爱，因为热衷，多少年来，心地纯净的贺文就这样自己赔上钱加油、开车、带"干粮"，给自己超市随时能来一个"关门大吉"，陪着这座小城的长城爱好者、带着全国各地来小城考察研究长城的人，一起走长城。

市长城学会杨会长说："贺文，下午带我们去看看你的超市，实地体验一下你每次都是怎样放下自己红火的超市生意去走长城的。""杨会长，为了走长城，贺文已经把自己的超市转让给自己侄儿子了。"不等贺文开口应答，几位"长城人"便都抢着说起这件事。

啊？真的关了？这就是贺文。

"转让了。今年3月份转让的，批发部转让给我侄儿子了，他已经跟着我干了15年，交给他我放心。不过我又要开古陶瓷艺术馆，这两天已经快装修完了。"贺文平静又认真地说。

初见贺文，未见其多言几句，几个"长城人"已经七嘴八舌地把他的故事讲清楚了。用贺文的话讲，会长胡美仓、副会长秦在珍和李爱民，这些都是引他走入长城的最重要的人，最有发言权。"徐光是我收藏古瓷器的领路人，他也是个收藏迷。"另外还有今天不在场的副会长吕成贵和卢银柱老师（参与《偏关县志》编辑，独立完成1915年《偏关志》《三关志》翻译，著有《偏关县古碑文集》，偏关历史第一人《万世德传》等，对偏关文化做出巨大贡献，现已退休，同是偏头关分会副会长），都是他长城路上的好导师。

初见贺文，已识偏关文化。这就是底蕴，这就是土壤，"草根儿"贺文何愁不成长城专家？

"地接导游"关店门

说好的，下午3点贺文、苏文两兄弟来宾馆与我们座谈，接受我们的人物专访。3点整，贺文准时到了宾馆，却没有上楼。一直等到快4点，不见苏、贺两位兄弟过来，都觉得纳闷儿，打电话问贺文几点过来，才晓得，他早已经等在楼下，坐自己车内打盹儿快1小时了，而苏文已定好茶馆在那边也等候了1小时。"想让长途开车后的杨会长多休息会儿，不忍心打扰。"贺文说。

坐在我们面前的就是"草根长城专家"贺文与"草根长城摄影家"苏文两位兄弟了。之所以愿意喊他俩"兄弟"，一是因为他俩是同庚，都比我年龄小，脸上又都放射着素朴、纯净的光芒；二是因为生怕他俩卓越的长城研究与长城摄影成绩，一不小心教人忘却他俩的"草根儿"身份。他俩就是"草根儿"，始终站在最有利于自己走长城的平凡生活环境中，怀抱着自家门前一道又一道的长城尽情走着，反反复复地带着远道而来的向往和热爱长城的人们走着，不厌其烦一遍又一遍地分享着他们在长城上的酸甜苦辣和新发现。

2016年10月，贺文等十几个人在偏关内长城徒步。上午9点到达起点南堡子乡南场村开始徒步，第二天凌晨3点到达终点老营堡，连续走18个小时，迷路了，失败原因是没有徒步装备，防晒服、帽子、手套、登山杖、急救包、备用电源等，尤其没有登山鞋，长城崎岖不平，灌木丛林，荒草没膝，好几个队员脚趾起泡、出血，劳累过度，大家靠着信念与互勉，才到达目的地。"现在想起才后怕，当时随时可能出人命。"贺文说。

  关于贺文轶事，多是来自周围人为我做只言片语的介绍。去长城原是没有路的，贺文原来进货用的面包车满足不了载人们跋山涉水的需求，他就换车，买辆带劲儿的尼桑天籁车好上山。新车子第一次载着大家去的是滑石涧，全是棱角尖峭的石头，打在底盘上大家听着都心疼，贺文不疼，一见到长城，什么都不管不顾了。很多时候，小两口儿在店里正忙得一塌糊涂，有人来喊贺文去看长城，他就会兴奋地从自家店里收拾一大堆吃的、喝的，抛下生意撒腿就走。渐渐地，贺文的名气在全国长城爱好者圈内都有了影响，哪儿的人来老牛湾，都要先给贺文打电话联系，每次来一个团，至少要在偏关停留五天，贺文就要陪五天。偏关是"长城第一县"啊，烽燧墩台处处勾留人的脚步，拍也拍不完。开始的时候，妻子不乐意："咱家店每年十几万元的房租啊，贺文你不过光景了？两个儿子还等着你供读书呢！"走着走着，贺文走长城的名气越来越大，大家不仅需要他开车子、当向导，更重要的是还需要他当讲解员。可不是吗？贺文是读着书来一边研究一边走长城的，读着走着，已经成半个"长城专家"了。李爱民副会长欣慰地说："我写了一篇《黄河边上的扼胡墩》，里面提到的墩台，没有一个是贺文不知道的，可见贺文的学识水平现在有多高。"贺文笑笑说："全靠杨会长提供理论支持，秦在珍、李爱民两位老师言行引导，我才对研究长城有了兴趣，走长城有了方向。"贺文对长城的专注与热情终于感动了妻子，她也干脆走起了长城："我就是你的忠实粉丝。"于是，妻子一口气随他参加了三次大型徒步活动，繁峙来的，上海来的，她跟着一起走，也走上瘾了，没一次掉队的。当然，贺文那件"长城最野在偏关"的文化衫上，又多了几个长城文化名人给他的签名。

  从此后，夫妻俩一起接受着长城文化群体的熏陶，免费做起了"地接导游"，正应了作家毕淑敏的一句话："人生，终要有一场触及灵魂的旅行。"对于这件事，李爱民副会长看着最乐，打趣说："过去，国要安邦靠长城；现在，小家庭稳定也要靠长城。长城功劳大啊！"

  其实靠长城稳定的，不仅是贺文夫妇，还有传说中的"长城铁三角"——李爱民、秦在珍与贺文：贺文走长城发现问题，汇报给秦在珍老师把问题写出来，再由李爱民老师领着大家一起做探讨、分析、研究、定论。"今天超市停业"的小老板贺文，不满足于食品批发部挣钱，终于思谋能做些高端的事情了。在李、秦两位老师的指导下，各方来访者的文化熏陶下，眼界渐渐放宽，左图右史，一起摸索爱好长城，对偏关长城有了认真勘探，也写出一些学术性很强的作品，学术文化水平和思想认识水平都提高很快。李爱民副会长给予他极高的评价："贺文爱长城，脚下走是其一，他是把论文写在了长城上。"

长城研究在民间

2014年，忻州市长城学会偏头关分会成立，贺文更加明白，走长城并非是要征服长城，而是要把长城当作一门学问、一种文化去学习、研究、探讨。其实早在2008年，他买到第一本1993版《偏关县志》，就开始了深度认识家乡、探寻家乡文化之旅。于是，再走长城时，他学会了发现问题，并尝试写了1400字的小文章《楼沟堡发现疑似明代砖窑遗址》发到朋友圈。没想到，这篇小文章引起了忻州市文物局的重视，打电话到县文物局问询，第二天便来到偏关，在县文物局副局长胡美仓的带领下，进行实地调研、考证，确定贺文这个新发现是1994年新版《偏关县志》中没有记载的，便交由博物馆馆长孙军明写了一篇《考古报告》。这件事极大地鼓舞了贺文，单纯走长城的贺文，终于开始了他发现前人之未发现，考证前人之未考证的长城研究生涯，成长为一名长城研究者。

一天相处下来，你就会发现，饭桌上、行路中的贺文在大家你一句我一句的谈论中总是沉默寡言的，他只在倾听，在思考。但若说起长城事，他便滔滔不绝，谁都插不进话："杜老师，我还有个新发现——"就这一句开场白，他能一口气讲出十几个自己在长城上的新发现。

"你知道我们最近的新发现吗？那个石城遗址的出土面世，把偏关有实物佐证的历史整整提前了2000年，我去看了四次，每次都激动得不行。专家们每天都在那里做着陶瓷片修复工作。为保存遗址，沿黄河1号公路为它改线，偏关的黄河文化终于有了实物……"

2016年，贺文发现万家寨乡南庄窝村有个从未见过的墩台，一圆锥型墩台上又凸起一个小圆墩台，大墩台外面有土围，村民们叫三道箍，墩北有条7米深的沟，墩上加墩，即为望远之便。他将这个奇特的墩用文字记下来，发在了"长城小站"上。

2019年，贺文对关河口进行了认真研究。偏头关分陆路关口和水路关口，陆路关口在红门口，水路关口在关河口。在历史上，关河口除了军事功能，还兼具商贸、互市的商业功能，其作用不可小觑，其位置的准确界定也应是一件很严肃的事情。贺文翻史书查阅关河口的官方记录位置，又进行实地丈量，发现现在的关河口村向上移动500—800米的地方，还有第二个关口。他将这一发现马上汇报给副会长秦在珍老师，年近古稀的秦老师未敢怠慢，亲自随他前去关河口考察两次，证实了贺文的发现是正确的。一个业余长城爱好者，并未只停留在"爱好"上，而是把对长城的探索上升到学术和考古的高度，带着怀疑的精神去考察、研究，佐证长城资料，这是贺文从"长城爱好者"到"长城研究者"的一个质的飞跃。

《宁武府志·山川》在介绍老营北部马鞍山、双碑地名时道："明嘉靖四十一年（1562年），谙达由此山（马鞍山）入犯老营堡""马鞍山之役，游击梁平、守备祁谟御之，堕房伏中，七百余人皆殁，巡抚万恭勒双碑记七百人名于此（双碑墕）"。贺文查阅《偏关县志》《偏关志》《老营镇志》得知，那次血染山河的历史大事件发生的准确时间应在明嘉靖四十三年（1564年），蒙人入境于石板墕地，老营堡派740名将士前往拒敌，全军覆没，墓地尚存于老营镇柏杨岭林场管护站北碑洼山，即双碑墕，便亲自去现场查看，并与徐光等长城志愿者在清明节凭吊此墓，述以成文，发于美篇，宣扬长城精神。

贺文走长城是爱好，翻阅书籍也成了爱好。他从一位现在北京的山西大学文物学博士尚衍写的书中学习到，全国烽火台多种多样，黄土高原沟岔多，不好守，全靠烽火台传递信息，百人以下一烽一炮，白天放狼烟，晚上点火，两烽两炮表示有五百人来犯。市长城学会偏关分会会长、文物局胡局长登记偏关有247座烽火台，连雁门关在内有千余座烽火台。讲起这些，贺文如数家珍。从2002年开始，忻州市长城学会副会长兼秘书长杨峻峰在《忻州日报》连载200多篇长城文章，忻州市文物局拿着报纸前往长城沿线找长城、寻古堡。保护长城，挖掘长城文化，成为从民间到官方的一个自觉行动。

讲起长城新发现，贺文大概讲三天三夜都讲不完。自偏关第一代长城人刘忠信在1984年租个小毛驴接待中国徒步走长城的董耀会开始，就已经为偏关长城人开了走长城就是要研究长城的先河，贺文从长城志愿者前辈身上学到的就是寻求真相、寻找真实。关于水泉乡后海子村长城的研究，在刘忠信老师研究、论述的基础上，贺文等草根长城专家们又提出了"双二边"的猜想，他们用实体研究去否定文献记载的研究方式，体现了一种勇于质疑、勇于探索的科学精神。用贺文的话来讲："感觉长城越研究越多，研究不完。"

"杜老师，今年正月我看了一本北京的书受到启发，有了一个新项目。偏关1685平方公里的土地上，竟然有247座烽火台，分六路烽火。我想把这6条火路线分列出来，各自连成一条线做考察、记录，写成文章。比如从红门口到虎头墩共有多少个墩台……"

此时，他已经成为一名名副其实的长城研究者，也就是大家口中公认的"草根长城专家"。

洗尽风尘见知性

如今，从一个民间长城爱好者提升成为草根长城专家的贺文，他的专业学术成就不仅得到长城学术界的认可，而且很受欢迎。对长城文化的研究让他如痴如狂，欲罢不能。只要有团队来访老牛湾，他必定全程陪同，分享自己考察成果，请教专业人士，切磋长城学问。2015年，张明弘率《寻根长城》团队途经滑石涧堡，在偏关一住就是14天，秦在珍老师等陪同了12天，贺文只陪了2天。用以维持全家生计的批发超市反而成了他心头累赘。提到他的店，他淡淡地说："前几年我就想关掉了。"

"我有两大爱好，第一是研究长城，第二是收藏瓷器。"

贺文的爱好，总要爱出个结果。他把经营了27年的批发超市真的转出去了。

"不过，我开古陶瓷店就是因为自己喜欢，想把自己8年来花费70万元淘来的瓷器进行展示，只展不卖。"坐在我身边的贺文谦逊地微微一笑，悄悄向我补充说明。

他带我们去他的新店参观。在自家小区的那排临街门面房，他花了大心思地去装修一间店铺。为了给心爱的古瓷器们找一个见得风光的好归宿，他带了装修木匠亲赴省城博物馆，去观摩、学习人家的文物专柜如何设计。"一定要专业！"他强调说。果不其然，贺文的店内装修非常专业，展柜都是走的暗道，防尘防盗防水火。

"贺文变了。"连他那有文化的两个姐夫都这样说。贺文自己心里清楚，他的变是与太多"长城人"的感染和引导分不开的。

他接待过一个跨省长城爱好者团队：青海省的"日月"（网名）、广西的韦悦忠、宁夏的赵明和重庆的爱山、路由、冰心火。人家本地没有长城，还那么热爱长城，我们有什么理由不爱长城呢？

他又一次同我讲到了"最美长城卫士"吕成贵——爱长城就要爱文物。吕成贵说："文物不一定值钱，但集中回博物馆就有了意义。"所以，吕成贵太原买了房子都没有钱装修，有时候车子加油都手头紧，但见着文物就一定要买下来，"给文物找个家。"这样的事迹深深地感动着贺文，也对文物有了偏爱之心，并效仿吕成贵，为文物做力所能及之事。他要开"古陶瓷馆"，绝无商业考虑，就是想要将这些穿越几千年时空隧道矜持现世的精美瓷器展现在世人面前，让人们同他一起与历史对话，与古人对话，获取文化上的自信。

由于常年走长城，他们与边墙下的老百姓成了亲人，家里吃的糕面、羊肉、土豆等都要从长城边的百姓手里去买。2018年冬，他和他的草根长城专家们一起到达水泉乡池家塔村，远远听见鼓、镲的声音，他们进村一看，很是惊讶，这里的村民在冬天农闲时节，不是打麻将，而是穿着戏装搞音乐，全村共住着十来个人，就有五六个人在一起跳秧歌，其中还有人会胡琴。四五个人回到城里后，就到处想办法找乐器。吕成贵捐了个梆子，贺文与徐光、顾全罗合伙儿买到了二胡，文物局给赞助了扇子，送到池家塔村里，百姓们激动得专门给四个送乐器的人唱了一台戏。寒冬腊月廿四，边墙之下，长城人家，因为爱长城，成就了一段文化奇缘。顾全罗、郝建华夫妇将那次捐赠活动编辑成美篇，发到了朋友圈，点击量上万。爱长城，一家亲。讲起这些暖心事，贺文绯红的脸颊泛起了更多的红晕。

2019年冬天，他去石家庄给自己的超市进货，看到自己所在的"山西长城群"里，人们正在争论关于丫角山与丫角墩出现先后的问题等。亲自考察过丫角山三条长城的贺文哪里能够置身事外，急忙参与进去：

看了老师们争论丫角山、丫角墩，放下手头的营生，说说我走完丫角山三条长城的看法：

最厚实、防御建筑最完备的当属中路长城，西路长城次之，墙体最薄弱的、建筑单调、最沧桑的是东路长城。

柏杨岭堡——柏杨岭村长城外侧有四个方锥形烽火台（火路墩），至今高大结实，尤其是柏杨岭堡长城外侧的方锥形烽火台，夯层薄，用的是褐色土，是我在偏关见过的最结实，最讲究的夯土墩台，在墩台外有一石头砌方形围墙，两米多高，至今保存完整。

我们知道，烽火台早于长城营堡，由烽（墩）台逐渐变成长城、营堡时代。明代早期偏关的烽火台以方形为主，后来才变成圆形烽火台。明代边防后移是永乐晚期，在这个时期才有了丫角山、丫角墩，修柏杨岭长城是在成化初年。

结论如下：

最初明人叫的丫角山，是以山的地理形状叫的，也就是说这个山形状如丫角状，更没有想到后来的交汇。

从明代不同时期留存下来的长城建筑看，丫角墩应当就是柏杨岭堡、长城外侧的这个石围墙方锥形烽火台。这个墩台的建筑年代比它身旁边的长城早

20年。

　　尚珩老师说的五眼井堡、将军会堡不可与这硬比，那是明末崇祯的事情了，比这晚210多年，由于军事防御的变化，偏关水泉营西十里原来就有五眼井堡，因军属多，明崇祯年间在口子上村南修此堡，是军队家属堡，非驻军堡。"

　　这样在长城学术群里争论着，与长城专家们一起探讨，贺文在石家庄一天未能进货，只好又多住了一晚。这就是贺文，洗尽谋生路上的仆仆风尘，成为一名占领长城学术制高点的知性之人。

　　一起坐在贺文还没有完全装修完工的空荡荡的古陶瓷店里，我还在想象着他昔日批发超市里的繁华、喧嚣，很遗憾来晚了一步，那个饱含过他青春血汗和荣耀的物质极大丰富的批发超市，已经被他轻轻抛在脑后，除了长城，除了文物，除了文化，没有什么再能吸引贺文的。坐在我面前的贺文，蓝色防晒衫，浅灰色遮阳礼帽，一身普通得不能再普通的徒步行头，面庞永远沉静而安详，目光永远专注而坚定，心思永远落在长城上，落在古陶瓷上，如关城那一道道古老的边墙，把自己定格成为一种永恒的文化。从"草根长城志愿者"到专家型"长城人"，从小商品批发商到古玩瓷器收藏家，从超市店主到古玩馆主，贺文在长城文化研究路上越走越远。他的青春，他的信仰，他的学业和事业，无不刻着"长城"的烙印，在中华民族几千年文明史的大背景下，放射着自己的光彩，行走成一段独特的风景。

　　"丫角山，丫角墩与口子上没有丝毫关系，四个交汇点从不同角度看地形，地貌都与口子上无关，山形看不出丫角状，西路长城交汇点在口子上墩台北坡100多米处。东路长城当地人叫差修边，也叫孙家长坡，长城墙体的敌台，马面共8个，都面向东，一般来说，敌台、马面朝向是防守面，这是原来没注意到的。西路，中路敌台马面都是面向西的。另外西路长城有两条，平时说的西路是指北堡乡水草沟这条，昨天天气好，另一条走向清楚，也是去了口子上，《内蒙古长城》说这条是早期长城。"不管是坐着、走着，贺文总是在沉默几秒后想起来自己对长城的新认识、新思考，然后滔滔不绝地讲给我们听。

　　三天的采访结束。与贺文一起走了两天长城，一天护城楼、古陶瓷馆，我发现，即使有再多的同行者，贺文总是立于一大群人之外，远远地，在一小片纸上静静地写着那些密密麻麻的小字，我为他抢拍了一张站在小乾坤湾边上这样写字的照片。我眼中的贺文，想象中的过去与未来的贺文，应该就是这样的影像。

如果说，长城是中华民族的龙脉，那么，关城人民的长城情结应该就是中华文脉，穿过历史的河流，从秦汉吹角声中流淌到唐宋，再从边塞诗词中流淌到明朝，缓缓地，缓缓地，一直流淌到贺文的心里，为他浇注满腔的自信，文化自信。仿佛这条文脉专为他流淌至今，仿佛这条文脉专为他流向未来。在无数个"贺文"长城人的美好执念中，这条中华文脉继续浩浩荡荡地向前奔涌着，她才是这个民族的魂！

沿着中华民族之文脉，贺文的长城研究之路，将会走得更远。

光影世界里的苏文

向偏关城的人问起苏文，总会有人脱口而出告诉你："苏文？其实就是个农民，自己开一个小摊摊，搞电焊、修配，没有固定收入，生活困难得很。但这个电焊工爱的不是各种小车、大车，爱的偏偏是摄影。"这个偏离生活主题的爱好，注定了他要成为一个有故事的人。

苏文撇撇嘴自嘲一笑："摄影界有句俗话，摄影穷三代，单反毁一生。咱们长城摄影人还应该再加一个词，该说是，单反爬墙毁一生。"这事还真就都让苏文给摊上了。谁让他生长在边墙之下呢？谁让他从小就爱上摄影呢？

苏文，你是怎么想的？

"我就是单纯个人爱好——偏关最大、最显著的特色是长城与黄河，我要把长城与黄河的大美展现、告诉给世界，这么贫穷的地方还有这么美的景。北京有八达岭，我们偏关也有'八达岭'。"苏文的闷声闷气里裹挟着几分倔强。

于是，怀揣着这个朴素的梦想，苏文的摄影作品成为古老关城草尖儿上的一滴露水，蛰伏在生活的最低处，却用自己一颗玲珑心折射出紫塞边关大美的风景。

这就是我们今天要认识的偏关县农民摄影家苏文。

农民摄影，不惧柴米油盐小贫穷

苏文，1972年出生，偏关县新关镇西沟村人，地地道道的农民。自幼爱好摄影，在2013年参加了"镜揽金秋、华山论剑"——中国新闻社图片网络中心第七届新闻摄影培训班。打工之余，常常携带自己节衣缩食购置来的"长枪短炮"，行走于偏头关外的山河田野、古寨边墙，拍摄偏关紫塞美景、黄河民俗风情，以及当下的农村生活。

苏文有个修理铺，就开在城郊的一个转角处。我们过去的时候，照例是关着门的。铺面的墙上，"电焊、修配"几个字与斑驳墙面很搭调，但却似乎与苏文的摄影世界背离太远。要怪只能怪老牛湾风景太美了吧？2009年，苏文去了两次老牛湾后，被老牛湾的美景震撼到了，立刻对摄影产生了兴趣。这一兴趣来得突然，散得无期，从此苏文开着他那辆"烂面包车"，拉着长城爱好者们，一头扎进了镜头里。长城学会的人总是喜欢同我讲起苏文的一件有趣事：一次，苏文接了一个修车的活儿。车主问他："几天能修好？""三天！"苏文很自信地拍着胸脯打了包票。没承想，他一撒腿走长城去了，这一走，就是二十多天，上门儿的买卖早被他忘到爪哇国去了。"面包"与摄影，苏文宁愿选择后者。

　　苏文爱摄影，爱得"理直气壮"："人家从青海、重庆过来的徒步者，情愿舍掉家庭、净身出户，边走边打工挣口饭吃，什么脏活儿累活儿都愿意干。徒步来到偏关时，身上只剩30元……"听听，苏文为自己的执着找到了最有说服力的例证。偏关人都有一股子钻研劲儿，苏文也不例外，再加上自己的审美悟性，仅仅靠自学，终于成为了大家公认的农民摄影家。

　　他是一个农民。国字脸，眉目端正，笑容腼腆；高个头儿，粗壮朴实，憨直厚道。讲起话来愣声愣气，言语不多，简明扼要。心思却是非常细腻、柔软，很善于发现生活中的意趣和镜头中呈现的美，敏锐的生活视角，又注定他要成为一名长城摄影人。他的作品，总是无法用语言来形容他想要表达什么，但却能使观者一看就懂，说出所以然。这时候，他总是抿嘴笑，立刻点头回应："对对对，就这个意思。"念书不多的苏文，却有着艺术家的视觉天赋与审美情怀，拍摄出不俗的风景。从他的构图、光线以及选取的元素都不难看出，他是一个胸中有诗意的人，大山大河、荒野古寨、落日晨辉在他的镜头里，都成为他表达自己内心世界的载体。

　　一次，望着旷野中耸立的烽火台，苏文就在想，夜晚的长城又会是怎样的雄伟呢？于是，他便约了县文化局办公室主任刘政伟，下午五点左右装备好摄影器材从城里出发，去拍星河下的镇胡墩。两人上山后，先寻找拍摄点位，选择最佳角度，然后等待日落星起的最佳时机。夜幕下的镇胡墩，被繁星璀璨相拥，寂寞高大，苍凉雄伟，两位长城摄影人真是被震撼到了，连忙摁下快门。尽管拍完回城已经凌晨两点多，苏文却是乐得睡也睡不着了。

　　问起苏文摄影最大的困难是什么，苏文不假思索地回答："担费用、担风险，腿常常受伤。"耽误自己谋生做工先不提，单是每次外出时消耗掉的燃油、设备等开销，加上时不时地受伤就医，对苏文这样的农民摄影家来讲，就是不堪承受之重。摄影人总喜欢等待落日余辉那一瞬间的光线，每每等到拍完下山时已是披星戴月，车不好、路难行、危险得很，磕磕碰碰常有的事。他是在宣传大美偏关，为偏关文化旅游打开一个对外展示的窗口，若是有关部门能够给像苏文这样走长城的人们入个"意外保险"什么的，也算是对他们实际意义的支持、精神上的激励和感情上的慰藉吧。

有人说，苏文特别热心，经常关了自己的店铺，陪同从外地来的长城摄影人去走长城，不管需要走多少天。旁边的贺文偷偷一笑，小声说："其实，苏文有自己的小心思。他买不起好相机，总是拿着落伍的相机去抓拍大美的风景，很是憋屈。所以，一有外地人来拍摄老牛湾，苏文必得同行，一路追着人家，一跟能跟30多公里，只为找机会能够亲手试一试人家带来的好相机。"2019年5月，美国人来看老牛湾，苏文就是这么陪的，抓住机会拿到那些摄影家的高端相机，自己亲手拍一张长城照片，甭提有多过瘾！

你说，每有这样的机会时，苏文还能够记得起他那个被冷落在路边的修理铺吗？农民玩摄影，就得这样狂追猛拍，苏文他玩的就是这种执着，他是生活的贫民，精神的贵族。

斯人同往，共觅风霜雨雪大美景

长城最雄在北京，长城最古在山东，长城最野在偏关。

野有野的好处。长城像一条沉睡于边关冷月下的巨龙，再不去回忆那些金戈铁马的鼓角争鸣，却给生活在边关僻壤的一代又一代戍边后代种下了一种"长城情结"。边墙内外，岁岁西风瘦马，年年绿草青青，都像雕刻在塞北高原上的谜一样的面庞，生生不息地端望在这里，向着这群有血性、有柔肠的边关汉子，轻轻诉说着渴望被人读懂的愿景。

苏文来了，他用那只会说话的镜头，去和这里的一草一木对话，去向世人一一介绍它们；这些被遗落于荒野的一地风物，这些被锁在边关冷月中的苍茫风景，在他的镜头里活了起来，有了光彩，有了语言，有了挡都挡不住的宣泄的欲望。

2011年8月1日，苏文和顾全罗、苏建强去滑石堡徒步，计划在窑子沟住宿。早晨6点从家里出发，行至傍晚以为不远了，就一直往前走，夜里11点才走到水泉。夜路不好走，生命安全受到了严重挑战。他们最长的一次徒步，是2019年5月17日，从平鲁七墩徒步到偏关野羊窊，大约27公里，体力与意志几乎都达到了极限。

生死患难，对长城的热爱，让兄弟情更深，让长城梦更长。

忻州市长城学会偏头关分会里，长城志愿者与长城专家都是"草根"居多。贺文、苏文和徐光，就是学会的五分之三"草根"专家。因为热爱长城，他们不计时间，不计付出，经常自己加油开车，贴上干粮、赔上钱去走长城。有外地摄影人来了，三兄弟配合默契，脱得开身就一起去陪客人走长城，实在忙不过来了，就商量着轮流去陪。总要让远来的朋友把偏关的长城都走到，把偏关的美景都带走。他们感激这些眼中有偏关、心中有长城的人，渴望着这些外地摄影人能把偏关美景带到全国各地、世界各地，吸引更多的人来偏关旅游，来老牛湾拍摄长城。"长城两边是故乡"，三兄弟热爱他们的家乡，三兄弟愿意为他们的家乡做点儿力所能及的事情。

苏文有了这样的兄弟，摄影有了帮手，有了同伴，拍摄长城也有了踏实感。自己出去拍长城，遇到难事了，一个电话，兄弟们能立马放下手头事情跑去救援。陪他最多的是徐光。在偏关分会，苏、徐两兄弟有"徒步双侠"的美誉。苏文拍摄长城不要命，徐光跟上！

摄影人都知道，摄影讲究的就是一个光线。山地气候复杂多变，美好光线稍纵即逝。夏天，他得专挑狂风暴雨之后行动；冬天，他得赶在大雪封山时出发。天气越糟糕，苏文的兴奋点越高，激动得坐都坐不住。为了赶在太阳出山前到达拍摄地点，夏天最晚也得在早上6点前就出城；冬天路不好走，得在凌晨3点就动身。苏文总会吆喝他的兄弟搭伴儿，一起驱车到山上去拍摄长城。长城学会偏头关分会里有位叫李爱民的副会长，中文系毕业，写过长城文章，编过长城书，偏关城的一个大文化人，长城专家之一，又身任要职忙得很。苏文他也敢大清早就打电话吆喝他一起上山去抢雪景，徐光、贺文更不得安宁。长城面前，人人兴奋，没有距离，农民摄影家苏文有这个自信。

西关有个做兽医的邻居看不下去了，说苏文真是个"神经病"。

李爱民副会长却欣赏地说："用偏关一句土话讲，苏文爱长城，真下洼！"

"下洼"到什么程度呢？为了长城摄影，苏文真的可以工作不干，命都不要。为了追求一个美妙镜头，他完全可以不惧生活窘迫，不惧风霜雪冷。

辛苦没有白下的，苏文手里的长城照片，四个季节的都有，这在偏关长城摄影人中是唯一。在拍摄小元卯长城雪景那年，路还没有修好，苏文又没有雪地轮胎，绕大路也没办法上山。下午4点左右光线最好，苏文是在午饭后1点就从城里独自出发的。他把车停放在五家庄窝下面，自己一个人顺沟进山，抄近道儿徒步踏雪两个多小时才到地方，终于拍出了自己心目中的"偏关八达岭"雪景图。今年和徐光上山，路已经修好，苏文给自己的面包车换了雪地轮胎，可以直接开到山顶，比往年轻松多了。但为了不在雪地上留下车胎印，影响拍摄效果，他依然要中途弃车，徒步上山。苏文身上就是有这股子拧劲儿，传承着长城人的精气神儿和意志力。

这就是艺术的魅力吧。摄影能把一个农民变成艺术家，精神的高度不是一般柴米油盐的老百姓所能够理解的，父老乡亲想怎么说他就说吧，毕竟所有劝诫都是出于好意。

家有贤妻，热衷夫唱妇随走长城

欣赏苏文拍摄的老营城区全景照片，他说这张是早晨4点从城里出发，才去抢到了太阳出山时的好光线。晨光熹微中，老营堡在他的镜头里欣欣然张开惺忪睡眼，红顶白楼，碧野黄墙，山岚雾霭，好不安详，苏文成功地抓取到了老营城这一最美的画面。

而每一个成功者的背后，又都必定站着一位伟大的女性。何况，偏关是一座自古以来就崇文尚武的紫塞边城，特定的地理环境、特殊的历史渊源，在塑造了血性男儿的同时，也滋养了识大体、顾"大业"的女人。摄影，就是苏文的"大业"，妻子不能不支持。

大年初四，长城小站回来几个人让苏文带路，妻子很高兴地"放行"，苏文便领着大家同去黄家营，正赶上村里唱朔州大秧歌。戏棚背后的山上就是黄家营烽火台，古老的烽火台周围，几株冬眠的老树在渐渐苏醒。烽火台下排列着整齐的新旧窑洞，像一只只历史的望眼，静静地望着村子前面小广场上热闹戏场，光伏板的太阳能路灯，显示着长城脚下新农村的面貌。苏文用镜头记录下这个新春的场景，给我们再现了一幅长城人家充满烟火气息的温馨画面。

长城兄弟们的陪伴是有时限的，大家各有各的生计要忙。苏文的摄影可没办法挑日子进行，常常一上山就是好几天，把相机定位在山上等光线，自己得抛下铺子里的生意住在山上守着。这时候，还是家里人贴心，妻子王俊连无条件支持、配合他的摄影爱好。为了拍照时能搭把手，也陪他走进了长城，成为苏文摄影道路上的亲密"战友"。

苏文父亲留下一个粮食加工厂，平日里，磨面的工作都是王俊连一力承担。苏妈妈走路不利索，家里大小事务也都归王俊连操劳。摄影人的妻子，与边关皓月一样美好。她总在苏文身后深情地注视着，默默地为他奉献着自己的微光与温度。至于家务有多累，生活有多烦，天性柔韧的女人是可以悉数承担的。这应该是能让苏文心里偷着乐的小幸福吧。

李爱民老师批评他了："苏文非完人。穷人搞长城，应该先生存后发展，不能让长城摄影胜过养家糊口。"

苏文有个妹妹苏晴，有一次出了严重车祸，躺在医院里不省人事。苏文心急如焚，守在妹妹身边侍候两个半月，心思终于不在摄影上了。可他还是忍不住要望着窗外的落叶，心里惦念起长城：城里的叶子都在落了，长城边的树叶落光了没有呢？

无情未必真豪杰。苏文有情，有儿女情长，也有长城情思，这些柔情都写在他的"国字"脸上，写在他的相机镜头里，成就了他唯美的摄影画面，成就了他的艺术世界。

所幸，家有贤妻，始终陪伴着他。下山，妻是他的港湾，尚有一碗热饭奉在他从摄影艺术中摸爬滚打出来才知道饭食香的辘辘饥肠前；上山，妻是他的贤友，能有一双慧眼帮助他选景、定位，共看夕阳如画、日出山岚。

昔日，边关冷月，征人思归；今日，夫唱妇随，长城如家。

光影世界，尽揽边关冷月见长虹

偏关是偏关人的偏关。在苏文心里，边城是安放自己灵魂的故乡，关山亦是种植自己理想的家园。而长城呢，自然是需要他用手中的镜头去记录它的前世今生的心中圣物。志向高低不在于出身贵贱，何况自己本就是关城人，是与这片土地一起承担着偏关悠久历史和厚重文化的长城后人，骄傲的后人。为着这样一个特殊的身份，在这片特殊的地域环境中，苏文有责任热爱长城，有责任以自己的方式去表现长城，去为长城做点儿实事。

而我们每一个物质的人，都在毫不例外地遵循一个成长的原则，那就是从自觉不自觉的觉醒当中，找到一条通往精神世界的路。苏文就是沿着这样一条成长之路，从一个农民小伙子蜕变成了一名摄影文化人，有了自己的艺术世界与文化自信，成为大家喜爱的农民摄影艺术家。

从最早的海鸥胶片机，到尼康D60，再到2019年的尼康D850，一个农民小伙子，为了他的摄影事业，先后三次挤出生活所需费用购置相机。前前后后把5万多元投进去了，而这项投资离他对自己摄影艺术的期望值还很远很远。

近几年，随着摄影技术的提高，和他对摄影艺术的深入理解，他不再像当初玩儿一样无意识地乱拍，而是开始有选择地拍摄，尽量拍出一些高端的照片。发现好景致和好立意后，他就精心拍照，存盘备用。照片拍了几万张，同一地点，不同角度，春夏秋冬，应有尽有，偏关人写书，用的几乎都是他的照片。近期，秦在珍老师主编的《偏关长城图志》即将付印，苏文的部分照片也将随之面世。一个农民成了所有文化人喜欢并需要的"专业"摄影家。

不仅如此，他还获得了首届"海棠花节"摄影大赛三等奖、中国旅游摄影网山西站第五届摄影师代表大会"摄影师"评比三等奖。如今，他已经成为中国新闻社图片网络中心签约摄影师、中国旅游摄影网特约摄影师和《国际摄影报》摄影记者。在他镜头里的偏关野长城，是外地摄影人怎么也不可能四时都能够前来随拍的，苏文替他们圆了这个梦。

苏文的摄影成绩，有目共睹。苏文的摄影作品，理当在更大的平台上得以展示。为宣传偏关老牛湾美景发力，为推动偏关文化旅游发力。

大家的愿望也是苏文自己的心声。2015年时，他想过要办个摄影展，把这些"累出来"的照片展示给偏关的父老乡亲们看。遗憾的是，那年秋天，他去了内蒙古打工，2016年春天又辗转到山东打工，一直到7月份又跑到新疆去打工，影展计划不得不泡汤。这里，也许我们应该表扬苏文吧，终于像李爱民副会长提出的希冀一样，"先生存后发展"了一把。然而，对于一名摄影人来讲，他错过的却是一次应该能让自己摄影艺术提升到一个更高档次的机遇。

今年春天，苏文计划的摄影展因为不可抗力的因素又一次被迫取消。好在，机会是给有准备的人的，"好饭不怕晚"。他说他要进军今年的"平遥摄影展"，还要参加偏关县委经济会时大家想要举办的"草根摄影长廊展"。苏文知道，摄影之路应该是一条日益精进的成长之路，自己的手法尚不成熟，心念尚待沉静，未来之日，将需付出更多。只有勇于登临更大的平台，勤于找到更好的学习机遇，他的摄影爱好才能成为真正的摄影艺术。

风风雨雨中寻找光与影的美丽瞬间，曲曲折折中坚定梦与路的遥远憧憬。在摄影人的眼里，无限风光在险峰，有情画面在镜头。如今，对长城的热爱与维护，对偏关这片大山大河大文化的拍摄与宣传，已经成为苏文的使命。位卑未敢忘忧国，农民更有爱国心，苏文就是千千万万心怀朴素理想的中国农民的代表，读懂他和他们的故事之后，不能不让人肃然起敬。

边关月冷，苏文可以用镜头为它蒙上一层柔和的面纱；山河阴雨，苏文可以定好机位静待雨后长虹。

感谢长城，让农家汉子走进光影世界。

感谢苏文，让偏关长城不再野径无人。

边墙下的行走

许家湾村东面有两座敌台，一座敌台是圆的，一座敌台是方的，人称"双子座"。

老高每天就在这两座敌台的注视下，日出而行，日落而归，从步行升级到骑摩托车，出出进进做着宣传长城、保护长城的事儿，一忙就是大半辈子。

高政清，男，中共党员。1957年出生于山西省偏关县水泉乡许家湾村，念过书，也写过书，是方圆几十里有名的文化人。但由于这里靠天吃水，生活条件艰苦，多数村民都搬去镇里、城里谋生活了，近百十口人的许家湾村现在只剩下16口人常住。只有老高这个文化人反倒是离不开这块儿土地，因为他是一名"长城保护员"。60里明长城、50座烽火台、33座敌台、73座马面、5座关堡就是他坚守大半生的"万里江山"。

直到2018年12月30日，山西省文物局和山西广播电视台联袂主办，黄河电视台倾情承办的大型文博类栏目、大型文化访谈节目《文明守望》第一季《走进长城》播出，60岁的农民高政清才受到社会各界关注，他是曾经与中共偏关县委书记王源、老牛湾村党支部书记吕成贵一起在省里上过电视的"山西长城卫士"，是2018年"山西省长城保护研究十大杰出人物"之一。

水泉堡的"文艺兵"

许家湾村很小，只有二三十孔石窑洞，闲适地安卧在大路下面温情的阳窝窝里，像所有偏头关的小村庄一样，数着寂寞的日子，一过就是千百年。村子远处是敌台，村子近处还是敌台，村口那座敌台，就在老高家的自留地里孤独地站立，像是老高心里始终都在敬仰着的一位明朝卫国英雄。

借2020年山西旅发大会偏关活动的契机，我们特意取道长城一号旅游公路，从老牛湾经滑石堡、水泉堡经过这里，看望这位偏关县家喻户晓的农民长城保护员。

老高接到电话，急匆匆从水泉堡赶回村里，引长城老友们到他的自留地里，谈他心中规划过无数次的蓝图："我要在这里建一座'长城驿站'，里面收藏、展示长城文化的书籍资料和摄影作品，为来偏关拍摄长城的长城爱好者们提供方便……"听着他的畅想，我仿佛看见老高自留地里的那座烽火台也睡醒了的样子，立在那里有了活气，有了性情。

看罢自留地与烽火台，老高领我们下到公路边上，沿着行人抄近路踩出的一条便道儿进村，守在拐弯处的牧羊犬吠了起来，老高抢前一步喝止它："长城人还敢咬了？不敢咬！你是咬错人了吧，长城人可不敢咬。"大家都被逗乐了："老高到底是老高，开口闭口都是长城，连对狗狗的教育也离不开长城。"我立马联想到老高的两重身份：长城保护员和地方小戏剧作家。他的这一呵斥，倒是很像农村小戏里的一个有趣场景。

老高家的窑洞包括他父亲留给他的三眼石窑，以及他从邻居那里买来的两间，住着倒也宽敞。只是，这一排十几间窑洞，似乎再没有了其他人家居住。村子里的多数人都搬去县城里谋生活了。

进到老高住着的那间窑洞里，尽深处是一盘倒炕，炕上贴墙放着一张方桌，桌上堆满了书。杨会长说："老高，先来给你照张相吧。平时什么样子就还是什么样子。"于是，老高很自然地就上到炕桌前盘了腿拿起一本书来看。趁着他们在外屋照相，我早怀着好奇之心躬身进了里屋，只见一张写字台上整齐地码着一排长城书籍，压着老高参加创作培训、获奖表彰等活动照片的玻璃板上，平摊着几沓打印出的资料。一问才知，是老高视力不太好，看电脑费劲儿，便总是将一些长城资料下载打印出来，方便学习。

再到外间，拥挤的屋子里站了四个人已经有些回转不开，地中央还放着一个"大家伙什儿"——电影放映机。这是老高的第二职业：镇上的电影放映员。每晚他都要到各村去给老百姓放电影，一分钟不能耽误，尽职尽责，打闹几百块钱增加点儿生活补贴。只见老高抬脚跨过放映机挤到两个铁皮文件柜前打开柜门，从文件盒中给我们挑了一摞荣誉证书摆放在炕上瞧。满柜子的荣誉证书还真是一下看不过来，只能选一部分来做个了解。这摆了一炕的荣誉证书里，仅国家级一等奖和金奖就有七项，有长城方面的，更多是戏剧剧本奖。原来，传说中的"长城卫士"，应该还有另外一个光荣称号：人民剧作家。

眼前这些数也数不清的红本本，让我想起前一天在水泉堡参加的山西省第六次旅发大会2020年"长城最野在偏关"徒步活动的开幕式。会场上人山人海，都在开幕式前观看长城摄影展览，却唯独看不见作为东道主的老高来招呼大家。之后，我们循着锣鼓声绕进后院，才发现老高正在全神贯注地指挥他的"长城文化艺术团"紧张排练，走场子，摆造型。开幕式上，老高的锣鼓队隆重入场。只见老高扬起他的"国字脸"，表情严肃，两只白手套在空中张合有度，上下比画，指挥着一群身着彩衣的中老年妇女，踩着鼓点认真表演着。"红门口地下长城"的标志建筑在他指挥的鼓点声中更显庄严肃穆，"长城最野在偏关"的彩旗骄傲地招展风中，退场时候，表演的女人们手足无措找不着北了，老高果断地冲向领头的大鼓，拉起来就领着大家退场。

生活在水泉堡的老高，不仅是水泉文化分馆馆长，还在2019年7月份组建了一支自己的长城文化宣传队伍——长城文化艺术团。这个艺术团是老高自己垫支两千元成立的，目的就是要动员水泉百姓都来热爱长城，保护长城，竖起一杆保护长城的旗帜。老高擅长文艺，喜欢把长城上的人和事写进自己的剧本，或是编成快板书、二人台，再编剧、导演"一肩挑"，排成地方小戏来向老百姓普及长城保护知识，宣传长城保护政策及意义。老高还做了两块大牌子，上书：爱我长城，爱我中华。每次演节目时，就让人把牌子抬出来，烘托爱国气氛。黄河电视台播放了老高作词作曲的《长城情》和裴吉荣、刘翠先两位演员表演的二人台《长城内外是家乡》《长城日记》。在现代歌舞剧《长城魂》剧本中，老高刻画偏关县委书记、"山西十大最美长城卫士"王源同志，很有抒情性与现场感："拍拍手上的黄沙土，披一身星光……"如果不是生活在长城脚下，他不会有与王源书记如此动作一致的感同身受。

老高说："只要手能拿得动笔，经济条件允许，我就要把艺术团办好。用长城先进文化增强艺术团的凝聚力、感染力和号召力。"经过七年的努力，老高组织、指挥的水泉秧歌队已经在宣传长城文化、保护水泉长城方面做出了有目共睹的成绩，彻底改变了水泉人"早上听鸡叫，中午听鸟叫，晚上听狗叫"和"忙时扛锄头，闲时搬'砖头'，回家转锅头，晚上靠枕头"的闲散生活方式，形成了具有水泉特色的文化区。为了长城文化，老高舍去的是每次200元的写字挣钱业务。这样老高才安心啊，县里有活动时，王源书记经常派车接送他，还问他有什么困难。他心里暖乎乎的："我不能给政府添负担，还要以实际行动报答党和政府的关怀。一定要搞好长城文化！"

老高保护了家乡的长城，长城也滋养了老高这样优秀的长城儿女。近年来，老高在文艺战线上频频获奖，除去交税，前后获得奖金35000元。其中，省部级单位奖金10000元。小戏《拉不住的手》被评为2019年忻州市文联全市文学艺术征文一等奖，获得奖金5000元。可别小看这点儿奖金，对于老高一家而言，这已是一笔可观的数目了，更关键的是老高的文化得到了社会的认可。当年的中学才子,终于吃到了"文化"这碗饭。

秀才老高现在的家庭收入来源,一是靠种地和养羊,家里有十来亩坡地,还养着九十多只羊,能收入万把块;二是县财政拨款工资将近两万元。另外就是稿费和给镇上的文化墙去写写字贴补家用,一年下来勉强能收入3万元,光景还算过得去。

几间石窑洞,文章天下行。老高的名气越来越大,经常被邀请到外地去开会。凭借一支能"生花"的妙笔和"山西省长城保护研究十大杰出人物"的荣耀,老高走出偏头关,走出娘子关,从省内走向了全国性的长城保护平台。老高现在的社会身份可多啦——中国长城学会会员,中国戏剧家协会会员,中国田汉研究会会员,中国民间文艺家协会会员,山西省作协、剧协会员,山西省长城保护研究会会员,忻州市长城学会会员……这真是:千辛万苦多磨炼,潜移默化成专家,寒窑度日书满炕,袖藏风骨写春秋。几十年来,老高守得初心如日月,安贫乐道爱长城,人生终于像并蒂花开见硕果。

老高家的闹心事儿

有一次,"徒步双侠"徐光、贺文带着在新浪兼职的腾讯网记者来许家湾村采访老高。老高真是激动,心想:懂我的人终于来了,腾讯网的图文发布,阅读量大,一定可以帮我在媒体上呼吁全社会都来关注、宣传我守护的这段"野长城"。妻子王玉莲可顾不得想这些,记者一问家里情况,不禁悲从心头起,两腿一盘,坐在炕上一把鼻涕一把泪地哭了起来:"我可跟上他一天没好活过。一个月挣上300块钱徒甚咧,他撇下家里的活儿不干,天天跑长城。我一个女人家还得作务庄稼,还得出去放羊,还得给娃娃做饭了……"老高义正辞严地对妻子说:"哭什么?房子旧了能住,衣裳破了能穿,长城保护不能中断。"扭头又对身边的儿子高凤鸣大声讲:"等我死了,你要把我埋在这烽火台下,死了我也要看守长城。"在场的人无不肃然起敬。

原来,年轻时的高政清在水泉读中学,是有名的"秀才"。学校里自是少不了女生对他心生爱慕,他单单喜欢上了王玉莲。王玉莲父亲反复思忖:十里八乡就数这后生有才了,将来定是水泉最有出息的人了,闺女跟着可要享清福呢。于是,二话不说就许了。谁能料到,半辈子过下来,老高家没打过一间新窑洞,多少年了还是住着父亲留下来的三孔简陋的老窑洞。近几年孩子大了,才又买下隔壁邻居的窑洞。当年的"班花"跟着老高吃尽了苦,现在穷得骨瘦如柴。别的同学都闯荡的闯荡,致富的致富了,只有老岳丈当年最看好的老高过成了"穷秀才"，守着这些"野长城"寸步不离故土。最有才气的老高把自己的全部精力都放在了宣传、保护长城上，不是巡山看长城，就是写剧本、写歌词，领着一帮中老年妇女扭秧歌、唱小戏，宣传长城文化。那个铁皮文件柜里码得高高的几摞荣誉证书，是能吃还是能喝？老婆还在小炕上向着挤站在地下的记者们哭诉："穷就穷啊，谁教他迷上了长城呢，我也认了。少吃没喝可以，我气得是因为没钱，孩子的病没给及时看好。我心里疼啊！"

  提起这事儿，老高心里也难受，感觉对不住妻子，却又万般无奈，长城他是爱定了，连累了一家老小跟着受苦。忻州市长城学会副会长兼秘书长杨峻峰爱才，喜欢老高这个爱长城的知音，专程开车来到水泉给他送书，喜欢文化的老高激动坏了，赶紧请杨老师下馆子吃羊肉，表达谢意。杨老师吃着吃着才发现，老高一口都没吃，把自己那碗留着要带回家给他妻子吃。老高耿直威武，爱起长城来三生三世；老高侠骨柔肠，疼起妻子来心有千结。

  老高有颗感恩的心，一见面除了谈长城，谈创作，谈长城文艺宣传队，再谈的就是好心人对他的帮助："2018年，有位上海市退休教师毛庭霜老人从《南方周末》报上了解到了我'舍小家，护长城'的感人事迹后，立即动员亲朋好友和自己的学生给我寄来了几包御寒衣服，都新新的。把我感动得呀，自己留下几件后，将大部分衣物都又转送给更需要帮助的人们。你们说，有这么多好心人都关心咱，咱保护长城更有信心了。"说到此，老高被风吹日晒过的脸越发地红润了。

好汉山的"守护神"

  柏杨岭的风，记住了那些边墙内外的事，东南西北地刮来刮去，刮出草枯草黄，刮出残垣断壁。让偏关人自豪，也让偏关人心疼。2014年9月，老高领到了县长城保护员冲锋衣，正式应聘为明长城水泉段保护员。

  从红门口到柏杨岭，60华里；从柏杨岭到红门口，60华里。

  一瓶水、俩馒头。以前没有摩托车，老高徒步往返巡查一次就是12小时，中途需要在小元峁村的亲戚家过夜才行。来来回回这一走，就走了好多年。没有耐得住寂寞的心智，没有热爱长城的情怀，一个跋涉者在这荒山野岭是坚持不了多久的。也只有老高愿意沿着长城乐此不疲地走，追星赶月地奔。别人眼里的残垣断壁在他眼里都是活着的巨龙，匍匐在好汉山的山梁上，为他反复讲述着曾经发生在这里的故事。

  提到好汉山，老高的嘴角微微一翘，便开心地讲起好汉山的传说——明朝年间，偏关县老营镇小元卯村的西北山上开始修筑防御工事，从全国各地招来许多夯墙、烧砖的民工，中间有一名姓"好"的烧窑工，身高力大，一只巴掌伸开足有常人两个巴掌大。他吃起饭来吓人，干起活来惊人，总是别人的双倍，从不偷懒，嘴里总是在说："赶紧把长城垒好了！要不然鞑子过来，咱们又要遭殃。"一起干活儿的民工都亲切地喊他"好汉"。好汉最拿手的活儿是拓砖坯，一巴掌拓一个，拓起砖坯来速度快得很，便总能在25斤重的大砖坯上留个大手印儿。人们把他拓的这些有手掌印的砖叫作"好汉砖"。终于，好汉为修长城累死在了这座山上，人们为了纪念他，从此把这座山叫作"好汉山"。

终年行走在好汉山上的老高，每每经过这里时，便不觉孤单，仿佛能够看到，明朝年间那名姓"好"的砖窑工，还在长城脚下汗流浃背地拓着砖坯。而每隔20华里还会有一座九窑十八洞敌台，沧桑而壮观，残缺的美未能抹杀它雄伟的仪态。生在长城边，满眼尽是它，让人怎能不爱它？

看长城是个良心活儿。县里给长城保护员每月300元补助，要求至少巡查两次，他却看得又勤又细。祖祖辈辈生活在长城脚下的乡亲们，不稀奇这些土城墙，除了能借这些厚厚的土城墙打个窑洞居住或存草料，拆些城砖砌院墙、垒猪圈，这些遍野的长城并没有给他们的贫困生活和艰难命运带来任何转机，因此长城保护意识淡薄。最常见、最头疼也是最难管的就是放牧人员到长城上放羊，对老高的劝阻很是不屑："长城又不是你家的，你一个月挣300块钱，不够有钱人打一个喷嚏、吃一顿饭花的钱多，牛甚哩！你管得这么宽。"遇到这种破坏长城的人，不抽烟的老高就会拿出特意准备的一盒好烟来和他们"套近乎"，一边抽烟一边拉家常："到长城上放羊，羊把长城上的草吃了，有时候连根拔起，造成新的水土流失。今年长城少一寸，明年少一尺，后年就会少一丈，老祖宗留下的长城宝贝，就会毁坏在我们这代人的手里。咱们必须带好保护长城这个头……"通过说服教育和感化，现在基本上没有人到长城上放羊了，晋蒙边界的不少放牧人和老高成了朋友，组成口里口外的"长城保护网"，一发现或预感有人要到长城上挖土取砖，这些放牧人就立即制止，有力地保护了长城。基本不再有人到边墙上放羊，即便偶有不自觉的放牧人，远远地一望见老高那件蓝色的长城保护员冲锋衣，就知道是看长城的又来了，便赶紧地赶着羊群远离了长城。说到此，老高便会自豪地笑笑："古代将士身披铠甲，而这身蓝色的长城保护员工作服就是我的铠甲。"

2020年的秋天，这里已不再是历史意义上人烟稀少、寸草不生的黄土高坡，苍松列队，绿草披山，风车奇秀，烽台威仪，黝黑崭新的旅游公路曲折盘山，满目都是生命，满目都是活力，关山深处人民的生活，就应该是这个样子。

沿长城一号公路边上蜿蜒的长城，500米一个烽台，挺立在旷野山脊上，自明朝以来，怀抱着一个"野"字，在山风中畅意了几百年。间或，你会看到一尊"富贵相"的堠墩，是明代最大的烽火台。以墩台为中心，在六七米处圈起一个高3米的土夯围子，南边有砖砌门洞，下方上拱，高2米，宽1.5米，供人畜出进。墩台周围挖有四五间窑洞，用于守军住宿、圈养牲畜和存放柴草，是具备传递烽火与物资转运双项功能的罕见形制。老高深深热爱着这些不会说话但却尽是故事的"野长城"。

从2014年到2019年，中国新闻社、腾讯新闻、澎湃新闻和新华社，还有中央电视台、黄河电视台和忻州电视台等新闻媒体和报社的编辑老师们，前前后后来采访老高有十多次，老高认为这是全国人民对自己的信任。

"因为我生在长城脚下，在长城脚下长大，这几年保护长城对它感情非常深，如果我看到有人在长城上拆一块砖，挖一块石头，那就是比打我一拳头也难受……"

"弹一弹身上的土，披一身星光进了屋。喝一碗酸米汤，醉入饥渴的肺腑。揉一揉酸痛的腰部，捶一捶不听话的老骨头，铺开一页页稿纸，我把巡查长城来记录……"

老高的这番全心全意，这番坚守坚持，是内心里热爱长城的情愫和保护长城的信仰在支撑。往小了说，这是在烟火人间每日升起的袅袅希望；往大了说，这是在几百年边关文化中读诵的一部爱国史诗。

从1号墩到4号墩，5华里。老高"巡边"的范围缩减了，摩托车取代了徒步行走，苦轻了许多。但老高的责任心未减丝毫。

不仅要巡查长城，老高还经常在老乡那里打听一些长城石碑的下落。这不，在2021年忻州市长城学会偏关分会群里的"线上长城新年论坛"中，老高又在呼吁："我打问见一块明代修长城的石碑，盼咐老乡存着呢，咱们想办法把它运回来呢，看是保存在哪里合适了，不能再弄丢了……"

老高经常站在红门口长城关隘远眺，土黄色的边塞风光静美如画，峰峦如聚的黄色丘陵上，星罗棋布的烽堠墩台苍凉而又挺拔，仿佛在向他诉说着这里曾经发生过的刀光剑影、鼓角争鸣，也在对他低语着风雨侵蚀与人为破坏的苦痛。老高不由得挺了挺腰背，肃穆起来，让自己站成了好汉山上这些"野长城"的"守护神"。

边墙之下有梦想

许家湾村是红门口的南大门,自古就是兵家必争的战略要地。老高正在写一部名叫《鸿门口史话》的书,打算用23万字左右介绍鸿(红)门口的历史状况。他认为鸿门口的历史其实就是一部中华民族的优秀史,是保护农耕文明不断生存发展的战斗史,也是反抗外来侵略者的爱国史。当地人民勤劳勇敢,用一双双手创造着美好幸福的生活史。老高觉得,自己作为一名从事文化工作多年的文化工作者,"从1983年到文化站,到现在已经30多年了,在有生之年,我有责任把红色文化、经典文化和优秀的长城文化、传统文化传承下来,写成书记录下来"。

这些年来,高政清所获荣誉无数,他的事迹被报道后,网民纷纷点赞,向长城的忠实守护者致敬。面对荣誉和赞美,高政清总是淡淡地说:自己只是尽了一个长城守护者的责任。

老高说:"长城,你不钻研它,它就是不会说话的城砖和石头;你若钻研它,它就是充满灵性和有巨大学问的一座艺术宝库,长城研究涉及到政治、经济、防御、建筑、边境贸易、民间生活习俗,军事防御,民族团结等内容,有你一辈子也学不完的学问。"2010年开始写长城文章的老高,一边巡查、保护长城,一边挖掘、收集和整理有关长城的资料、实物、民间传说故事,陆续发表在一些长城报刊、杂志上。他的愿望就是尽己所能传承长城精神与长城文化,把这些长城文化遗产留给子孙后代。

老高只是一名工农兵学员,1977年从原平农校毕业后进入水泉乡文化站工作,窘迫生计与局促条件没有限制了他对长城文史的研究,以半生心血完成了20多万字的长城专著《中国长城博物馆——偏头关》初稿,不是专家,胜似专家。带着这些研究成果,他经常受邀参加省内外各地长城研讨会,开阔了视野。2018年,老高被评为了"山西省长城保护研究十大杰出人物"。2019年,北岳文艺出版社结集出版的《山西明代马市》《山西长城民间传说》两部书中收录了他撰写的《水泉营马市》《好汉山的传说》等六篇文章。

2019年,老高又被忻州市电视台评选为"忻州好人",评语如下:"他翻山越岭巡查长城,把长城内外的故事整理成册;他数十年如一日,自觉地艰苦而卓有成效地做着保护长城的工作,本期《忻州故事》讲述的是新时代长城卫士高政清的故事。"

2020年3月,老高很荣幸地入选"中共偏关县委联系的优秀专家"。2020

年4月，忻州市文联吸收高政清为《中华长城资料》丛书编委会成员，参与编写了《中华长城资料（军事类）》部分。

"长城专家"也好，"忻州好人"也罢，老高这辈子是与长城难分难舍了。他说："只有支持爱护长城，才能懂得对长城的感情。每到巡查长城的时候，我就仿佛听到长城在哭，长城在流泪，长城在流血。长城从历朝历代到现在，留下了守关将士的鲜血，它不仅有很高的军事价值，也有很高的经济价值，有很高的建筑艺术。如果你不深入了解长城，你只能看见它是一座城堡，一座马面，一堵墙，但是你如果研究起它来，那学问非常高……"

对于从小生活在边墙下、毕生行走在边墙下的老高来讲，长城已是一种乡愁，一种情结。他是携着一种爱的穿透力，将长城情结外化成了一复一日的边墙下的行走，烽台间的研究，史海中的畅游。他是长城保护员，又是长城研究者，是中华文明的守护者与传承者，是我们民族的魂。

行文至此，老高又欣喜地向我发来邀请："偏关县文旅局非常支持我发展长城文艺队伍，最近支持了我们威风锣鼓、大镲和表演服装等近三万元设备，我现在正在设计'擂响鸿门口长城文化战鼓'的鼓谱，谱写发展鸿门传统文化的歌曲，疫情安全后立即投入排练。欢迎您和市长城学会各位专家、学者前来观光指导！"

营堡之间，烽火台下，密织如网的明代长城保留着戍边时代的逶迤雄姿。老高就在这些明代边墙下行走着、礼赞着、研究着……不负边关好风月，写尽长城传奇歌。

栖居在南城门上的"精神贵族"

尤占宇气宇轩昂地站在了我面前，肩阔膀圆个儿头高，像关城一道高墙，使人不得不仰视才能与之四目相对开始传递信息，全身却又散发一种老城般既沧桑厚实又慈眉善目的亲和，挺拔的身体似乎总在努力向你俯下来而又终究未能弯下身来传达他内心想要极力传达的一种友好。占宇，占宇，尤占宇，这名字早已占尽天地乾坤，厚德载物，包容万象，大济苍生般地伟岸了。

然而，关城人早已给他身上贴了一个很妥帖的标签：好人尤三。这标签常常使人忘记他的职业、他的敬业，只会吆来喊去地请他帮忙，张罗白事要请他，山险救急要找他，仿佛他是"尤万能"。于是，除了有贺文等市长城学会偏头关分会的会员们在群里向我推荐把他作为首选写作对象，更有偏关县委宣传部主任科员黄鹏飞雅士、偏头关"徒步双侠"之徐光动情撰文来向我诚心诚意夸尤三的好，讲为什么我应该写尤三。

尤占宇，男，1967年出生于偏关城内，后回到楼沟乡磨老窊村上小学，楼沟乡中学读初中，偏关中学读高中。1985年毕业，以待业青年身份参加全民合同制工人招考，1986年10月在司法局上班，做工勤人员五年。1991年被调入县博物馆工作。跟随老馆长刘忠信学徒，在文物战线上一干就是三十年，现在是偏关县博物馆副馆长。2011年7月加入中国共产党。系中国长城学会会员，山西长城保护研究会会员，忻州市长城学会偏头关分会副秘书长。

然而，我还是想在此处忽略他身上的那些光环和称谓，退到关城平常百姓中间审视他，讲述他，称他为"尤三"。因为在偏关城，尤三作为博物馆副馆长的官方身份，就同县委王源书记、文物局胡美仓副局长、残联李爱民理事长、宣传部黄鹏飞部长等领导一样，不仅仅是政府职员的意义，而是一项项责任与义务的体现，是担当与奉献的代称。"尤三"的符号，也正从此意中产生，定格。

下面，我要请故事的主人公尤三正式出场。

文物考古，从"万人会"入行说起

自1601年开始，偏关"万人会"每十年一次，成为偏关人纪念平倭有功的万世德的永久盛会。

1991年，偏关长城第一人刘忠信老前辈恢复"万人会"纪念活动，弘扬爱国精神，广播积善之风。县城内高搭彩棚、彩门，披红挂绿，整个山城五彩缤纷，街道上人山人海，摩肩接踵，万头攒动。龙灯、高跷、旱船、抬阁、狮子舞、老虎舞、秧歌等社火活动让人目不暇接。"白衣殿"的祭奠仪式纷繁复杂，人手短缺。老馆长刘忠信一眼相中了临时抽调来"万人会"帮忙的小伙子尤三，便将尤三留在自己身边做助手。从那以后，尤三正式入行，成了老馆长的"小跟班"。

偏关县人杰地灵，早在新石器时期就有人类居住，汉代时，美稷国在此修建吴城。吴城遗址，又名"吴王城"，位于偏关县南楼沟乡吴城村，形成于新石器时代到汉代。文化内涵包括庙底沟二期、龙山晚期、东周、秦、西汉时期。城垣南北1000米，东西500米，残高3.5米，夯层9—12厘米。1992年，尤三一个人在吴城住了3个月。由于业务不熟，认真的尤三捡回好多陶片。老馆长一看，语重心长地说："尤三啊，文物考古是要动脑筋的事，不动脑子，你捡回这么多没用的陶片都是白费辛苦。""要在这儿工作你就得好好学，要考古就要想象到当时的情况，比如这墓葬为什么要用这种土了。"

尤三记住了，从那以后，他和吴城是耗上了，三天两头就往工地上跑，拿个小本本记得密密麻麻的。时间最长一次是在1995年，他在吴城一住就是八个月。另一组是斛双虎带队。斛双虎是老馆长的"关门大弟子"，后来因长期考古双腿受潮做了截肢手术，市文化局发了红头文件号召全市文化系统学习斛双虎同志精神。他的事迹更加激励了尤三。1996年又随老馆长刘忠信在吴城住了三个月，一起协助地区文管处在工地进行遗址考察。209国道改线时，住在吴城的依然是他，仿佛成了吴城遗址的"法定监护人"。他是躲在一道道墓穴底的文物研究保护专家，修桥修路的工地上，总有尤三日看夜守专业地在岗。

吴城墓葬6.8米深，每2尺灰就打夯一次。尤三很快学会了用探铲（又称洛阳铲）来辨别土质并画出形状的这项考古工作基本功。此外，还总结出不少墓葬考古的经验：铲子刮过后土色不一，墓添土，颗粒有大有小，有花点；生土回填后，带进氧气，发黑……工地每次需要2至15人才能展开工作，同时打开2个6.8米深墓葬，需半个月完成。为保护墓葬不被损坏，开挖深4—5米，外阔 3 米的巷道。每下 1 米深，墓坑缩小一次，这样可以避免出现塌方把工作人员埋进去。这就是令尤三痴迷半生的工作，每天蹲在阴气很重的墓穴里细心忙碌，全然不管世人是怎样地误解这份职业。

吴城遗址不断有文物发现，比如地表采集物有陶片、瓦和瓦当，可辨器型有罐、盆、鬲、瓮等，纹饰有篮纹、绳纹、方格纹和附加堆纹等。城周围有秦、汉时期墓地，出土物有铜镞、铜镜、印章、剑、弓盖帽、鼎、薰炉等。这让尤三格外地欣喜，把那些沉睡千年的稀罕物件儿拍照存在手机里，逢人便给人讲解。

偏关县的普查考古主要有两条线：一是沿黄河畔；二是沿关河畔至化肥厂。偏关县文物馆没有文物考古资质，只能配合其他地区的人来工作。1991 年至 1994 年，尤三参与了平万路考古，塔梁考古。2001 年，他与老馆长刘忠信各带一组，粗略普查长城墙体，摸清走向，绘图、拍照，查清楚各处的高压线与低压线。2003 年，开始担任文物管理所副所长。2011 年 7 月至 8 月，为配合神河高速公路建设工程，尤三第一时间赶到遗址现场认真保护，古迹未被破坏。山西省考古研究所与忻州市文物管理处对楼沟遗址进行了考古发掘，尤三全程参与，此次发掘共发现房址 5 座，灰坑 3 座，出土数件石器及少量陶器残片。总之，哪里修桥铺路，哪里就有他的身影。包括龙口发电站水淹没区、火烧塔变电站、沿黄河旅游公路上的天翅湾新石器遗址，还有南城门楼、钟鼓楼、护宁寺、白龙殿、隆岗寺等这些古建维修，他总要赶赴现场，值守文物不被破坏。在考古工作中，尤三慢慢积累了许多专业知识，譬如汉代墓砖的长度、宽度、厚度是多少，墓葬结构是怎样；再如一些复杂墓群，上下好几层，最接近地面的有民国墓、清朝墓，越往深挖朝代越早，一直能够挖到汉墓，墓中有男女合葬，有陶器陪葬等。入行三十年，资质很不浅，一年三百六十五天，几乎天天都在考古现场，果然没有辜负当年老馆长对他的期望。

进入新世纪，全国进行了三次文物大普查，第一次是 1956 年全国第一次文物大普查；1984 至 1988 年全国第二次文物普查；第三次是 2007 至 2011 年全国第三次文物普查。每次的文物大普查，都要先进行两年的集中培训，然后才开始一年的实地普查，最后再花两年时间汇总上报材料。这次"三普"，尤三有幸参与过其中两次的培训学习和实地普查。普查文物点 423 处，圆满完成了偏关县的文物实地普查和文本撰写任务。

2007 年长城资源调查，他去省里参加了一周培训，学习了考古、古建、化石、石刻等，并在 2008 至 2009 年走完了从柏杨岭到北场（北场村是偏关内长城终点）、老牛湾到寺沟的明长城，普查了沿线的所有堡子和烽火台。

2012至2016年，第一次全国可移动文物普查，尤三去忻州参加七天培训，成为合格的普查员。完成了偏关县馆藏文物的建档、称重量、测尺寸、照相等各项工作，普查不可移动文物1197件（套）实际数量11868件（套）。尤三与时俱进，还经常在网上参加培训学习，取得了全国石窟寺管理人员线上培训结业证书、全国文博网院培训结业证书。

2018年重新核查文物，尤三新发现了省文物资料中没有记载的尚峪乡邓家山堡子，同时发现王帽山、上铺村、卡坡村三个烽火台。这些文物都是被压在明长城下或因长城改道被遗弃而一直未被人发现过的。在宋家塬，他还发现了被老百姓拿来喂羊用的六耳军锅。在百草坪、堡子坪系统考察遗址、古堡和墓群，蹲在冷阴墓底连续作战，每天能完成两个墓葬的清理工作。

偏关县自古为游牧民族与农耕民族战争拉锯带，文物破坏严重，考古难度大。因此，偏关文物考古落后的原因一是学术水平不够，二是地理位置造成。但据市文物考古研究所所长郭银堂讲，像尤三这样的考古专家，全忻州市真还不多。此刻，坐在我面前的尤三，以他多年来专业培训与潜心工作的历练，一言一语无不显示着他考古经验的丰富。他欣慰地向我介绍着偏关县文物普查最后的定位是：新石器遗址，汉代城址，明清古建。为简化工作思路，一般把夏商周遗迹都归在新石器遗址类，把唐宋元遗迹归入明清类……

侠肝义胆，从天翅湾救险说起

别人不敢走的山，上不去的崖，尤三都能上去走完，长得彪形大汉，行得身轻如燕，危崖绝壁上边走边拍视频。2018年，潇洒的尤三用"我行我素"注册了一个视频账号，开始发布自己拍摄的偏关山水、文物古迹与长城上的村庄民居，到现在已经发布了123条短视频，粉丝量突破5000大关。加上其他视频，足有四五百条了。其中一条老牛湾堡视频，播放量高达4.5万，很好地宣传了偏关长城。2020年春天，尤三去天翅湾的"阎王鼻子"上一走，拍到了明长城，这一发现惊动了长城爱好者们，天翅湾成了每一位长城爱好者的向往之地，纷纷前去探险猎奇，每一次探索都会有新的发现。

这不，市长城学会副会长兼秘书长杨峻峰特地赶到偏头关，在"徒步双侠"贺文、徐光的陪同下，兴致勃勃地从天翅湾一直考察到叼羊咀，正赶上黄河水位下降到最低，杨、贺二人兴奋极了，一直下到崖底，惊喜地发现了"笊篱头子"下的长城遗址"黄河边"和水门、油房。却不料，在抄近路攀上悬崖的途中，二人被悬在了半山腰，上不能上，下不能下，坡陡石子滑，站都站不稳，顶着六月的骄阳一直从正午十二点挨到午后三点多，寻不到一丝的转机。等在崖顶公路上的徐光与司机靳志远接到贺文的电话求救后，沿着崖畔找寻，愣是寻不到两人的踪影，急得团团转。情急之下，只好就近向天翅湾村长杨贵荣求救，并找了熟悉天翅湾情况的尤三。这一找算是找对了，因为尤三早已经把日子过成南城门楼般的一身贵族之气，精神之贵族。他是英雄，哪里有险情，哪里必有尤三救急。

杨村长带着徐光等人赶到遇险现场，便着急从右边山崖上下去，结果没有找到，位置有偏差，没办法只能撤了上来。这时尤三也从县城急匆匆赶了过来，大家一合计：再从左边山崖上下去看看行不行？不知过了多长时间，杨村长终于喊话："人看到了，但是过不去。没办法只能报警了。"于是徐光打110报了警。在此之间，尤三真是艺高人胆大，冒着生命危险下到绝崖处的二平台，为悬空的石壁，他站在别人爬上去也腿软的石壁边缘，试着从崖顶给两位困在半崖上的遇险者往下吊水、吊吃的，让其补充体能。崖上崖下的人都在向他喊话、劝阻，说他太危险了。尤三全不理会，继续尝试着给崖下的人往下吊水。每吊下一瓶水，就被崖石碰烂瓶子剩下一半，他是一次不够吊两次，反复吊了七八次，两位被困者终于喝到了几口水，吃了口面包。在山顶眺望的所有人心都提到了嗓子眼，真为尤三捏一把汗，一旦失手，后果不堪设想。其间徐光反复给尤三打电话说："现在他们相对安全了，我也报警了，救援队马上就到，你一定要注意安全，不行就撤回来吧。"尤三答道："没事，我安全的。"在等待救援队的同时，杨村长又打电话叫了五六个村民，同时报告了天峰坪镇党委书记武秀贵。其中一位村民李关生冒着危险下到半崖探路，最后找到一条危崖险道，终于能够靠近遇险人员，伸手拽起两位被困的"长城大侠"。尤馆长跳进一条深沟搭建"人桥"，李关生伸出救援之手拼命助力，终于帮助两位遇险者安然爬上崖顶平坦处。

那一晚，险中求生的长城大侠们和一直在关注此事的长城爱好者们终于长舒了一口气，在偏头关分会群里谈论着这一次传奇经历。长期以来默默无闻的尤三——博物馆尤馆长，也在人们的夸赞与感谢中被拉到群里来，第一次引起我的关注，并成为我远程记录此次事件的纪实文学《天翅湾前说英雄》中的"英雄"之一，随着我的文章登上了《山西长城》杂志。

从2020年4月份到7月份天翅湾史前遗址考古，尤三骑一辆小摩托奔波了三个月，每天从城里沿着旅游公路到考古点上，有20多分钟就到了。在文物出土的关键时期，他在工地一住就是20多天，每天要记好总日志和自己口袋里的小日记，写文字、配草图，把数据搞清楚，相关照片存了一手机。那精湛的业务、细致的数据，受到了省考古研究院队长的肯定。他在工作之余，经常一个人下到天翅湾的黄河边上寻长城，找古迹，因此对这一带地形很是熟悉。用黄鹏飞部长的话来讲："虽说系职责所在，但什么年代了，尤馆长还能做到多少时也不回家，的确是一位指哪儿到哪儿从不打折扣的好同志。"

尤三喜欢从考古和实物的角度给大家普及文物知识并解读长城，为走长城的人们讲夯土层，讲陶片。一次在天峰坪史前遗址，他给大家讲挖出来的那些瓶瓶罐罐，讲那只造型奇特的罐罐是鬲。徐光笑着说："三哥，你也快成专家了。"长城文化人秦在珍老先生立马纠正徐光："尤三本来就是文物专家！"

这不，当我闻说在"天翅湾救险"中出现一位"大侠尤三"之后，慕名前来偏头关采访他，一坐下来就见他如数家珍，掏出手机让我欣赏经他之手出土和保管的那些文物：天峰坪新石器遗址出土了三四间房址，每间屋子出土2件器物。其中发现有白陶，里外都是白陶，陶身有螺纹，非常精美。还有"三足鬲"，史前人类煮饭用的器皿，上面可放置笼屉，三足中加水烧开，可以蒸熟笼屉中的饭食……短短一个多小时的夜谈，尤三似乎都只在一个话题上"打转转"："古代陶器有蓝纹、粗细绳纹、菱形纹、汉代炫纹（轮制）、磨光黑陶……"

精神贵族，从南城门寄居说起

偏关城挺有意思，街道巷子不对称，关城形态不对称，三个城门的位置也是各走各的线，也是应了偏关这个"偏"字。和城里的老人聊天，问古城多有四门，为何老营堡没有北门，偏关城也没有北门，老人笑言：那年月北方就意味着战争与恐惧，偏关位居最北，当然不能开设向北的通道了。于是，来到偏关城的人，很自然地把目光投向雄伟的南城门楼，城门洞上方嵌着的石匾上有"偏头关"三字，是当时的山西省委书记胡富国所题。城门上方是一座翻修于1997年的三重飞檐的彩绘建筑，朱红的柱子，雕刻着各种图案的横梁和栏杆，雄伟富丽。南城门楼东西两侧是白色马赛克贴面的现代建筑，银行、旅店或者商铺，与古老的关楼紧邻而居，再往两边有残存的城墙突兀而立，青灰色城砖斑驳破旧。城门内是现代建筑与明清建筑各抱地势、错落同在的一条古色古香的步行街，往北去可望得见关城的钟鼓楼，石基砖拱，红墙青瓦，飞檐歇山顶，雄姿稳健，十分气派。南城门楼和城门内外的这番景致在尤三的视频里经常出现，春秋朝暮之景象也算是大全了。也只有尤三能够让这些景致在网上频频出镜，一是因为没有人比作为博物馆副馆长的尤三更爱这座城楼，二是因为南城门楼正是尤三一家人的寄身之处，真可谓"近水楼台"了。

不了解文物工作的人总以为尤三一头扎在考古工地上是为了得到多大的"好处"。了解尤三的人却知道，掌管着博物馆、城门楼和护城楼钥匙的尤三，生活到底有多困难。钥匙一挎包，忙碌半辈子，尤三是"车有一辆，房有一间"，跑工地靠自己那辆小摩托代步，挡风雨靠南城门楼东侧的一间小房子，不经意间也就熬过了几十年。朋友戏称他是"偏关十大首富之一"，尤三自嘲地说："远看是收破烂的，近看是个要饭的，仔细一看是考古的。"可不，寄居在省保单位的这间寒舍里，听起来阔气，实际上无水无暖，至今还在隔壁自搭的一间房子里烧火炉。生活清贫如此，工作却总有意想不到的压力。一次护城楼备展中，尤三把小柜里的好文物挑来拣去，却因一件二级青铜器未归放原位而大大惊吓了一番。更有时候，市文管所考古缺人手，他被抽调回市里或是原平、保德等处的高速工地上清理墓葬，一走就是好几个月，那一间寒舍也顾不上回去安住了。

黄鹏飞老师说："在此前一些比较'重要'的场合，从未见尤三闪亮登场，去给客人介绍偏关的一些历史。在我的印象里，他虽在博物馆工作，领着工资，却似乎属于体制内的草根或者受苦人，倒是在服务性的苦差事上，经常见他跑来跑去。"我说，这也许是尤三当年被老馆长刘忠信抓差到"白衣殿"帮忙时养成的习惯吧，这辈子只知道乐此不疲地打杂劳忙啦。他已经把自己活成街头巷弄的一面锦旗。他是万府街内的老城民，谁家有白事仪式，谁家总想起尤三。

偏关有个乡俗，但凡白事宴总要"叫夜"，是民间装裹、入殓、叫夜、迎祭和出殡等五项丧礼仪节中最为隆重的环节。叫夜那天晚上，总得有朋友来帮忙。人们便常常会看到尤三，在一字长蛇的叫夜队伍里来回跑。尤三不忌讳，该搭把手还是要给人家搭把手。这项友情出演的活儿计，也许能让尤三更容易读懂到他考察过的遗址中那些隔了千年时光的、不会说话的物件儿。

尤三是专业而敬业的，几十年如一日地把自己浸身在那一件件与之一样沉默不言的文物中，住在南城门楼里，蹲在墓坑里，奔波在"万人会"上；尤三是勇敢而细腻的，没有豪言壮语便已挺身而出下到悬崖，没有稍作停顿便已甘做"人梯"，让遇险者踏肩而过；尤三是勤勉而热心的，以前的老馆长是偏关"活地图"，现在的尤三是偏关"活地图"。

痴迷于长城研究的贺文经常打电话请教尤三，向他咨询考察路线。尤三说："走路还能走错？以后我就是你的顾问，辨不清的路线，找不到的堡子，有甚不清楚的，你尽管给我打电话。"

2009年，偏关县文物局组织两辆车的人去搞"三普"，秦老师跟着尤三爱上了长城研究。后来撰写《偏头关长城图志》，尤三没少帮忙给找资料。

农民摄影家苏文也有蓝图壮志，计划三年内拍完偏关境内所有烽火台，尤三就给他复印长城资料，让他把已经拍摄的长城点位标进地图中。

顾全罗更是经常打电话："三子，能不能给我些文物普查资料？"尤三便干脆将自己在"三普"活动中的贴身口袋书、记录本奉献了出去。

2019年初冬，尤三配合省考古研究院对天峰坪东遗址考古时听当地人说附近有个暗门，不知道做什么用的。尤三一听来了兴趣，在考古现场抽空一个人去看，发现了长城暗门，那可是偏关首次发现的长城暗门。这让"徒步双侠"贺文和徐光跟着兴奋极了，缠着尤三亲自到现场去证实，结果真的是明代西关河隘口东约800米处通往大古寨、小古寨的暗门。

生于斯、长于斯的偏头关人，醒着睡着都爱念叨个长城。尤三成了大家的"活字典"，有搞不懂、辨不明的地方，都得打电话找他核实。致力于长城文物保护与研究的文物局胡美仓副局长，经常陪同外来考察团队一起拍摄长城的文化局刘政伟主任，偏关第一位加入省美协的农民画家张生荣等，都是尤三这里理直气壮的电话"骚客"，当然，他们谈论的不是诗学，而是长城。

常常，尤三是高大威猛的边关汉子，站在那里长腿阔肩像一座英雄的城，向你倾情演绎这里关山万重一幕幕兵戈铁马的血染河山；又是如沐春风的文物专家，俯下身来轻声细语像一部谦卑的"活字典"，向你如数家珍地讲述偏关县一件件馆藏文物的来龙去脉。

他就是这座城，内心里装满了太多太多不为人所知的关城细节。

他就是这座城，眉目间蓄满了太多太多流连于史海的文物痴情。

他是尤占宇，真正的天地正气，寰宇轩昂，琐碎中见侠义，平凡中显赤诚的大丈夫风采。

他是尤占宇，蜗居在城门楼角落里的精神贵族。日出时，俯首甘为这一城百姓的一头黄牛，把每一寸光阴燃成每一缕烟火；日落时，翘首西望那一墩护城楼上的风烟俱净，听和平的铜铃声从那勾檐晚照中远远地飘过来，落在老城每一户人家的屋顶上……

他是尤占宇，像古老的南城楼一样，不喧嚷，不傲气，慈祥地放下本来高俊的身段，亲切地陪伴着这一城百姓，看他们忘却鼓角争鸣的历史印记，把烽火曼妙成烟火，把日子过成诗。

尤占宇再不威猛了，把高高大大、气宇轩昂的霸气收起来，和声细语地穿过每一条古老逼仄的巷弄，讲述着他的寻常人生。

可以说，我和尤三只是两面之缘，一席夜谈，对他知之甚少，便斗胆写下了上面这篇文字。

第一次见尤三，是在山西省第六届旅发大会偏关县第二届"长城最野在偏关"徒步活动上，我们下山后在水泉堡院内"一条龙"的帐篷内用完餐，钻出篷外一眼就相互认了出来，匆匆握手，互报姓名接上了头，便走散在人群中了。那一见，我终于把眼前这位高大亲和、轻言慢语、兄长模样儿的尤三和我在《天翅湾前说英雄》里提到过的未曾谋过面的"英雄尤三"合二为一，有了完整印象。

二见尤三，是在水泉乡海子楼一带长城沿线的烽火台爬上爬下测数据、拍照片一整天之后，擦黑回到水泉利用吃"午饭"的工夫采访了高政清，八九点才赶回县城宾馆，又一个电话把尤三邀来，从晚上10点座谈到12点，聊得不少，获取的写作信息并不多。因为尤三一讲起他的文物与考古就像着了迷，递上存在手机相册里的那些罐罐碗碗给我讲他在吴城遗址的收获，要么干脆就递过来他存在手机里的那些墓葬骨架给我讲考古，讲如何根据墓砖的厚度明确古墓的朝代……他这一讲啊，进得去，出不来，很难让我忍心插一句话把他引到关于他生活的更宽泛的话题上去。

于是，回来之后我迟迟不敢动笔写尤三，生怕自己的一无所知残缺了尤三的十全十美，使得这篇文章成为潦草一笔，交代不了热爱着他的关城人民。

好在，终于写罢收笔了。千年时光尤占，百里山河为宇。透过这些文字，我仿佛看得见，尤三高大俊朗的身影，在黄河边，在古庙里，在墓坑下，在南城门楼上，在千年时光与百里山河的经纬里，愈发得矫健而又诗意起来。不错，他是生活的平民，更是精神的贵族，时时予人以方便，毕生与文物相伴，无愧于自己的职业，无愧于作为关城子民的情结。想进一步认识、了解尤三，请您走到古城的街头巷尾去，走到偏头关的黄河边墙去，那里有他的足迹、他的身影、他的传奇……

天翅湾前说英雄

  第一次见到天翅湾，是走马观花。随着王源书记考察沿黄河一号旅游公路景点设计时，站在尚未开发的"黄河天翼"观景台上，顺着秦在珍老师手指的方向远远看见的，对天翅湾真没有太多了解。却在不久后的一天，在偏关长城学会微信群里，我亲自见证了这样一个英雄遇险的故事的发生，凭着群内的只言片语信息，当晚写完了下面这个故事。奔着这个故事，后来自己真的去了一次天翅湾村。在黄河岸边，找到了一个废弃的明代采石场，找到了"黄河边墙"，也亲自参与了山上早期长城遗迹的考察、测量，并与贺文一起坐着村长杨贵荣大哥的机动三轮车回到他家里，村里一群大老爷们儿在门口地下蹲着给我们炸油糕，村支书蒙大哥忙着给我们打枣吃，一直热闹到夕阳下山……

——题记

奇湾大美如天翅

  偏关境内的黄河大峡谷，两岸悬崖峭壁，奇峰耸秀，烟迷玉黛，风光独特，被誉为"北国小三峡"。早在新石器时代，沿黄河岸边就有人类居住过，至今遗迹尚存。

  一百多万年以前，天翅湾的崖壁被黄河横劈在两岸，形成永不闭合的万丈深渊。这道深渊，只有黄河可以恣意奔腾，再无飞鸟可以飞过。我无法想象，这道大河湾曾经寂寞多少年，除了日月在上空运行，白云卧成苍狗，星辰布作谜题，再有哪类生命敢于在这里栖息或者路过。

  然而，总有一些具有历史意义的年代会出现奇迹，在"天翅"滑翔的地方，在天赐奇湾的地方，神明要造化一批勇敢的人。那些人在悬崖峭壁间凿路而行，陪黄河一起行走，陪历史一起负重，陪生命一起繁衍，让它成为一条流动的湾，一条英雄的湾。甚至会有人依崖造屋，千百年来用四眼窑洞守候这道湾。

  在天翅湾村，至今都有保存完好的秦长城横跨东西，证明秦始皇统一六国后，曾在此修筑长城。两千多年后的今天，偏关县的一批长城爱好者和文化名人迷上了这里的历史遗迹，并数次来到黄河岸边考察长城，给这里的壮美景观起了一个美丽的名字：黄河天翼。天翅湾就是这双"天翼"的其中一翼，颇有"九虚高可游，凌厉垂天翅"的气势，当地人也有称"天赐湾"的。

究竟是天翅湾还是天赐湾，已无需我去再做深究。一个"天"字，已然让我知道，它是一个与开辟鸿蒙有关的地方，一个与沧海桑田有关的地方，一个生死曲折的地方，一个壮怀激烈的地方……

这就是天翅湾，我比对不出，到底是湾更美，还是它的名字更美，亦或是我们祖先的想象更美，还是我们今天的闯湾英雄更美。

史海风云起又止

它曾是一条天堑鸿沟，农耕文明与草原文化在春生夏长的光年里隔河相望；它曾是一道崖壁长城，游牧民族与华夏民族在冰雪封湾的寒冬里攻防对峙；它曾是一条西口古道，商业繁荣与纤夫血泪在日升月落的潮汐里沿河并行；它曾是一道被人遗忘的河湾，艄公戏浪与大河狂想在现世安好的宁静中被流沙掩埋。

宋朝时，这里的长城主要用来对抗西夏的入侵。"安得猛士兮守四方"，代县杨家就是这样的猛士。一千年前，杨家六郎率队跨马亲征出雁门，在这烽火边关兵来将往，奋勇杀敌，浴血疆场，世代忠良为国死，却终未能够保得住大宋江山永续万年。三百年前，代县杨家一支曾迁居五寨县境生活，因受当地地主恶霸欺负，两代人之后又从五寨迁到天翅湾生活，这里才有了"天翅湾村"。仿佛，杨家人注定要与这里的关山万重代代结缘。杨家后人在这片贫瘠的土地上辛勤耕种，度日艰难，便又有人从这里出发，沿黄河西出口外，在准格尔旗定居下来，繁衍至今成为一个400多人口的杨家村落。现在，天翅湾村子里还是杨姓人居多，村委会主任杨贵荣是他们的主心骨，这支杨家后人在这里安贫乐道，钟情地守候着天翅湾，似乎在等待什么……

沿着天翅湾的时间经纬，我们再说到明清。明朝时，偏头关境内军事防线加强，在黄河绝崖顶上自北向南修筑了蔚为壮观的明长城，可以想见，当年的天翅湾沿河一带，鼓角、烽烟、快马，何其不宁。赶上洪武年间明朝大移民，以及明末清初代县杨家将后人来此定居，天翅湾更是渐渐热闹起来。黄河两岸的商业始于明初的"开中法"，到清朝兴盛，康熙四十年（1701年）塞北余粮经此输入内地，这里作为粮油故道进入历史舞台。乾隆八年（1743年），山西巡抚刘于义上书皇帝"为筹划将口外之米以牛皮混沌运入内地事"，偏头关更是随之迎来它的商业兴盛时期，天翅湾的惊涛险壁也成为四方商贾的必经之路。

相传有江南六七人来北方经商，途经天翅湾时，遇险翻船，都以为自己要葬身黄河喂鱼了，没想到却都被黄河大浪拍上浅滩，所有人奇迹般生还，这些江南商贾感慨这个河湾定有上天庇护，才给了他们第二次生命，便把这里叫作"天赐湾"，表示他们的生命是上天赐予的。

如今，天翅湾只留下一道美景，等待向往它的人们虔诚来访；它又是一部刻满无字的天书，等待探索它的人们智慧来读；天翅湾甚至总有一页不朽的传奇，一股神秘的力量，在召唤着它的后裔前来勇敢攀援，探寻它的奥秘。

边墙脉脉探险地

2020年的某一天，这群人来了，以朝圣者的心理，双手合十，向着大河许愿，要叩石问史，穿越时间的河流，回溯到"砍砍伐檀兮"的日子，再顺流而返，读她数万年前的朴素，三千年前的进化，两千年前的融合，一千年前的烽火，二三百年来的船工号子和寂寞春秋。

他们是为还黄河、长城一个美好未来的沿黄河一号公路和沿长城一号公路文化旅游项目来考察黄河景点的。杨峻峰、徐光、贺文和司机靳志远一行四人，从天翅湾一直考察到叼羊咀。徐光因脚趾疼，又有点头晕走不了道儿，便留在车上。忻州市长城学会副会长兼秘书长杨峻峰与贺文，这两位在苍凉长城上奔波了很多年的孤胆侠客，看到眼前黄河水退露出崖壁，都很激动，和靳志远一起抓紧时机从叼羊咀下河去看"黄河边"（黄河崖峰上修筑的明长城），看黄河水门，看油房，看黄河峡谷的景观。一个多小时后，靳志远又渴又饿实在走不动了，就返回车上和徐光一起等着。杨、贺两位大侠正在兴奋点上，全然不顾烈日当头已正午，坚持顺着河畔半山崖上的纤夫之路一直走下去。黄河绝壁上的长城吸引着他们，流连忘返，他们总想象着前面一定还有更壮观的长城，好不容易下河道一次，能不拍一些好照片吗？干脆顺着峡谷向关河口方向一直往前走吧。

在这里，秦长城横跨东西，明长城沿黄河绝崖由北向南行进。天翅湾以古老而神秘的"边墙"魅力，吸引着长城爱好者们日复一日、年复一年地跋涉与探索，他们总有一种与长城的灵犀，愿意在这个美丽的奇湾穿越历史的风烟，回到秦汉，回到大宋、大明王朝，去找寻历史的蛛丝马迹，拍摄这道河险与山险瑰丽奇绝的永恒定格。

"在黄河天翼龙头崖下面，或许还会遇见长城吧。"杨峻峰秘书长与贺文两位"黄河边"探险者，这样想着、走着，天翼龙头未到，脚下的河道竟然变成一个大回水湾,崖畔水深,半崖的纤夫之路几乎中断,两人只能折身回返,又想找附近悬崖豁口直接攀上崖顶去,省去重复来时的纤夫之路。他俩手脚并用地向着六十度的高坡往上爬,可黄河峭壁太吝啬了,迎接他们的除了搓脚的碎石,就是不经抓的蒿草和扎手的黄刺玫,躬身爬了百十米,硬着头皮上到一个悬崖边,抬头往上看,有个一米五高的悬崖成了他们无力继续向上攀爬的难题。脚下是碎石斜坡,一滑就很可能溜进黄河的回水湾里淹死。午后的阳光直射下来,饥渴难耐的两位侠客,此时此刻全身贴在悬崖上,上不能上,下不能下,精疲力竭,只好给留在崖顶的徐光打电话找人求救。

天翅湾,古来难走,攀援困难。有勇气探身下去,有兴致走到尽头,却不一定有机会寻到来路,不一定有蹊径顺利返回。这次,两位勇敢的探险者就真的领教了天翅湾的雄奇不留情面。不巧的是,只有贺文随身带着手机,且即将电量不足关机,随时可能中断与徐光的联系,即使救援的人来了都无法及时准确找到他们身处的位置了,悬崖顶上的人根本不可能发现他们被困在半崖上的哪个位置。

危崖尽展英豪情

本就文弱、细致的徐光一听状况就急了,凭着多年考察长城的野外徒步经验,他马上意识到了事情的严重性,于是忍着头晕、脚疼和司机赶紧向附近的天翅湾村奔去,几经问询后,终于找到村主任杨贵荣报信儿。杨主任当机立断,带了绳子、水和面包一起奔向出事地点,先从右边山崖上下去寻找,结果位置有偏差,无功而返。杨主任说:再从左边山崖上下去看看行不行。他们又绕到左边山顶,从一个豁口下去。此时的徐光又累又怕,只想呕吐,实在走不了了,只能在半坡等待,又忙给以热心与勇敢著称的偏关县博物馆尤占宇馆长打电话请求来帮忙,同时给贺文打电话,安抚情绪,让他们不能乱动,等待救援。杨主任等人经过与崖底的贺文反复连线对话,以黄河对岸的四间石窑洞做参照,几经辗转终于确定了遇险位置。但是崖顶距离险地有百十米高,无法施救。

时间在一分一秒地向前流动,此刻已经是下午四点多,走了近乎一天绝壁之路的两位遇险者,身体严重缺水,全靠坚强的意志支撑在悬崖上等待救援。

尤馆长,一位偏关人心目中的英雄,果然不负众望。从城里赶过来的他,一到现场,便只身下了一段矮崖,用绳子吊下水和面包。崖上崖下的人都在向他喊话、劝阻。尤馆长全不理会,继续尝试着给崖下的人往下吊水,每吊下一瓶水,就被崖石撞烂,剩下半瓶,几个半瓶水之后,崖下两位遇险侠客终于补充到了一些能量。

情急之下，在尤馆长施救的同时，徐光不得不又报了警，请求增援；杨主任又打电话通知一些村民尽可能地带各种工具来，同时把此次崖畔遇险报告了天峰坪镇党委书记武秀贵。不一会儿，村民有拿绳子的，有拿其他工具的，都自发地加入到救援行列。其中有一个叫李关生的村民，说他年轻的时候下过一次，应该能下去。就这样，村民李关生冒着生命危险下到半崖，反复回忆，探路，最后找到一条危崖险道终于能够靠近遇险人员，伸手拽起两位被困的"长城大侠"，上面又有尤馆长跳进一条深沟搭"人桥"，李关生伸出救援之手拼命助力，终于帮助两位遇险者安然返回地面。

闻讯赶来支援的天峰坪镇党委书记武秀贵和公安民警、消防队员们，看到几个人安全返回地面，终于长舒了一口气。武书记带来水、面包和火腿，刘政伟主任带来了西瓜，给遇险得救者压惊、补充能量。天翅湾，住着清正务实的父母官，住着善良勇敢的守边后代。考察者们刚刚化险为夷，一看眼前这么多村委会领导和村民都在，哪肯错过这么好的一次请教机会。他们给村民们介绍县委、县政府开发黄河旅游、长城文化的项目，村主任和村民们给他们讲述天翅湾的古栈道和传说典故，大家全然忘却了整个下午救援过程的惊心动魄。

奇湾弄人，自有造化佑人。拜"天赐湾"传说所赐，受偏关各方施以援手，我们的长城侠客们终于成功脱险。在偏关长城学会微信群里，贺文兴奋地讲："杨会长原来文章中说，偏关长城九道边，我当时疑惑，这次在天翅湾村东南叫边墙塌的地方看到的早期长城，这就信服了。"此时此刻，看着这群刚刚在生死一线齐心闯关的"长城人"在群里津津有味地谈论着这次冒险考察的收获，想象着这群黄河故道、野长城上的跋涉者们正在"黄河边"的危崖间活动着的画面，我想：无论帝王将相南征北战的路过，还是胡马纵横掠夺中原的鏖突；无论禹王治水官船巡边的为政，还是庶民百姓摆渡拉纤的谋生；无论据险戍边划河为界的防御，还是勇闯西口北上图存的商农……他们中的每一个人，在每一次经过天翅湾时，在心中都有自以为荣光的使命和把明天变得更加美好的担当吧，天翅湾见证了他们曾经英雄的一面，追梦的一刻。那么，眼前的长城人呢？他们在舍身探下山崖靠近黄河的那一瞬间，在毅然重走纤夫栈道的那一刻起，与历史上每一名闯过天翅湾的人又何其相似？我有理由相信，他们都有一份英雄情结，面对水位下落的黄河，面对从黄河中露出的崖壁险墙，那份热爱长城边墙的情结都被清晰地唤起来了！

黄河，一条孕育生命的大河，一道上天入地的奇观，一湾人神共敬的圣水；

长城，一个征战厮杀与民族融合的特殊载体，一个古往今来的时空坐标，一座人神共舞的魅力舞台。

这里，我们不得不再次提起一个人——杨峻峰，祖籍代县，后居神池，是忻州市长城学会副会长兼秘书长，"山西省十大最美长城卫士"，在偏关走长城三十多年，这次在天翅湾考察"黄河边"（明长城）被困山崖。他的这一困，和天翅湾村主任杨贵荣的这一救，让两位杨家后人在天翅湾欢喜邂逅。杨家征战，杨氏移民，杨大侠遇险，杨主任施救。——历史是多么巧合，天翅湾是多么神奇，穿越时空，将这些同宗同源之人都齐聚到这里。是天翅湾横贯东西的秦长城与纵贯南北的明长城为媒，成全了今天这段佳话，为神奇天翅湾又增添浓墨重彩的一笔。

天翅湾前赞英雄

黄河天翼，大山大水大气势，两道奇湾像两只正在张开起飞的巨大羽翼，浮在黄河水面上，镶嵌在崇山峻岭间，似静欲动，翠色怡人。天翅湾，奇湾峭壁秀美景，一道河湾就是一只翅羽，被两岸的悬崖捧在怀里，托在心尖儿，妖娆地美，奇幻地美。如果坐在船上去看两岸奇峰，你会看到"佛手誓天"，还会看到"天狗护佛"，沿岸那座如女性身体的绿色山峦，如同黄河母亲的化身，在他（它）们的清净之心里已被奉为一个图腾，是与黄河母亲一样圣洁不可亵渎的神性之躯。

天翅湾两岸火山喷发、地壳运动隆起的岩石上，处处可见水底动物的化石。叼羊咀有大面积的古人类居住遗址，今年刚出土不少新石器时代的石刀、石斧和鬲、笸等陶器用具。满山坡的陶片，随便捡起一片，都是4000多年以前烧制的素面灰陶。捏在手中仔细端详，你会感觉到，来到叼羊咀，就好似抬脚迈进了四千年前隔壁邻居家开着的制陶作坊做客。

天翅湾，因黄河而欲飞，因长城而静止，因它的子民而瑰丽出彩。人们喜欢天翅湾的美景，更喜欢它古老而神秘的黄河、长城文化。天翅湾教会人们向石头问史，向历史溯源，向黄河、长城追索民族魂。

来过天翅湾和住在天翅湾的人们，也教会人们但求付出莫问收获，教会人们与绝崖长城共深情。英雄的天翅湾，因历代英雄的来过而更显俊美。天翅湾和天翅湾的英雄们，都是中华民族重新挺起的脊梁，孤独地跋涉，天涯海角地赶来，只为奔腾在边关落日下的这条泥沙大河，只为蜿蜒在危崖峰顶上的那条长城巨龙，只为那条捍卫几千年民族疆土和永续几千年民族融合的中华文脉。

面对天翅湾拿起笔，除了写这群英雄的探险者和援救者，似乎再找不到更有意义的事可做，一切文学的样式都显得虚拟而轻飘。且以几行认真文字献给今日之天翅湾，为绝崖长城喝彩，为闯湾英雄们喝彩！

徐光，好汉山上一道光

守关人

一座关、一群人，点亮长城魂
他们是沉浸在明朝往事里的守关后人
他们是跋涉于九道边墙下的长城好汉
源于一份对家国的热爱
自发地走在一起
坚持把几十年的光阴岁月
编织成自己内心美丽的"长城结"

我写每一位偏关长城人，都是怀着崇敬又喜爱的心情落笔的，不管是一面之缘的，还是从未见过的，在我每一次决定为他们动笔之时，一定是已在我想象的额前鲜活起来的。我从不允许自己在对他们未有感知的时间便草率提笔。因此，我笔下的偏关这群长城人，都是与他们身后山脊上矗立的烽墩一样伟岸、坚毅的，甚而至于认为，他们就是被世人仰望的那道墙。而今日写到徐光，我却宁愿把他想象成欢跃在长城上的一个音符，生动，活泼，不可忽略。

偏关县长城爱好者队伍中，最为侠肝义胆、古道热肠的徐光兄弟，差点儿就被我"凉拌"了。他是文物专家"老馆长"刘忠信前辈的"嫡传弟子"，从小跟着姑父姑妈走长城；他是偏关县热衷徒步长城、宣传保护长城的倡导者和推动者，与贺文并称"徒步双侠"；他是刘忠信前辈毕生致力于研究长城、保护长城事业的忠实继承者，奔走宣传于长城沿线村庄；他是传说中那座桥头的一袭青衫吧，以文弱但却专情的坚守成就了偏头关下又一段"长城奇缘"。

他是徐光，一名血液里流淌着江南灵秀却被祖辈带到这紫塞边关，注定了一生要在砖包边墙、土夯烽堠间交付热情的文弱书生。因为他一副眼镜背后的善良，因为他一身风尘之下的谦卑，因为他在偏关长城爱好者中的无处不在，我似乎理所当然地把他放在了采访对象的最后一位来讲述。又或是我的不自信，始终无从下手于某个特殊的点去谈他。在我所认识的一大群偏关长城人中，徐光似乎是我寻望这个群体的一个线索人物。不是吗？不管是聚在一起，还是在微信群里，他始终是最活跃的一个人，向我讲述宣传保护长城的细节和奇思妙想，在长城学会群里组织每次的徒步活动报名等。在我的想象中，他仿佛总是穿梭在人群当中不肯停下来的影像，飘忽得让我抓不住他，抓不住一个点来展开他的故事。

然而，徐光早在我的纸上了，从第一次冒雨到达偏关与他在大牌楼里面不多远处的饭店门口与他遇见。但终究是一直没有正式写他的故事，总觉得他这个活跃的音符在我动笔之前，还会跳动出很多的故事。

从徐家到刘家的文物情结

1992年，徐光从老营进城，回到偏关县副食品公司上班，没有安逸几年便赶上了下岗，不得不在1997年承包了公司。直到2002年，他干脆在城北油房头的街角处和姑妈一起经营起了小超市，勉强维持一大家子人的生活。

大约是"徐"字这个江南来的姓氏决定了他的面相罢，一脸的儒雅斯文、微风不躁，而一个"光"字足以涵盖了他全部的秉性：机敏通透、敦厚老实并光暖温和。然后，听他的"话匣"一启，才知道他并非清风徐来般凡事都比常人"慢三拍"的性子。大多的时候，他是按捺不住心头那股子兴奋劲儿的。他爱山爱水爱长城，姑父的教导、姑妈的熏陶，让他自觉地继承了前辈的衣钵，给自己这一生打上了行走关山、热爱长城的烙印。这是他的宿命，也可能是每一位偏头关子民的宿命吧。

徐家祖上是在清嘉庆年间从福建搬迁过来的。自古以来，徐家既是偏头关的守关望族，也是县城内府街的书香门第，徐光有个93岁的三爷爷徐东礼曾是正厅干部，他的父辈也都是偏关城内的文化名人。老大徐尚忠曾是偏关县文化馆馆长，老二徐尚仁也是才子一名，理工科目、书画歌舞都是样样在行，与偏关县文物馆"老馆长"刘忠信老前辈曾是偏关中学文艺宣传队的"黄金搭档"。因为这种缘分，徐光的姑妈徐秀英与刘忠信喜结连理，一生情投意合痴迷偏头关文物保护，而徐光也成为了"老馆长"刘忠信手捧《晋乘蒐略》面授机宜的"关门弟子"，成为文物战线的业余"尖兵"。

偏头关始于明朝，但这片土地有人类活动可考的历史最远要追溯到4500年前。2020年11月11日，在黄河左岸发现的距今约4500年的小型寨堡——天峰坪遗址就证实了这一点。虽地处晋西北偏远山区，却地上地下皆是文物，偏头关土著居民并不多，多是在明朝从全国各地迁移到这里军垦民屯的守关后人，不同的家族理念与文化基因形成了偏关人特有的文化情结，有很多人对文物特别感兴趣。如环卫工人苏俊，原是偏关二中锅炉工，却是酷爱收藏，在他手里，单是被省文物部门鉴定过的比较金贵的古玩字画就有七八件，还有一套同治年间书法《兰亭集序》跋，他用20斤废纸片便淘到一本1915年的字典，价值五六千元。还有贺文，8年间淘得80件古玩，都是从北宋到1912—1949年跨度800年的瓷器，价值70多万元，仅在2020年就买来了6万元的古玩陶瓷。索性开了一间"正大古陶瓷艺术馆"。与贺文形影不离的徐光，尤其还一直受着开偏关文物管理先河的"老馆长"——姑父刘忠信的言传身教，自然也不例外，如今已积攒下20万元的古玩，他主要是对石头比较感兴趣。一进他家，便将桌上那件新淘来的仿古陶瓷摆件儿让我们瞧。

一次，徐光与他的"长城徒步队"队员们去到天峰坪徒步考察，发现一位老人家门口存放着一口大钟，两只磬，还有一个香炉，仔细一瞅上面文字：同治一年铸。是文物呀！回到城里后，一直心心念念惦记着，生怕那些物件儿流落在山村被遗失。等他们再去时，那位老人家已经过世，他们赶紧联系小寨子村的蒙秀贵书记，回收文物。当我们随徐光再去天峰坪时，一起去到沿黄一号公路边上的一座小庙，看到那些文物已经一件不少地被安置在了村中小庙内，刻满了功德名字的大钟和那两只磬被吊挂在庙檐下，香炉被摆放在神像正前面。神灵在此，真的是无人赶来生出贪念、伸出秽手的。

随王源书记第一次考察沿黄一号公路景点规划项目的路上，车队在"黄河天翼"观景台下停驻了几分钟，徐光老远就冲着从观景台上下来的我兴奋地急喊："杜老师，我们在这附近发现了一个很小的明代土窑，太精致了，我带你去看看！"无奈，前面的车子都已经启动，只好一起上车，在车上看着他手机里的存照听他一路比画着那个新奇的发现。

从下岗到上山的长城脚步

热爱长城的情愫徐光从小就有了。姑父刘忠信是忻州考察、研究长城的第一人，缺人手的时候，徐光便理所当然被姑父抓差了，跟着姑父一起走长城，拉一拉皮尺，还是能帮大忙的。2016年的一天，徐家姑妈生日那天，他们是在水泉地下长城度过的，那是他的姑父刘忠信生前最后一次走长城。那一天，徐光用自己的面包车载着姑父、姑妈上了柏杨岭，那时候没有沿长城一号旅游公路，车子被陷在胶泥里一直打滑，喊了村里的三轮车才把他的车子拖拽出来。他们在水泉吃了饭，算是为姑妈过了一个特别的生日。这一家人对长城的钟情让人泪目，多年的耳濡目染，徐光想不爱长城都不可能了。注定，他此生要与长城结下不解之缘，他今后的每一个日子都是与长城同在的日子。姑父走后，善良的徐光与姑妈一起生活，一边照顾姑妈，一边传承姑父的事业，成为偏关县长城徒步队伍中的骨干分子。

下岗成为自由职业者，是徐光的不顺，也是徐光的幸运，他能说走就走地去走长城了。2012年，徐光叫了另一名队友贾慧军，与贺文一起开始走长城。他们开着他那辆本来是用作小超市进货的面包车，一年四季地往山上跑，向老百姓宣传保护长城的重要性。起初，长城脚下很少有外人去的闭塞环境，让老百姓对这些"没事从城里来瞎晃悠"的人很不信任，村里丢点儿东西也怀疑是他们所为，要么就疑心他们是想来盗墓的贼。一次一次解释得实在是麻烦，他干脆做了一块儿牌子"长城保护徒步队"立在车玻璃里面以证明身份。面包车看着不上档次，但却底盘高，耐折腾，最适合爬坡上梁了。路况越差，徐光开着越兴奋，全然没有了平日里的软语柔肠，简直就是好汉山上一大侠！

走长城全靠时间熬，走长城全靠两脚踏，且每一趟徒步都不知走到哪个时辰、哪个饭点儿。走得多了，队友们有些倦怠。徐光一想，这得想个办法，老话说得好："男女搭配，干活儿不累。"徒步长城也是这个道理。于是，他开始动员、发展女队员，先把队友的家属鼓动起来。于是，贺文妻子、苏文妻子和徐光妻都加入了走长城的队伍。徐光再拉自己的女邻居：周晓玲、苏玉花、赵华仁、刘文和50多岁的李先桂，都喜欢运动，干脆答应一起走长城，一是能够锻炼身体，二是吸引偏关父老乡亲，掀起全民热爱长城的热潮——偏关县"女子长城徒步队"就这样成立起来了。

徐光的小超市便是联络点。每次徒步，徐光是总联络人，每次徒步前，与他的"徒步双侠"老搭档贺文一起负责做计划、发通知。偏头关外的明朝那道墙变得热闹起来，那些烽燧墩台也仿佛好客的明朝大将，一次次地站在制高点，守望着这群不忘初心、不丢情结的守关后人。

徐光和他的队友们教育老百姓坚决不能拆除、破坏长城，以老百姓的切身利益作为切入点，给他们讲解长城旅游前景可观的远见智慧："它可是咱们以后的金饭碗啊，如果拆了它，你让来偏关观光旅游的外地朋友看什么？"

徐光笑着向我认真解释："你讲大道理老百姓又听不懂，什么'长城是历史文物，破坏长城要犯法'，老百姓不以为然。因为长城在那些百姓眼里就是他们打小看惯了的土圪塄和乱石头，有什么金贵的？面对觉悟不高的老百姓，咱得从他们的切身利益讲起，'可不敢破坏长城了，现在国家搞长城旅游，外头的人就是冲着这些边墙来的，旅游搞上去了，你们日子还愁不富？千万不敢再破坏了……'"

在我印象中的徐光，分明是从江南烟雨的桥头走过来的一袭青衫，携了前世的因果情意，此生只为性情中人而来。可眼前的这个徐光，又分明是边关月冷中风风火火跨马疾驰而来的一名"传令兵"，手中招摇着"长城徒步爱好者"的旗子，把自己的人生走成了只对长城的情有独钟，把自己走成了一名侠客。

2020年9月21日，我作为偏关县第二届"长城最野在偏关"徒步活动的特邀嘉宾与他们一起徒步好汉山长城，下得山来，队员们一个劲儿地摇头："这路走得不过瘾，太短，私下还得再组织一次。"徐光更是意犹未尽，悄悄对我说："就这一两天，我肯定还要组织一次徒步。杜老师，你再来走啊！"

遗憾我不是住在偏头关那条万府街的老城民，他们的活动我多半是没有机缘参加的。只能作为偏关长城界的特别友人，在他们的学会群里看着他们搞活动，分享他们的快乐。

从徒步到助人的古道热肠

徐光经常建议长城爱好者们到了乡下时，可以向长城沿线的老百姓多买点儿土特产，这样既是帮助了老乡，也方便和长城人家增进感情，打成一片，有话好说。大家还经常自掏腰包，为村里的贫困老人买药，买方便面和月饼之类的。用他们的话讲，就是"爱长城就要爱长城人"。

鳏寡孤独不寂寞，守关后人常探望。徐光所领的这群徒步队员，不是农民就是下岗工人，经济都不富裕。除去牺牲自己"讨生活"的宝贵时间去宣传保护长城，他们还经常接济村里遇到的孤寡老人，10元、20元的，钱数不多，心意常有。这些心意，落在老牛湾，落在滑石堡，落在偏头关有长城的每一个山庄窝铺。

天峰坪的人多数移居到了交通便利的公路边上，或者干脆搬进县城去生活。徐光等人去到那里的小寨子村考察，发现村里只剩下了一位老人居住，生活非常贫困，心里便想着：要是能给老人办个扶贫救济的本本就好了！到了第二年，果真查出老人是一名退伍军人，够这个条件。老人患有白内障需要做手术，但做手术需要亲属签字，大家打听到老人在五里地外的紫金山有个兄弟叫三福子，联系到后一打问，那人却不肯答应来给老人签字。等到他们再去村里时，老人已经去世四五天了，大家心里难过了很久。

阳洼子村的白海明，自家窑洞背后就是一座空心敌楼，原是在里面放着柴草，敌楼顶上常年往进渗水。徐、贺二位长城"大侠"便积极动员白海明维修这座敌楼："你家背后这座敌楼可是宝贝，外面有多少人稀罕着呢，可不敢糟蹋了。以后，我们带人来看它，你搞好食宿接待，既保护了这座敌楼，又搞了旅游接待，岂不是两全其美的事？"

这座敌楼便是有名的靖胡墩，比它更大的是村外沟底的平胡墩，在明朝时驻军多，级别高，巍然屹立在驴皮窑口那个地方寂寞了几百年。自家村里的一砖一石谁不爱呢？白海明爽快答应，担了几担土补上了漏水的窟窿，在敌楼里面还铺了石头台阶，方便游人行走。并将自己家的房子拾掇成了客房，一次能留宿15人，客人来了就住下不走了，等待早晚的好光线，拍摄美丽的平胡墩和靖胡墩，每住一晚收80元食宿费，白海明负责给客人提供一早一晚两顿偏关的农家餐饭，年接待量居然上了一万多，白海明也在2019年8月成了县里聘请的"长城保护员"。每次见到徐光、贺文，他俩都要向我反反复复絮叨此事，开心极了。这是他们为长城、为长城人做过的一件最有创意的实事了，能不开心和自豪吗？

偏关人走长城，首先是为了宣传保护长城，教育老百姓不能再拆了"边墙"垒猪圈，再一个希望就是通过徒步活动，吸引外地人来关注偏关长城，也来偏关看长城、研究长城。徐光与贺文最热衷的一件事就是接待、陪同外地人来偏关走长城，拍摄、研究偏关长城，为的是尽一己之力，扩大偏关长城在全国乃至国际上的影响。他们先后接待了京、沪的长城摄影人杨东和小武，还有重庆的爱山、广西的韦悦忠、青海的刘志明等徒步爱好者。

每次有人来，他们都放下各自赖以谋生的小超市，不仅全程陪同，免费向导，还无偿动用自己的私人车辆，并从自家超市带足了水和干粮。"偏关长城好，长城人更好。不仅陪人看长城，还管吃管车。"来过偏关的长城爱好者都这样说。这些话主要是讲给热心的"徒步双侠"徐光、贺文的。

2015年，徐光竟然在长城上与从山海关一路画长城画到偏关的张明弘老师偶遇。

徐光没有固定职业，没有从事那个专业的研究，但他的精神是富有的。他有城西一隅的小超市自营生计，他有一件藏品穿越古今的文物收藏爱好，他有陪大家走长城爱长城的业余生活，他的一副瘦骨中藏有山河美景、长城大爱，他是心中有故事的人。

生命的价值不在于生命的长度，而在于生命的宽度。你的价值不是以你活了多长时间来决定的，而是以你的一生帮助过多少人，影响过多少人，为社会和国家作出了多少贡献来决定的——徐光就是这么想的。

偏关长城爱好者郝建华在自己的美篇中记录道："2019年10月13日，偏关部分长城会员、长城爱好者一行15人从南庄窝徒步至破胡堡，结果司机走错本由西向东变成由东向西！途经两个堡三个口：分别是小口子隘口、吞胡口、滑石涧口，行程37华里。起点在偏关县南城门拍照，最后与滑石涧堡合影留念，结束行程（参观滑石涧堡、金马蓝泉）。徒步长城爱好者们用手机记录了一路长城美景与偏关的山川秀美，亲身体验了徒步走长城的喜悦心情。"

那次徒步中，徐光、贺文以及李爱民老师也在，他们用手机拍下了美丽的长城隘口、古堡。

2020年9月我在好汉山上随他们徒步，曾担任过老牛湾村官的何蛟追着喊着，让人们"不要在长城上面走，那是破坏长城"。一走长城，时任偏关长城分会副会长的李爱民老师就心情太爽，车上、山上都忍不住就哼起了地方小曲，还不住地举着手机拍照。文化馆的刘政伟主任太热爱摄影了，人还在山上，他就兴奋起来，反反复复说："这次回去要把人们的摄影作品出个画册。"

回头凝望历史长河，我们终将会发现，在偏头关有这样一群人，他们深知生命之须臾，于是在有生之年拓展着生命的宽度。生命的价值不在于寻找，不在于追逐，不在于羡慕，而在于感悟，在于领悟。

人这一生，生命的价值不在于你的物质财富有多少，不在于你的社会地位有多高，也不在于你的权力能量有多大，而在于你是否能够始终坚守良知和善心，是否懂得珍惜和感恩，是否给人阳光和暖流，是否有生而为人的家国信仰。我在偏关遇到的这些人，他们或高或低都有领导职务，但在偏头关下，在好汉山上，他们都是从明朝风景中走来的守关后人，是一块儿城砖又一块儿城砖黏合在一起的长城弟兄。徐光有幸，生活在他们中间，也有着令他们一起骄傲的长城情结和古道热肠。

从草根到政协的精神蜕变

通过一次次接待、陪同外地来的长城人一起考察长城，徐、贺二人由起初因为热爱而盲目地走长城，发展到后来也真正了解了长城的意义，开始自觉地考察、研究起了长城，并使这项工作成了常态化。他们经常出没于齐腰高的荆棘丛中，拉着皮尺丈量每一处长城遗迹的长度、宽度和高度，探测每一处台墩的夯土层厚度、年代，做好记录，再回家翻阅史书，请教学者，反复质疑、论证，追索历史的真相。

那辆小超市进货的面包车跟着徐光可是苦不轻,也成了有灵性的"白龙马",一名客串的"长城游侠",大多时间都是载着徐光往山上跑。别看车不起眼,但底盘高,耐折腾,平日里看着腼腆文弱的书生样儿,一提走长城就精神了,遇到沟沟岔岔,他的车快被折磨得散架了,他一点儿不心疼,一踩油门儿大喊:"这才来劲儿了!"

哪里有奇险,"徒步双侠"就往哪里闯,专挑别人到不了的地方去考察,仿佛着了迷,坚信总能够有新发现。上天厚爱这两位一往无前的英雄,他俩上到天翅湾制高点,发现了一个石臼;在丫角山半坡天然山体上,也有人为打制的石臼。

一次在考察杨家川峡谷时,徐光被困在悬崖处,半上不下,站都站不住了,贺文在崖顶上急着趴下身子使劲儿地拽他,同伴又在后面死死拉住贺文的脚,这才合力把徐光从半崖上救起。北方的冬天,冷起来不留情面,他们带的自然火锅热不了,只好冷着吃。

现在的徐光,由于经年走山路,膝盖受损,疼得不能走太陡峭的山路了。但他依然不缺席,每次都要驾着那辆"白龙马"随伙伴儿们上山,在车前坐等别人去山崖上探险归来。于是,他有机会写下了一段《黄河绝崖遇险记》——

"下午两点左右接到贺文电话,说是他们遇到危险了,走到半崖处上也上不去,下也下不来,又是斜坡,人不好停站,加上走了一上午又渴又饿体力不支,情况非常紧急,让我赶快找天翅湾村长救援。

"说实话,一听完电话我的脑子嗡的一声,六神无主,不知所措,只能强作镇定安慰他们不要慌不要乱动,我立马找人去。因我的车坏了,贺文又找了一个车,司机叫靳志远。我和贺文、杨会长、司机一行四人,从天翅湾一直考察到叼羊咀,我因脚趾疼,又有点头晕走不了所以没有从叼羊咀下河,他们三人下去了,过了一个多小时,司机返回来了,说他又渴又饿走不动了,我问贺文和杨会长的情况,他说,他们一直往天翅湾方向去了,没想到一会儿救援电话就来了。

"我和司机赶紧去了天翅湾村长杨贵荣家,一看门锁着没人,这可咋办,我没有杨村长的电话,赶快打电话问贺文,贺文说他也没有,让我叫尤三,说尤三应该有,当我接通尤馆长电话,他给我发杨村长电话的时候,我一抬头杨村长竟然就在眼前,我挂断电话赶紧把情况和杨村长简单说了一下,杨村长也很着急,问我咋办,我说,他们一上午没吃没喝先弄点水和干粮吧,看能不能送过去，杨村长说，好，不过还得拿绳子。就这样我们三人带好设备立马赶赴现场。在跟贺文沟通大体确定他们所处位置以后，杨村长带着我们从右边山崖上下去，结果没有找到，位置有偏差，没办法只能撤了上来，这时尤馆长也到了现场，我们三人商量了一下，村长说，再从左边山崖上下去看看行不行，就这样我们又绕到左边山顶，从一个豁口下去，此时，我已经动不了了，又累又怕，只想呕吐，实在走不了了，只能嘱咐他们一定要注意安全，我在半坡等待，不知过了多长时间村长喊话，人看到了但是过不去，没办法只能报警了，于是我就打110报了警，在此之间，尤馆长真是艺高人胆大，冒着生命危险下到最接近处，试着从山顶给他们往下吊水、吊吃的。然而崖顶至山坡尽是石头，吊下一瓶水就碰烂了剩下半瓶，就这样反复吊了几次，他们终于喝了一点水补充了一点能量。此时，我的心提到了嗓子眼真为尤馆长捏一把汗，一旦失手，后果不堪设想，这时电话也不敢给尤馆长打，怕他分神出事，当知道吊水成功他们喝到水以后，我忍不住又给尤三打了电话说：现在他们相对安全了，我也报警了，救援队马上就到，你一定要注意安全，不行就撤回来吧。尤三说，没事，他安全的。在等待救援队的同时杨村长又打电话叫了五六个村民，同时报告了天峰坪镇党委书记武秀贵，不一会儿，村民有拿绳子的，有拿其他工具的都加入到救援行列，其中有一个叫李关生的村民说他年轻的时候下过一次，应该能下去，就这样李关生冒着危险下到半崖，反复回忆，最后找到一条危崖险道，在他的拉扯下，在尤馆长的协助下，贺文和杨会长终于成功脱险。当走到安全地带，天峰坪党委书记武秀贵和公安民警早已经在此等候，听说已脱险，干警们就没有下去。武书记带来了水、面包、火腿，刘政伟主任带来了西瓜，我们又补充了一些能量，和村民们一起畅谈了黄河旅游的事，以及天翅湾的古栈道和典故，然后顺利返城。这次历险我真切感受到天翅湾黄河边的天然美景，更感受到了天翅湾人的大美！"

就是在这一次一次的历险中，徐光的思想在蜕变，精神在升华。祖先留下的不可移动文物，不仅是我们的骄傲，更是一个民族的信仰。他是偏关城里的平凡市民，也是偏头关下的一名长城卫士。在他心里，长城已是他赖以生存的骨骼、血脉和灵魂。他感谢长城给了他这样的体验与觉悟，并想要为长城做更多的事，为人民、为国家做更多的事。我不是在美化一个人，捧高一个人，在长城上经年行走的人真的都有这样的追求和信仰。

2021年2月，经忻州市长城学会偏头关分会推荐，徐光与贺文当选偏关县第十届政协委员。这个光荣身份更加催化了他们热爱长城、报效国家、倾力为发展长城文旅事业奉献微薄的个体之力的信心和决心。长城文化自信，更加植入了徐光的心里。正如贺文所讲："生逢盛世当不负盛世，生逢其时当奋斗其时。"长城给予他们太多的东西：提高了审美，了解了古军事文化、古建知识、古遗址内涵，还有对古代历史的认知，甚至个人的人生观、价值观也发生了改变，还收获了超越血缘的友情、友谊。

徐光在成长，在蜕变，成为一名内外兼修的长城人和为民谋事的政协人，这是他的兴趣，更是他的使命。在忻州市长城学会名誉会长王源离任偏关县委书记的那个早晨，镜头中，我又看到了徐光。当王源书记面对自发来到县委后院餐厅门外送别他的长城人时，瞬间哽咽挥泪，感谢他们的到来。所有偏关长城人都只含泪呆滞在那里，难过到无从启齿。贴心的徐光终于再一次让我看到了他"江南秀才"的那个侧面，他懂事地握着王源书记的手，讲了一大堆安慰的话。这就是徐光，怀大爱之心意，善交流之口才，成为偏关长城爱好者们中间的黏合剂、知心人，祖先将他带到这紫塞苦寒之地，滋养出他一副古道热肠。

千沟万壑，山风长啸。徐光，偏头关下好男儿，他就是那座好汉山上一道光！

刘忠信和他的偏头关

  第一次走进偏关这座古老的小城，如果你是带着对长城的倾慕而来，必得先去探访在城西拐角的一户人家——人称"老馆长"的刘忠信的家。"老馆长"虽已不在人世，但他的妻子徐秀英女士和侄子徐光会一团和气地迎上前来招呼你进门，然后开始滔滔不绝地讲述"老馆长"的故事，讲述中带着三分怀念、七分敬重。"老馆长"一生献给关城文物事业的不朽与永恒，冲淡了亲人的感伤，只留一份长城业未竟、生者当努力的勇气与从容。作为陪伴"老馆长"一起顶风冒雪走过多年长城的两位市井平凡人，这姑侄二人对长城爱好者们特有的热爱与欢迎，会使你产生亲人般的共情。我，一名因为爱好写作而无意间与长城结缘的平庸女子，此刻，托长城的荣耀，成为了"老馆长"刘忠信家的座上宾，捧着前辈遗作《百雨草堂文集》，开始与他日夜不休的隔世对话……

——题记

  2020年6月，第一次踏进偏关这座边塞小城，高大、晴明的"三关首御"牌楼已然暗示我，一定要与这片土地结缘，以关山儿女的虔诚融入这座城。杨会长说："偏关县有'三贤'：王润成、吕怀珠和刘忠信，现在已经逝去两人，我带你去看看刘忠信的遗孀吧，从她身上了解、认识偏关长城人，你一定会有很深切的感受，我保证你去得不后悔！"

  心怀崇敬之意，我提着买好的一箱牛奶走进徐家小超市，正在店里的徐光见到我们，赶紧从后屋里喊出他的姑妈。对徐家姑侄经营小超市我是一概不知的，这才发现自己从街市间买来的那箱牛奶颇是有些不合时宜。在排满了货架的店内，徐姑妈与徐光给我们简略说明了自家近况后，只听徐姑妈自豪地说："我们徐家祖上是在嘉庆年间从福建搬迁过来守关的，我们徐家是城内的书香大户，也是守关后人……""老刘活着那会儿，他们都往这家里跑，谈到半夜也不肯走，有的人干脆就住下了，向他请教关于长城和文物的事情。我给他们都做好饭……"

  第一次听到"刘忠信"这个名字，他已是我想象中的一道光，穿越吴城遗址、大明古建闪耀而来，照亮"三关首御"偏头关。或者可以这么理解，他就是偏关城外西山顶上那座威武的虎头墩，坐镇总烽台，只等他烽火一燃，点亮一支保护长城的民间队伍。活在草根长城人口碑里的刘忠信，在我眼里只余这一道光。

每10年一次的龙华万人盛会在2021年10月如期举行。感恩抗倭名将万世德留给偏关人民智慧御敌之荣耀与不忍生灵涂炭的好生之德，欣喜长城大县县委"迷彩书记"王源倾力推动长城1号公路和黄河1号公路在这10年之际顺利通车，可赞偏关贤士李爱民荣任偏关县文化和旅游局局长，用一腔文化人的情怀掀开偏关文化旅游崭新一页……这一年的偏关"万人会"，当是一场千古佳话的文化盛会，虽因受疫情影响缩减了规模，却依然掩饰不住这一年作为偏关文旅事业能够良好开局的自带光芒。这光芒中，也少不了偏关长城爱好者们的推波助澜，浩瀚人海辉映着这座塞上小城的日月星辰，赋予了传统"万人会"以新时代的特殊意义。由此，我不禁联想到那位已化作一道光的老人——刘忠信，那个毕生行走在文物一线、至今活在人们心心念念中的偏关县文物专家、忻州市长城研究先驱者。初到偏关，闻听先生已经离世，关城古建的一砖一石却总残存着他的气息，关城往事的一桩一件却总少不了他的温度。眼前那些把玩陶片的文人、徒步长城的行侠们，总是把先生挂在嘴边，仿佛少了先生，这座关城就少了一座古城该有的魂魄。于是，让我这个沐浴朝阳行走在南城门楼下的外乡人也仿佛触摸到了先生的气息，进而得以触摸到古城的气息。"刘忠信"——我决心要读懂这三个字。

所幸，徐光离我们很近；所幸，先生之妻还在那个转角的小楼等着我们。2021年9月24日傍晚，在杨峻峰会长和偏关分会贺文副会长的陪同下，我再次夜访先生的家。徐姑妈忙着为刚从长城上赶回来的我们炒菜、煮饺子，大半辈子跟着先生走长城的徐姑妈，早已经习惯了这样深夜接待访客。有所不同的是，如今先生已经不在，除了造饭待客，徐姑妈又多了一项"任务"，那就是替故去的先生与客交谈，讲长城的事和先生的事。跟徐姑妈一起过日子的是她的亲侄子徐光一家，先生对徐光的教诲、熏陶，为这份姑侄情结打上了长城的烙印，会客室摆放着先生生前的典藏书柜和徐光淘来的玉石，我仿佛能从每一丝空气里嗅得到先生的气息，从这对姑侄最朴素的讲述中寻得到先生的背影……

刘忠信，他就是徐姑妈口中吹拉弹唱能演戏的文艺青年，他就是尤占宇馆长手中那柄受赠于老馆长、借以开启无数个神秘"地宫"的洛阳铲，他就是杨峻峰会长记忆中秉烛夜谈传授知识的黄晕微光，他就是苏文镜头里那片瞬间划过巍峨镇胡墩的璀璨星辰……

太多太多的议论，都是太多太多的推崇，先生的影像在我聆听到的这些话语中一次次清晰，又一次次变得模糊，仿佛无处不在，又仿佛相隔很远，就像好汉山上那一道道长城，切近地横亘于眼前，又茫远地绵延到明朝，让人敬仰，又让人缅怀。

先生用自己的一生行走长城，挖掘古墓，看管文物，张罗仪式，用文化解读历史，用历史彰显文化，借每一片陶瓷与上古之人对话，与明朝将军对话，与他们一起追溯偏头关的前世传奇。在他眼里，万人会上的器皿会说话，文物馆里的盆盆钵钵会说话，墓坑石城的遗物会说话，每一道神秘的纹理会说话，每一块城砖、每一通石碑会说话，每一天发现、每一夜看守会说话。

整整一年，我把先生放在自己的写作序列中，却迟迟未敢动笔，生怕轻薄了他的一生风尘，生怕扰乱了他的一世清宁。一名普普通通的县级文物馆领导，一生只做一件事，用最简单的坚持铸就了一枚大写的灵魂，引导和激励了无数名长城爱好者，为偏关县、为忻州市留下了最宝贵的一笔财富——长城爱好者团队。

南城门前的早市为先生升起人间烟火，护宁寺的桃花为先生点燃漫山热烈，护城楼下的铜铃为先生歌唱风中梵音……先生未去，关城是他永不能研究尽兴的奇书和保护休止的文物。

偏头关的前世今生

远道而来的朋友，欢迎你！我是刘忠信，在偏关这片土地上，我和我的妻子已经接待了不知多少热爱长城的人，他们都是怀着对偏头关烽火遗迹的崇敬与仰慕之情虔诚到访这座"三关首御"之城。原谅我已作古，化作遥远天际一朵白云，钟情地守护这座古老关城。我已无法亲自带你去走一走偏关大地上一座座沧桑的城堡、一条条苍老的"卧龙"。偏关是一部大书、厚书，你虽不曾了解它的全部，却已触摸到它的气息。不是吗？其实，偏关已是一个与黄河、长城融为一体的固定命题，偏关已是烙在每一名守关后人身上的历史烙印，你读懂了偏关长城爱好者们，就等于读到了偏头关历史的精髓，就等于读到了我，因为我的一生早已融入到偏头关历史的一起一伏，融入到偏关段内长城、黄河的一动一静，融入到了我倾注心血丈量过的每一寸夯土、每一段春秋。欢迎你来到偏关，来倾听我和偏头关的故事。

偏头关是古佘唐土地，英雄辈出。现在偏关城乡仍居住着几百户"库"（she）

姓居民。另一部分佘族人随南宋王朝南迁到福建、江浙一带，还有部分人从陕北转到陕南、川北等地，隐居大山，至今仍用佘姓。

这就是我经过多年考证了解到的偏头关的前世。若说它的今生，我想，我身后的那些"草根长城专家"们更有话语权，在我走后，偏头关的走长城队伍一天比一天壮大，上有县委书记王源倾情打造长城文化，下有长城爱好者们摇旗呐喊，全民爱长城的热潮中，考察、研究长城的草根专家越来越多，偏头关的今生依然是长城万古长的雄风依旧在。

桦林堡的红色记忆

万历二十七年（1599年），兵使赵彦重修桦林堡堡城。清雍正三年改隶河曲县，1949年重新划归偏关。

我就出生在这个从明朝年间就已被载入史册的著名的桦林堡村。提到桦林堡，偏关人首先想到的是我的父亲刘兴海，乳名刘柱小，生于1918年。出身贫农的父亲只在本村读过两年书便开始劳动，12岁的孩子，什么活儿都得干，春、夏、秋时打短工，冬天下煤窑。18岁去口外固阳县叫铧炉上的作坊里当磨工，磨面、漏粉条。20岁后返回桦林堡继续种地、下煤窑。苦难生活造就他坚韧的性格和坚定一生的革命意志。像偏头关所有人民一样，他不仅勤劳、朴实、善良，还具有像黄河一样坦荡的襟怀与像长城一样刚强正义、不怕牺牲的斗争精神。

早在1939年冬天，父亲刘兴海就在为共产党工作了，担任深塌和桦林堡两个大行政村的民兵中队长，我家的楼窑院房子被烧毁，只剩下了南窑和楼窑还能居住。

年幼的我伴随这样的红色家庭经历了风雨飘摇，也根植了一种坚定信仰，那就是对偏关这片土地的热爱和对卫国英雄的敬仰。我把这种信仰寄托在自己后来的职业生涯中，一发而不可遏止地爱上了对偏关文物的普查、保护与修缮工作。因为我是守关人的后代，是桦林堡革命者的儿子。

现在，人们来到偏关城西15公里的沿黄公路旁，依然能够看到堡西黄河沿岸耸立着大大小小、密密麻麻的敌楼和墩台。一条长城顺着山势逶迤起伏，同奔腾呼啸的黄河相伴起舞，这就是闻名中外的"双龙共舞"。这条被称作桦林堡寺沟"黄河边"的长城，据说是中国明代长城与黄河并行中最长最雄伟的一段。经国家文物局总工程师罗哲文先生亲临鉴定过的元代木结构古建筑群护宁寺，就坐落在这道长城上。

长城墙体直接从大的圆墩或方墩中间通过去，建筑手法尚不成熟，不像其他地方的明朝边墙,是有明显凸出于墙体之外或之内的马面,因此成为我国长城建筑遗迹中难得的历史瑰宝。

甘为文物舍身家

文化馆的工作于我而言,不仅是才之所尽之地,还是我幸福生活的开始。当时的文化馆馆长是徐家大哥徐尚忠,出身于县城内府街的书香门第徐家大院的才子一名。徐家二哥徐尚仁与我是同学,论理工科目、书画唱舞都是样样在行,与我志趣相投,是我后来在偏关中学文艺宣传队的"黄金搭档"。徐家有个妹子徐秀英,生得白白净净、眉目清秀,性格也好,从小受家庭熏陶,贤淑温良,她很欣赏我这样的"秀才",在1968年与我喜结连理。她为人正直、待人宽厚,以坚强意志陪我考察长城,用灵秀之笔助我整理资料,一生心血全部交给了我和我的文物事业。

我这一生能与文化结缘,便是与徐家兄弟结缘,与爱妻结缘,这是我此生最大的幸事。婚后的秀英不嫌刘家寒门苦,一起抢着窝头吃,善良天性和良好家风养成了她安贫乐道的美德,是一个非凡的女人。我在文物考察与研究中,每篇文章的谋篇布局、建议修改和抄写校对,都少不了她的帮忙;在野外考察时,她体谅我一个人上山无法操作,也要坐着我的摩托车成天往山梁上跑,帮我拉皮尺、记数据;走街串巷观察古院落,发现有文化价值的建筑、牌匾,她也总是很上心,及时打听有关信息。所坡街上一户大门牌匾上有"美稷"的字样,是她陪着生病的我,带着照相机赶到现场,拿到第一手资料。

后来,我的父亲调回偏关工作,负责成立了偏关县电业局。1984年,我从工作了10年的教育系统调入县博物馆担任第一任馆长,办公地点设在钟鼓楼上。我把这份工作际遇视作一种革命的传承,是带着守关后人建设家乡的豪迈情怀走上文物保护之路的。黑格尔说:"历史是一堆灰烬,灰烬深处有余温。"我要揭开历史的尘封,探寻偏关古城之奥秘。

后来,偏关许多文物遭受了严重破坏,筹建博物馆迫在眉睫,可我那点知识储备哪里能够撑得起这项博大而厚重的研究工作。于是,我一方面报考山西大学函授学习进行充电,另一方面博览群书,精读文物考古知识,先后翻阅了《中国通史》《历史年鉴》《偏关县志》等,写下近10万字的读书笔记。然后利用出差机会,亲自去北京历史博物馆、军事博物馆、故宫博物院以及具有历史、艺术、科学价值的古文化遗址考察、学习,包括一些古墓、古建筑等,都是我实践学习的最佳去处。在文物普查中,我撰写的79份调查报告和考证论文中竟然涉及到将近 700 个费解名词，都是要我不得不去想方设法啃下来的"硬骨头"。感谢工具书，感谢偏关的父老乡亲，帮助我一步一步揭开那些文物的神秘面纱。我在普查中惊喜发现，九崖头古城应该是当时在偏关发现的距今最早的古城遗址，这一重大发现得到了有关部门的赞同和重视。

在参加忻州地区组织的文物普查队历时 5 个月的普查中，我深深体会到文物普查不仅是在考验人的耐心，更在挑战人的体力。白天在野外风雨兼程，用脚步一步步丈量那些不可移动文物的体量与距离，然后背着几十斤重的古迹残片兴冲冲返城；夜晚在家中挑灯夜战，整理数据、汇总材料、查典阅史、求证信息，撰写报告、归类存档。那些古文化遗址、古建筑、古墓葬以及石窟、石刻等文物，像是不会说话的使者，在替我们的祖先向我展示着这片土地曾经的过往。

那时候的偏关城内很少有饭店，从省城和市里来偏头关考古的人便都是来我家里吃饭，妻子秀英自是热情招待，大家都说："六哥家的酸捞饭就是好吃！"妻子为此很是自豪，全然不觉亏得慌。博物馆经费很少，按照 4 个工作人员核算，每人只给 800 元人头经费，办公经费很困难，我便从自己家的小卖店拿了纸笔给博物馆备用，有时候还会瞒着妻子偷拿家里的 200 元钱去整修破庙。家里的铁锹等随手工具，更是让博物馆的工作人员拿去随便用。霍双虎和三子（尤占宇）还真是我带出的"好兵"，从不计较名利得失，在文物战线上一干也是半辈子。

我的妻子更是一位深明大义的贤内助，你听听，现在她还是对你们讲着那番体谅我的话："他走后，我从他书里翻出来的尽是些出差没有报销的条子。博物馆没钱，他只能自己想办法解决困难……"

文化传承与文物保护

偏关的落后源于一个"偏"字，这里地处偏远，土地贫瘠，边关吹角，崇武弃文，一向难登大雅。然而，这里有白龙殿小白蛇"寸蛇勺水"、得道化龙、腾飞九天的神话；这里有文笔塔以关河为墨、犀城为砚、蓝天当案、白云作纸，在浩瀚太空点星摘斗的豪喻；这里有偏关城东文笔、西虎墩，水绕山环、犀牛望月，出他个一斗芝麻官的人杰地灵。

1984 年，在上级领导的支持和有关部门的协作下，我对全县重点文物逐一建立详细档案，做出标志说明。文笔塔塔尖遭受雷击，我赶紧领人进行了抢修，文笔塔被修缮一新，成为偏关人民息武崇文的精神象征。从那时起，我在文物研究与保护工作中逐渐成熟起来，一边摸索工作经验，一边培养新人，在霍双虎和三子的默契配合下，先后完成了填补县文物志中两座古城遗址，三个古墓葬的紧迫考察任务，及时调查并制定了3处古迹抢险工程方案和保护措施，几乎跑遍了全县各个村庄，向人民群众进行了《中华人民共和国文物保护法》的宣传教育。回收私藏珍贵文物30余件，绘制文物资料图20余张，撰写了近3万字的县文物志，筹办了150多件文物的展览向社会开放。

文物考古是一场既考验脑力、体力，又随时存在危险的工作。记得是在1996年，三子和我在吴城遗址考古现场，一住就是3个多月。6.8米深的墓葬，每两尺有灰土夯一次，土色不一，上下堰都要进行严格、科学的挖掘，我们花费整整半个月时间，外阔3米开挖，每下两尺缩小一次挖掘范围，呈阶梯形状一直挖到墓底。最危险的就是在铲车工作时，很容易被两面的土合围，俗称"埋轿子"，至今想起来都教人直冒冷汗。但让人激动的是，在那一次考古中，我们挖掘出11件精美彩绘陶壶，将这处汉代美稷国遗迹很好地保存了下来。自那时起，吴城遗址成为省级重点文物保护单位。

偏关的"偏"，在某种程度上也延缓了一些可移动文物的流失。为此，我经常亲自去民间收集文物，并鼓励社会捐赠，为博物馆收回10860件文物，馆藏文物数量在忻州市居第一。吴城有一家弟兄俩，在耕地时发现一尊青铜佛像，虽说在报案时已经把佛像弄烂了，但我鉴定过后赶紧收藏进馆内，这件二级文物后来成了我们博物馆的镇馆之宝，轻易不出库，文物展览时人们只能见到仿品。

很多人并不理解我们文物人的情怀，会说是文物馆的人肯定把文物都拿回自己家了。记得吴城古堡的一位老人在捐赠文物后不放心，特地跑到文物馆来查看，结果发现他捐赠的文物确实安然地"躺"在馆里。滑石涧，老营堡，有人要挖城砖回家砌院墙、垒猪圈，我常常穿上文物馆制服，带人前去制止。

偏关县既是内外长城交汇处，又是长城、黄河相交处，还有长城、黄河并行的典型地段。县境东面的柏杨岭上，内外长城交汇于此，外长城东连朔州，内长城南连神池，古代军事遗迹九窑十八洞犹存，砖垒烽火台尚在。长城曲折蜿蜒，在老牛湾与黄河相交入水，形成了偏关的"老龙头"。境内的偏头关、古长城和吴城遗址，均属省级重点文物保护单位。偏关县现在已经全民总动员，上至官员，下至百姓，男女老少都有了保护文物古迹的意识，形成了偏关特色的"长城保护模式"。

偏关县机械厂原厂区外的古城墙在2005年还是省重点文物保护单位，但是部分人为了牟取眼前私利，不顾文物法，近年来在城墙上大量修建房屋。东城墙已经被现在的东沟街从中间切断，有新建的三层楼房正好位于切断处的南侧，整个古城墙就剩下城西的500多米。我心痛啊，被拆毁的那段城墙可是偏关县最古老且仅存的一段北汉城墙，我干了20多年的文保工作，却终究没能够把它保护好。今年，南城门东侧的那栋楼房终于被推倒，真是大快人心！感谢我们的政府，有如此之决心让南城门楼重见天日。

临退休前，我又带着小外甥去拉尺测量，然后打报告申请维修护宁寺，50万维修款终于到账，我才心无遗憾地退休。

退休之后我也没闲着，天天骑着摩托车往山上跑，亲眼盯着护城楼重新修缮好。也顾不得自己有哮喘病和肺气肿，一直坚持考察长城，一旦发现破坏长城的现象，就及时向有关部门和新闻媒体反映。有一年，我发现老营有村民拆除古堡上的城砖，马上组织村干部召开村民大会，严厉批评这种破坏长城的行为，并建议文物部门对其进行处罚。个别老百姓文物保护意识依旧淡薄，让我忧心啊！文物保护宣传工作还要继续深入到全县的每家每户。

2016年上柏杨岭是我最后一次走长城，还记得当时车子陷在胶泥里，被喊来拖拽、救援的三轮车也被陷了进去。那份辛苦与执着，陪伴着我走完了短暂的一生，也影响带动了热爱长城的后来人，我是此生无憾了。

愿做研究长城先行者

偏关长城是偏头关卫国荣光的历史见证，是一代代英雄子民的精神寄托，以我一己之力怎能护得她永世不倒？没有文化信仰怎能为她赢得尊严？我心里意识到，偏关长城文化需要有一个坚实的奠基，才可能有更多的传承者。

1984年，我踏勘长城到内外长城交汇处的丫角墩，最早发现了大土堆南坡偏西点儿遗留的一个石碑，碑文已经风化剥蚀严重，但从题额仍可辨认出为明代西路参将管领丫角山界碑。到今天，丫角墩东南角接内边、西北边接外边的形貌依然清晰。墩本身虽然坍塌成一个大土堆，但墩顶海拔1837米，为丫角山的最高点。墩北有一块篮球场大小的平地，荒草没膝，周边有夯土墙残留，应该是守墩官兵驻防的方形小堡。

老牛湾瞭望台上也有一块碑，曾经被清水河县移了去，我知道后赶紧通知老牛湾当时的村支书吕成贵。吕成贵算是偏关最早跟着我走长城的人了，对我的尊重从来不打丝毫折扣，对于老牛湾重要文物，他自然是着急上心，立马就带人去清水河县把石碑要了回来。开发老牛湾和万家寨兵寨时，我联系忻州市考古队来做了现场考察。在偏关老牛湾风景区内，石碑至今完好无损地立在那里。

作为一名文物工作者，我义不容辞成为偏关研究长城的先行者。当我走遍了晋西北几个县的长城后，回头再看偏头关长城，欣喜地发现，作为明代九镇长城山西镇之所在地的偏关县，竟然拥有不同时期的长城九道，总长500公里，还坐落着50余座古堡，堪称"中国长城古堡第一县"。于是写下数万字的考察文章，给偏关长城做出准确定位，提出"偏关长城千里长"，包括大边、二边、三边、四边、"黄河边"、差修边、北齐长城、北魏长城等。其中，45公里长的"三边"和60公里长的"四边"在明朝末年已经被毁，墙体没有多少痕迹，烽台、隘口还在……有了这些考证，大家都称我为偏关长城的"活地图"。在文物研究上积累了丰富经验后，我经常受市文管所邀请到各处去协助工作，包括参与雁门关的考古工作。作为山西省考古学会会员、中国长城学会会员，我先后发现古遗址39处，对63座古建筑反复进行了实地考察、记录、拍摄和绘图。

最受人关注的发现是吴城遗址。机缘巧合，在1987年赴京的火车上，我邂逅一位汾阳老学者，他让我去查《晋乘蒐略》中记载一事。我返回太原特地求助时任省图书馆长的偏关老乡武海同志，找到该书查证：西汉初年，北部匈奴分裂为北匈奴和南匈奴，处于弱势的南匈奴要求当时的西汉政府联手对付北匈奴，西汉政府便同意南匈奴"入会"，成为西汉统治下的多民族一员，进驻长城以内。同时，让原来驻守在现偏关境内的"美稷"民族移迁到现汾阳县成为一个"美稷乡"。这应该就是《偏关县志》中记载的"西河郡美稷县"居民，而偏关城内"所坡街"亦有从汾阳返回偏关书名"美稷冯"的大门门额牌匾。20世纪90年代初我去嘉峪关参加长城研讨会，得知西汉在西域曾建过许多城障，其中一座"美稷障"的小城，应该就是我县吴城"美稷"民族士兵调去那里戍守所建。结合专家在吴城的考古发现，这么完整的地上地下从新石器晚期、战国到西汉早期不间断的人类聚居遗存和西汉早期城池，应该就是西汉时的"美稷古县城"。

有人这样形象地比喻：偏关的老刘和完成过阳方口护城楼设计草图的市文管所所长李有成、忻州市长城学会副会长杨峻峰，是忻州市长城研究的"三驾马车"。此话虽是有点夸张，但也说明了在研究长城的道路上，我并不孤单。

1991年，立志要为长城做点儿什么的杨峻峰前往嘉峪关考察，我说："你是跑什么嘉峪关了？你就抱住山西长城不放，好好研究，一定能研究出个名堂。"于是，杨峻峰成了我家热炕头上的常客，我们经常彻夜长谈。这后生有股子执着劲儿，简直这辈子都跟偏关长城耗上了，我便也愿意倾囊相授，诗酒相交，共研长城。

提起对长城的兴致，我总能想起自己一个人在天翅湾走长城那次，一走就是5天，一路走，一路捡陶片，也找当地百姓收集，足足背回42盒。那劲头儿甭提有多足了。我还带领学生从天峰坪徒步走到天翅湾，终于给那段早期不明长城做出一个初步定论。

　　长城并非只是一道墙，而是包括了墙体、隘口、烽台、城堡等丰富的构件。2001年，我和三子各带一组人对偏关县境内的长城墙体又做了一次全面普查，摸走向，画草图，录影像，统计架设在长城沿线的高压线与低压线等。

　　2015年，退休后的我还是闲不下来。文物馆就那么一两个人，而文物库、人行金库的钥匙按规定必须由三人保管，我只能退休不退岗，继续帮扶三子做业务。三子终是没有辜负我的用心栽培，现在已经成长为忻州市文物界数一数二的文物考古专家，经常被市文物局请到各个考古现场去负责挖掘、考古工作，手里还是拿着我传给他的那把洛阳铲。大凡到偏关考察长城的外地人，都要慕名登门来拜访我，我甭提有多高兴了。对于热爱长城、喜欢研究偏头关的来访者，我总是提供食宿，秉烛夜谈，无私地将自己知道的有关信息和盘托出，并将资料无私地送给他们，还要忍着病痛为他们担任向导，一起上山考察。年龄大了，可为了能够顺利上山，我还是得骑着那辆大摩托。上坡路最危险的就是车子爆胎，在骑着摩托车去万家寨的那段日子，伤到腿上流血，回家都不敢言语，但还是被妻子发现了，心疼得逢人便絮叨。

　　这座贫瘠的小小关城，人们大都忙于生计。也许是上天的安排，选定了我这样一个痴人来保护文物、研究长城。作为长城研究的拓荒者，仅有责任感是不够的，许多事情不是靠一个人的无私无畏就能办到的。比如上山考察长城，总需要有个人与我一起拉皮尺吧，喊谁去呢？只能是自己的妻子了。再后来，喊自己的孩子和侄子一起去。然后我将自己对长城的考察结果全部写进自己的文章里，包括长城的走向、长度、建筑风格等等，这些都是妻子帮助整理、誊抄下来，有不会写的字她就查字典解决。比如在与市文物馆专家李培林先生一起考察余唐关旧城墙时，我们发现这道城墙的建筑方法里外并不一致，是被明长城压着的早期长城，真是让人惊喜的发现，这些研究成果都是经妻子一手抄写记录下来。久而久之，妻子既是我研究长城的第一读者，也成了半个"长城专家"，给人们讲起偏关长城，如数家珍，头头是道。

我和这些长城好汉

　　我热爱方方面面的文化，喜欢带着身边的孩子们背诗，读古文，还喜欢书法。在我的熏陶、指导下，《北齐长城考》成了贺文行走、考察长城的依据。我喜欢这个编外"徒弟",也把自己搞研究的"真传"授给了他:先查古籍了解历史,再实地勘察、考证,然后再回家翻古籍进行验证。这下可好,一说考察长城,他就不管自己超市的生意了,和徐光搭档,一溜烟儿直奔城外,又是拍照,又是盘量,还要认真记录,回家去再翻书查找验证,成了远近闻名的"草根长城专家"。他俩一有空就开车去村里对老百姓进行耐心的说服教育,宣传保护长城;有外地来偏关看长城、拍长城的爱好者们,他俩更是兴冲冲地"全陪",只为能够跟着多学习点儿长城知识,并请求来客回去后多为偏关长城做宣传。因此,走长城几乎成了这两个年轻人生活的主要内容,得了个"徒步双侠"的雅号。

他俩都是热爱文化并能够静心做文化的年轻人,从我这儿得到不少收藏文物的启蒙。你瞧徐光,你一进门,他就有点小得意地顺手从电视柜上拿起自己新淘的一件玉石给你看:"嘿嘿,不贵,但确实精美!"对于一名下岗工人来讲,能以清贫心做热爱事,这让他的内心是多么丰盈。你们再看贺文,好小子,在我去世之后,他居然把自己白手起家建立起来的超市盘了出去,转身开个什么"正大古陶瓷艺术馆",一门心思搞起了古玩。

我欣慰啊,在我身后,不仅有贺文、徐光,更有偏关文化人卢银柱、秦在珍继承了我研究长城文化的衣钵。那个顾全罗,半夜12点都经常"赖"在我家不走,向我请教起偏关边墙、古堡的问题来真是如饥似渴。

他们都成了我研究文物、保护长城的好帮手。我去老营拓碑的时候,顾全罗、卢银柱、贺文和徐光都一起去了,比我这个老文馆员还要痴迷。难怪,有人称我为"刘教头"。在这个有"长城万里此千里"之说的西北关塞,在这座紫塞雄关的长城迷宫里,终于成长起一支保护长城的"草根"志愿者队伍。

2008年12月,顾全罗作为编外人士去北京参加长城会议。卢银柱也受邀参会,杨峻峰还在会上做了发言。你们都比我强啊,后生可畏,没有辜负我的良苦用心。

老牛湾村党支部书记吕成贵,守着自己居住在望河楼下的地利条件,很早就接触到了徒步明长城的董耀会先生,深受启发,也成为最早陪我考察长城的偏关人。他把自己的一生都赌在了考察长城文物、开发老牛湾上,收集了大量长城文物,拍摄了许多珍贵照片。他造飞机、搞航拍,敢想敢为,在长城研究与开发这些事情上,总是走在所有人的前面。

忻州市长城学会偏头关分会会长胡美仓,是偏关长城爱好者队伍的主心骨。言语不多,付出不少,仔细收集、记录各种长城资料,完成了偏关全部现存明长城的考察。

现在，走长城最热情的，当属成立长城摄影俱乐部的退休干部顾全罗，几乎每天一个人骑着摩托车奔波在野外，考察、拍摄长城。

西沟村那个农民小子苏文，开个汽修、电焊的小铺子，常与"双侠"一伙儿出去，更多的时候是"独行侠"。他有一个愿望，要把偏关境内所有的长城文物拍个够，自然得找准了天气就出发，风雪无阻，等不及邀谁来同往。

乳酸厂的下岗职工刘东升，前半晌是炸油条的，后半晌是写书法的，走长城的人来一吃喝，他就什么都能放下了，管他个前晌、后晌的，上山！

最后，我想说说退休老教师秦在珍，是这么多长城爱好者中难得的笔杆子，和吕成贵、胡美仓数次登上丫角山，考察内外长城交汇点，执笔完成的"三辩"丫角山相关报告、论文，在全国长城界引起了轰动。

近年来，偏关县委、县政府对长城保护、开发的力度加大，偏关民间的长城保护和研究蔚然成风，宣传考察研究长城的队伍不断壮大。忻州市长城学会在偏关县成立了偏头关分会，登记的正式会员就有 68 人。在徐光等人的影响、动员下，甚至成立了"女子长城徒步队"。这些长城爱好者，每年频繁组队徒步考察长城，选定考察目标，选取不同的段落反复摄影记录，回去后共同研讨。在考察过程中，顺便向长城内外的村民宣传保护长城的常识和法规。

偏关有座好汉山，上面的长城是偏头关明二边长城中最为漂亮的段落，以三座山岭为制高点，均匀地摆布成每隔 10 里为一个军事防御单元的布局。盘曲如龙，烽堠密布，马面密集，时刻激发着偏关这群长城爱好者们"不登长城非好汉"的志趣。你们都是长城好汉，偏关的好汉，是我虽已离去但却愿意在云端日日守望着的好兄弟们！

我在云端望着你们

偏关长城是我国现存明长城遗迹中体量最大、堡城墩台最多的地上文物，故而，我撰写的《偏关长城是座历史宝库》《万家寨考古调查》《桦林堡寺沟"黄河边"长城介绍》《佘唐关与偏头关》等文章，不仅是偏关的，也是忻州市的，是我大中华的长城文献资料。这是我对长城研究的微薄贡献。很高兴我能在忻州市长城学会首届理事会中出任副会长，更为荣幸的是在 2014 年举行的第二届换届大会上，我不仅当选为名誉会长，还被评为长城保护先进个人，受到学会的特别表彰。

然而，一场手术让我走得太过匆匆，所幸老天赐予我一段最后的日子，在手术之前经过忻州时，我能够住在市电业局工作的妹妹家养病，抓紧收集自己散落的文稿，草草付印成书，为你们研究偏关长城留下第一手宝贵资料。今天，与偏关长城有缘的杜鹃女士来到我书房，我的妻子秀英将收藏在家中的最后一本《百雨草堂文集》递在她的手中时，我们便是"旧相识"了。愿这本自编文集能够为她再现我这个作古之人生前之点滴琐事，以文字为媒、长城为缘，补叙一段"忘年交"之情谊。

2021年的金秋，我在云端俯瞰，偏关县沿黄河一号旅游公路和长城一号旅游公路在贫瘠的黄土地上再添新景，与黄河、长城宛如"双龙并行"，又像为贫穷僻壤的偏关涅槃。忻州市长城学会现任名誉会长、偏关县委书记王源十几年心血浇筑偏关这片边塞热土，偏关县文旅局新任局长李爱民贤才遇伯乐、隆重举办了又一届"龙华盛会"。沧桑中重现生机的偏头关啊，我在云端为你祝福，祝福你借一个"偏"字吸引八方来客，以黄河、长城的名义重振雄风！

秀英，夫妻同行走长城，勘测、抓尺，你都是我的好帮手。你有修养、有见识，对于自己娘家祖上的历史和偏关历史名人万世德的功绩都有着自己清晰的认识和判断，对于我的各种才华与事业奉献都有充分的了解和肯定，是我一生的知己。还记得吗？我陪你度过的最后一个生日，是喊了侄儿徐光，载着我们一起去水泉看"地下长城"。秀英，黄龙池、草垛山、明灯山，无处不记着咱们夫妻二人的身影；水泉堡、石咀山、火烧垯，哪里都留下了我们的踪迹。

徐光、贺文，你们后生可畏，在我之后，为偏关长城拉起了一支庞大的宣传、保护队伍，以优秀的表现得到了县委和关城百姓的认可，时势造英雄，你们赶上了好时代，好好干吧！

美仓、爱民，现在，你们是偏关文化的两面旗帜，一定要把好舵、带好头，团结所有的偏关好汉们守好长城、做好品牌，让守关后人跟着长城、黄河文化旅游迎来新生活！

还有老秦、三子……黄河有情，长城有意，你们有心，日日行走在偏关的大好河山，做我未竟之事，弘扬长城精神！

我的亲人，我的战友们，我在云端守望你们，用我短暂一生的信仰永远追随你们，用我洁净朴素的祈祷永远护佑你们，为长城而奔走，为长城而欢呼！

相对于"以险设关"的雁门关、宁武关，"因边设关"的偏头关更突出了长城的修筑与布局，也更完美地展现了长城作为一条游牧文化与农耕文明的秩序带、一个军事系统与商贸关口的综合体的复杂性和多功能性。因为它的安危直接关系到明王朝的盛衰。如果说，偏头关是一部波澜壮阔的史诗，那么，起伏于丫角山上的7路火线就是余韵悠长的边塞诗行，那雄踞于好汉山上的一座座空心敌楼就是铿锵坚定的历史注脚。

先生和这些守关后人就是这部史诗的翻阅者和续写者，他们踏荆棘，饮风雪，翻山越岭寻找祖先的足迹，抚慰英雄的长城，建设美丽的家园，以赤子之心顶礼膜拜这片贫瘠但却伟大的土地，向全世界推介自己热爱的家乡。是的，这里是"三关首御"偏头关，是民族融合吉祥地，也是旅游公路与长城烽传"双龙并行"的美丽新偏关。

现在，贺文等偏关第三代长城人与徐姑妈有一个共同梦想。他们设想终有一天能够通过现在的高科技手段，再现偏关境内7路烽火与护城楼（山西镇总烽——虎头墩）同时亮起的壮观场面。贺文说，全国明长城上从没有点过明火，大同民间人士搞过一次以失败告终，陕西省曾经尝试用轮胎点火再现烽火景象，但显然不是一个好方案，容易造成空气污染。他们在2018年就做过一次方案的研究，预算需要7000元经费，4辆通信车，每个墩台安排3个人，准备梯子、对讲机等，同时点燃7路烽火——这个方案被林业局否决了。但他们没有灰心，希望能在草绿的时候重新计划、实现这个愿望。到时候，大家可以穿上秧歌服装，备好灭火器材、号令旗子和发光电棒。为弘扬"地下长城"，从水泉镇点燃第一棒，经过10个火路墩、10多个村子，一直"传烽"到护城楼。

我坐在刘前辈的书房，静静地倾听着贺文、徐光和徐姑妈的宏大构想，婉若游龙的长城烽火仿佛已经在我假想的夜空中舞动起来，人影绰绰，烽燧闪亮，一代又一代守关人的信念在柏杨岭、在好汉山、在护城楼大放光芒！

偏关是长城大县、文物大县、文化大县，刘忠信先生是这里长城文物和长城文化的奠基人。若是在天有知，他一定会同享偏头关这一"传烽"盛况。

百雨草堂多负重，偏头塞上作云栖。刘前辈，您是太累了吧，在百雨草堂一间斗室里熬尽了毕生的心血。现在，就请您做那西山护城楼上的一朵祥云，守着山西镇总烽，待看那场蔚为壮观的7路烽火点亮古老偏头关的夜空盛事吧！

走进杨恬的长城散文世界

初识杨恬，是在市长城学会内刊上，读她的长城报道和散文。杨恬，杨恬，一篇读完再接一篇，一读读了个尽兴，真正走进了她的长城散文世界。作为一名新闻人，她写的新闻报道与采访实录，在我这个槛外人读来，自然是无可挑剔的。我也无法用专业的词汇来对她那些新闻写作做过多的客观评价与主观赞赏。一名普通的自由写作者，对于作品的认识，更多一些感性的认识与理解。这个阅读习惯，让我对她写在长城学会内刊上的几篇小散文更感兴趣。今天，读罢几篇，余兴未尽，写几点感受，聊作对作者热情撰文的回馈。

读了杨恬散文五篇，读第一篇时，似乎就能想到她后面的散文都要这样开头——

《沉默的忻口》："如果我不是生在忻州，或者未到过忻州，或许真还认不得那个'忻'字。后来听过传说，也查过字典，才知'忻'与'欣'同音同义，而且是先有的忻口，后有的忻州。史载，公元前200年（汉高祖七年）……"拿史说事，以史开题，这应该是杨恬散文的一个特色。汉高祖刘邦的"六军忻然"，让人一下读懂了忻口的久远历史与重要地理位置，忻口特点就这么被几句闲谈轻描淡写地讲了个明白，为后面谈忻口战役埋下了伏笔。

再读《老牛湾的英雄梦》，去过那里的游人，大多只观其表，看表里山河蔚为壮观，而杨恬散文还是从史着手："老牛湾古堡年纪大了，已经到了记不得年纪认不清人的程度了，只能依稀听路过的人说起，知道自己在这里已经将近六百年了。"这样的开头，能够很容易地把人带入一个历史的情境，观景即观史，观一个景点像问津一个人所经历的沧桑。于是，去游一处景，就是在去邂逅一个人了，邂逅一位老友，邂逅一段史话……

再读《托逻台的风》："托逻台的风一刮，就刮了上千年。从北宋名将杨业'不食三日而死'于托逻台附近的狼牙儿村，就注定了它不平凡的一生。"这样的开篇不难看出，杨恬游记，不是在游山水，而是总在畅游史海啊。不是观景，而是去问史。读者也对她这篇文章后面的写作方向自是了然。

对史学的熟知与关注，让杨恬的出游有别于常人的游山玩水，让她的散文开头有了不一样的魅力，能够寥寥几笔便将读者带入历史的情境，耐心听她娓娓道来这一处景点的前世今生。至于山川风貌、人文胜景，读者自己用眼睛去看就好。

一般的游记散文，人们习惯以出行时间和路线去架构全文，时空转换、移步换景是最常见也最好用的散文构思。这样写下去，作者几乎可以不必费多少心思，边走边叙，闲庭信步似的就完成了一则游记，可圈可点，可详可略，想扯多长就扯多长，全凭兴致来定。这样的散文见多了，也符合散文"形散而神不散"的特点，无可挑剔。但杨恬的游记散文不同，她是带着责任去看、去写的，在行动之前已经开始代表人类于内心拷问自己："历史是怎样的？今人是如何对待历史的？"她要去的地方能够给她一个准确的答案。这叫胸有成竹，便知将往何方吧。下笔之前，自然已经有了全文的精巧布局。

比如《萧太后面壁思过，古城址灰飞烟灭》一文，依然是史事开篇"应县古时是辽朝领地……"，将读者拉回历史的记忆。然后，全文都是围绕对萧太后身世、铁政、塑像的探究、寻找展开。从萧太后对应县本土的历史功绩、豪杰风范说起，到萧太后塑像被冷落一隅、面壁思过止叙，提出质疑："是因为对历史的遗忘，还是想逢迎大众对杨家将的追捧？"并再举应县城下庄村的繁峙古城遗址一例，延伸思考一个非常严肃的历史命题："一个民族的历史是一个民族安身立命的基础，失去对本国历史、党史、国史的历史自信和文化自觉，必将走向'灭人之国，必先去其史'的不归路。"从而，完成了本文对"应县耐人寻味的文化态度"的负责拷问和严重警示。布局之精巧，见作者之匠心。

正是因为作者有着深厚历史文化底蕴的积淀，她才能够跳出历史叙述的陈规，对自然景观与人文景观展开诗意的刻画，替代了大段的铺陈叙事和繁琐的说理。让我们再回到《托逻台的风》中，解读这一构思技巧。"千年前，托逻台的风意气风发，助萧太后和耶律斜轸俘虏杨业，冷冷地看着潘美与王，在辽地吹响胜利的号角"。作者抓住托逻台的气候特点，借自然景观带入历史画面，以历史人物烘托自然景观，拟人化地将历史事件贯穿于自然景观的描写中，当年古战场的生死搏杀跃然纸上。结尾处，"人在托逻台，哪知春已至"，笔锋一收，干净利落。

作为小情小致的散文，历史的恢宏是怎么也覆盖不住作者一颗细腻、灵动之心的，思绪的狡黠、机敏让她能够在史学与文学之间自由切换，主观抒情与客观议论无处不在。

聪明的作者，始终不会把自己置身事外。总要在叙述与描写当中不时地亲身介入，比如初识"忻口"的那一段叙述，就是从自己对"忻"字音义的探究展开的。

《沉默的忻口》中，作者仍然是将主观感受与客观叙述相结合，倾心诉说，表达自己正视历史、珍惜当下的严肃态度："我庆幸生在和平年代，没有经历战火纷飞流离失所的日子；但我又为忻口战役中伤亡的十余万人感到难过，他们拼尽全力乃至付出生命保卫的忻口，现如今无人祭奠，无人洒扫，任由风吹雨打，大卡车卷起的尘土飞扬在门楣上。"

"一段岁月，波澜壮阔，刻骨铭心。一种精神穿越历史，辉映未来。慷慨赴死、不怕牺牲、百折不挠、艰苦奋斗，是抗战将士留给后人最为珍贵的精神财富。苦的磨难，压不垮中国人民；残暴的敌人，只能激发起中华民族誓死抗争的英雄气概。唯愿我们都能铭记血泪历史，缅怀先烈，珍惜当下的和平生活"。文章为时而著，在结尾处，作者不吝笔墨，发表议论，此行忻口战役遗址，方才不虚。

在《托逻台的风》中，作者深情写道："千百年后，高大的托逻台不再高大，雄伟的长城不再发挥作用，身上的鳞片也被村民一块一块搬了回家，或砌墙，或盖房子。托逻台的风是有记忆的，没了铠甲鳞片，风烛残年牙齿脱落的风，依然饱含杀意。"穿插这些感受或议论，写活了静止的风景。使一篇写景散文变得有血有肉，有情有性，使得读者也如身临其境，痛惜长城文物的破败。

更为巧妙的是，她时常退到文后去，将景观作为抒情主体，代为表达她自己的感受。"萧太后在墙角的哭声，繁峙古城遗址破碎时的声音，辽文化街与现代牌匾的碰撞声，你们可曾听到？""老牛湾古堡也时常会羡慕黄河"等，都能够将读者轻松带入主观情境。

杨恬写散文，处处能够流露出新闻写作的习惯，新闻人的特质在她的小散文中随处可见。譬如笔墨的运用，譬如视角的独特等等。

对那场声势浩大的忻口战役，写多了新闻报道的杨恬讲述起来不费吹灰之力。先综述忻口战役的时间、地点、规模和参战三方及各部长官，再概述战果及意义。简洁、准确的历史追述，并没有在凭吊忻口的散文中喧宾夺主，冲淡此行想要表达的重要旨意。这是长期从事新闻写作练就的表达技巧。

再如对萧太后的认识，作者能够以客观、严肃的历史眼光去审视、评价一位于汉有罪、于本土有功的女政治家、军事家；还有，因托逻台城砖被毁而生发的痛惜之情亦是如此，无一不在体现一名新闻人的独特视角。

杨恬毕业于安徽师大中文系，在中国古典文学方面有很深造诣。这一过硬的文学素养，是她对散文驾轻就熟的法宝。每每提笔，她都能够唤醒自己内心深处的历史内涵和文化底蕴，诗词功夫亦是了得。

最为典型的是《老牛湾里的＜沁园春·雪＞》。文章不长，以一首《沁园春·雪》作为全文内容与情感的红线，走进大雪后的老牛湾，写景、状物、记人、叙事、抒情、言志。这样多的诉求欲，不用写笔墨是表达不清楚的，而作者偏偏以她对景观特点和诗词内涵的准确把握，让二者在自己的散文中亲切遇见。一阕词作文脉，一处景立意高，用极有限的篇幅，呈现出一个无限宽广的文学视野。

至于刘邦"六军忻然"，曹操"神龟虽寿"，东坡的"会挽雕弓如满月"，史话与文学交汇，无不在文中增添趣味与意味。在此不做细谈。

杨恬的散文中，对于自然景观的描写有情有性，但对史事的叙述却又平实准确，简洁精练。这个语言特色是任何一类型散文的根本，功力浅的人往往不易把握，或是啰嗦了，或是抒情了，或是在不对的时机插入主观色彩的讲述，杨恬散文讲史不存在这个问题。

需要特别提到的是，散文化的语言，要想有常青的生命力，博得年轻读者的垂青，词汇表达上必须紧跟时代。杨恬散文中的词汇运用，既严肃又新潮。

如"我原只是在词中徜徉，脑补大气磅礴的北国山河"，多么有性灵的词句，这是年轻人对事物特有的感性态度。

"老牛湾已经很老了，伴随着黄河边打鱼人凿冰的叮叮当当的声音又沉沉地睡着了，今天梦到一阕词……"好生地有情趣！

"此时的托逻台的风，向每一个登上它的人宣战，倨傲地撕扯着闯入者和破坏者的毛发和肌肤，似拽着人的领子逼问，'把我的城砖还回来！'"

其实，站在关山岭上的杨恬，也像托逻台这厉风，就是这么任性！

飞渡，飞渡

——杜鹃散文集《关山飞渡》跋

杨峻峰

审读这个书名的时候，就感到一种力量，一种鼓舞人心令人景仰的力量。

关山，关口关隘关陉与山峰山峦山丘的合称，是大自然形成的与江河湖海同样的人类难以逾越的天险天障天堑。从关山上跳越或飞渡，需要多么大的能力和勇气啊。

读到《关山飞渡》，我马上想起《乐府诗集·木兰辞》中的佳句："万里赴戎机，关山度若飞。"花木兰是个女的，杜鹃是个女的；花木兰在战场上飞渡着关山，杜鹃在文坛上飞渡着关山。不知杜鹃在选择关山选择飞渡时是否受到《木兰辞》的启发，但我从书的标题、书的内容中感到那种征服关山的坚毅决心和果敢行动。

杜鹃原是一位中学教师，后到了县教师进修校当了教师的教师，虽然职称上到高级讲师，但毕竟是和讲台和黑板打交道。也许，那个讲台和黑板就是她当时眼中的关山。

她守着眼前那座关山，心里想着如何飞渡过这座关山，于是她选择了文学创作。她一是凭着自幼喜爱文学在中学时就写了大量诗文的基本功，二是凭着心底那种细腻的感情和大爱的胸怀，于是一边教书一边创作。尽管生活阅历单调，但是她从亲情爱情和日常生活中寻找着艺术的爆发点。一首首、一篇篇，点点滴滴聚成湖，厚厚的诗集《涟漪之湄》和散文集《烟火》就是明证。当我们打开散文集《烟火》，从那"烟火繁华""烟火童话""烟火清欢"，看出一个作家的成长轨迹，像一只苍鹰飞过关山时的优美曲线。出道没几年，就获得许多文学大赛的奖项，加入了山西省作家协会、中国散文学会等文学团体，成为一个小有名气的作家。在宁武县成立作家协会的时候，她光荣地当选为首任作协主席。

短短三年，她以飞快的速度完成从教师到作家的过渡，也就是完成了人生的第一次飞渡。但她不满足，她像一个斩关夺隘的巾帼英雄一样，夺下一个关口又冲向下一个关口。于是，第二个飞渡开始了。

有一段时日，她生活上离开宁武关，冲向石岭关。在南移忻州暂居陪读的日子，活动圈融入了城市，必然的收获是具备了更广阔的视野，其中之一是走近了长城学会，认识了长城。

她虽然出生在忻州市唯一没有长城的县份定襄，但在大学毕业后就定居宁武，将自己的青春奉献在那座关城，与长城雄关结下了很深的情结。当与忻州市长城学会结识之后，她倍加喜爱长城，不怕躯弱，不惧辛劳，随同学会人员考察长城、研究长城。宁武关、偏头关、雁门关、平型关、石岭关、龙泉关，忻州的六大雄关全部走过。特别是在偏头关，踏遍所有的堡寨和重要的长城段落，参与了偏关县举行的徒步长城活动，还以走长城代表的身份在启动仪式上讲了话，还参与了偏关县建设长城一号、黄河一号旅游公路的文化展示策划活动。在忻州境内，她还以探险者和研究者的身份走了神池宋辽界壕、岢岚宋长城、原平东魏长城、宁武北齐长城，以艺术的眼光审视着这个长城大市的雄浑魅力。她在走长城的过程中，首次到偏关县考察，踏遍了偏关的城，结识了偏关的人，激情使然，功底使然，写下洋洋万字的偏关古城纪行《穿过明朝的烽烟遇见你》。在考察了全国府州县之外最大的长城堡寨偏关县老营城后，马上写下《"三关首镇"老营堡》。到了中华第一关雁门关考察，便写下《畅想雁门》。她有别于众人写的广告式的教科书文章，用"雁门关下《出塞曲》""太和岭口寻精神""晋商古道铁裹门""雁门关外草青青"四个部分，从历史的、当代的、文化的、人文的诸方面揭示了雁门关深刻的内涵。特别是为了写好西陉关铁裹门，作为一个弱女子，徒步几十里翻越铁裹门，踏勘古城堡，找到第一手的感受，写成饱含感情的精美文章。宁武关更是她生活了几十年的地方，在写雁门关、偏头关、平型关之后，她从对身边这座古城的审美疲劳和麻木感觉中走出，一口气写了《晋北有关城》《关城散记》等深挖宁武关历史文化的散文，通过有关杂志的发表，在当地引起很大反响。

在写古关古城的同时，她认真关注了一批热爱长城的人物。如在偏关，她追忆了著名长城专家刘忠信，讴歌了山西十大长城卫士吕成贵，书写了放下生意转到长城研究的长城痴贺文，还有长城摄影人苏文、长城爱好者徐光、长城考古专家尤占宇，等等。当她把一个作家的创作主题和题材定格在长城上后，人们便把她称之为"长城作家"。她这个长城作家，不同于常见的用稀释文史资料垒砌文字的庸俗形式，而是写着有血有肉的长城沿线的每个分子、每个元素。当我们拜读了这些长城散文的时候，又感到了一个普通作家向一个专业作家的飞渡，从情感作家向理性作家的飞渡，飞渡！飞渡！飞渡到一个长城作家的高度。

我作为忻州市长城学会的负责人，见证了杜鹃从普通作家向长城作家的飞渡，我真为她高兴。在见证她怀揣艺术思维在长城上行进的时候，无意间感到她脚下是一种自信的力量，真可谓文化自信。她走长城，走了山西的长城，又跨出市界省界走全省全国的长城。向西，陕西榆林镇北台、统万城；再往西，伴着秋风寻找嘉峪关、踏遍玉门关、西出阳关；向北，右玉杀虎口、左云摩天岭、大同镇川口，直到内蒙古乌兰察布明长城、呼和浩特赵长城；向南，娘子关、固关……

她是一个诗人，一个作家，当她用诗意的眼光寻根长城的时候，那种好奇、那种深邃，引导她对长城开始探究，探究它的历史价值，探究它的时代意义。她是宁武县人大常委，利用开人大提交议案的机会，撰写了应当开发宁武汾源赵长城的议案，得到大会的关注，最后写进宁武县的政府工作报告。这篇小小的议案，成为她迈出长城研究的成功一步。之后她担任了忻州市长城学会的理事、副秘书长、编辑部主任，还加入了中国长城学会、山西省长城保护研究会，对长城研究接触得更多了，视野更宽了，于是着力用冷静的思维思考着长城的保护和开发利用问题，以扎实的步伐向长城研究的纵深迈进。在不懈地潜心耕耘下，一批研究性的长城文章诞生了，在内蒙古乌兰察布举办的中国长城学会第四届长城论坛上，她的论文《探寻宁武长城文化价值，重塑紫塞边民文化自信》荣获三等奖。在忻州市举行的中国长城学会第五届长城论坛上，她的论文《发挥关隘文化优势，奔赴中国式现代化》再度荣获三等奖。两次全国长城论坛获奖，令一些常写长城研究论文的专家们刮目相看，感到这个女子不简单。除在两届全国性的长城论坛上获奖之外，她还参加了在敦煌举行的第二届中国长城论坛、在呼和浩特举行的昭君文化研讨会、在朔州举行的"守望长城"多媒体采风活动，至于忻州境内的长城论坛和研讨会参加得就更多了。我这个目睹她一步一步成长的长城学会会长，感到她以惊人的速度完成了第三次飞渡——由长城作家向长城专家的飞渡。

可以说，她现在是一个作家、一个长城作家，又是一个长城专家，她之所以能够成功，就是以作家的激情和奔放、专家的思维和严谨，面对山西这块文化底蕴非常深厚的土地。立足这块土地，她能够游刃有余地解剖凝固了的历史文化，驾驭各种素材，打造成一篇篇文化散文，一篇篇富含边塞文化味道的美文。在宁武县委宣传部主办的"芦芽山之恋"主题征文大赛时，她的《芦芽山之恋》荣获一等奖，这是她的必然。

当我们了解和理解了她这三次飞渡之后，回头审视她这部《关山飞渡》，透过那诗意的、活泼的语言，我感到支撑她完成三次飞渡的支柱是她深邃的思想和哲人的思考。她写的是历史散文，但不是枯燥地堆砌历史事件，而是将历史故事有机地融入诗意的语言中，将深沉与理智巧妙地排列在字里行间，将长城文化渗透进山水之间。如《芦芽山之恋》，她是站在历史风华的角度审视着芦芽山，请看开头一段："漫步于台骀神疏通河道、降伏水患的汾河源头，置身于傅青主采药啮雪、悬壶济世的巍巍管涔，那些过往的烟云恍若隔世的夙愿，穿越时光的隧道，在你返青的额头重现历史的风华，我突然读懂了你，芦芽山。"这篇文章本来是写芦芽山，可是她不由自主地，或者是本能地将一座秀山融入了长城的元素，增加着青山的厚度："芦芽山，我恋你管涔山顶长城长，我恋你宁化军口古城老，我恋你楼烦重镇关楼在，我恋你九牛口前烽火歇；我更恋你在历史长河中几番'边人大半可胡话，胡骑年来亦汉装'的民族文化大融合。"这一小节是对芦芽山的呼唤，但句句都是高擎着长城灵魂的呼唤。

杜鹃作为一位女作家，她的骨子里没有普通女性的那种柔弱，文章中以柔克刚表现出的文化力量足可说明这一点。还有，这些年来我们交往不少，我还没有见过她落过一滴泪水。但是，我认真阅读书稿，感到许多篇什是蘸着眼泪写成的，由此可证，支撑她成功飞渡的动力还有眼泪，眼泪在这里是良知和真诚的结晶。

她走长城，写长城，她的着眼点不在雄伟，不在壮丽，不在引人，而在于对长城那种真诚的热爱，含着眼泪在向苍天呼喊。如写老营堡，她是这样表现的："六百年来，经历冷箭与枪炮，战火与凯歌，经历五百年建设与近百年的破坏，雄起于边塞烽火，又坍塌于近代风云。老营的骄傲，已随岁月寒风化作虚无；老营的疼痛，在一次次毁坏与剥离中阵阵发作。如今，它已习惯了任人凿刻的无奈无语，习惯了迁就命运的无声无息。老营老了，老得自己也忆不起当年模样儿，老得再听不到城下的厮杀与城头的鼓角，老得已数不清自己被人剥去了多少片天赐的神鳞，再没有金光闪闪的神韵。""老营，我在秋风里读你，读你夯土城墙上纵横的电线网络与开垦的田畦菜地，读你城墙底下最后一块儿明朝的包砖与几孔向阳的窑洞，读你瓮城墙头与城外堑壕里一样生长茂盛的谷物，读你四圣阁上的风声与城隍庙的雨声，读你冷兵器时代的骄傲与抗日烽火中的哭泣……"古堡在哭泣,作者在哭泣,她如数家珍地列举着长城惨遭破坏的诸多现象,一个现象,十滴泪珠,她把这串串泪珠又转化为哭泣的汉字,汉字饱蘸上眼泪,其分量自然沉重多了。

她直面长城惨遭破坏愤怒得流泪,这还是表面的现象,她更多的是那种对隐逸在历史沧桑中时局变化的沉重感受。她爬上雁门关,为雄关昔日的辉煌而凭吊:"我在雁门山上寻雁影,古关顶上呼啦啦的劲风疾,仿佛十万雄兵扯旌旗。一条激流自上古洪荒涌来,隐没在丛草间,汩汩鸣唱仿佛交响了整个青山的心声。海拔1600多米的要冲,史海3000多年的纵深,我不知道自己是在登高还是在沦陷。"走到丫角山,为长城的苍凉而悲伤:"柏杨岭的风,记住了那些边墙内外的事,东南西北地刮来刮去,刮出草枯草黄,刮出残垣断壁。让偏关人自豪,也让偏关人心疼。"即使追忆长城前辈刘忠信,同样是感同身受地沉痛缅怀:"百雨草堂多负重,偏头塞上作云栖。刘前辈,您是太累了吧,在百雨草堂一间斗室里熬尽了毕生的心血。现在,就请您做那西山护城楼上的一朵祥云,守护着山西镇总烽,待看那场蔚为壮观的7路烽火点亮古老偏头关的夜空盛事吧!"我们透过她选用的"沦陷""心疼""守护"等词汇,就感到一种伤痛,一种值得落泪的伤痛。

杜鹃毕业于忻州师院中文系,毕业后又是中学或者教师进修校的语文教师。在几十年的教师生涯中,她上的每一堂课都提前认真备课,因为她的认真备课,所以落下一个好教师的名声。

由她为了讲好课而认真备课,想到她的这部书稿。详细拜读书稿中的每一篇美文,感到她在撰写每一篇文章的过程中都是经过呕心沥血的认真备课,单凭那走马观花的采风是根本不够的。

这部书稿和她以前的书稿不同,这里的每一篇文章都充满了"书卷气"。因为这些文章是历史散文、长城散文,要有历史的依据去支撑。因而她对待每一个关口、每一段长城、每一件历史事件都要经过认真考证,引经据典地阐释关山的文化价值,不仅增添了她笔下的长城、长城人物、长城事件的厚重,而且为广大不了解忻州长城忻州关山的读者上了一堂公开课。

她的备课,首先是引用了历史考证。写忻州古城,阐述忻州是军事战略要塞,就引用《直隶忻州志》的记载:"州按形胜,南有赤塘、石岭之阻,北有忻口、云内之隘。定襄、静乐分峙东西,宁武、雁门环山拱后,诚四塞之地也。"写《畅想雁门》,开篇第一句就引用了《山海经》描述:"又北水行五百里至于雁门山,无草木。""大泽方百里,群鸟所生及所解。在雁门北。雁门山,雁出其间，在高柳北。高柳在代北。"说雁门关的古老，又引用了《穆天子传》的描述："甲午，天子西征，乃绝隃之关隥。己亥，至于焉居愚知之平。"写到宁武古城，直接引用了《宁武府志》的几个条文："正德八年，小王子由阳方口入宁武关；嘉靖十四年二月，谙达犯宁武，南掠宁化、三马营；嘉靖十四年十月，复入二马营、三马营、宁化……"写到偏头关一位热爱读书的长城人王润成，她便想起陶渊明的《五柳先生传》："好读书，不求甚解；每有会意，便欣然忘食。性嗜酒，家贫不能常得。亲旧知其如此，或置酒而招之；造饮辄尽，期在必醉。既醉而退，曾不吝情去留。"当你卒读书稿，会感到她为了备好课，阅读了大量的史书，让古人古训陪她完成一个文化使命。文稿中引用的史书有：《山海经》《水经注》《史记》《资治通鉴》《晋书》《晋乘蒐略》《山海草函》《北齐书》《山西通志》《徐霞客游记》《三关志》《宁武府志》、清光绪《五台新志》《元遗山志》《忻州史话》《阳曲县志》《偏关县志》《老营镇志》《偏关县古碑文集》，等等，我们从她引用的半文半白的历史引证中，感到这部书稿的历史使命，它已经不再是一部单纯的抒发自己情感的文集，而是一部传播忻州边塞文化的教科书。

她的备课，其次是巧妙地糅合进大量的古诗词，在本来就诗意充盈的语句中又平添了古诗的禅意。在《忻州这座城》中，写到城南"大门"石岭关，写到石岭关门洞中深深的石头车辙，便引用了元好问的《石岭关书所见》，印证着那厚重的石槽："轧轧旃车转石槽，故关犹复成弓刀。连营突骑红尘暗，微服行人细路高。已化虫沙休自叹，厌逢虎豹欲安逃。青云玉立三千丈，元只东山意气豪。"走到雁门关，写到在白草口外的小酒馆吃饭，她引用了唐代诗人崔颢的《雁门胡人歌》："高山代郡东接燕，雁门胡人家近边。解放胡鹰逐塞鸟，能将代马猎秋田。山头野火寒多烧，雨里孤峰湿作烟。闻道辽西无斗战，时时醉向酒家眠。"此情此景，与崔颢诗中描写的情景是相当的相似，增添了文章厚重。她朝谒周遇吉墓，引用了清朝刑部尚书魏象枢的《甲申闯贼陷宁武关周总兵战死》和清朝偏关知县陆刚的《谒周忠武墓》，仿佛自己和那些古人同在祭拜。写芦芽山之恋，开头就引用了明末清初文化泰斗傅山的《芦芽》："五月芦芽积雪明，雪中红药靓媻媙。"有傅山的诗句陪伴，文章岂有写不好的道理。在马营海草地徜徉，她马上想到在此带上妃子打围的北齐皇帝高纬，吟起李商隐的《北齐二首》："一笑相倾国便亡，何劳荆棘始堪伤。小怜玉体横陈夜，已报周师入晋阳。"

我们从这些历史考证和古典诗词的引用中，又感到她的一种飞渡——由文学向史学的飞渡,由现实向历史的飞渡,在新的一个自由王国飞翔。

　　这部《关山飞渡》不是杜鹃的收官之作,她还在继续飞渡。她走出常规作家那种郁闷、痛苦和煎熬,成熟了那个跌宕起伏的内心世界,拥有了一种奋斗不息的昂扬斗志,只能一步步成功飞越。这两年,她又潜入吕梁山,写地域性的文化散文,并担任了诸县形象图书的执行主编。在吕梁期间,仍然是踏勘秀容古城、宋代古堡,寻找着一座座关山,飞渡着一座座关山。现在关山对她来说已经不是障碍了,越过关山就是一串串的收成。我们只好真诚地在远处仰望,欣赏着她更加优美的飞渡的曲线。

2023 年 11 月 25 日

（作者为中国长城学会常务理事、中国长城研究院研究员、忻州市长城学会会长、山西省作家协会会员、遗山诗社社长。）